Andrzej Sapkowski – Terry Goodkind
Anthony Ryan – Andy Weir
Raymond E. Feist – Peter F. Hamilton
Trudi Canavan – James Lovegrove

Vingt ans
de légendes

Bragelonne

Collection dirigée par Stéphane Marsan et Alain Névant

ISBN : 979-10-281-0866-3

Bragelonne
60-62, rue d'Hauteville – 75010 Paris

E-mail : info@bragelonne.fr
Site Internet : www.bragelonne.fr

SOMMAIRE

BRAGELONNE,
20 ANS DE LÉGENDES

Il y a 20 ans, quand on parlait de dragons, de jeux vidéo et de vaisseaux spatiaux, les gens avaient tendance à nous prendre pour de gentils idiots qui n'avaient pas grandi.

Aujourd'hui, on parle de dragons à la Bibliothèque nationale de France, de jeux vidéo au ministère de l'éducation et de vaisseaux spatiaux à l'armée. On commence à nous prendre au sérieux.

Il y a 20 ans, la France avait besoin de personnes pour faire connaître les littératures de l'Imaginaire. Pendant 20 ans, vous avez répondu présents.

Si la culture populaire en est là aujourd'hui, c'est grâce à vous.

Bravo, merci, et rendez-vous dans 20 ans à l'autre bout de la galaxie.

Stéphane Marsan et l'équipe Bragelonne

Andrzej Sapkowski

La Route d'où l'on ne revient pas

Le Sorceleur – préquelle

Traduite du polonais par Caroline Raszka-Dewez

Avant-propos de l'auteur

« **La Route d'où l'on ne revient pas** », la deuxième nouvelle que j'ai écrite, est parue en 1988, dans le numéro d'août du magazine *Fantastyka*, soit un an et neuf mois après *Le Sorceleur*, mon début, publié dans ce même *Fantastyka* en décembre 1986. Il faut aussi que vous sachiez, mesdames et messieurs – je veux dire, mes très chers lecteurs – que je m'efforçais alors, depuis bon nombre d'années, de donner naissance à un roman de Fantasy, j'en avais composé soigneusement plusieurs parties, construit des situations, des personnages, un cadre, etc.

Et soudain survinrent deux événements importants.

Le premier fut l'accueil extraordinairement favorable que les lecteurs et les fans réservèrent au *Sorceleur*.

Je compris ensuite que publier des nouvelles était possible, bien sûr, voire dans *Fantastyka*, mais que jamais aucun éditeur n'accepterait un roman d'un auteur polonais débutant dans ce genre. Il s'agissait donc de réfléchir de manière lucide et réaliste. Aussi, lorsque *Fantastyka* exerça sur le jeune débutant prometteur en question une légère pression, l'exhortant à lui fournir un deuxième récit, le jeune débutant prometteur réfléchit de manière lucide et réaliste. Suite à quoi, sans délibérer davantage et sans l'ombre d'un regret, il retravailla les extraits du roman qu'il préparait pour les adapter à la dimension d'une nouvelle. C'est ainsi que « La Route… » vit le jour.

Initialement, la nouvelle n'avait aucun lien avec le cycle du sorceleur Geralt et ne devait aucunement en avoir, pour la simple raison que je n'envisageais pas encore une telle saga à l'époque. Pas même dans mes rêves les plus audacieux! Plus tard, lorsque le cycle commença à prendre forme, je ne cherchai pas à écarter les coïncidences ono- et topo-nomastiques suggérant qu'il s'agissait du même *Never Never Land*. Je m'abstenais toujours néanmoins d'associations pleinement univoques – la meilleure preuve, c'est que les bobolaks et les vrans (les humanoïdes qui apparaissent dans «La Route…») n'interviennent absolument pas dans le cycle du sorceleur, aucune mention, quasiment, n'y est faite.

L'idée que la druidesse Visenna, de «La Route…», soit la mère du sorceleur Geralt, m'est venue, quant à elle, relativement tard. Ce devait être un élément qui «conclurait» l'histoire et l'action du *fix-up L'Épée de la Providence* (la nouvelle «Quelque chose en plus») – et viendrait boucler la boucle des vingt récits consacrés jusque-là au sorceleur. L'histoire exigeait ce détail, qui expliquait certains éléments de la biographie du sorceleur et, pour ma part, je le reconnais bien volontiers, le beau prénom de Visenna me manquait. J'étais allé le puiser, comme beaucoup d'autres, dans l'*Encyclopédie illustrée de l'Ancienne Pologne,* de Zygmunt Gloger. C'est ainsi que Visenna est revenue dans le cycle, devenant la maman de Geralt, un peu mauvaise mère, mais sympathique, qui intervient dans la vie du sorceleur exactement au moment où il le faut. Lui donnant vie, au sens propre comme au figuré, pour la seconde fois.

Korin, le second protagoniste de «La Route…», n'eut pas cette chance. Il avait un nom assez commun. Je l'ai inventé moi-même, juré! Je ne l'ai absolument pas tiré de l'œuvre de C.S. Lewis. Je ne me suis souvenu qu'après coup du Korin du cycle de *Narnia* (*Le Cheval et son écuyer*); j'avoue que

Narnia était pour moi trop enfantin pour que j'y revienne régulièrement et me rappelle parfaitement ses héros. Mais si la mère du sorceleur était très utile à l'intrigue, le père, quant à lui, était le proverbial deuxième champignon du bortsch, autrement dit, la cinquième roue du carrosse. Du côté paternel, le pedigree du sorceleur ne lui apportait rien et ne menait nulle part. Aussi, l'idée que le Korin de « La Route… » soit le père du sorceleur ne vient-elle pas de moi, mais de Maciej Parowski, du magazine *Fantastyka*, qui voyait dans ce concept une introduction parfaite à une série de BD sur le sorceleur. Maciej Parowski, l'auteur du projet et du scénario de ces BD, l'a dit à maintes reprises, « La Route… » lui plaisait. Ce récit fait aussi partie de son anthologie de nouvelles fantastiques polonaises[1], parue en 1992, à l'occasion des dix ans de Fantastyka. Ainsi, dans la BD, le héros de « La Route… » est devenu le père du sorceleur. Toutefois, le scénariste Maciej Parowski ne permit pas à Korin de se réjouir de son héritier. Inspiré quelque peu par la perversité de l'auteur qu'il avait adapté, Parowski acheva Korin dès le lendemain de la nuit d'amour ardente et passionnée qu'il passa avec Visenna. Je suggère d'ailleurs aux plus curieux d'entre vous qui souhaiteriez en savoir davantage sur le contenu de la BD d'aller emprunter ces numéros, devenus pièces d'archives, auprès de collectionneurs.

À ceux qui le feront, je dois expliquer encore une chose. L'idée du vran, l'humanoïde aux immenses yeux rouges, m'a été suggérée par la couverture d'un livre de SF que j'ai vu dans une librairie à Berlin, et sur laquelle figurait un petit Martien aux grands yeux rouges. J'ai oublié le titre du livre mais, selon toute probabilité, il était édité par la maison d'édition

1. *Co większe muchy* (Les Plus Grosses Mouches).

13

Heyne Verlag, célèbre pour les illustrations graphiques, chic et artistiques, de sa fameuse série fantastique.

Pour croquer ses vrans dans les BD en question, Bogusław Polch, le dessinateur, ajouta à mes yeux rouges un physique, une physionomie de reptile, et même des écailles vertes. Mais il s'agit là de sa propre licence poétique du dessin.

Pour terminer, une dernière chose : lorsque « La Route… » est parue dans *Fantastyka*, Maciej Parowski, évoqué ici à plusieurs reprises déjà, s'est autorisé certaines corrections éditoriales sans consultation de l'auteur – qui donc ménagerait un débutant ?

Les victimes de la gomme éditoriale sont avant tout des tournures interdites en Fantasy, car « on ne parlait pas ainsi en ce temps-là ». Dans la nouvelle parue dans *Fantastyka*, j'ai donc constaté avec une certaine stupéfaction, que « l'orgueil » avait remplacé « l'arrogance », que « l'intelligent » était devenu « sage », etc.

Et puisque je défends ardemment la théorie selon laquelle la Fantasy ne se passe pas formellement « en ce temps-là », et qu'une quelconque stylisation de la langue est tout aussi absurde qu'un langage archaïsant, dans le récit que vous allez lire, j'ai supprimé les corrections de Parowski pour revenir à mon manuscrit virginal. Vous avez donc entre les mains une version *unabridged*, telle que la définissent les Anglo-Saxons. Je vous laisse le soin d'apprécier si c'est au bénéfice ou au détriment du texte.

I

L'oiseau au plumage bariolé perché sur l'épaule de Visenna fit un drôle de bruit, il battit des ailes, prit son élan et s'envola avec un bruissement dans les fourrés. Visenna retint son cheval et tendit l'oreille, avant de s'engager prudemment le long de la voie forestière.

L'homme semblait dormir. Il était assis, adossé contre un poteau, au milieu de la fourche. De plus près, Visenna constata qu'il avait les yeux ouverts. Elle avait déjà remarqué qu'il était blessé. Le pansement provisoire qui couvrait son bras gauche et son biceps était imprégné de sang qui n'avait pas encore eu le temps de noircir.

— Bonjour, jeune homme! lança le blessé en recrachant un long brin d'herbe. Où vas-tu, si je puis me permettre?

Visenna n'apprécia guère ce «jeune homme». Elle rabattit vivement sa capuche.

— Tu le peux, certes, répliqua-t-elle, mais il conviendrait de justifier ta curiosité.

— Madame, pardonnez-moi, dit l'homme en plissant les yeux. Vous portez un habit d'homme. Et pour ce qui est de ma curiosité, elle est on ne peut plus justifiée. Ce croisement de routes n'est pas commun. Une aventure très curieuse m'est arrivée ici…

—Je vois, l'interrompit Visenna en regardant la forme immobile, étrangement tordue, qui se trouvait à moitié enfouie dans le fossé, à moins de dix pas du poteau.

L'homme suivit son regard. Puis leurs yeux se croisèrent. Faisant mine d'écarter les cheveux de son front, Visenna porta la main à un diadème caché sous un bandeau en peau de serpent.

—Ah oui! fit tranquillement le blessé. Il y a un mort, là. Vous avez le regard vif. Sans doute me prenez-vous pour un brigand? J'ai raison?

—Non, répondit Visenna, sans ôter la main de son diadème.

—Et…, commença l'homme en hésitant. Oui. Eh bien…

—Ta blessure saigne.

—La plupart des blessures possèdent cette étrange particularité, répondit en souriant le blessé. (Il avait de belles dents.)

—Avec un bandage effectué d'une seule main, elle risque de saigner longtemps.

—Me feriez-vous, peut-être, l'honneur de me prêter assistance?

Visenna sauta à bas de son cheval; ses talons creusèrent la terre molle.

—Je m'appelle Visenna, dit-elle. Je n'ai pas pour habitude d'honorer qui que ce soit. Par ailleurs, je ne supporte pas que l'on me vouvoie. Je vais m'occuper de ta blessure. Tu peux te lever?

—Oui. Le faut-il?

—Non.

—Visenna. Joli prénom, observa l'homme en se soulevant légèrement pour permettre à la jeune femme de dénouer plus aisément son pansement. T'a-t-on déjà dit, Visenna, que tu avais de beaux cheveux? Cette couleur est bien ce que l'on appelle «cuivré», n'est-ce pas?

—Non. C'est roux.

—Ah! Lorsque tu auras terminé, je t'offrirai un bouquet de lupins, ceux-là, tiens, qui poussent dans le fossé. Et pendant l'opération, histoire de tuer le temps, je vais te raconter ce qui m'est arrivé. J'ai emprunté, figure-toi, le même chemin que toi. Au croisement, je vois un poteau. Celui-là, oui, justement. Avec une planche fixée dessus. Ça fait mal.

—La plupart des blessures possèdent cette étrange particularité, énonça Visenna, puis, sans chercher à être délicate, elle ôta la dernière couche de tissu.

—C'est vrai, j'avais oublié. Où en étais-je?… Ah, oui! J'approche, je regarde, sur la planche, quelque chose est écrit. Tout de guingois. J'ai connu autrefois un archer qui formait de plus belles lettres en pissant dans la neige. Je commence à lire… Et ça, c'est supposé être quoi, ma demoiselle? Quelle est cette pierre? Diable! Je ne m'attendais pas à cela.

Visenna déplaça lentement son hématite le long de la blessure. Le saignement cessa instantanément. Elle ferma les yeux et saisit à deux mains le bras de l'homme, en appuyant fortement sur les bords de la plaie. Lorsqu'elle ôta ses mains, la peau s'était ressoudée, laissant place à une légère boursouflure et un petit sillon cramoisi.

L'homme se taisait, il l'observait avec attention. Enfin il leva prudemment son bras, le tendit, frotta la cicatrice et secoua la tête. Il réajusta sa chemise déchirée et ensanglantée, et son surtout; il se mit debout et ramassa son ceinturon fermé par une boucle en forme de gueule de dragon, auquel étaient fixées son épée, sa bourse et sa gourde.

—Oui, c'est ce qui s'appelle avoir de la chance, dit-il sans quitter Visenna du regard. Je tombe sur une guérisseuse au beau milieu du désert! À la fourche de l'Ina et de la

Iaruga, là où il est plus courant d'ordinaire de rencontrer un loup-garou ou, pire encore, un bûcheron complètement ivre. Qu'en sera-t-il du paiement de tes soins ? Je manque cruellement d'espèces en ce moment. Un bouquet de lupins fera-t-il l'affaire ?

Visenna ignora la question. Elle s'approcha du poteau, releva la tête : la planche était fixée à hauteur de regard d'homme.

— « Toi qui arriveras par l'ouest, lut-elle d'une voix claire : si tu vas à gauche, tu reviendras. Si tu vas à droite, tu reviendras. Mais si tu continues tout droit, tu ne reviendras pas. » Balivernes !

— Je me suis dit exactement la même chose, convint l'homme qui brossait énergiquement ses jambières pour en chasser les aiguilles de pin. Je connais cette contrée. Tout droit, en continuant vers l'est, on se dirige sur le col de Klamat, vers la route du commerce. Pour quelle bonne raison ne pourrait-on en revenir ? À cause des belles jeunes filles avides de se marier ? De la gnôle pas chère ? Du poste vacant de bourgmestre ?

— Tu t'éloignes du sujet, Korin.

Surpris, l'homme ouvrit la bouche :

— Comment sais-tu que je m'appelle Korin ?

— Tu l'as dit toi-même, il y a un instant. Continue.

— Ah bon ? fit l'homme en la regardant d'un air soupçonneux. Vraiment ? Soit, peut-être… Où en étais-je ? Ah oui ! Je lis donc la pancarte, en me demandant quel idiot avait bien pu inventer ça, quand soudain j'entends grommeler et marmonner derrière moi. Je me retourne et j'aperçois une petite vieille, les cheveux tout gris, voûtée, appuyée sur un bâton, parfaitement ! Je lui demande poliment ce qu'elle veut. Elle murmure : « J'ai faim, noble chevalier, je n'ai rien trouvé à me mettre sous la dent depuis le lever du soleil. »

Je devine donc qu'il lui reste encore au moins une dent, à la petite vieille. J'en ai été complètement bouleversé. Aussi, je prends un quignon de pain dans ma sacoche de selle, avec une moitié de brème fumée que m'avaient donnée des pêcheurs, près de la Iaruga, et je les tends à la vieille. Elle s'assied, soupire, se racle la gorge, recrache les arêtes. Moi, je continue de contempler cet étrange poteau indicateur. Soudain, la mémé m'interpelle : « Tu es un bon petit chevalier, tu m'as sauvée, tu as droit à une récompense. » J'étais sur le point de lui répondre qu'elle pouvait se la mettre où elle voulait, sa récompense, quand la vieille me lance : « Approche-toi, que je te dise quelque chose à l'oreille, je dois te révéler un grand secret, te confier comment sauver du malheur un grand nombre de bonnes personnes, et devenir riche et célèbre. »

Visenna poussa un soupir et vint s'asseoir à côté du blessé. Il était à son goût : grand, blond, le visage efflanqué et un menton saillant. Il ne puait pas, au contraire des hommes qu'elle rencontrait d'ordinaire. *Je sillonne seule bois et chemins forestiers depuis trop longtemps*, songeat-elle en chassant très vite cette pensée inopportune. Korin poursuivit son récit.

—Ah ! me suis-je dit, voilà une occasion classique qui se présente. Si la vieille a toute sa tête, s'il ne lui manque aucune case, le pauvre soldat que je suis pourra peut-être en tirer bénéfice, après tout. Je me penche, comme un imbécile, je tends l'oreille. Et là, si je n'avais pas eu de réflexes, j'aurais été touché en plein dans la gorge. Je fais un bond en arrière, le sang coule de mon bras comme d'une fontaine, la vieille s'avance, un couteau à la main, et elle hurle, elle grogne, elle crache. Je n'avais toujours pas compris que l'affaire était sérieuse. Je monte à l'attaque, pour l'empêcher de prendre l'avantage, mais je sens qu'elle n'a rien d'une petite vieille. Ses seins sont fermes comme des pierres meulières…

Korin lança un coup d'œil à Visenna, pour s'assurer qu'elle n'avait pas rougi. Visenna l'écoutait, une expression d'intérêt poli plaquée sur le visage.

—Où en étais-je… Ah oui ! Je me suis dit, je vais la mettre à terre et la désarmer, mais loin de là ! Forte comme un lynx, qu'elle est ! Je sens que je vais avoir du mal à immobiliser sa main, celle qui tient le couteau. Que pouvais-je faire ? Je l'ai repoussée, j'ai saisi mon épée… Elle s'est empalée toute seule.

Visenna restait silencieuse, la main sur le front ; plongée dans ses pensées, elle semblait réajuster machinalement son bandeau.

—Visenna ? J'ai raconté les faits tels qu'ils se sont passés. C'était une femme, je sais bien, et je me sens stupide, mais que je meure si elle était normale. Une fois à terre, elle a changé. Rajeuni.

—Illusion, fit Visenna, pensive.

—Pardon ?

—Rien, répondit Visenna en se levant.

Elle s'approcha du cadavre couché dans les fougères. Korin la rejoignit.

—Regarde un peu. Une statue dans une fontaine royale. Alors qu'elle était voûtée et ridée comme la croupe d'une vache centenaire. Que je sois…

—Korin, l'interrompit Visenna, as-tu les nerfs solides ?

—Hein ? Quel rapport avec mes nerfs ? Certes, si cela t'intéresse, je ne me plains pas.

Visenna ôta le bandeau de son front. La pierre de son diadème s'illumina d'un éclat laiteux. Se dressant devant le cadavre, la jeune femme tendit les bras, ferma les yeux. Korin l'observait, la bouche entrouverte. Visenna pencha la tête en scandant des paroles incompréhensibles.

—*Grealghane!* s'écria-t-elle soudain.

Un bruissement agita brusquement les fougères. Korin fit un bond en saisissant son épée, puis se figea, sur la défensive. Le cadavre frémit.

—*Grealghane!* Parle!

—Aaaaah!

Une plainte rauque et puissante retentit. Le corps de la morte se cambra, se retrouvant pratiquement en lévitation, seuls le sommet du crâne et les épaules touchaient terre. Le hurlement s'atténua, devenant saccadé. Il commença à se muer en un borborygme guttural d'abord, puis on entendit des gémissements sporadiques et enfin des cris. De plus en plus réguliers, mais qui demeuraient parfaitement incompréhensibles. Korin sentit un filet de sueur froide parcourir son échine, aussi insupportable qu'une chenille qui ramperait dans son dos. Il serra les poings pour empêcher les fourmillements dans ses avant-bras, luttant de toutes ses forces pour ne pas s'enfuir dans les fins fonds de la forêt.

—*Oggg… nnnn… nngammm*, bredouilla le cadavre en lacérant la terre de ses ongles.

Des bulles de sang s'échappaient de sa bouche, s'écrasaient sur ses lèvres :

—*Nam… eeeggg…*

—Parle!

Des mains tendues de Visenna fusait un jet de lumière terne où l'on voyait tournoyer la poussière. Des feuilles mortes et des brins d'herbe s'envolèrent des buissons de fougères. Le cadavre manqua de s'étouffer, fit clapper sa langue et se mit soudain à parler. De manière tout à fait compréhensible.

—… croisement de route à six miles de La Clef, au sud. A env… voyé. Au Cercle. Un garçon. Ooorr… donné… Ordonné.

—Qui ?! hurla Visenna. Qui a ordonné ? Parle !

—Fffff… ggg… genal. Tous les écrits, les lettres, les amulettes, les an… neaux.

—Parle !

—… Col. Le kochtcheï. Ge… nal. Prendre les lettres. Les par… chemins. Il viendra de maaaaa ! yyyyy ! yeeeeeeen !

La voix hésitante se mit à vibrer, s'évaporant dans un braillement insupportable. N'y tenant plus, Korin lâcha son épée, ferma les yeux et colla ses mains contre ses oreilles. Il demeura ainsi jusqu'à ce qu'il sente une tape sur son épaule. Il sursauta violemment, de tout son être, à croire que quelqu'un avait agrippé ses organes génitaux.

—C'est fini, dit Visenna en essuyant la sueur de son front. Je t'avais demandé si tu avais les nerfs solides.

—Quelle journée ! geignit Korin. (Il ramassa son épée, la remit dans sa gaine, en s'efforçant de ne pas regarder du côté du corps déjà immobile :) Visenna ?

—Oui ?

—Allons-nous-en d'ici. Le plus loin possible de cet endroit.

II

Ils suivaient un chemin forestier, cahoteux, embroussaillé, tous deux montés sur le cheval de Visenna. Elle sur la selle, à l'avant, Korin à cru, derrière, l'enlaçant par la taille. Visenna avait appris depuis longtemps à apprécier sans aucune gêne les petits plaisirs offerts de temps à autre par le destin, aussi s'adossait-elle avec plaisir contre la poitrine de l'homme. Ni l'un ni l'autre ne disaient mot. Après une heure de route, Korin prit le premier la parole :

—Visenna ?

—Oui.

—Tu n'es pas simplement une guérisseuse. Tu fais partie du Cercle ?

—Oui.

—Et, à en juger par ta… démonstration, tu es une Maîtresse ?

—Oui.

Korin lâcha la taille de Visenna et s'agrippa au trousséquin. La guérisseuse plissa les yeux de dépit. Korin, bien entendu, n'en vit rien.

—Visenna ?

—Oui ?

—As-tu compris quelque chose à ce qu'a dit cette… ce…

—Non, pas vraiment.

Ils se turent à nouveau.

Survolant les feuillages, l'oiseau au plumage bariolé croassa bruyamment au-dessus d'eux.

—Visenna ?

—Korin, fais-moi plaisir.

—Hein ?

—Arrête de parler. Je dois réfléchir.

Le sentier les mena directement dans un ravin, dans le lit d'un petit ruisseau qui s'écoulait avec paresse entre des rochers et des troncs d'arbre noirs, et qui fleurait bon la menthe et les orties. Le cheval patinait sur les pierres couvertes de sédiments d'argile et de limon. Pour éviter de tomber, Korin se cramponna de nouveau à la taille de Visenna. *Je sillonne seul bois et chemins forestiers depuis trop longtemps*, songea-t-il en chassant vite cette pensée inopportune.

III

Blotti à flanc de montagne, le hameau était constitué typiquement d'une seule rue et s'étirait, sale, le long du chemin, tout de bois et de paille, niché parmi des palissades biscornues. Alors qu'ils approchaient, les chiens se mirent à grogner. Le cheval de Visenna trottait tranquillement au milieu de la route, sans se préoccuper des clébards enragés qui tendaient leur gueule baveuse vers ses paturons.

Dans un premier temps, ils ne virent personne. Puis, de derrière les palissades, surgirent les habitants. Ils approchaient lentement, depuis les basses-cours, pieds nus et la mine maussade. Armés de fourches, de bâtons, de fléaux. Quelqu'un se baissa, ramassa une pierre.

Visenna retint son cheval, leva le bras. Korin nota qu'elle tenait à la main un petit couteau en or en forme de serpe.

— Je suis guérisseuse, annonça-t-elle d'une voix claire et distincte, quoique pas très forte.

Les paysans baissèrent leurs armes, échangèrent des regards, un murmure s'éleva. Ils étaient de plus en plus nombreux. Parmi les plus proches, certains ôtèrent leur chapeau.

— Comment se nomme ce village ?

— La Clef.

La réponse avait jailli de la foule, après quelques secondes de silence.

— Qui est votre Ancien ?

— Topin, votre Grâce. Tenez, cette cabane, là-bas.

Avant que Visenna et Korin aient pu bouger d'un pas, une femme portant un nouveau-né dans les bras fendit la haie de fermiers.

—Madame…, gémit-elle en touchant timidement le genou de Visenna. Ma fille… Elle est brûlante de fièvre…

Visenna sauta à bas de sa selle haute, toucha la tête de l'enfant, ferma les yeux.

—Demain, elle sera guérie. Ne la couvre pas si chaudement.

—Merci, votre Grâce… Je vous remercie mille fois…

Topin, l'Ancien du hameau, était déjà dehors et se demandait justement que faire de la fourche qu'il tenait prête. Finalement, il l'utilisa pour débarrasser les marches de la fiente de poules.

—Pardonnez-moi, madame, dit-il en posant l'outil contre le mur de sa cabane. Vous aussi, mon bon monsieur. Les temps ne sont pas très sûrs en ce moment… Entrez, je vous en prie. Je vous invite à une collation.

Ils entrèrent.

La femme de Topin, remorquant derrière elle deux fillettes aux cheveux de paille cramponnées à ses jupes, leur servit des œufs brouillés, du pain et du lait caillé, après quoi elle disparut dans la chambre. Renfrognée et silencieuse, Visenna mangeait peu, contrairement à Korin. Topin roulait des yeux, se grattait un peu partout et causait.

—Les temps ne sont pas très sûrs. Pas très sûrs, non. On est dans la misère, vos Grâces. Nous, on élève des moutons pour leur toison, pour vendre leurs toisons, mais en ce moment, il n'y a pas d'acheteurs, alors on abat les troupeaux, on abat nos moutons pour avoir quelque chose à mettre dans nos marmites. Autrefois, pour aller chercher la jachme, la pierre verte, les marchands allaient à Amell, en passant par le col, là où sont les mines. C'est là-bas qu'on extrait la jachme. Et en y allant, ils prenaient aussi la toison, ils nous payaient, nous laissaient diverses marchandises. Maintenant, y'a plus

Andrzej Sapkowski

de marchands. Y'a même plus de sel, ce qu'on abat, on doit le manger dans les trois jours.

— Les caravanes vous évitent ? Pourquoi ? demanda Visenna qui, pensive, touchait régulièrement son bandeau.

— Ils nous évitent, voilà tout, grommela Topin. La route vers Amell est fermée, un maudit kochtcheï s'est installé au beau milieu du col, il ne laisse passer aucune âme vivante. Alors, comment les marchands peuvent-ils s'y rendre ? Au péril de leur vie ?

Korin s'était figé, sa cuillère suspendue dans l'air.

— Un kochtcheï ? C'est quoi un kochtcheï ?

— J'en sais quelque chose ? Un kochtcheï, un mangeur d'hommes, qu'on dit. Il est dans le col, à ce qu'il paraît.

— Et il ne laisse pas passer les caravanes ?

— Certaines seulement, répondit Topin en laissant errer son regard dans la pièce. Les siennes, à ce qu'on dit. Il laisse passer les siennes.

Visenna plissa le front.

— Comment cela, « les siennes » ?

— Les siennes, quoi ! marmonna Topin en blêmissant. Les pauvres gens d'Amell sont plus à plaindre encore que nous autres. Nous, du moins, il nous reste encore les bois pour nous nourrir un peu. Mais eux se trouvent en plein désert, ils n'ont que ce que veulent bien leur échanger les gens du kochtcheï contre la jachme. Ils font payer cruellement chaque bien, de vrais voyous, qu'on dit, mais qu'est-ce qu'ils peuvent faire, ceux d'Amell ? Y vont pas manger de la jachme.

— Ces gens du kochtcheï, qui sont-ils ? Des humains ?

— Des humains et des vrans, et puis d'autres encore. Ce sont des méchants, madame. Ils transportent jusqu'à Amell tout ce qu'ils nous ont pris, à nous, et là-bas, ils l'échangent contre de la jachme et des pierres vertes. Tout ce qu'ils nous ont pris par la force. Ils pillent les villages, violent les filles, et si quelqu'un leur résiste, ils tuent, et mettent le feu avant de quitter les lieux. Des méchants, les gens du kochtcheï.

— Combien sont-ils ? demanda Korin.

— Qui donc irait pour les compter, monseigneur ? Les hameaux se protègent, ils se serrent les coudes. Mais que peuvent-ils faire, quand eux accourent la nuit, mettent le feu ? Mieux vaut leur donner ce qu'ils veulent. Parce qu'on raconte…

Topin devint plus pâle encore, il se mit à trembler de la tête aux pieds.

— Qu'est-ce qu'on raconte, Topin ?

— On raconte que le kochtcheï, si on le rend furieux, va quitter le col et qu'il s'en viendra vers la vallée, vers chez nous.

Visenna se leva d'un bond, son visage était altéré. Korin fut parcouru d'un frisson.

— Topin, dit la magicienne. Où se trouve la forge la plus proche ? Mon cheval a perdu un fer sur le chemin.

— Plus loin, au-delà du village, près de la forêt. Là-bas, vous trouverez une forge, et une écurie.

— Bien. Maintenant va, et renseigne-toi, demande où il y a des malades ou des blessés.

— Grâce te soit rendue, chère bienfaitrice.

À peine la porte refermée derrière eux, Korin interpella Visenna. La druidesse se retourna, lui lança un regard.

— Tous les fers de ton cheval sont en place.

Visenna resta silencieuse.

— La jachme, c'est bien sûr le jaspe, quant à la pierre verte, il s'agit de la jadéite, qui a rendu célèbres les mines d'Amell, poursuivit Korin. Et on ne peut atteindre Amell qu'en passant par Klamat, par le col. La route d'où l'on ne revient pas. Qu'a dit la défunte à la croisée ? Pourquoi voulait-elle me tuer ?

Visenna ne répondit pas.

— Tu ne dis rien ? Ce n'est pas grave. Tout devient clair, de toute façon. La petite vieille de la croisée attendait quelqu'un qui s'arrêterait devant cet écriteau stupide interdisant de continuer sa marche vers l'est. C'était la première épreuve : l'arrivant sait-il lire ? Ensuite, la grand-mère s'assure encore d'une chose : qui donc aiderait, de nos jours, une vieillarde affamée si ce n'est un bon samaritain du Cercle des Druides ? N'importe qui d'autre, j'en donnerais ma tête à couper, lui aurait encore volé son bâton. La rusée grand-mère poursuit son expérience, elle commence, dans son charabia, à évoquer des pauvres gens dans la misère, qui ont besoin d'aide. Le voyageur, au lieu de la saluer d'un coup de poing et d'injures, comme l'aurait fait le premier habitant venu de ces contrées, l'écoute avec la plus grande attention. Oui, se dit la grand-mère, c'est bien lui. Un druide qui va en découdre avec la bande qui terrorise les environs. Et comme, sans le moindre doute, elle-même est engagée par ladite bande, elle saisit son couteau. Eh ! Visenna ! Ne suis-je pas d'une suprême intelligence ?

Visenna ne daigna pas répondre. Elle avait la tête tournée vers la fenêtre. Les membranes en vessie de poisson, à demi translucides, ne constituaient pas un obstacle pour sa vue. Elle pouvait voir l'oiseau au plumage bariolé posé sur un petit cerisier.

— Visenna ?

— Oui.

— C'est quoi, un kochtcheï ?

— Korin, dit Visenna d'un ton sec en se tournant vers lui, pourquoi te mêles-tu d'affaires qui ne te regardent pas ?

— Écoute, reprit Korin sans se préoccuper le moins du monde de sa réaction, je suis déjà mêlé à tes affaires, comme tu dis. Le sort a voulu que j'aie failli être égorgé à ta place.

— Pur hasard.

—Je pensais que les magiciens ne croyaient pas au hasard, mais uniquement aux attractions magiques, aux concours de circonstances et choses semblables. Tu remarqueras que nous sommes embarqués sur le même cheval. Ce qui est à la fois un fait et une métaphore. En bref… Je t'offre mon aide pour la mission dont je devine le but. Je traiterais ton refus comme une manifestation d'arrogance. On m'a rapporté que vous autres, ceux du Cercle, aviez le plus grand mépris pour les simples mortels.

—Pur mensonge.

—Parfait! s'exclama Korin en affichant un large sourire. Eh bien! Ne perdons pas de temps. En route pour la forge!

IV

Mikoula saisit solidement avec ses tenailles une barre de métal qu'il retourna dans la braise.

—Souffle, Crétin! ordonna-t-il.

L'apprenti se suspendit au levier du soufflet. Son visage joufflu brillait de sueur. Malgré la porte grande ouverte, il faisait une chaleur insupportable à l'intérieur de la forge. Mikoula déplaça la barre sur l'enclume et, de quelques coups de marteau fortement assénés, en aplatit l'extrémité.

Assis sur un billot de bouleau mal équarri, le charron Radim transpirait lui aussi. Il dégrafa sa bure et sortit sa chemise de son pantalon.

—Vous avez beau jeu de parler ainsi, Mikoula, dit-il. Pour vous, les bagarres, ce n'est rien de nouveau. Tout le monde sait que vous n'avez pas forgé dans une forge toute votre vie. On raconte qu'autrefois ce n'est pas le fer que vous battiez, mais bien les gens.

— Vous devriez donc vous réjouir d'avoir un homme comme moi dans votre bande, rétorqua le forgeron. Je vous le dis, pour la deuxième fois, je ne vais plus courber l'échine devant ces individus. Ni travailler pour eux. Si vous ne m'accompagnez pas, j'irai seul, ou bien avec ceux qui ont du sang dans les veines, et pas du kvas. On les coincera dans les bois, et une fois attrapés, on les achèvera un par un. Ils sont combien ? Une trentaine ? Moins même, peut-être. Et de ce côté-ci du col, combien y a-t-il de hameaux, de villages ? Combien d'hommes forts ? Souffle, Crétin !

— Mais je souffle !

— Plus fort !

Le marteau battait l'enclume de manière régulière, mélodieuse, presque. Crétin activait le soufflet. Radim se moucha dans ses doigts, essuya sa main sur la tige de sa botte.

— Vous avez beau jeu, répéta-t-il. Et combien d'hommes de La Clef viendront avec vous ?

Le forgeron abandonna son marteau, sans répondre.

— C'est bien ce que je pensais, conclut le charron. Personne.

— La Clef est un petit village. Il fallait chercher à Porog et à Kaczan.

— Je l'ai fait, pardi ! Je vous ai dit ce qu'il en était. Sans les soldats de Mayen, les gens bougeront pas. Certains disent : les vrans, les bobolaks, on s'en fiche, ceux-là, on peut les embrocher en un clin d'œil avec nos fourches, mais qu'est-ce qui se passera quand le kochtcheï nous attaquera ? On n'aura plus qu'à s'enfuir dans la forêt. Et nos chaumières ? Tous nos biens ? On peut pas les embarquer sur not' dos. Et pour vaincre le kochtcheï, notre seule force suffira pas, vous le savez bien.

— Et comment je peux le savoir ?! Quelqu'un l'a-t-il jamais vu ? s'écria le forgeron. Peut-être qu'il n'y pas de kochtcheï du tout ? Et que les vrans veulent seulement vous flanquer la frousse aux fesses, à vous, les péquenauds ? Quelqu'un l'a-t-il vu de ses yeux ?

— Arrêtez, Mikoula, protesta Radim en baissant la tête. Vous savez parfaitement que ceux qui assuraient la protection des marchands n'étaient pas les premiers bagarreurs venus, tout de fer vêtus, c'étaient de véritables tranche-tête. L'un d'eux seulement est-il revenu du col ? Aucun d'entre eux n'en est revenu. Non, Mikoula, je vous le dis, il faut attendre. Si le comte de Mayen nous prête assistance, alors, ce sera une autre histoire.

Mikoula mit son marteau de côté, il replaça la barre dans la fournaise.

— Aucune armée de Mayen ne viendra, dit-il d'une voix lugubre. Ces seigneurs se battent entre eux. Mayen contre Razwan.

— Pour quelles raisons ?

— Parce que vas-y comprendre quelque chose, toi, à leurs raisons, va comprendre pourquoi ils se battent entre eux, ces messeigneurs ? Par ennui, à mon avis, parce qu'ils n'ont rien d'autre à faire ! s'écria le forgeron. Vous l'avez vu, le comte ? Pourquoi est-ce qu'on lui paie la redevance féodale, à ce serpent ?

Le forgeron arracha brutalement la barre des braises, des étincelles jaillirent en tous sens. Crétin fit un bond en arrière. Mikoula saisit le marteau, frappa une fois, deux fois, trois fois.

— Quand le comte a chassé mon gars, je l'ai envoyé au Cercle, demander de l'aide. Chez les Druides.

— Chez les magiciens ? demanda le charron, incrédule. Mikoula ?

— Oui, chez les magiciens. Mais le garçon n'est pas encore revenu.

Radim secoua la tête, il se leva, réajusta son pantalon.

— Je ne sais pas, Mikoula, je ne sais pas. Ce n'est pas pour moi, tout ça. Quoi qu'il en soit, cela revient au même. Il faut attendre. Finissez le travail, moi, je dois...

Un cheval hennit dehors, devant la forge.

Le forgeron se figea, son marteau suspendu au-dessus de l'enclume. Le charron se mit à claquer des dents, il blêmit. Mikoula constata que ses mains tremblaient, il les frotta machinalement contre son tablier de cuir. Rien n'y fit. Il déglutit et se précipita vers la porte où se dessinaient distinctement des silhouettes de cavaliers. Radim et Crétin suivirent le forgeron, en se dissimulant derrière lui. Avant de sortir, Mikoula posa sa barre de fer contre le tronc, près de la porte.

Il vit six individus à cheval, vêtus de jaques piquées de plaquettes de fer et de cottes de mailles. Leur tête était protégée par un heaume en cuir avec un nasal en acier; telle une ligne de métal, ce dernier courait entre les gros yeux couleur rubis qui leur mangeaient la moitié du visage. Ils attendaient, immobiles sur leurs montures, presque nonchalants. Mikoula laissa aller son regard de l'un à l'autre, il vit leurs armes : des hastes, courtes, à la lame très large : des épées à la garde forgée de manière singulière; des bardiches; des guisarmes à la lame dentée.

Deux des cavaliers se tenaient face à l'entrée de la forge. Un vran, très grand, monté sur un cheval gris enveloppé d'un caparaçon vert, avec l'emblème du soleil dessiné sur son heaume. Quant au second...

— Mes aïeux! laissa échapper Crétin derrière les épaules du forgeron.

Et il éclata en sanglots.

Le second cavalier était un humain. Il était vêtu d'un manteau vranien vert foncé, mais les yeux que l'on distinguait de sous son heaume à tête de chien étaient d'un bleu très clair, pas rouges. On y lisait tant de cruauté, froide et impassible, que

Mikoula fut saisi d'une angoisse épouvantable, maladive, qui lui glaça les entrailles, parsemant des picotements tout le long de son corps jusqu'à son postérieur. Personne ne pipait mot. Il régnait un silence absolu. Le forgeron entendit les mouches voleter au-dessus du tas de fumier, derrière la clôture.

L'homme avec son heaume à tête de chien intervint le premier.

— Lequel d'entre vous est le forgeron ?

La question était absurde, le tablier en cuir et la stature de Mikoula le trahissaient au premier regard. Le forgeron ne disait rien. Il perçut du coin de l'œil un geste bref que l'homme aux yeux clairs fit à l'un des vrans. Celui-ci se pencha sur sa selle et pointa sa guisarme, qu'il tenait à mi-manche. Mikoula se crispa, rentrant instinctivement la tête dans les épaules. Le coup, cependant, ne lui était pas destiné. La lame frappa Crétin, pénétrant profondément de biais dans sa nuque ; elle lui fracassa la clavicule et les vertèbres. S'effondrant contre le mur de la forge, le garçon heurta le pilier de la porte et s'écroula sur le sol, à même l'entrée.

— J'ai posé une question, rappela l'homme au casque à tête de chien, sans lâcher Mikoula du regard.

De sa main gantée, il effleurait la hache accrochée à sa selle. Un peu plus loin, deux vrans allumaient un feu ; ils enflammèrent des torches goudronnées qu'ils firent passer aux autres. Puis, tranquillement, sans se hâter le moins du monde, ils entourèrent la forge, fixant les torches au toit de chaume.

Radim n'y tint plus. Se couvrant le visage des mains, il éclata en sanglots et se précipita, droit devant lui, entre les deux chevaux. Arrivé à hauteur du grand vran, celui-ci lui flanqua sa lance dans le ventre. Le charron poussa un hurlement et s'écroula par terre, il tendit et détendit les jambes à deux reprises avant de se figer.

33

—Eh bien! Mikoula, ou quel que soit ton nom, fit l'homme aux yeux clairs. Te voilà seul. À quoi donc cela t'a-t-il servi? De rebeller les gens, d'envoyer chercher de l'aide je ne sais où? Tu pensais qu'on ne l'apprendrait pas? Tu es stupide. Dans les villages, on en rencontre aussi, des mouchards, il suffit de bien les courtiser.

Le toit de chaume de la forge crépitait, gémissait, expectorant une immonde fumée jaunâtre; enfin, dans un grondement, il se mit à cracher des flammes, lancer des étincelles, éructer le souffle puissant de la braise.

—Nous avons coincé ton apprenti, il s'est mis à table et nous a appris chez qui tu l'avais envoyé. Nous attendons aussi celui qui doit arriver de Mayen, poursuivait l'homme au heaume à tête de chien. Oui, Mikoula. Tu as fourré ton sale nez là où il ne fallait pas. Il t'en coûtera vite de grands désagréments. M'est avis qu'on pourrait bien t'empaler. Peut-on trouver un pieu convenable dans le coin? Ou mieux encore: on va te pendre par les pieds à la porte de la grange et te dépouiller comme une anguille.

—C'est bon, ça suffit ces jacasseries, intervint le grand vran avec le soleil sur son heaume, en jetant sa torche par la porte grande ouverte de la forge. Tout le village va rappliquer d'un instant à l'autre. Finissons-en dare-dare avec eux, emportons les chevaux de l'écurie et allons-nous-en d'ici. D'où tenez-vous cela, les humains? D'où vous vient cet amour de la torture, ce besoin de faire souffrir? Parfaitement inutile, qui plus est. Allez! Qu'on en finisse.

Sans accorder le moindre regard au vran, l'homme aux yeux clairs s'inclina sur sa selle et pressa son cheval vers le forgeron.

—Rentre là-dedans, dit-il, et dans ses yeux pâles, on lisait la joie du meurtrier. Allez, à l'intérieur! J'ai pas le temps de te cuisiner comme il faut. Mais, au moins, je peux te faire griller.

Mikoula fit un pas en arrière. Il sentait dans son dos la fournaise de la forge en feu qui grondait avec ses poutres qui tombaient du plafond. Il recula d'un pas encore. Trébucha sur le corps de Crétin et la barre de fer que le garçon avait renversée en tombant.

La barre !

En un éclair, le forgeron se pencha, saisit la lourde tige de fer et, sans se redresser, depuis le sol, la précipita de toutes ses forces animées par la haine dans la poitrine de l'homme aux yeux clairs. La lame, finement forgée, transperça la cotte de mailles. Sans attendre que l'homme s'écroule de son cheval, Mikoula s'élança droit devant lui, traversant la cour en diagonale. Il entendit un hurlement, une cavalcade derrière lui. Parvenu jusqu'à une remise, il agrippa un rancher appuyé contre le mur, s'en saisit et, faisant volte-face, il frappa à l'aveugle. Le coup tomba sur la bouche du cheval gris à caparaçon vert. L'animal se cabra, envoyant culbuter dans la poussière le vran avec le soleil sur son heaume. Mikoula se baissa, une courte lance vint se planter dans le mur de la remise avec un sifflement. Un deuxième vran s'empara de son épée et éperonna son cheval qui reculait sous le coup bruissant du rancher. Les trois suivants chargèrent en hurlant et en agitant leurs armes. Mikoula gémit et, pour se protéger, agita son gros bâton en des moulinets continus. Il heurta quelque chose — le cheval à nouveau, qui hennit et se mit à danser sur ses jambes arrière. Le vran parvint à se maintenir en selle.

Franchissant la palissade au galop, un cheval venu de la forêt entra en collision avec le gris au caparaçon vert. Ce dernier prit peur et se libéra de ses rênes, renversant le grand vran qui s'efforçait de le redresser. N'en croyant pas ses yeux, Mikoula vit le nouveau cavalier se dédoubler : apparurent un gringalet en capuche, penché sur l'encolure de la monture, et, assis derrière lui, un homme aux cheveux clairs, une épée à la main.

Longue et étroite, sa lame décrivit deux demi-cercles, deux éclairs. Balayés de leur selle, deux vrans se retrouvèrent au sol, dans un nuage de poussière. Le troisième, pressé jusque sous la remise à bois, se retourna vers l'étrange couple, la pointe vint alors se planter sous sa barbe, juste au-dessus de sa cuirasse en métal. Le fer étincela, dépassant quelques instants de la nuque. L'homme aux cheveux blonds se laissa glisser de son cheval et partit au pas de course, cherchant à faire tomber le grand vran de sa monture. Ce dernier saisit son épée.

Un cinquième vran tournait au milieu de la cour et s'efforçait de maîtriser son cheval frétillant qui renâclait devant la forge en flammes. Une bardiche pointée droit devant lui, il jeta un regard alentour, hésitant. Finalement, avec un hurlement, il éperonna sa monture et fonça sur le gringalet agrippé à la crinière de son cheval. Sous les yeux de Mikoula, le garçon rejeta sa capuche et arracha le bandeau qu'il avait sur le front. Le forgeron comprit qu'il s'était abusé grandement. La jeune fille secoua sa crinière rousse et hurla des mots incompréhensibles, le bras tourné vers le vran en train d'attaquer. Un filet d'une lumière aussi claire que du vif-argent jaillit de ses doigts. Éjecté de sa selle, le vran décrivit un arc dans les airs et s'écroula sur le sol. Son habit fumait. Son cheval hennissait, secouait la tête, battant la terre des quatre fers.

Face à l'homme aux cheveux blonds, le grand vran avec le soleil sur son heaume reculait lentement vers la forge en feu, courbé, les deux bras tendus devant lui, une épée à la main droite. L'homme blond bondit ; ils échangèrent un coup, puis un deuxième. L'épée du vran fusa de côté, lui-même, la tête en avant, se retrouva suspendu à la lame qui le transperçait.

S'écartant, le blond secoua son épée pour extirper la lame. Le vran tomba à genoux, bascula en avant, sa tête vint s'écraser contre le sol.

Le cavalier qui avait été désarçonné par un éclair de la rousse se mit à quatre pattes et tâta le sol à la recherche de son arme. Mikoula, se remettant de sa surprise, avança de deux pas, leva le rancher et l'abattit sur la nuque du vran terrassé. Une vertèbre craqua.

— Ce n'était pas utile, entendit-il juste à côté de lui.

La fille en habits d'homme avait des taches de rousseur et des yeux verts. Sur son front brillait un étrange joyau.

— Ce n'était pas utile, répéta-t-elle.

— Votre Grâce! bredouilla le forgeron en tenant la barre comme un garde sa hallebarde. La forge… Ils l'ont brûlée… Ils ont tué un gamin, ils l'ont trucidé. Et Radim. Ils les ont trucidés, les bandits. Madame…

Du pied, le blond retourna le corps du grand vran, l'observa quelques secondes, puis il s'approcha en rengainant son épée.

— Eh bien, Visenna! dit-il. Je suis maintenant mêlé à tes affaires comme il faut. Une chose m'inquiète cependant, ai-je bien écharpé ceux qu'il fallait?

— Tu es le forgeron Mikoula, n'est-ce pas? demanda Visenna en redressant la tête.

— Oui, c'est moi. Et vous, vous êtes du Cercle des Druides, vos Grâces? De Mayen?

Visenna ne répondit pas. Elle avait le regard tourné vers la lisière de la forêt et observait un groupe de personnes qui approchaient au pas de course.

— Ce sont les nôtres, dit le forgeron. Des hommes de La Clef.

V

—On en a eu trois! s'exclama d'une voix tonitruante le meneur du groupe de Porog, un barbu aux cheveux noirs qui agitait une faux emmanchée. Trois! Mikoula! Ils poursuivaient des filles. Quand ils sont arrivés dans les champs, on leur a réglé leur compte… L'un d'eux a réussi à s'échapper, il a attrapé un cheval, ce fils de chien!

Les hommes du barbu étaient rassemblés en cercle dans la clairière, autour de feux de camp qui trouaient d'étincelles l'obscurité du ciel nocturne. Tous hurlaient, vociféraient en brandissant leurs armes. Mikoula leva les bras pour réclamer le silence, il voulait écouter la suite du rapport.

—Quatre ont rappliqué chez nous la nuit dernière, dit le vieux maire de Kaczan, maigre comme un clou. Ils venaient me chercher. Quelqu'un a dû me dénoncer, les informer que j'étais de connivence avec vous, forgeron. J'ai juste eu le temps de me sauver dans la grange et de grimper dans la mansarde, j'ai enlevé l'échelle, j'ai attrapé une fourche. «Venez donc!», que je leur lance! Nom d'un chien! «Allez, qui osera?» Ils ont voulu brûler la grange, mon compte était bon, mais nos gars ne sont pas restés les bras croisés, et les ont attaqués en masse. Les autres étaient à cheval, ils sont passés au travers. Quelques-uns des nôtres sont tombés, mais on a réussi à en faire chuter un de sa selle.

—Il est vivant? demanda Mikoula. Je vous avais envoyés pour en attraper un vivant.

—Eh eh! s'offusqua l'homme maigre comme un clou. On n'a pas eu le temps. Nos bonnes femmes ont attrapé une marmite d'eau bouillante, elles sont arrivées avant nous…

—J'ai toujours dit que les femmes étaient chaudes à Kaczan, marmonna le forgeron en se grattant le cou. Et celui qui a mouchardé?

—On l'a trouvé, répondit brièvement le maigrichon, sans entrer dans les détails.

—Bien. Et maintenant, la compagnie, ouvrez grand vos oreilles! On sait à présent où ils crèchent, ces bandits. Au pied des montagnes, près des cabanes des moutons, il y a des cavités dans les rochers. C'est là-bas que les voyous se sont terrés, et c'est là que nous les aurons. On va emporter du foin, du bois sec sur nos chariots, et on va les déloger comme des blaireaux. On bloquera la route, on mettra des abattis, ils pourront pas s'échapper. Voilà ce qu'avec ce chevalier, qui se nomme Korin, on a décidé. Pour ma part, comme vous le savez, j'en suis pas à ma première bataille. J'allais déjà avec le voïvode Grozime chasser les vrans, du temps de la guerre, avant de me poser à La Clef.

Des clameurs guerrières s'élevèrent à nouveau de la foule, mais elles cessèrent rapidement, étouffées par des mots, repris doucement d'abord, de manière hésitante, puis de plus en plus fort. Enfin, le silence se fit.

Surgissant de derrière Mikoula, Visenna vint se placer à côté du forgeron. Elle ne lui arrivait même pas aux épaules. Un murmure parcourut l'assemblée. Une nouvelle fois, Mikoula leva les bras.

—Le temps est venu, s'écria-t-il, de vous révéler sans plus de mystère que, lorsque le comte de Mayen nous a refusé assistance, j'ai envoyé chercher de l'aide auprès des druides du Cercle! Beaucoup d'entre vous le voient d'un mauvais œil, pour moi, ce n'est pas nouveau.

Peu à peu, le bruit de la foule avait cessé, mais celle-ci se manifestait toujours par des remous et des grognements.

—Voici dame Visenna, dit lentement Mikoula. Du Cercle de Mayen. Elle s'est empressée de voler à notre secours au premier appel. Ceux qui viennent de La Clef la connaissent déjà, elle y a soigné des gens, les a guéris par son pouvoir. Oui, mes amis. Madame est petite, mais son pouvoir est immense. Ce pouvoir-là est au-delà de notre compréhension et il nous paraît effrayant, mais il nous sera utile pourtant!

Visenna ne prononça pas un mot, elle n'adressa aucune parole ni ne fit aucun geste en direction des personnes rassemblées. Mais le pouvoir caché de cette petite magicienne aux taches de rousseur était incroyable. Korin, stupéfait, ressentit un étrange enthousiasme le gagner, il sentit que la peur face à cette chose qui se cachait dans le col, la peur devant l'inconnu, disparaissait, se dissipait, cessait d'exister, elle n'avait plus d'importance du moment que brillait le joyau lumineux sur le front de Visenna.

—Ainsi, vous le voyez bien, poursuivait Mikoula, on trouvera un moyen pour combattre ce kochtcheï également. On ne part pas seuls, on ne part pas sans défense. Mais on doit commencer par dégager ces malandrins!

—Mikoula a raison! hurla le barbu de Porog. Les sorts, on s'en fout! Allez les gars, direction le col! Mort au kochtcheï!

La foule beugla d'une seule voix, les flammes des feux de bois se reflétèrent sur les lames des faux, des piques, des haches et des fourches brandies en l'air.

Korin se fraya un passage dans la cohue et s'éloigna vers la forêt; il dénicha une marmite suspendue au-dessus d'un feu de camp, ainsi qu'une écuelle et une cuillère. Il gratta le fond de la marmite pour récupérer un reste de kacha à l'orge et aux lardons, collée au fond. Il s'assit, cala l'écuelle sur ses genoux, et se mit à manger lentement, en recrachant les écorces de céréales. Bientôt, il sentit une présence.

—Prends place, Visenna! l'invita-t-il la bouche pleine.

Il continua de manger en observant le profil de la magicienne, à demi masqué par une cascade de cheveux qui, à la lueur des flammes, étaient d'une couleur rouge sang. Visenna restait silencieuse, les yeux rivés sur le feu de bois.

—Eh Visenna! Pourquoi on est assis là comme deux chouettes? s'exclama Korin en repoussant son écuelle. Moi, je peux pas rester comme ça, ça me rend triste et transi. Où est-ce qu'ils ont bien pu cacher leur gnôle? Je viens de voir leur pichet pourtant, que la peste l'emporte! Il fait noir comme dans…

La druidesse se tourna vers lui. Ses yeux brillaient d'un étrange éclat verdâtre. Korin se tut.

—Oui. C'est exact, dit-il au bout de quelques secondes en toussotant. Je suis un voleur. Un mercenaire. Un détrousseur. Je me suis impliqué dans cette histoire parce que j'aime la bagarre, peu m'importe contre qui je me bats. Je connais le prix du jaspe, de la jadéite et des autres pierres que l'on peut trouver dans les mines d'Amell. Je veux me faire de l'oseille. Je me fiche pas mal du nombre de ces hommes qui mourront demain. Que veux-tu savoir encore? Je vais le dire moi-même, inutile de te servir de cette breloque cachée sous une peau de serpent. Je n'ai pas l'intention de taire quoi que ce soit. Tu as raison, je ne suis digne ni de toi ni de ta noble mission. J'ai fini. Bonne nuit. Je vais dormir.

Mais, en dépit de ses paroles, il ne se leva pas. Il s'empara simplement d'un bâton et remua les tisons incandescents.

—Korin, dit Visenna tout doucement.

—Oui?

—Ne pars pas.

Korin baissa la tête. D'une bûche de bouleau jaillirent des geysers de flammes bleuâtres. Korin jeta un coup d'œil à Visenna, mais il ne put supporter l'éclat incroyable de son regard. Il détourna la tête en direction du feu.

—Ne sois pas trop exigeant envers toi-même, reprit Visenna en s'enveloppant de son manteau. C'est ainsi, ce qui n'est pas naturel éveille la peur. Et l'horreur.

—Visenna…

—Ne m'interromps pas. Oui, Korin, les gens ont besoin de notre aide, ils nous en sont reconnaissants, souvent avec sincérité d'ailleurs, mais ils nous ont en horreur, ils ont peur de nous, ne nous regardent pas dans les yeux, crachent pour conjurer le mauvais sort dès qu'ils nous voient. Les plus malins, comme toi, sont moins directs. Tu n'es pas une exception, Korin. J'en ai entendu beaucoup déjà me déclarer ne pas être suffisamment dignes pour s'asseoir avec moi autour d'un feu de bois. Mais il arrive qu'à notre tour nous ayons besoin de l'aide de ces gens… normaux. Ou bien de leur compagnie.

Korin se taisait.

—Je sais, poursuivit Visenna, ce serait plus simple pour toi si j'avais une longue barbe blanche et un nez crochu. Le dégoût de ma personne ne provoquerait pas alors une telle confusion dans ta tête. Oui, Korin, le dégoût. Cette breloque, que je porte sur le front, c'est de la calcédoine… C'est en grande partie à elle que je dois mes capacités magiques. Tu as raison, avec l'aide de la calcédoine, j'arrive à lire les pensées les plus claires. Les tiennes le sont même trop. N'exige pas que cela me fasse plaisir. Je suis une magicienne, une sorcière, mais aussi une femme. J'étais venue ici, parce que je voulais coucher avec toi.

—Visenna…

—Non. Je n'ai plus envie maintenant.

Ils restèrent ainsi sans mot dire. Dans les profondeurs de la nuit, perché sur une branche d'arbre, l'oiseau au plumage bariolé sentait la peur. La sombre forêt était peuplée de hiboux.

—Tu y vas un peu fort avec le dégoût, intervint enfin Korin. Je reconnais, c'est vrai, que tu éveilles en moi comme une espèce… d'angoisse. Tu n'aurais pas dû me permettre d'assister à ça, à la croisée. Ce cadavre, tu vois?

—Korin, dit tranquillement la magicienne. Lorsque tu as planté ton épée dans la gorge du vran, près de la forge, j'ai failli vomir sur la crinière de mon cheval. J'ai eu du mal à rester en selle. Mais laissons nos spécialités tranquilles. Finissons-en avec une discussion qui ne mène nulle part.

—Finissons-en, Visenna.

La magicienne s'emmitoufla plus douillettement dans son manteau. Korin ajouta quelques ramilles dans le feu.

—Korin?

—Oui?

—Je voudrais que tu ne t'en fiches plus, du nombre de gens qui vont mourir demain. Des humains et… et des autres. Je compte sur ton aide.

—Je t'aiderai.

—Ce n'est pas tout encore. Reste la question du col. Je dois ouvrir la route par Klamat.

Du bout d'un bâton incandescent, Korin désigna les autres feux de camp et les gens installés autour qui somnolaient ou discutaient à voix basse.

—Avec notre superbe armée, dit-il, nous ne devrions pas avoir de soucis pour ça.

—Notre armée filera chez elle dès le moment où je cesserai de les envoûter à l'aide de mes sortilèges, répondit Visenna en souriant tristement. Mais je n'ai pas envie de les ensorceler. Je n'ai pas envie que l'un d'eux meure dans une lutte qui n'est pas la sienne. Et le kochtcheï, ce n'est pas leur affaire, mais celle du Cercle. Je dois me rendre seule jusqu'au col.

—Non. Tu n'iras pas seule, répliqua Korin. Nous irons ensemble. J'ai su depuis l'enfance, Visenna, quand il convenait de fuir, et quand l'heure n'était pas encore venue. Durant des années de pratique, j'ai perfectionné ce savoir, ce qui m'a permis de passer pour quelqu'un de courageux. Je ne compte pas risquer de mettre à mal ma réputation. Inutile de m'ensorceler. Nous verrons d'abord à quoi il ressemble, ce kochtcheï. D'ailleurs, entre parenthèses, c'est quoi exactement, un kochtcheï, d'après toi ?

Visenna baissa la tête.

—Je crains, murmura-t-elle, que ce ne soit la mort.

VI

Les bandits ne se laissèrent pas surprendre dans les cavernes. Montés sur leurs chevaux, ils attendaient, immobiles, bien droits sur leur selle, les yeux rivés sur les colonnes de paysans armés qui sortaient de la forêt. Le vent qui agitait leurs manteaux les faisait ressembler à de maigres rapaces au plumage effiloché, menaçants, imposant le respect et l'effroi.

—Dix-huit, compta Korin, debout sur ses étriers. Tous à cheval. Six valets. Un chariot. Mikoula !

Le forgeron reforma rapidement son peloton. Armés de piques et d'épieux, les manches plantés en terre, les hommes étaient agenouillés au bord du fourré. Les archers avaient choisi leur position derrière les arbres. Les autres étaient en retrait dans les broussailles.

L'un des cavaliers avança dans leur direction, il se rapprocha. Retenant sa monture, il leva un bras au-dessus de la tête, et cria quelque chose.

—C'est une ruse, marmonna Mikoula. Je les connais, ces fils de chien.

—On va s'en convaincre, dit Korin en sautant à bas de son cheval. Viens.

À pas lents, Korin et Mikoula s'approchèrent ensemble du cavalier. Au bout de quelques secondes, Korin constata que Visenna les suivait.

Le cavalier était un bobolak.

—Je serai bref ! lança-t-il sans descendre de cheval.

Ses petits yeux brillants papillotaient, à moitié enfouis dans la fourrure qui couvrait son visage.

— Je suis le chef actuel du groupe que vous voyez là-bas. Neuf bobolaks, cinq humains, trois vrans, un elfe. Les autres sont morts. Des malentendus ont surgi entre nous. Notre précédent chef, dont les projets nous ont amenés jusqu'ici, gît là-bas dans une grotte, pieds et poings liés. Faites-en ce que vous voulez. Nous, nous voulons partir.

— Bref discours, en effet ! pouffa Mikoula. Vous voulez partir. Et nous, nous voulons vous étriper. Qu'est-ce que tu réponds à ça ?

Le bobolak redressa sa petite stature sur sa selle, dévoilant des dents pointues étincelantes.

— Tu penses que je pactise parce que j'ai peur de vous, de votre bande de petits merdeux en laptis de paille ? Pas de problèmes, si vous le voulez, nous vous passerons sur le corps. C'est notre métier, paysan. Je sais ce que nous risquons. Même si une partie d'entre nous tombe, l'autre passera. C'est la vie.

— Le chariot ne passera pas, dit lentement Korin. C'est la vie.

— Nous avons calculé le risque.

— Qu'est-ce qu'il y a dans le chariot ?

Le bobolak cracha par-dessus son épaule droite.

— Un vingtième de ce qui est resté dans la caverne. Et pour que les choses soient claires : si vous nous ordonnez d'abandonner le chariot, c'est non. Si nous devons quitter la partie sans profit, alors nous choisirons, en toute conscience, de ne pas le faire sans combattre. Eh bien ? Qu'en sera-t-il ? Si nous devons batailler, je préfère que ce soit maintenant, le matin, avant que le soleil ne se mette à cuire.

— Tu es courageux, dit Mikoula.

— Nous sommes tous de la même trempe dans notre famille.

— On vous laissera partir si vous abandonnez vos armes.

Le bobolak cracha de nouveau, cette fois par-dessus son épaule gauche, pour changer. Sa réponse fusa, brève :

— Pas question !

— C'est là où le bât blesse, s'esclaffa Korin. Sans armes, vous n'êtes que des vauriens.

— Et toi, sans armes, tu es quoi ? demanda froidement le nabot. Un prince ? Je vois bien quel genre de prince. Crois-tu que je sois aveugle ?

— Armés, affirma lentement Mikoula, vous êtes prêts à revenir dès demain. Ne serait-ce que pour récupérer ce qui reste dans la caverne, d'après ce que tu as dit. Pour tirer un plus gros profit encore.

Le bobolak sourit de toutes ses dents.

— Nous l'avons envisagé. Mais après une courte discussion, nous y avons renoncé.

— Sage décision, intervint soudain Visenna qui dépassa Korin et vint se placer juste devant le cheval. Vous avez pris une sage décision en renonçant, Kehl !

Korin eut soudain l'impression que le vent s'était levé, qu'il soufflait un air glacial entre les rochers et les herbes. Visenna poursuivait d'une voix métallique, étrangère :

— Celui d'entre vous qui tentera de revenir ici mourra. Je le vois et je te le prédis. Quittez ces lieux sur-le-champ. Sur-le-champ. Immédiatement. Celui qui tentera de revenir mourra.

Le bobolak se pencha sur l'encolure de son cheval pour regarder la magicienne. Il n'était pas jeune : sa fourrure était presque couleur de cendre, déjà, parsemée de mèches blanches.

— C'est toi ? C'est bien ce que je pensais. Je suis heureux que… Peu importe. J'ai dit que je n'avais pas l'intention de revenir ici. Nous nous sommes unis à Fregenal pour le gain. C'est terminé. Maintenant, nous avons le Cercle et tous les villages à dos ; quant à Fregenal, il s'est mis à délirer, il veut dominer le monde. Nous en avons assez, de lui et de cet épouvantail qui bloque le col.

Il secoua ses rênes, fit faire demi-tour à son cheval.

— Pourquoi est-ce que je dis ça ? Nous partons. Adieu.

Personne ne lui répondit. Hésitant, le bobolak jeta un coup d'œil du côté de la lisière, puis sur le rang immobile de ses cavaliers. Il se pencha à nouveau sur sa selle et fixa Visenna du regard.

— J'étais opposé à ce qu'on s'en prenne à toi, dit-il. Je constate que j'avais raison. Si je te dis que le kochtcheï, c'est la mort, tu iras jusqu'au col, quoi qu'il arrive, n'est-ce pas ?

— En effet.

Kehl se redressa, poussa un cri pour inciter sa monture et fila vers les siens au galop. Quelques instants plus tard, les cavaliers, en colonne autour du chariot, s'ébranlèrent en direction de la route. Mikoula était déjà au milieu de ses hommes, il pérorait, apaisait le barbu de Porog et les autres, avides de sang et de vengeance. Korin et Visenna observaient en silence le peloton en train de les dépasser. Avançant d'un pas lent, les cavaliers regardaient droit devant eux, affichant un calme et un mépris hautains. Seul Kehl, arrivé à leur hauteur, leva légèrement la main dans un geste d'adieu, les yeux rivés sur Visenna, et un étrange rictus plaqué sur le visage. Puis il cingla brusquement son cheval, fonça en tête de la colonne et disparut parmi les arbres.

VII

Le premier cadavre gisait à l'entrée même de la grotte, écrasé, coincé entre des sacs d'avoine et un tas de brindilles. Le couloir bifurquait, et les deux autres corps se trouvaient juste derrière la fourche : l'un pratiquement décapité par un coup de massue ou de marteau, le second couvert de sang coagulé provenant de diverses blessures. Tous des humains.

Visenna ôta le bandeau de son front. Une lueur plus claire que la lumière d'un flambeau émanait de son diadème, éclairant le sombre intérieur de la caverne. Le couloir les mena dans un antre plus grand encore. Korin émit un léger sifflement. Le long des murs étaient alignés des tonneaux, des caisses et de gros sacs ; s'y amoncelaient des tas de harnais de cheval, des balles de laine, des armes, des outils. Plusieurs caisses étaient détruites, vides. D'autres, pleines encore. En passant, Korin découvrit des pépites de jaspe vert, des éclats sombres de jadéite, des agates, des opales, des chrysoprases et d'autres pierres qu'il ne connaissait pas. Des ballots de fourrure – castor, lynx, renard, carcajou – avaient été jetés pêle-mêle à même le sol, sur lequel scintillaient çà et là des pièces d'or, d'argent et de cuivre éparpillées.

Visenna, sans ralentir l'allure d'une seconde, se dirigeait vers la caverne suivante, bien plus petite, plus sombre. Korin la suivit.

— Je suis là.

Une forme sombre, indistincte, couchée sur un tas de chiffons et de peaux jonchant le sol, s'était adressée à eux.

Ils s'approchèrent. L'homme ligoté était de petite taille, chauve, énorme. Un gros hématome lui couvrait la moitié du visage.

Visenna toucha son diadème ; durant une seconde, la calcédoine étincela.

— C'est inutile, dit l'homme ligoté. Je te connais. J'ai oublié comment tu te nommes. Je sais ce que tu as sur le front. C'est inutile, je te dis. Ils m'ont attaqué durant mon sommeil, ils m'ont volé ma bague, détruit ma baguette. Je suis impuissant.

— Fregenal, dit Visenna. Tu as changé.

—Visenna, bougonna le gros lard. Ça m'est revenu. Je pensais que ce serait un homme, c'est pourquoi j'ai envoyé Manissa. Avec un homme, ma Manissa s'en serait sortie.

—Elle ne s'en est pas sortie! se vanta Korin en observant l'endroit. Quoique, rendons justice à la défunte, elle a essayé du mieux qu'elle pouvait.

—Dommage!

Ayant inspecté les lieux du regard, Visenna se dirigea d'un pas assuré dans un coin de la caverne; du bout de sa chaussure, elle retourna une pierre sous laquelle elle découvrit un petit pot en argile enserré dans une peau grasse. Elle coupa le cordon avec sa serpette en or, sortit un rouleau de parchemins. Fregenal l'observait de ses yeux malveillants.

—Tiens, tiens! fit-il d'une voix frémissante de colère. Quel talent! Mes félicitations! Alors on est capable de trouver des objets cachés! Et que sait-on faire d'autre? Guérir les flatulences de génisse? Faire des prédictions à partir de boyaux de mouton?

Sans prêter la moindre attention à Fregenal, Visenna examina carte après carte.

—C'est curieux, dit-elle au bout d'un instant, il y a onze ans, au moment où on t'a exclu du Cercle, certaines pages des Livres Interdits ont disparu. C'est très bien qu'elles aient réapparu! Agrémentées de commentaires, qui plus est. Dire que tu as eu le cran d'utiliser la double croix d'Alzur, eh bien, eh bien! Je ne pense pas que tu aies oublié de quelle manière est mort Alzur? Il paraît que plusieurs de ses créatures rôdent encore de par le monde, y compris la dernière en date, le myriapode, qui l'a massacré en même temps que la moitié de Maribor, avant de s'enfuir dans les bois de Zarzecz.

Visenna plia en quatre quelques parchemins qu'elle rangea dans une poche de la manche bouffante de son caftan. Elle déplia les suivants.

—Ah ah! fit-elle en plissant le front. La formule de la racine d'arbre a légèrement changé. Et ici, le Triangle dans le Triangle, qui permet de générer une série de mutations et un énorme accroissement de la masse corporelle. Mais de quelle créature t'es-tu donc servi initialement, Fregenal? Qu'est-ce que c'est? Ça ressemble à un simple vinaigrier. Fregenal, il manque quelque chose ici. Tu sais de quoi je parle, j'espère?

—Je suis heureux que tu l'aies remarqué! fit le magicien en se renfrognant. Un simple vinaigrier, dis-tu? Quand cet uropyge sortira du col, le monde se figera de terreur. Pendant quelques secondes. Et puis il se mettra à hurler.

—D'accord, d'accord. Où sont les sortilèges qui manquent ici?

—Nulle part. Je ne tenais pas à ce qu'ils tombent entre de mauvaises mains. Surtout pas les vôtres. Je sais que le Cercle entier rêve du pouvoir que les formules peuvent offrir, mais ne rêvez pas trop. Jamais vous ne parviendrez à créer ne serait-ce que la moitié d'un truc aussi effrayant que mon kochtcheï.

—Il semble qu'on t'ait frappé à la tête, Fregenal, dit Visenna d'une voix calme. Ce qui explique que tu n'aies pas encore récupéré tes capacités de jugement. Qui parle ici de créer quelque chose? Ton monstre, il va falloir le détruire, l'anéantir. D'une manière simple, en inversant le sort lié, c'est-à-dire en utilisant l'Effet Miroir. Bien sûr, le sort de liaison était connecté à ta baguette, il va donc falloir l'adapter à ma calcédoine.

—«Il va falloir, il va falloir!»! grommela le gros lard. Tu peux toujours rester là à vafalloirer jusqu'à la fin du monde, mademoiselle super maligne. D'où te vient cette idée ridicule que je vais te dévoiler mon sort de liaison? Tu ne tireras rien de moi, mort ou vif. Je suis verrouillé. Cesse de me dévorer des yeux de la sorte, parce que ton caillou finira par te brûler le front. Allez, déliez-moi, je suis tout engourdi.

— Si tu veux, je peux te donner deux ou trois coups de pied, intervint Korin avec un sourire. Ça réveillera ta circulation. Il semblerait que tu ne comprennes pas ta situation, crâne chauve. D'un instant à l'autre, des gars à qui tu en as fait baver vont surgir ici, et ils vont t'écarteler avec quatre chevaux. Tu as déjà vu comment ça se passe ? Pour commencer, ils t'arrachent les bras.

Fregenal contracta la nuque, écarquilla les yeux et voulut envoyer un glaviot aux pieds de Korin, mais comme ce n'était guère aisé dans la position dans laquelle il se trouvait, il parvint juste à souiller sa barbe.

— Voilà, fulmina-t-il, voilà ce que j'en fais de vos menaces ! Vous ne me ferez rien ! Qu'est-ce que tu t'imagines, vagabond ? Tu es tombé au milieu d'événements qui te dépassent ! Demande-lui pourquoi elle est ici ! Visenna ! Informe-le, il semble qu'il te prenne pour une noble salvatrice des opprimés, une guerrière luttant pour le bien-être des miséreux ! Mais il est ici question d'argent, crétin ! D'un bon paquet d'argent !

Visenna ne disait rien. Fregenal se tendit, faisant grincer ses liens ; dans un effort, il se tourna sur le côté, replia les genoux.

— C'est pas vrai, peut-être ? hurla-t-il. Le Cercle ne t'a pas envoyée ici pour que tu rouvres le robinet d'or qui a cessé de couler ? Parce que le Cercle tire ses bénéfices de l'extraction du jaspe et de la jadéite, il prélève un tribut auprès des marchands et des caravanes en échange d'amulettes de protection. Qui se sont révélées inefficaces, d'ailleurs, contre mon kochtcheï !

Visenna ne pipa mot. Elle ne regardait pas le magicien ligoté, mais avait les yeux rivés sur Korin.

— Ah ! ah ! s'écria le magicien. Tu ne protestes même pas ! C'est donc déjà de notoriété publique. Autrefois, seuls les Anciens étaient au courant, et on laissait croire aux morveux comme toi que le Cercle avait pour seule vocation la lutte contre le mal. Cela ne m'étonne pas. Le monde change, les humains commencent tout doucement à comprendre qu'on peut se passer de magie et de magiciens. Vous aurez à peine le temps de vous retourner que vous vous retrouverez sans travail, contraints de vivre de ce que vous avez volé depuis tout ce temps. Rien d'autre ne vous intéresse que le profit. C'est pourquoi vous allez me délier sur-le-champ. Vous n'allez pas me tuer, ni même me laisser mourir, parce que cela exposerait le Cercle à des pertes plus grandes encore. Et cela, le Cercle ne vous le pardonnerait pas, c'est clair.

— Non, ce n'est pas clair, dit froidement Visenna en croisant les bras sur sa poitrine. Vois-tu, Fregenal, des morveuses telles que moi ne prêtent pas la moindre attention aux biens des mortels. Qu'en ai-je à faire, de ce que le Cercle perde ou gagne, si même il cesse d'exister? Je peux toujours subsister en guérissant les flatulences de génisse. Ou l'impuissance, chez les pourritures de ton genre. Mais peu importe. Ce qui importe, Fregenal, c'est que tu veux vivre, et c'est l'unique raison pour laquelle tu babilles ainsi. Tout le monde veut vivre. C'est pourquoi tu vas me révéler tout de suite, ici, sur place, ton sort de liaison. Ensuite, tu m'aideras à retrouver ton kochtcheï et à le détruire. Dans le cas contraire… Eh bien! J'irai dans la forêt, me promener un peu. Ensuite, je pourrai toujours dire au Cercle que je n'ai pas bien surveillé les fermiers déchaînés.

Le magicien grinça des dents:

— Tu as toujours été cynique. À l'époque, déjà, à Mayen. Avec les hommes, surtout. Tu avais à peine quatorze ans, mais on parlait déjà beaucoup de tes…

— Ça suffit, Fregenal, l'interrompit la druidesse. Ce que tu dis me laisse de marbre. Lui aussi. Il n'est pas mon amant. Dis que tu es d'accord. Et finissons-en avec cette comédie. Parce que tu es d'accord, avoue-le!

—Bien sûr que je suis d'accord! siffla-t-il d'une voix rauque. Tu me prends pour un idiot? Tout le monde veut vivre.

VIII

Fregenal s'arrêta, du revers de la main, il essuya la sueur de son front.

—Là-bas, derrière ces rochers, commence le défilé. Sur les anciennes cartes, il est indiqué comme Dur-tan-Orit, le ravin de la Souris. C'est la porte de Klamat. C'est ici que nous devons laisser nos montures. À cheval, nous n'avons pas la moindre chance de passer inaperçus.

—Mikoula, dit Visenna en mettant pied à terre. Attendez-moi ici jusqu'à ce soir, pas davantage. Si je ne reviens pas, n'allez pas jusqu'au col, sous aucun prétexte. Rentrez tous chez vous. Tu as compris, Mikoula?

Le forgeron hocha la tête. Seuls quatre villageois étaient restés avec lui. Les plus téméraires. Le reste du peloton avait fondu comme neige au soleil.

—J'ai compris, dame Visenna, bougonna-t-il en lorgnant Fregenal. Toutefois, je m'étonne que vous fassiez confiance à ce pestiféré. D'après moi, les gars avaient raison. Il fallait lui arracher la tête. Regardez donc un peu ces yeux de cochon, madame, ce groin de traître.

Visenna ne pipa mot. La main en visière, elle observait la montagne, l'entrée du col.

—Conduis-nous, Fregenal, ordonna Korin en remontant son ceinturon.

Ils se mirent en route.

Au bout d'une demi-heure de marche, ils tombèrent sur un premier chariot, renversé, fracassé. Puis sur un deuxième, à la roue cassée. Sur des carcasses de cheval. Un squelette humain. Un deuxième. Un troisième. Un quatrième. Un amas. Un amas d'os brisés, broyés.

— Espèce de fils de salopard, s'exclama Korin à voix basse en regardant un crâne où des orties traversaient déjà les orbites vides. Ce sont des marchands, n'est-ce pas ? Je ne sais pas ce qui me retient de…

— Nous étions d'accord, s'empressa de l'interrompre Fregenal. Nous étions d'accord. Je vous ai tout dit, Visenna. Je vous aide. Je vous guide. Nous étions d'accord !

Korin cracha. Visenna, le visage pâle, le regarda, puis elle se tourna vers le magicien.

— Nous étions d'accord, confirma-t-elle. Tu vas m'aider à le trouver et à le détruire, ensuite tu iras ton chemin. Ta mort ne rendra pas la vie à ceux qui gisent ici.

— Le détruire, le détruire… Visenna, je te préviens encore une fois et je te le répète : rends-le léthargique, paralyse-le, tu connais les formules. Mais ne le détruis pas. Il vaut une fortune. Tu peux toujours…

— Arrête, Fregenal. Nous avons déjà discuté de tout cela. Guide-nous.

Ils poursuivirent leur route, en évitant prudemment les cadavres.

— Visenna, souffla Fregenal quelques instants plus tard. Tu te rends compte du risque ? Je suis sérieux. Tu sais, avec l'effet miroir, on n'est sûr de rien. Si l'inversion ne marche pas, c'en est fini de nous. J'ai vu ce dont il était capable.

Visenna arrêta son cheval.

— Arrête de louvoyer, dit-elle. Pour qui me prends-tu ? L'inversion fera effet si…

— Si tu ne nous as pas roulés dans la farine, intervint Korin d'une voix sourde de colère. Et si c'est le cas… Tu dis que tu as vu ce dont était capable ton monstre ? Et sais-tu ce dont moi, je suis capable? Je connais un moyen de découper qui ne laisse à la victime qu'une seule oreille, une seule joue, et la moitié de la mâchoire. Y survivre n'est pas impossible, mais plus question après de jouer de la flûte, par exemple.

—Visenna, calme donc cet égorgeur, balbutia Fregenal, qui avait blêmi. Explique-lui qu'il m'était impossible de te tromper, que tu l'aurais senti…

—Ne parle pas autant, Fregenal. Guide-nous.

Plus loin, ils virent d'autres chariots. Et d'autres squelettes. Des cages thoraciques entremêlées, enchevêtrées, séchaient dans l'herbe, des tibias pointaient des cavités. Des boîtes crâniennes qui semblaient sourire de manière macabre. Korin restait silencieux, serrant la poignée de son épée dans sa main moite.

—Attention! les avertit Fregenal en grinçant. Nous sommes proches. Ne faites pas de bruit.

—À quelle distance réagit-il? Fregenal, je te parle.

—Je te ferai signe.

Ils continuèrent d'avancer, en surveillant les parois escarpées du ravin, envahies de souches d'arbustes difformes, marquées par les traces des éboulis et des crevasses.

—Visenna? Tu peux déjà le sentir?

—Oui. Mais pas encore distinctement. Quelle distance, Fregenal?

—Je te ferai signe. Dommage que je ne puisse t'aider. Sans ma baguette et mon anneau, je ne peux rien faire. Je suis impuissant. À moins que…

—À moins que quoi?

—Ceci!

Avec une célérité insoupçonnable, le gros magicien se baissa et s'empara d'un fragment de pierre anguleux, il en frappa Visenna à l'arrière du crâne. La druidesse s'effondra sans une plainte, le visage contre le sol. Korin dégaina son épée, mais le magicien était d'une adresse incroyable. Il plongea à quatre pattes. En évitant la lame, il se faufila entre les jambes de Korin et lui fracassa le genou avec la pierre qu'il n'avait pas lâchée des mains. Korin hurla, s'écroula à terre ; la douleur le priva momentanément de souffle, puis il fut saisi d'une vague de nausée qui remonta de ses viscères jusqu'à la gorge. Agile comme un chat, Fregenal s'apprêtait déjà à frapper une seconde fois.

Tel un boulet, l'oiseau bariolé piqua du ciel et vint effleurer le visage du gros magicien. Ce dernier fit un bond en agitant les bras et lâcha la pierre. Prenant appui sur un coude, Korin tendit son épée. Il manqua d'un cheveu le mollet de Fregenal qui fit volte-face et se précipita en direction du ravin de la Souris, sans cesser de hurler et de ricaner. Korin essaya de se redresser et de le poursuivre, mais un voile noir lui assombrit les yeux au moment de se lever. Il retomba en lançant une flopée d'injures à l'encontre du magicien.

Arrivé à une distance de sécurité suffisante, Fregenal s'arrêta, se retourna.

— Eh toi ! magicienne de mes deux, beugla-t-il, rouquine répugnante ! Tu as voulu jouer à la plus maligne avec Fregenal ! Me laisser gracieusement en vie ? Tu pensais que j'allais tranquillement te regarder l'abattre ?

Tout en continuant de jurer, Korin se massait le genou pour apaiser la douleur. Visenna gisait toujours, immobile.

— Il arrive ! s'écria Fregenal. Regardez ! Réjouissez-vous et profitez de la vue, car dans quelques instants le kochtcheï va vous arracher les yeux des orbites ! Ça y est, il arrive !

Korin regarda autour de lui. De derrière un éboulis de roches, éloigné de quelque cent pas, apparurent des pattes d'araignée aux articulations griffues et arquées. Puis, un corps d'au moins six mètres de diamètre, velu, couleur de

rouille terreuse, plat comme une assiette et couvert d'excrois-
sances épineuses, surgit du tas de pierres avec un cliquetis.
Quatre paires de pattes avançaient calmement, en traînant
un buste en forme de bol à travers l'éboulis. Une cinquième
paire, disproportionnée, beaucoup plus longue, était armée
de pinces hérissées d'un rang de pointes acérées et de cornes.

Une pensée traversa l'esprit de Korin : *C'est un mauvais
rêve ! Un affreux cauchemar ! Je vais hurler et me réveiller. Je vais
hurler ! Hurler ! Hurler !*

Oubliant son genou douloureux, il se précipita d'un bond
vers Visenna, secoua son bras endormi. Les cheveux de la
druidesse étaient imprégnés de sang qui commençait à couler
le long de sa nuque.

—Visenna…, parvint-il à articuler, la gorge nouée par
la peur. Visenna…

Fregenal éclata d'un rire halluciné. Celui-ci se répercuta en
écho contre les parois du ravin, étouffant les pas de Mikoula
qui arrivait subrepticement, une hache à la main. Fregenal
l'aperçut quand il était déjà trop tard. Le fer de la hache vint se
planter jusqu'à la tête dans son sacrum, un peu au-dessus des
hanches. Le magicien s'écroula sur le sol avec un hurlement de
douleur, tentant d'arracher le manche des mains du forgeron.
Mikoula posa son pied sur le gros magicien, empoigna sa
bardiche et lui assena un nouveau coup. La tête de Fregenal
roula le long de la pente et s'immobilisa juste sous les roues
d'un chariot cassé, son front venant se plaquer contre l'un des
crânes qui jonchaient le sol.

Korin, en claudiquant et en trébuchant sur les cailloux,
traîna Visenna, inerte et le corps tout flasque. Mikoula se
précipita à leur rencontre, il saisit la jeune femme, la jeta
sur son dos sans le moindre effort et se mit à courir. Korin,
quoique libéré de son fardeau, fut incapable de le suivre. Il jeta
un coup d'œil par-dessus son épaule. Le kochtcheï progressait

57

dans sa direction, ses articulations grinçaient, ses pinces saillantes ratissaient l'herbe rare, faisaient crisser la pierre.

— Mikoula! hurla Korin d'une voix désespérée.

Le forgeron regarda autour de lui, posa Visenna sur le sol, courut vers Korin pour le soutenir et ils s'enfuirent ensemble.

— On ne s'en sortira pas, souffla Mikoula. On ne pourra pas lui échapper…

Ils rejoignirent Visenna, allongée sur le dos.

— Elle va se vider de son sang, gémit Mikoula.

Korin se souvint. Il prit la besace de Visenna, accrochée à sa ceinture, en vida le contenu à la hâte et, sans prêter attention aux autres objets, s'empara d'une pierre couleur de rouille, couverte de signes runiques; il écarta les cheveux roux ensanglantés, pressa l'hématite contre la blessure. Le sang cessa de couler instantanément.

— Korin! hurla Mikoula.

Le kochtcheï était proche, les pattes largement étalées, les pinces dentelées ouvertes. Mikoula voyait les yeux du monstre qui se retournaient et, juste en dessous, ses mâchoires en demi-lune qui grinçaient. Le kochtcheï rampait et sifflait en rythme : « Tss, tss, tss… »

— Korin!

Korin ne réagissait pas, il murmurait quelque chose, sans décoller l'hématite de la blessure. Mikoula s'approcha de lui, le secoua par le bras, le sépara de Visenna, emporta la druidesse dans ses bras. Ils se mirent à courir. Le kochtcheï ne cessait de siffler, son ventre chitineux crissa sur la pierre, il leva ses pattes et se lança prestement à leur poursuite. Mikoula comprit qu'ils n'avaient aucune chance.

Galopant à la vitesse du diable, un cavalier venait de surgir du ravin de la Souris. Vêtu d'un doublet de cuir, la tête protégée par un bassinet en maille de fer, il brandissait bien haut une large épée. Sur son visage hirsute, on distinguait des yeux minuscules et brillants, des dents pointues étincelantes.

S'accompagnant d'un cri de guerre, Kehl fonça sur le kochtcheï. Avant qu'il n'atteigne le monstre, les horribles pattes de ce dernier s'étaient ouvertes, saisissant le cheval dans ses pinces épineuses. Le bobolak fit un vol plané, atterrissant en roulades sur le sol.

Sans effort apparent, le kochtcheï souleva l'animal et le planta sur une flèche aiguisée qui pointait à l'avant de son corps. Les mandibules falciformes claquèrent, du sang éclaboussa les pierres, les entrailles fumantes du cheval jaillirent de son ventre entaillé.

Mikoula se précipita pour relever le bobolak, mais celui-ci le repoussa et s'empara de son épée. En poussant un hurlement tel qu'il couvrit les derniers grognements de son cheval, il bondit sur le kochtcheï. Avec une agilité de singe, il se faufila sous le coude osseux du monstre et frappa de toutes ses forces, droit dans son œil à facettes. Le kochtcheï poussa un râle, libéra les restes du cheval, étendit ses pattes sur le côté ; ses épines aiguisées barrèrent le passage à Kehl. Le monstre souleva le bobolak de terre en direction du talus. Kehl vint s'écraser contre les rochers, lâchant son épée. Le kochtcheï effectua un demi-tour, le saisit entre ses pinces et se mit à serrer. Telle une figurine, le bobolak resta suspendu dans les airs.

Mikoula poussa un rugissement de fureur ; en deux enjambées, il se retrouva près du kochtcheï. Prenant son élan, il balança de toutes ses forces sa bardiche sur la carapace chitineuse. Abandonnant Visenna, Korin, sans réfléchir une seconde, se précipita de l'autre côté. Tenant son épée à deux mains, il la planta dans l'interstice entre la carapace et la patte de la bête. En poussant de tout son torse sur le pommeau, il enfonça la lame jusqu'à la garde. Mikoula gémit et frappa une nouvelle fois, la cuirasse du monstre se fendit, un liquide verdâtre et puant jaillit. Le kochtcheï siffla, lâcha le bobolak, souleva sa pince. Korin prit solidement appui sur le sol, secoua la poignée de son épée, en vain.

—Mikoula! s'écria-t-il. En arrière!

Les deux hommes prirent la fuite, de manière très habile, car ils partirent dans deux directions différentes. Le kochtcheï hésita, fit grincer son ventre sur les rochers et avança droit devant, très vite, en direction de Visenna qui, la tête entre les épaules, essayait de se mettre à quatre pattes. Juste au-dessus d'elle, l'oiseau au plumage bariolé plana dans les airs, il battit des ailes en criant, criant, criant…

Le kochtcheï était tout proche.

Les deux hommes, Mikoula et Korin, s'élancèrent en même temps, barrant la route au monstre.

—Visenna!

—Madame!

Le monstre, sans s'arrêter, déploya ses grosses pattes.

—Écartez-vous! s'écria Visenna, à genoux, en levant la main. Korin! Écarte-toi!

Tous deux s'écartèrent, venant se jeter contre les parois du ravin.

—*Henenaa fireaoth kerelanth!* hurla la magicienne d'une voix perçante, les bras tendus vers le kochtcheï.

Mikoula vit se déplacer de la magicienne vers le monstre quelque chose d'invisible. L'herbe s'éparpillait en tous sens sur le sol, et les petites pierres, comme broyées par le poids d'une boule immense lancée à une vitesse croissante, roulaient sur les côtés. Des mains de Visenna jaillissait en zigzag un ruban de lumière aveuglante qui frappa le kochtcheï et se répandit sur sa carapace en un jet de flammèches de feu. Dans un vacarme assourdissant, l'air se décomposa. Le kochtcheï explosa, éclata en une fontaine de sang vert, un nuage de brisures de chitine, de pattes, d'entrailles, qui s'envolèrent vers le ciel avant de retomber en grêle tout autour : sur la pierre, en grondant, sur la végétation, en frémissant. Mikoula s'accroupit et se protégea la tête des deux mains.

Le calme revint. L'endroit où se trouvait le monstre quelques instants auparavant s'était transformé en une cuvette noire et fumante, éclaboussée d'un liquide verdâtre, jonchée de petits fragments indescriptibles.

Korin essuya son visage pour faire disparaître les taches vertes, puis il aida Visenna à se relever. La magicienne tremblait.

Mikoula se pencha au-dessus de Kehl. Le bobolak avait les yeux ouverts. Son épais doublet en peau de cheval était en lambeaux, on pouvait voir en dessous ce qui restait de son bras et de son épaule. Le forgeron voulut dire quelque chose, mais il en fut incapable. Korin s'approcha également, en soutenant Visenna. Le bobolak tourna la tête dans leur direction. Korin regarda son bras et déglutit péniblement.

— C'est toi, le prince, fit Kehl tout doucement, mais d'une voix tranquille et claire. Tu avais raison… Sans arme, je suis un vaurien. Et sans bras ? De la merde sans doute, non ?

Le calme du bobolak terrifia Korin davantage que la vue de ses os broyés sous les blessures monstrueuses. Que le nain fût toujours en vie était inconcevable.

— Visenna, murmura Korin en regardant la magicienne de ses yeux implorants.

— Je n'y arriverai pas, Korin, répondit Visenna d'une voix brisée. Son métabolisme est tout à fait différent de celui d'un humain… Mikoula… Ne le touche pas…

— Tu es revenu, bobolak, chuchota Mikoula. Pourquoi ?

— Parce que mon métabolisme est différent… de celui d'un humain, déclara Kehl fièrement, même s'il produisait maintenant un effort visible pour parler.

Un filet de sang coulait de sa bouche, salissant sa fourrure cendrée. Il détourna la tête, regarda Visenna dans les yeux.

— Eh bien, sorcière rousse ! Tes prédictions étaient justes, mais tu vas devoir réaliser toi-même ta prophétie.

— Non ! gémit Visenna.

— Si, répondit Kehl. Il le faut. Aide-moi. Il est temps.

— Visenna, soupira Korin avec une expression d'effroi sur le visage. Tu n'as tout de même pas l'intention de…

— Allez-vous-en, s'écria la druidesse en étouffant un sanglot. Allez-vous-en, tous les deux !

Mikoula, le regard en biais, tira Korin par le bras. Celui-ci se laissa faire. Il vit encore Visenna s'agenouiller près du bobolak, le caresser délicatement sur le front, toucher sa tempe. Kehl tremblait, il eut un frisson, se tendit puis se figea, inerte.

Visenna pleurait.

IX

L'oiseau au plumage bariolé perché sur l'épaule de Visenna inclina sa tête plate et plongea son œil rond, immobile, dans celui de la magicienne. Le cheval trottinait sur le chemin cahoteux, le ciel était d'un bleu cobalt, sans aucun nuage.

— Tui-tui, crr, fit l'oiseau bariolé.

— C'est possible, concéda Visenna. Mais il ne s'agit pas de cela. Tu ne m'as pas comprise. Je ne me plains pas. Je suis déçue d'avoir tout appris de la bouche de Fregenal, et non de la tienne, c'est un fait. Mais je te connais depuis des années, je sais que tu n'es pas très bavard. J'imagine que si je t'avais posé directement la question, tu aurais répondu.

— Crr, tuuii ?

— Évidemment ! Depuis longtemps déjà. Mais tu sais comment ça se passe, chez nous. Un grand mystère, tout est secret, occulte. Mais d'ailleurs, ce n'est qu'une question d'échelle. Si quelqu'un m'offre de l'argent en échange de mes soins, et si je sais qu'il en a les moyens, je ne suis pas contre le fait d'être payée, moi non plus. Le Cercle exige des paiements élevés pour certains types de services. Il a raison, tout augmente, et il faut bien vivre. Il ne s'agit pas de cela.

— Tuiiit, fit l'oiseau en sautillant d'une patte à l'autre. Koriiin.

— Tu es perspicace, dit Visenna avec un sourire amer en penchant sa tête vers l'oiseau, lui permettant ainsi d'effleurer sa joue de son bec. C'est bien ce qui me contrarie. J'ai vu la façon dont il me regardait. « Non seulement, c'est une sorcière, se disait-il sûrement, mais c'est aussi une manipulatrice hypocrite, cupide et intéressée. »

— Tuii, crr-crr, crr, tuuiii?

Visenna détourna la tête.

— Eh bien ! grogna-t-elle en plissant les yeux, je n'en suis pas encore à ce niveau de désespoir. Je ne suis plus une petite fille, tu le sais, je ne perds plus la tête aussi facilement. Quoique, je dois l'avouer… Je sillonne seule bois et chemins forestiers depuis trop longtemps… Mais cela ne te regarde pas. Surveille ton bec.

L'oiseau ne dit rien, hérissa ses plumes. La forêt était de plus en plus proche, on voyait la route qui disparaissait au milieu des broussailles sous une arcade de branchages.

— Écoute, reprit Visenna au bout d'un instant, qu'est-ce que ça peut donner à l'avenir, selon toi ? Est-il possible qu'en effet les humains n'aient plus besoin de nous ? Ne serait-ce qu'en matière de soins, pour prendre le domaine le plus simple. On constate quelques progrès en phytothérapie, par exemple, mais peut-on imaginer qu'un jour ils puissent aussi se débrouiller avec le croup, disons ? Les fièvres puerpérales ? Le tétanos ?

—Tiac-tiac.

—Ça, c'est une réponse ! En théorie, il est également possible que notre cheval se mêle bientôt de la conversation. Et qu'il dise quelque chose d'intelligent. Et le cancer, qu'en penses-tu ? S'en sortiront-ils aussi avec le cancer ? Sans magie ?

—Crrr !

—C'est bien ce que je pense, moi aussi.

Ils pénétrèrent dans la forêt, qui sentait le frais et l'humidité. Ils traversèrent un ruisseau peu profond. Visenna grimpa en haut d'une colline, puis elle descendit au milieu de bruyères qui montaient jusqu'à hauteur de ses étriers. Elle se retrouva à nouveau sur une route, sablonneuse, envahie de végétation. Elle la connaissait, cette route, elle l'avait parcourue déjà, voici trois jours à peine. Si ce n'est qu'elle l'avait suivie en sens inverse.

—J'ai l'impression, malgré tout, que quelques changements seraient les bienvenus chez nous. Nous nous encroûtons. Nous sommes restés trop accrochés à la tradition et de manière trop arbitraire. Dès mon retour…

—Rouii, l'interrompit son oiseau bariolé.

—Qu'y a-t-il ?

—Rouii.

—Que veux-tu dire par là ? Pourquoi pas ?

—Crrrr.

—Quelle inscription ? Sur quel poteau encore ?

Dans un bruissement d'ailes, l'oiseau quitta l'épaule de Visenna et disparut dans les feuillages.

Adossé à un tronc d'arbre au croisement des routes, Korin était là, qui l'observait avec un sourire effronté. Visenna sauta à bas de son cheval et s'approcha de lui. Elle sentait qu'elle souriait également, malgré elle, et soupçonnait, qui plus est, que ce sourire n'était pas des plus intelligents.

—Visenna! l'interpella Korin. Avoue-le, ne m'aurais-tu pas jeté un sort, par hasard ? Car je ressens une joie immense de te rencontrer, une joie surnaturelle, pourrais-je dire. Vite, touchons du bois ! Il s'agit bel et bien de sortilèges !

—Tu m'attendais.

—Tu es incroyablement perspicace. Vois-tu, je me suis réveillé au petit matin, et j'ai constaté que tu étais partie. C'est si gentil de sa part, me suis-je dit, de ne pas m'avoir réveillé pour des sottises telles qu'un adieu formel ! D'ailleurs, qui donc, de nos jours, se salue en guise de bonjour ou d'au revoir, tout cela n'est rien d'autre qu'affectation et bizarrerie, dont on peut se passer parfaitement, n'est-il pas ? Je me suis tourné sur le côté et je me suis rendormi. Ce n'est qu'après mon petit déjeuner que je me suis rappelé que j'avais à te dire quelque chose de particulièrement important. J'ai donc sauté sur ma nouvelle monture et j'ai pris la route, empruntant des raccourcis.

—Et qu'as-tu donc à me dire de si important ? demanda Visenna en se rapprochant et en relevant la tête pour admirer les beaux yeux bleus qu'elle avait vus en rêve la nuit dernière.

Korin sourit de toutes ses dents.

—La chose est délicate, dit-il. Impossible de la résumer en quelques mots. Cela exige des explications détaillées. Je ne sais si j'aurai le temps avant le coucher du soleil.

—Commence, au moins.

—C'est bien là le problème, je ne sais par où commencer.

—Les mots lui manquent ! fit Visenna en secouant la tête et en gardant son sourire. C'est tout à fait extraordinaire. Eh bien ! disons, commence par le début, par exemple.

—Voilà une bonne idée, approuva Korin en faisant mine de reprendre son sérieux. Vois-tu, Visenna, cela fait un bon bout de temps que je sillonne seul…

—… bois et chemins forestiers, acheva la magicienne, en lui mettant les bras autour du cou.

Perché sur une branche, l'oiseau au plumage bariolé battit des ailes, les déploya, redressa sa petite tête.

—Crrr-rroui-rouiii, fit-il.

Visenna décolla ses lèvres de celles de Korin, se tourna vers l'oiseau, et lui lança un clin d'œil.

—Tu avais raison, lui répondit-elle. C'est une route dont on ne revient pas, en effet. Dis-leur cependant…

Elle hésita, fit un geste de la main.

—Non, rien, ne leur dis rien.

Andrzej Sapkowski est né en Pologne en 1948. Dans la saga du *Sorceleur*, succès mondial traduit en trente-quatre langues et dont les ventes ont déjà dépassé les 15 millions d'exemplaires, il s'inspire des mythologies slave, nordique et antique et des contes populaires pour mieux les détourner par l'ironie et en y abordant des problématiques contemporaines : la discrimination, les mutations, la recherche du sens dans un monde en changement. Son œuvre a été couronnée cinq fois par le prix Janusz A. Zajdel ainsi que par le prix David Gemmell. Déjà adapté en jeu vidéo sous le titre *The Witcher*, *Le Sorceleur* est porté à l'écran par Netflix.

Du même auteur :

Le Sorceleur :
La Saison des orages
Le Dernier Vœu
L'Épée de la providence
Le Sang des elfes
Le Temps du Mépris
Le Baptême du feu
La Tour de l'Hirondelle
La Dame du Lac

Éditions illustrées à tirage limité :
Le Sorceleur – Les Origines
Le Sorceleur – Le Lionceau de Cintra
Le Sorceleur – Zireael

À paraître :

The Witcher : Le Sorceleur (illustré par Timothée Montaigne)
The Witcher : Le Moindre Mal (illustré par Ugo Pinson)

La Trilogie hussite :
1. *La Tour des fous*

Terry Goodkind

Le Peuple-Ciel

Traduit de l'anglais (États-Unis) par Jean Claude Mallé

CHAPITRE PREMIER

Derrière Rivière Sauvage, un bras puissant jaillit des broussailles et saisit Fleur du Matin par l'épaule. Soulevée du sol, la fillette cria de surprise tandis qu'un de ses mocassins volait dans les airs.

Se retournant, Rivière Sauvage tenta de retenir sa petite sœur, mais elle était déjà hors de sa portée, entre les mains d'un homme affublé d'un masque terrifiant. Comme si l'attaque était un signal, une quinzaine de maraudeurs au visage couvert de peintures de guerre émergèrent à leur tour des broussailles.

En un clin d'œil, les hommes du Peuple-Loup encerclèrent leurs proies.

D'un coup d'épaule, Rivière Sauvage se débarrassa de sa gibecière, qui tomba sur le sol. Puis elle saisit son arc et y encocha une flèche. Ce qu'elle s'apprêtait à faire était mal, elle le savait, mais ça ne la dissuada pas de continuer.

Grands et costauds, les guerriers arboraient tous les mêmes peintures : des rayures sur les biceps et le bas du visage entièrement noir. Leurs yeux, en revanche, étaient entourés de lignes blanches déchiquetées – comme des éclairs – et leurs joues rouge vif contrastaient avec tout le reste.

De petites branches attachées à leurs poignets et sur leur nuque servaient de camouflage.

L'homme qui tenait Fleur du Matin était le seul à porter un masque. Cet accessoire muni d'un gros bec noir était l'apanage de Faucon Géant, le fils du chef du Peuple-Loup. Et cette position lui conférait le privilège de prendre une prisonnière.

Voyant qu'un guerrier fondait sur elle, les bras tendus, Rivière Sauvage décocha sa flèche.

Rompu à l'art de la guerre, le maraudeur se tourna juste à temps pour que le projectile transperce le haut de son épaule gauche et non son cœur.

Alors que Rivière Sauvage prenait une autre flèche dans son carquois, le guerrier, visiblement surpris, baissa les yeux sur la hampe qui dépassait de son torse.

Implacable, Rivière Sauvage arma son arc.

— Non ! cria Fleur du Matin, tandis que Faucon Géant l'entraînait au loin. Rivière Sauvage, non !

Terrorisée par son ravisseur et le sort qui l'attendait, Fleur du Matin redoutait encore plus que sa sœur viole la loi la plus sacrée de leur peuple — celle qu'on commençait à leur inculquer dès la naissance, et qui régirait chaque instant de leur vie jusqu'au dernier.

En cet instant, les lois n'avaient plus aucun sens pour Rivière Sauvage. Une seule chose comptait : protéger sa sœur.

— Enfuis-toi ! cria Fleur du Matin.

Un message limpide… La fillette, malgré son jeune âge, refusait que son aînée soit capturée aussi. Pour l'aider, Rivière Sauvage devait aller chercher du secours…

L'arc se braqua sur Faucon Géant.

La corde contre sa joue, Rivière Sauvage bloqua sa respiration. Sa fureur oubliée, elle s'immergea dans un puits de calme et de concentration. Puis elle lâcha la corde d'un geste délicat qui déplaça aussi peu d'air que le battement des ailes d'un papillon.

La flèche passa au-dessus de la tête de Fleur du Matin, plaquée de force contre la poitrine de son ravisseur.

Avec un bruit sourd, le projectile se ficha dans la gorge de Faucon Géant. Titubant, il recula de trois pas puis tomba à genoux.

Comme toujours, Rivière Sauvage avait visé juste.

Avant de basculer en arrière, Faucon Géant lâcha sa proie, mais un autre guerrier l'intercepta alors qu'elle tentait de s'enfuir. Après un dernier coup d'œil au fils du chef – déjà emporté par les ailes de la mort – le maraudeur détala avec sa captive.

Sans lui laisser le temps d'encocher une nouvelle flèche, un colosse bondit sur Rivière Sauvage, les branches attachées à ses bras et à sa tête lui donnant l'air d'un gros oiseau de proie.

Rapide comme l'éclair, la jeune femme s'écarta et le maraudeur, emporté par son élan, s'étala pitoyablement dans la poussière.

Au lieu de saisir une flèche, Rivière Sauvage dégaina son couteau. Au moment où elle allait frapper, clouant le guerrier au sol, Fleur du Matin cria de nouveau :

— File, ma sœur ! Va prévenir notre père.

La voix de la sagesse. Si aucune des deux ne s'échappait, leur famille ne saurait jamais ce qui leur était arrivé. Jusqu'à ce qu'il soit trop tard, elle ignorerait que le Peuple-Loup était en maraude.

Même si elle détestait l'idée de l'abandonner entre les mains de ces brutes, Rivière Sauvage dut admettre que sa sœur avait raison.

Zigzaguant pour échapper aux bras qui se tendaient vers elle, la jeune archère détala sans demander son reste. Alors qu'elle passait à côté du cadavre de Faucon Géant, elle se baissa souplement et lui arracha son masque.

Presque tous les guerriers se lancèrent à sa poursuite. Rien d'étonnant, en vérité. En quête d'épouses soumises, les Loups enlevaient les femmes des autres tribus. Née peu de temps après l'aube, d'où son nom, Fleur du Matin était trop jeune et innocente pour comprendre vraiment les intentions de ces mâles.

Au plus profond de son cœur, Rivière Sauvage savait que combattre sur place ne lui permettrait pas de sauver sa sœur. Seule, qu'aurait-elle pu faire contre tant de guerriers ? Même si abandonner Fleur du Matin lui brisait le cœur, le seul espoir était de retourner parmi les siens pour donner l'alerte. Dès son arrivée, elle parlerait à son père et à Corbeau Blanc, leur chamane. Et cette fois, elle parviendrait à convaincre sa tribu d'agir… Il le fallait !

Son arc à l'épaule et le masque glissé à sa ceinture, Rivière Sauvage courut sans économiser la foudre accumulée dans ses longues et puissantes jambes. Peu à peu, elle gagna quelques longueurs sur ses poursuivants. Cela dit, ils restaient collés à ses basques, et rien ne les ferait renoncer. À ce qu'on disait, les Loups étaient capables de courir une journée entière sans se fatiguer. Ça semblait exagéré, mais pour l'heure, ces chasseurs de femmes la pistaient et elle ne pouvait pas se permettre de ralentir.

Beaucoup trop près d'elle à son goût, elle les entendit pousser leur cri de guerre. S'ils la rattrapaient, il n'y aurait plus d'espoir pour Fleur du Matin et pour elle. Personne n'étant informé de leur sort, aucune expédition ne tenterait de venir à leur secours.

Toujours selon ce qu'on disait, nul n'avait jamais réussi à échapper au Peuple-Loup. Torturés des jours durant, les prisonniers mâles étaient abandonnés sur place, afin que des bêtes sauvages les dévorent vivants. En général épargnées, les femmes, murmurait-on, regrettaient très vite de ne pas avoir subi le même sort que les hommes.

Homme ou femme, tomber entre les mains des Loups n'était pas un destin enviable…

Dans son dos, Rivière Sauvage entendait le bruit sourd des pas de la meute. Un son effrayant, quand il était si proche…

Alors qu'elle s'essoufflait de minute en minute, ces guerriers restaient assez frais pour hurler comme des coyotes.

Les jambes en feu, la fugitive se répéta qu'une pause, si courte fût-elle, signerait son arrêt de mort. Si son cœur finissait par lâcher sous l'effort, ce serait toujours mieux qu'une vie d'esclavage et d'humiliation.

Avec pour seul avantage une avance dérisoire, Rivière Sauvage quitta la plaine pour s'engager sur les contreforts d'une colline. Dès que la pente devint plus rude, ses poumons s'embrasèrent et elle crut défaillir. Pourtant, elle continua, se faufilant entre des arbres qui devenaient de plus en plus grands et majestueux à mesure qu'elle grimpait.

Son village ne devait plus être loin. Mais que se passerait-il si les Loups la suivaient jusque chez elle? Le nombre primant, les siens parviendraient peut-être à vaincre, mais au prix de combien de pertes?

Une pensée qu'il valait mieux chasser de son esprit… Quand le Peuple-Loup attaquait un village, c'était toujours un assaut massif, afin d'écraser toute résistance. S'ils semblaient féroces, comme tous les Loups, ces maraudeurs savaient sûrement qu'ils ne feraient pas le poids contre un village entier. Cédant sous le nombre, ils seraient fouettés avec des branches de saule puis chassés sans autre forme de procès – un sort indigne de guerriers, bien entendu.

Émergeant d'une forêt très dense, Rivière Sauvage se retrouva devant le ravin que Fleur du Matin et elle avaient dû traverser pour rejoindre le territoire de chasse. Par bonheur, le tronc qui leur avait servi de passerelle était toujours en place.

Peu profond, le ravin avait pourtant des parois très abruptes. En cas de chute, Rivière Sauvage ne se tuerait sûrement pas, mais remonter de l'autre côté lui prendrait trop de temps.

Descendre lentement serait moins risqué, sauf que, là encore, ça ruinerait toute son avance. L'équivalent d'un suicide, dans sa situation…

Malgré la fatigue, qui augmenterait le danger, elle se résigna à faire de l'équilibrisme sur le tronc. Avec, en cas de chute, le même résultat que dans le premier cas de figure.

Pas bien épais, le tronc bougea dangereusement sous ses pieds. Pourtant, elle ne vacilla presque pas et fut de l'autre côté en un éclair.

S'offrant une courte pause, elle sonda ses arrières et vit que les guerriers approchaient déjà du ravin. Qu'ils utilisent aussi le tronc ou choisissent l'autre solution, ils seraient très bientôt revenus sur ses talons.

Quand ils pistaient une proie, les prédateurs de ce genre ne s'arrêtaient jamais.

CHAPITRE 2

L ucide malgré sa terreur, Rivière Sauvage comprit qu'elle n'avait qu'une chance de s'en tirer. Foudroyant du regard les hommes immobiles de l'autre côté du canyon, elle encocha une flèche.

—Tu as tué Faucon Géant, le fils de notre chef! cria un des guerriers.

Aux plumes qui hérissaient son crâne, Rivière Sauvage identifia le second de Faucon Géant – donc, le dominant de la meute, désormais.

—Pour ce crime, tu mourras!

—J'ai tué un lâche qui s'en prenait à une enfant! riposta Rivière Sauvage.

L'homme agita son marteau de guerre.

—Ce meurtre, tu le paieras de ta vie!

—Si c'est ce que tu veux, je t'attends! Es-tu trop lâche pour traverser? Si je dois mourir, pourquoi ne viens-tu pas?

Face à une archère dont ils avaient pu apprécier la précision, les guerriers ne semblaient pas pressés de s'aventurer sur le tronc.

—Le Peuple-Soleil a juré de ne jamais tuer! C'est votre loi! Comme des lâches, vous préférez toujours fuir!

—Et vous, comme des héros, vous ne traversez pas? Allons, venez! Mais comme vous l'avez vu avec Faucon Géant, je vise juste et je n'ai pas peur de prendre une vie! Je suis du Peuple-Soleil, certes, mais je ne détalerai pas comme un lapin.

Traversez donc, que je vous abatte les uns après les autres. Au fond du ravin, dans le ruisseau, vos charognes pourriront sans avoir connu les honneurs réservés aux guerriers.

Le chef de la meute désigna le ravin avec son arme.

—Rien ne nous oblige à passer par le tronc.

—Aucun problème pour moi ! Je pourrai vous cribler de flèches pendant la descente, la traversée du ruisseau ou la remontée. Une partie de chasse ou de pêche, selon les cas… Allons, décidez-vous !

Furieux d'être tenus en échec par une femme, les guerriers reculèrent puis firent cercle pour délibérer à voix basse.

—Tu seras vite à court de flèches ! lança le chef quand le conseil de guerre fut terminé. Dès que tu en seras là, les survivants traverseront et se chargeront de toi.

Sans cesser de viser le maraudeur emplumé, Rivière Sauvage haussa les épaules.

—C'est possible… Nous verrons bien ! Pour l'instant, j'ai encore des réserves. Lequel d'entre vous veut passer le premier et crever comme un chien ?

Le chef adverse leva un poing.

—On peut se séparer, une moitié traversant au nord d'ici et l'autre au sud.

—Ne vous gênez pas, surtout ! Quand vous en aurez terminé, je serai partie depuis longtemps. Pour m'avoir, le tronc est la seule solution. À condition, bien entendu, que je n'aie pas assez de flèches pour vous tuer tous…

À ce sujet, les Loups semblaient dans l'expectative. Assez de flèches ? Pas assez ? Pour connaître la réponse, il fallait payer un prix très élevé.

Cela dit, le temps jouait contre Rivière Sauvage. Si une poignée d'hommes la forçaient à rester ici pendant que les autres contournaient l'obstacle, elle aurait perdu d'avance.

Une tactique à laquelle ils ne devaient pas penser, si elle voulait s'en sortir.

—Alors, ce choix ? Parmi vous, lequel passera le premier ? Toi, Abruti à Plumes ? Pour parler, tu es très fort. Mais si tu commandes ces hommes, il faut leur montrer que ton courage est supérieur au leur. Pour ça, tu dois courir le risque d'être abattu par une femme. Allons, qu'est-ce que la vie, après tout ? Je t'attends, noble guerrier emplumé de frais !

Fou de rage, le maraudeur agita de nouveau son marteau de guerre.

—Tu aimes agir comme un homme ? éructa-t-il. Nous t'aurons, et après, nous te traiterons comme un *prisonnier* normal. Très vite, crois-moi, tu regretteras de ne pas avoir été capturée comme ton amie. Puisque tu joues à la guerrière, le sort qu'elle connaîtra est bien trop doux pour toi.

À l'idée de ce que subirait sa sœur cadette, Rivière Sauvage sentit ses yeux s'embuer. Bien trop jeune pour deviner ce que ces hommes lui réservaient, Fleur du Matin le saurait bientôt d'expérience…

—Les vrais guerriers du Peuple-Loup ne perdent pas leur temps en palabres ! s'écria Rivière Sauvage, hors d'elle. En hommes dignes de ce nom, choisissez celui qui traversera le premier. Ensuite, je l'abattrai presque sans y penser, comme cet imbécile de Faucon Géant.

De rage, le guerrier lança son marteau de guerre, qui siffla à l'oreille droite de l'archère. Furieuse, celle-ci tira et toucha sa cible au bras.

Avec une flèche à oiseau très pointue – pas le modèle à tête barbelée qui avait tué Faucon Géant – on perdait peut-être un peu en précision, mais on traversait sa cible à coup sûr. Un bras transpercé, le guerrier agonit l'archère d'injures.

Malgré son assurance de façade, Rivière Sauvage avait conscience d'être dans une situation délicate. Tant qu'elle contiendrait les guerriers, rejoindre son village serait impossible. Et si elle essayait, les tueurs traverseraient et la rattraperaient.

Elle devait les empêcher de tirer la même conclusion qu'elle.

Au bout du compte, elle perdrait la partie, c'était couru. Faute de trouver une idée géniale, elle risquait de mourir ici. D'autant plus qu'il restait seulement trois projectiles dans son carquois.

Un guerrier vint briser la partie empennée de la flèche, puis il appuya sur le fragment qui restait afin de l'éjecter de la plaie.

Le maraudeur emplumé ne broncha pas, comme s'il n'avait pas mal. Défiant Rivière Sauvage du regard, il lui indiqua clairement qu'une flèche tirée par une femme ne lui faisait pas le moindre effet. Répugnée par son sourire arrogant, l'archère aurait adoré le lui faire ravaler.

—Au cas où tu l'ignorerais, lança-t-elle, mes flèches sont empoisonnées ! Bientôt, tu seras incapable de marcher, puis tenir debout deviendra pénible. Peu après, tu t'écrouleras, de la bave aux lèvres, en implorant la mort d'abréger tes souffrances. Rassure-toi, ce sera le cas, parce que mon poison agit vite.

Un mensonge pur et simple. Mais pour se tirer de cette impasse, tous les coups étaient permis.

—Tu racontes n'importe quoi ! beugla le guerrier blessé. Ces flèches servent à chasser. Tu n'es pas une guerrière, et qui serait assez bête pour empoisonner de la nourriture ?

—Les miens ont le ventre vide, guerrier ! Pour ne pas perdre de viande, je fais en sorte de pouvoir suivre un dindon blessé lorsqu'il essaie de fuir. Ralenti par le poison, il ne peut pas m'échapper…

Après une telle course, n'importe qui transpirait. Rivière Sauvage décida d'en tirer parti.

— Tu sens comme tu sues ? Très bientôt, le poison aura atteint ton cœur. À mon avis, tu brûles déjà de fièvre. Crois-moi, tu seras mort avant d'avoir pu revenir chez toi.

Un guerrier examina la blessure de son chef. Un autre ramassa le moignon de flèche, toucha la pointe puis la « goûta » prudemment du bout de la langue.

Un troisième maraudeur se pencha et suça la plaie comme s'il s'agissait d'une morsure de serpent venimeux. Crachant à plusieurs reprises du sang, il fit ensuite signe aux autres guerriers d'approcher.

Rivière Sauvage ne comprit rien à leur dialogue à voix basse. Mais elle entendit de la colère dans leur ton, et vit briller de l'inquiétude dans leurs yeux.

Soudain, tous les maraudeurs firent volte-face et détalèrent comme s'ils avaient un démon à leurs trousses.

Son arc toujours armé, Rivière Sauvage attendit qu'ils aient disparu. Même si elle avait remporté une petite victoire, ces monstres détenaient toujours sa sœur…

Et maintenant, il allait falloir l'annoncer aux siens.

CHAPITRE 3

É puisée, à bout de souffle, chaque pas lui coûtant un effort surhumain, Rivière Sauvage entra dans son village, l'image de Fleur du Matin gravée au fer rouge dans son esprit.

Quand elle eut remonté les ruelles étroites, entre les maisons de terre séchée, et déboucha enfin sur la grand-place, des volailles s'égaillèrent devant elle en battant des ailes et en caquetant. Leur queue rachitique frémissante, tous les chiens accoururent avec l'espoir de glaner quelques morceaux de viande.

Après qu'elle eut distribué des caresses en guise de consolation, Grand Chien lui emboîta le pas.

Depuis qu'elle l'avait trouvé dans la plaine, encore trop jeune pour tenir debout, Grand Chien ne jurait que par elle et n'obéissait à aucun autre maître. Partageant ses repas, il dormait avec elle.

Tous les autres chiens, plutôt petits, arboraient de courts poils fauves. Beaucoup plus gros, le protégé de Rivière Sauvage ne leur ressemblait pas. Le poil long et sombre, le museau pointu, il avait sûrement des loups dans son ascendance.

Rivière Sauvage tira doucement sur l'oreille de Grand Chien, un geste qu'il appréciait toujours.

Ravi de la savoir de retour, le chien eut une sorte de soupir de soulagement. Comme il avait tendance à débusquer les oiseaux *avant* qu'elle soit assez près pour les tirer, sa maîtresse ne l'emmenait pas à la chasse. Qu'aurait-elle fait d'un saboteur pareil ? Pourtant, s'il avait été là, les choses n'auraient peut-être pas tourné à la catastrophe, en ce jour maudit…

Les sentinelles, songea Rivière Sauvage, devaient sans doute avoir annoncé son retour – et l'absence de Fleur du Matin.

Ours Debout, leur père, l'attendait de l'autre côté de la place, l'inquiétude creusant son visage déjà buriné. Entouré de ses conseillers et d'autres personnes importantes, il se murait dans un silence tendu.

— Chef Ours Debout, dit Rivière Sauvage en s'inclinant humblement, je rapporte de terribles nouvelles.

— Où est ta sœur ? demanda Ours Debout, de plus en plus inquiet.

— Toutes les deux, nous avons été attaquées par des maraudeurs du Peuple-Loup.

Un cri d'effroi monta de l'assistance.

— Tu en es sûre ? Le Peuple-Loup, vraiment ?

— Les peintures de guerre ne trompaient pas, grand chef. Hélas, nous avons bien des raisons de les reconnaître.

Rivière Sauvage tira de sa ceinture le marteau de guerre qu'elle avait récupéré. Le manche revêtu de cuir était typique des armes du Peuple-Loup.

— Fleur du Matin est prisonnière, grand chef.

Saule Solitaire, l'épouse d'Ours Debout, se détacha du groupe.

— Ils ont enlevé ma petite Fleur du Matin ?

En larmes, Rivière Sauvage ne put pas répondre à sa mère. En revanche, elle hocha la tête.

— Comment leur as-tu échappé, dans ce cas ? demanda Cerf Véloce, un des jeunes hommes les plus agressifs de la tribu.

Apparemment peu touché par le sort de Fleur du Matin, Cerf Véloce semblait surtout… suspicieux. Comme tous les mâles de son âge, il espérait devenir un jour le chef du Peuple-Soleil.

Sans lui répondre directement, Rivière Sauvage se tourna vers son père :

— Je me suis battue, puis j'ai fui pour venir chercher de l'aide. Si nous faisons vite, il n'est peut-être pas trop tard pour…

— Tu connais nos lois, coupa Ours Debout. (Il hocha tristement la tête.) Il nous est interdit de tuer des membres du Peuple-Loup – ou quiconque d'autre.

Rivière Sauvage ne capitula pas.

— Je sais pourquoi ces hommes ont enlevé Fleur du Matin. Ici, tout le monde le sait. Nous devons secourir ma sœur !

— Ceux qui nous ont donné des lois interdisent le meurtre !

Rivière Sauvage s'empourpra de colère.

— Les maraudeurs, eux, ils tuent sans pitié ! Alors qu'ils veulent nous massacrer, nous courons nous cacher – sauf les rares fois où nous les fouettons avec des branches de saule ! Ils s'emparent de nos femmes, et nous ne faisons rien ! Même chose quand ils abattent nos jeunes hommes.

Ours Debout secoua de nouveau la tête – pas tristement, cette fois, mais avec rage.

— Nous avons tous perdu un être cher, mais ce que tu voudrais faire viole notre loi la plus sacrée. Et tu ne l'ignores pas !

— Ce que je sais, en tout cas, c'est que j'aurais voulu en tuer plus d'un !

Des mots trop vite sortis de la bouche de Rivière Sauvage, et qu'elle risquait de regretter longtemps.

Autour d'Ours Debout, les villageois écarquillèrent les yeux et certains ne purent pas retenir un cri d'indignation.

— Comment ça, tu aurais voulu en tuer plus d'un ? demanda Cerf Véloce en avançant vers la jeune archère.

L'air grave, Ours Debout se pencha vers sa fille.

— Qu'as-tu donc fait, mon enfant ?

— Je me suis défendue, avec l'intention de sauver Fleur du Matin. Ne suis-je pas censée veiller sur elle ? Hélas, je me suis laissé surprendre, et je m'en veux. Mais doit-on pour autant abandonner une enfant de notre tribu ?

D'un geste, Ours Debout ordonna à Cerf Véloce de ne plus avancer – et de s'abstenir de s'en mêler. Cet interrogatoire, c'était au chef de le conduire, pas à lui.

— C'est très grave, Rivière Sauvage. Tu as violé…

— Et Fleur du Matin, qui pense à elle ? Grand chef, es-tu indifférent au sort de ta propre fille ? Refuses-tu d'essayer de la reprendre ? Resteras-tu les bras ballants alors que ton peuple est en danger ?

— Quel danger ? C'est terminé, à présent. Avec leur prisonnière, les maraudeurs seront satisfaits pour le moment, et ils nous laisseront en paix.

— Les propos d'un lâche ! cracha Rivière Sauvage.

Alors que l'assistance s'indignait, Saule Solitaire avança et gifla sa fille.

— Je t'interdis de parler ainsi à ton père ! Et à notre chef !

Comme avec Cerf Véloce, Ours Debout leva une main.

— Petite, dit-il d'un ton plus… paternel, tu auras bientôt un enfant qui remplacera Fleur du Matin. C'est la bonne façon de réparer le tort qu'on nous a fait. D'ailleurs, voilà beau temps que tu devrais être mariée et mère de famille. Au lieu de ça, tu bafoues nos lois… (Ours Debout désigna Cerf Véloce.) Je crois qu'il est temps que tu épouses cet homme.

Quand il regarda de nouveau sa fille, le vieux chef s'avisa qu'il venait de faire une erreur.

— Le chef compris, dit calmement Rivière Sauvage, nul n'a le droit de dire à une prêtresse qu'elle devrait se marier – et encore moins de préciser avec qui !

La jeune archère avait reçu le titre de prêtresse du Peuple-Soleil à la mort de l'officiante précédente. Jusqu'à sa propre fin, personne ne pourrait lui retirer ce titre et les privilèges qui l'accompagnaient.

Sur la place, le vent tourna soudain. Tout chef qu'il fût, et malgré un juste courroux, Ours Debout venait lui aussi de violer une loi ancestrale.

Conscient de sa bévue, il inclina humblement la tête.

— Je m'excuse, prêtresse.

Gratifiant son père d'un regard furibond que seule une prêtresse pouvait se permettre face au chef, Rivière Sauvage se détourna et s'en fut – non sans manifester tout son mépris à Cerf Véloce.

Vaincus, les deux hommes baissèrent les yeux.

CHAPITRE 4

D ans l'unique pièce de sa modeste demeure, Rivière Sauvage se laissa tomber sur le sol et lâcha la bonde à un torrent d'émotions contradictoires.

D'abord, elle crevait d'angoisse pour Fleur du Matin. L'imaginant seule et terrorisée, elle éclata en sanglots. Dire qu'elle ne pouvait rien faire!

Furieuse qu'on ait enlevé sa sœur, Rivière Sauvage avait également honte de n'avoir pas su la protéger. En outre, elle était… embarrassée, pour ne pas dire plus, que son père ait refusé d'agir comme un homme digne de ce nom. Le Peuple-Soleil incapable de venir en aide à une innocente? Une humiliation qui la mettait hors d'elle. Ces gens ne méritaient que son mépris.

Et que dire d'elle-même? S'être abaissée à tuer était affreux, et pourtant, elle regrettait de ne pas avoir abattu tous les maraudeurs. Certes, mais…

Prêtresse du Peuple-Soleil, elle venait de violer la loi qui comptait plus que toutes les autres. Parmi les siens, qui, sinon elle, aurait dû n'être en aucun cas dans cette situation? Sans doute, mais pour sauver Fleur du Matin, elle était prête à recommencer. Même chose pour chaque membre de son peuple, en fait, et tant pis si personne ne lui aurait rendu la pareille…

Contrairement aux autres demeures «chics» du village, celle de Rivière Sauvage n'était pas en brique – de la boue

89

séchée et passée au four—mais en rondins. Des dizaines de petits rondins plantés en terre à intervalles réguliers puis reliés par des branches entrelacées enduites ensuite d'un mélange de boue, de sable et de paille. Ce calfeutrage achevé, on le laissait sécher, puis on appliquait une ou deux couches de plâtre. Ainsi, la maison solide et bien isolée n'avait plus besoin que d'un toit de chaume—un jeu d'enfant, considérant les hautes herbes qui poussaient généreusement à l'est du village. Les rondins, eux, étaient fournis par les arbres qu'on trouvait à profusion dans les montagnes, à l'ouest.

Des arbustes plutôt, car ces rondins faisaient à peine le diamètre du poignet de la prêtresse. Après les avoir taillés elle-même, Rivière Sauvage les avait rapportés à dos de femme. Dans le même ordre d'idées, elle avait collecté les branches puis s'était chargée du tissage et du calfeutrage. Protocole identique pour la récolte des hautes herbes, n'était l'aide que lui avaient consentie plusieurs jeunes hommes, au moment de fabriquer le toit.

La maison était mitoyenne de celle d'Ours Debout et Saule Solitaire. Contre le mur commun, Rivière Sauvage avait bâti une petite cheminée avec des pierres récupérées dans un ruisseau.

Encore très jeune, Fleur du Matin vivait dans la demeure d'à côté. Enfin, jusqu'à aujourd'hui… Car le Peuple-Loup la détenait.

Museau en avant, Grand Chien écarta la peau de bête qui tenait lieu de porte à la maison. La langue dehors, il trottina jusqu'à sa maîtresse, se coucha près d'elle et posa la tête sur ses genoux—comme pour la consoler, aurait-on juré.

Sensible aux humeurs de sa protectrice, le chien savait qu'elle allait mal, même s'il aurait été incapable de dire pourquoi. Prévenant, il faisait en sorte d'être avec elle, tout simplement…

Émue par sa loyauté, la prêtresse lui caressa la tête.

Dans la cheminée, le feu agonisait. Avant de partir, le matin, Rivière Sauvage avait poussé sur le côté des braises encore ardentes. Quand elle les eut remises au centre du foyer, elle les recouvrit de petit bois et attendit que le feu prenne.

Lorsque ce fut fait, elle l'alimenta régulièrement, les yeux rivés sur les flammes. Laissant son esprit dériver, elle réfléchit à quelque chose qui ne lui avait jamais traversé l'esprit jusque-là. Enfin, pas si clairement, en tout cas…

Le Peuple-Soleil n'agissait jamais. Quoi qu'il arrive, y compris le pire, il l'acceptait passivement. À cause des lois, bien entendu, qui proscrivaient tout autre comportement. Les violer, c'était se condamner à une éternité de souffrance et d'errance dans l'autre monde.

Rivière Sauvage ne pouvait pas en rester là… L'autre monde était un mystère à ses yeux, comme à ceux de tous les Soleils. En revanche, elle en savait long sur la vie, et certaines choses se révélaient inacceptables. Parmi les siens, personne n'osait violer les lois.

À part elle ! Déjà coupable de cette transgression, elle était la seule en mesure d'aider Fleur du Matin. Et son statut de prêtresse allait dans le même sens, car il lui conférait de grands privilèges.

En outre, n'était-elle pas l'unique tueuse d'homme du Peuple-Soleil ?

Au vu de ces éléments, la suite coulait de source. Seule habilitée à agir, elle le ferait, parce qu'il n'y avait pas d'autres possibilités.

Ramassant une partie des cendres dans la cheminée, elle les mit dans le mortier. Puis elle souleva le couvercle d'un pot de graisse posé à côté de son petit chaudron et y plongea un index.

Après avoir généreusement graissé le mortier, elle permit à Grand Chien de lui lécher le doigt. Ensuite, elle dégaina son couteau, s'entailla une paume et ajouta du sang au mélange de cendres et de graisse.

Sous l'œil de son fidèle compagnon, elle pila la mixture avec une pierre et obtint très vite une petite quantité de peinture noire qu'elle remua longuement afin de l'homogénéiser.

Posant sa pierre, elle contempla un long moment la peinture. Était-ce bien ce qu'il fallait faire ? Peut-être pas, mais elle n'avait pas le choix…

Oubliant ses angoisses, elle entreprit de peindre sur son visage un masque qui couvrait une partie de son front, les côtés de ses yeux et la zone située dessous, jusqu'à la moitié de son nez. Après avoir regardé son image dans un grand bol d'eau, elle eut confirmation de ce qu'elle espérait : l'effet était terrifiant.

Avec des cendres blanches, elle fabriqua une seconde peinture qu'elle appliqua sur les autres parties de son visage, histoire que personne ne puisse se méprendre sur ses intentions.

Rivière Sauvage, prêtresse du Peuple-Soleil, irait bientôt sur le Mont des Esprits — où, entre autres choses, elle invoquerait les mânes de ses ancêtres.

Se levant, elle sortit et s'immobilisa sur le seuil de sa demeure. Juste devant, des gamins jouaient avec de petits cailloux en guise de pions.

Les gosses levèrent les yeux dès qu'ils sentirent la présence de la prêtresse. La plupart du temps, ils lui collaient aux basques — à cause de sa réputation, pour l'essentiel. Rivière Sauvage étant connue pour attirer les ennuis comme le miel attire les mouches, les fichus gamins n'auraient raté pour rien au monde la prochaine catastrophe qui la menaçait.

La vision des peintures rituelles les pétrifia. La première fois qu'ils en voyaient – comme la majorité des villageois, pour tout dire. Quant à la minorité, elle avait dû assister à ce spectacle longtemps avant la naissance de l'actuelle prêtresse.

— Les petits, j'aimerais que vous fassiez quelque chose pour moi.

Avec un bel ensemble, les gamins se relevèrent. Rivière Sauvage s'apprêtait à provoquer un nouveau désastre ? Après s'être peint le visage, en plus ? Ce coup-ci, ça promettait d'être du lourd…

— Quoi donc ? demanda un des enfants.

— Allez dire au chef et à ses sages de se rassembler sur la grand-place. Prévenez le chamane que je requiers aussi sa présence.

— Corbeau Blanc ? répéta un des gamins, interloqué comme ses camarades. Tu es sûre de désirer qu'il soit là ?

— Absolument certaine ! Bon, dépêchez-vous ! Précisez bien que la prêtresse exige qu'ils viennent tous sans tarder. Moi-même, je serai sur place en un éclair. Ou presque…

Excités de jouer un rôle dans un fiasco d'envergure, les gosses filèrent à la vitesse du vent.

CHAPITRE 5

S ous les nuages noirs qui écrasaient le paysage, la plaine au sol sombre s'élevait lentement pour venir toucher une étroite bande de ciel rougeoyant. Bientôt, cet ultime îlot de jour aurait disparu, livrant le monde au règne sans partage des ténèbres.

Pour le peuple de Rivière Sauvage, le soleil était le dispensateur sacré de la vie. La source de tout, en somme…

Sur la place, les gens s'écartèrent vivement pour laisser passer la prêtresse. Occupé à converser avec ses conseillers, Ours Debout dut capter un subtil changement dans l'air – peut-être le silence inhabituel –, car il se tourna pour l'accueillir.

Sa couverture de cérémonie sur les épaules, le chamane était assis sur un muret, une épouse sur chaque flanc. De tout temps, Rivière Sauvage l'avait vu avec la longue tresse blanche qui tombait aujourd'hui sur son épaule. À son cou, une myriade d'amulettes rappelait qu'il n'était pas un villageois comme les autres.

Au bout de la tresse, Rivière Sauvage remarqua les plumes de corbeau qu'il enduisait soigneusement de cendres blanches.

Dès qu'il vit le visage peint de la prêtresse, le chamane se leva et approcha, l'air assez mécontent.

Non, *carrément* mécontent, à l'instar d'Ours Debout et de ses conseillers.

Sans desserrer les lèvres, le chef et le chamane attendirent que la prêtresse s'explique.

—Je dois partir pour le Mont des Esprits, annonça sans ambages Rivière Sauvage.

—Pourquoi? demanda Ours Debout, sincèrement surpris.

—Parce que la prêtresse doit veiller sur nos ancêtres. Corbeau Blanc, veux-tu nous rappeler à tous l'histoire de la Création du Peuple-Soleil?

Méfiant, le chamane balaya l'assistance du regard. Que mijotait donc la prêtresse?

—Tout le monde la connaît par cœur... Pourquoi t'es-tu peint le visage pour rencontrer les morts? Qu'as-tu l'intention de faire?

—Ai-je demandé si nous connaissons ou non l'histoire de nos origines? Non! En revanche, j'exige que tu nous la racontes en détail. Pour comprendre ce que je vais faire et pourquoi je ne puis m'y dérober, ce récit sera une aide précieuse.

Avec un soupir, Corbeau Blanc tira sur les pans de sa couverture, puis il se jeta à l'eau:

—Au commencement, dit-il en balayant l'assistance du regard, il n'y avait que le ciel et la terre. Très haut dans les nues, le soleil brillait seul dans un monde désert. Mais un jour, il envoya un corbeau en mission sur la terre. Porteur de graines remises par Père Soleil, l'oiseau les planta dans le sol dur et aride.

» Dès que ce fut fait, Père Soleil embrasa la terre pour réchauffer sa divine semence. Puis il créa la pluie, la mère universelle de tout ce qui vit...

» Nous sommes un jour sortis de ces graines réchauffées par le soleil et nourries par la pluie. Notre venue, sachez-le, ravit le cœur de Père Soleil, soulagé de n'être plus seul dans l'Univers. Voyant que nous déclamions des prières à sa gloire chaque matin, il fut si fier et si content qu'il nous appela le Peuple-Soleil.

» Bien plus tard, quand il vit que ses enfants se battaient et s'entre-tuaient, il nous envoya le Peuple-Ciel, afin qu'il nous dicte des lois.

Dans un silence plein de ferveur, Rivière Sauvage hocha la tête puis lança :

— Et que nous a-t-il apporté d'autre, le Peuple-Ciel ?

Corbeau Blanc fronça les sourcils.

— Que veux-tu dire ? Le Peuple-Ciel nous a transmis les lois dictées par l'astre du jour…

Rivière Sauvage foudroya le vieux chamane du regard.

— Si le soleil nous a donné la vie, le Peuple-Ciel a semé parmi nous la souffrance et la mort. L'un nous a offert la vie, et l'autre la destruction.

— C'est faux ! s'écria Corbeau Blanc. Nos lois sont sacrées ! Sans elles, nous ne serions rien ! Elles nous aident à vivre.

— Faux, lâcha Rivière Sauvage, impitoyable. Elles nous aident à mourir !

Des murmures inquiets coururent dans l'assistance.

— Quelles sornettes racontes-tu ? demanda Ours Debout.

— Parmi nos hommes, combien ont été torturés à mort ? Et combien de jeunes femmes nous a-t-on arrachées ? Le soir de la nouvelle lune, des maraudeurs du Peuple-Loup sont venus voler la pierre qui nous sert à broyer le grain. En d'autres termes, l'outil qui assure notre survie…

— Nous fabriquerons une autre meule ! s'écria Ours Debout. En attendant, on se débrouille comme on peut…

— Comme on peut ? En laissant les gens crever de faim ? Quand ils se couchent l'estomac vide, entends-tu les pleurs des enfants ? Et vois-tu la honte sur le visage des parents incapables de nourrir leur progéniture ?

— Il faudra être patients, mais un jour ou l'autre, nous aurons une nouvelle meule.

— La belle affaire ! Tout ça pour que les Loups ou d'autres ennemis nous la volent sans que nous ayons une chance de les en empêcher ? Combien avons-nous perdu d'hommes et de femmes en essayant de défendre « pacifiquement » le plus précieux trésor du Peuple-Soleil ?

Personne ne répondant, Rivière Sauvage s'en chargea :

— Vingt-trois jeunes hommes ont péri alors qu'ils tentaient de chasser les maraudeurs à coups de branches de saule. Et six femmes ont été enlevées le même soir. Une meule peut se remplacer, je veux bien le concéder. Mais vingt-neuf personnes perdues ?

— Nos lois…, commença Ours Debout.

— Nos lois ont tué ces vingt-trois héros, coupa Rivière Sauvage.

L'assistance frémit d'entendre un tel blasphème.

— Les Loups nous massacrent à cause de la maudite loi qui nous interdit de tuer ! Et s'ils sont les pires, ces chiens ne sont pas nos seuls prédateurs. Les Poissons-Jaunes se servent à volonté dans nos garde-manger et l'hiver dernier, la Tribu-Neige nous a volé toutes nos chèvres. La Tribu-Sanglier, elle, a tué nos chasseurs pour s'approprier leurs prises. Et la Tribu-Lac nous a dépouillés, blessant un homme et traquant tous ceux qui avaient tenté de s'opposer à son raid.

Corbeau Blanc eut un rictus mauvais.

— Dans ta liste, tu as oublié de citer les fièvres qui ont décimé les nôtres !

— Non ! Contre ce fléau, nous avons un homme-médecine et un chamane. Sauf si tu te déballonnes dans ce cas-là aussi.

Le rictus de Corbeau Blanc vira à la grimace.

— Chaque fois qu'on nous détrousse, continua Rivière Sauvage, qu'on enlève nos femmes et qu'on tue nos hommes, nous détalons comme des lapins, en quête d'une cachette. Combattre pour nous défendre? Jamais au grand jamais!

—Que fais-tu de nos lois? explosa Ours Debout. Père Soleil a chargé le Peuple-Ciel de nous les faire connaître. Comment peux-tu les contester? C'est interdit!

Rivière Sauvage ne réagit pas à cette tirade.

—Pendant que vous ne ferez rien, comme d'habitude, j'irai sur le Mont des Esprits, là où reposent les restes de nos ancêtres. Oui, à l'endroit même où on dit qu'un membre du Peuple-Ciel dort aussi pour l'éternité après nous avoir apporté les lois de Père Soleil.

—Et qu'escomptes-tu y faire? demanda Corbeau Blanc.

—Invoquer le Peuple-Ciel.

Stupéfiés, les villageois se regardèrent.

Tout aussi surpris, Ours Debout souffla:

—Nul ne peut invoquer le Peuple-Ciel… Envoyés par Père Soleil, ses membres ne sauraient répondre à nos prières.

—C'est ce que nous verrons…, lâcha Rivière Sauvage.

Conscient du trouble de l'assistance, le vieux chamane tenta de reprendre la main:

—Et pourquoi cette invocation, prêtresse?

—Pour demander de l'aide.

—Dans quel but? intervint Ours Debout. Pourquoi aurions-nous besoin d'aide?

—Pour nous protéger quand les Loups attaqueront…

CHAPITRE 6

Après un long silence, Ours debout lâcha enfin :

—Qu'est-ce qui te fait dire ça ? C'est vrai, les Loups tuent parfois certains des nôtres, ils enlèvent quelques femmes et il leur arrive de nous voler nos biens. C'est terrible, je sais, mais pour avoir la paix, ça reste un prix acceptable.

» Sans cette paix, le Peuple-Soleil n'existerait plus depuis longtemps. Au prix de quelques sacrifices, nous survivons. Sinon, les Loups nous auraient exterminés depuis longtemps. Et tout ça, nous le devons à nos lois !

Dans le lointain, là où l'horizon et le ciel se rejoignaient enfin, des éclairs déchirèrent l'obscurité. À la lumière vacillante des torches que brandissaient certains conseillers, Rivière Sauvage chercha le regard de son père :

—Avec le Peuple-Loup, dit-elle, l'ère de ce que tu nommes la « paix » est révolue.

Ours Debout et Corbeau Blanc se regardèrent, accablés.

—Comment oses-tu dire une chose pareille ? demanda le vieux chef.

Rivière Sauvage prit le masque glissé dans sa ceinture et le jeta aux pieds des deux sages.

—Faucon Géant, voilà l'homme que j'ai tué. Le fils du chef des Loups. Après l'avoir abattu, j'ai pris son masque rituel. Sa fin fut violente, et je suis fière de le proclamer. Pour le venger, les Loups raseront le village.

—Le fils du chef des Loups? s'écria Corbeau Blanc. Tu as abattu Faucon Géant? En le tuant, tu as saboté la paix et signé notre arrêt de mort.

—Suis-je allée chez les Loups pour abattre cet homme? Non, bien au contraire. Ces maraudeurs ont enlevé ma sœur, et ils m'auraient prise aussi si je ne m'étais pas défendue. Pour ces chiens, la prêtresse du Peuple-Soleil aurait été un trophée de choix. Qu'ai-je fait, sinon lutter pour la vie de Fleur du Matin et pour la mienne? En d'autres termes, faire ce que vous devriez tous faire quand l'un d'entre nous est menacé…

—Ce n'est pas acceptable, fit Corbeau Blanc. Non, pas acceptable…

—Acceptable ou non, c'est fait! répondit Rivière Sauvage.

—Non, rien n'est accompli, dit le chamane, menton pointé en signe de défi. Si tu te rends afin d'expier ton crime, ça apaisera le courroux des Loups. Tu es la seule fautive, Rivière Sauvage! En te sacrifiant, tu nous sauveras tous. S'ils tiennent la meurtrière de Faucon Géant, les Loups nous laisseront en paix.

—Es-tu assez idiot pour croire à ce que tu dis? lâcha Rivière Sauvage, révulsée.

Rouge comme une pivoine, le chamane s'étrangla à demi.

—Comment oses-tu…?

Ignorant le vieil homme, Rivière Sauvage désigna Cerf Véloce:

—Rassemble d'autres jeunes gens vigoureux. Bientôt, vous devrez vous battre pour sauver les nôtres.

—Quoi? (Cerf Véloce jeta un bref coup d'œil à Ours Debout.) Depuis quand es-tu le chef du Peuple-Soleil?

—Le chef, non… Mais la prêtresse, au cas où tu l'aurais oublié. Mon rôle, sache-le, est de protéger les nôtres. En attendant que j'aie atteint le Mont des Esprits, pour demander l'aide du Peuple-Ciel, toi et d'autres braves devrez affronter les Loups.

—Et si nous refusons ? siffla Cerf Véloce.

La prêtresse haussa les épaules.

—Vous crèverez tous, voilà tout. Tôt ou tard, les Loups attaqueront. À vous de décider. Si je me suis battue pour un être cher, qu'est-ce qui vous en empêcherait ? Si vous aimez notre peuple, choisir sera simple.

» Moi, j'irai sur le Mont des Esprits, là où seule une prêtresse peut faire ce qui s'impose. Soyez assurés que j'invoquerai le Peuple-Ciel. Ici, vous protégerez les nôtres, comme il se doit.

—Comment comptes-tu invoquer le Peuple-Ciel ? demanda Corbeau Blanc, dubitatif.

Comment ? Rivière Sauvage n'en avait pas la moindre idée. Mais ça devait être fait, et elle réussirait.

Faute de réponse, elle ignora la question du chamane, alimentant ainsi son courroux. Également hors de lui, Ours Debout eut la sagesse de serrer les dents. Même si elle ne lui était pas supérieure, en termes de hiérarchie, la prêtresse dirigeait le village, dans certains cas bien précis.

Comme celui-là, espérait Rivière Sauvage…

Voyant le chamane sur le point de parler, elle le foudroya du regard puis braqua sur lui un index menaçant. Vaincu, il renonça à son oraison.

—Vous devez tous vous préparer, dit la prêtresse en balayant du regard la foule où se tenaient tant de gens qu'elle aimait et désirait protéger. Les Loups viendront. Depuis toujours, je sais que ça arrivera. Vous pourrez leur résister ou vous laisser égorger comme des agneaux. Si vous choisissez la passivité, autant vous suicider tout de suite, parce que ce sera une fin bien plus douce… Mais avant, vous devrez couper la gorge de vos enfants, pour les mettre à l'abri du mal…

Dans la foule, des villageois crièrent de terreur ou éclatèrent en sanglots. Les plus avisés firent les deux en même temps.

—C'est ta faute! cria Corbeau Blanc. Sois maudite, Rivière Sauvage! Dès cet instant, je te bannis! Tu n'appartiens plus au Peuple-Soleil!

Rivière Sauvage ne se démonta pas.

—D'où tires-tu le droit de bannir une prêtresse? demanda-t-elle, superbement détachée.

Négligeant les cris et les gesticulations du chamane, elle se détourna, indifférente comme si elle laissait derrière elle un enfant capricieux.

—Cerf Véloce, je te charge d'organiser la protection des nôtres. C'est la prêtresse qui te parle, ne t'avise pas de l'oublier. Choisis les hommes qui seront les nouveaux guerriers du Peuple-Soleil. Et si tu as besoin de conseils, adresse-toi à Ours Debout.

Troublé, Cerf Véloce se tourna vers le vieux chef:

—Mais…

—Si tu veux un jour diriger notre peuple, tu dois faire tes preuves. Défends les citoyens, et ils sauront que tu es digne de les diriger.

Sans attendre de réponses ou de commentaires, Rivière Sauvage se détourna et s'en fut.

CHAPITRE 7

— P uis-je entrer ? demanda Rivière Sauvage, arrêtée par la tenture qui tenait lieu de porte.

Sur le tissu, elle avait remarqué des runes de protection. La défense idéale contre les spectres démoniaques où… les humains terrifiés. Anxieuse comme jamais, la prêtresse n'aurait su dire si c'était ça qui la gênait ou autre chose.

— Oui, mon enfant, entre, dit une voix amicale.

Sous un ciel d'encre, une odeur bien particulière annonçait un orage. Une nuit difficile se profilait, mais quoi qu'il en soit, Rivière Sauvage devrait se mettre très bientôt en route pour le Mont des Esprits. Chaque minute de retard pouvait être une perte de chances irréparable. Mais avant de partir, la prêtresse devait s'entretenir avec Celle Qui Connaît la Lune.

Quand elle fut entrée, Rivière Sauvage vit que la vieille femme avait embrasé un fin bâton et l'utilisait pour allumer les bougies posées sur un autel bâti dans la masse d'un mur en brique.

Dès qu'elle eut terminé, la maîtresse des lieux se retourna, sourit à sa visiteuse et lui fit signe de s'asseoir sur un tapis usé, devant la cheminée.

— Prends place, je t'en prie. Pour tout te dire, je t'attendais…

En vérité, Rivière Sauvage venait tout juste de décider d'aller voir Celle Qui Connaît la Lune. Familière depuis toujours de la vénérable ancêtre, à qui elle demandait souvent conseil, elle ne fut pas surprise d'avoir été «attendue».

— Je suis contente de te revoir, Mère Pleine de Sagesse.

La vieille femme sourit – chez elle, c'était naturel, et on aurait juré que ses multiples rides venaient de là. «Mère Pleine de Sagesse» était un surnom inventé par Rivière Sauvage – la seule autorisée à s'en servir, fallait-il préciser.

Malgré son dos voûté, l'étrange femme se déplaçait lestement. Rivière Sauvage à peine assise, elle prit place à côté d'elle puis se posa sur les épaules une couverture bleu clair qu'elle ajusta comme un châle.

— Mère Pleine de Sagesse, je viens te demander de l'aide.

Sans cesser de sourire, la vieille femme versa un liquide fumant dans une tasse et la tendit à sa visiteuse.

— Oui, je le sais… Comme je viens de le dire, je t'attendais…

Rivière Sauvage ne se troubla pas. Celle Qui Connaît la Lune était coutumière des déclarations de ce genre.

— Tu vois l'avenir, Mère Pleine de Sagesse?

La vieille femme eut un rire de gorge.

— Non, mais je t'ai entendue haranguer les gens, sur la place. L'entrée de ma demeure est juste en face d'une galerie qui y conduit. Comme le son se répercute beaucoup, ici, j'arrive à capter ce qui se dit là-bas. Grâce à ça, je ménage un peu mes vieilles jambes.

Un peu déçue par une explication si prosaïque, Rivière Sauvage fit de son mieux pour ne pas le montrer.

À cause de son goût de la solitude et de son omniscience, Celle Qui Connaît la Lune faisait souvent peur aux gens. Intime de la vieille dame depuis des années, Rivière Sauvage n'accordait aucune attention aux rumeurs qui couraient à son sujet.

Même si elle faisait peur, l'ancêtre restait respectée voire vénérée parmi la population. En un sens, elle était la mémoire vivante du Peuple-Soleil – un puits de science qui n'ignorait rien des multiples mystères du passé, si éloignés dans le temps soient-ils. Investie de ce pouvoir, la vénérable villageoise ne s'interdisait pas d'en abuser parfois pour taquiner les autres.

Cela dit, pour le Peuple-Soleil, elle était la dépositaire d'une multitude de fabuleux récits qu'elle restait seule à pouvoir transmettre.

— Tu viens me voir au sujet de ton voyage jusqu'au Mont des Esprits, c'est ça ?

— Absolument, oui… Ce sera la première fois…

Pas question de montrer sa peur, n'est-ce pas ?

— Ce n'est pas vrai, mon enfant.

— Comment ça, pas vrai ?

— Tu es déjà allée là-bas.

— C'est ridicule ! Et si c'était le cas, je m'en souviendrais.

Celle Qui Connaît la Lune désigna la tasse que tenait la prêtresse.

— Bois, ma fille.

D'un seul coup, Rivière Sauvage avala l'infusion. Le meilleur moyen d'entrer au plus tôt dans le vif du sujet.

— Je suis confuse de contredire une légende vivante, Mère Pleine de Sagesse, mais je n'ai jamais été sur le mont.

— Vraiment ? Dans ce cas, d'où tiens-tu ton titre de prêtresse ? Explique-moi !

Rivière Sauvage toussota nerveusement.

— Eh bien… Je ne suis sûre de rien, mais j'ai toujours cru qu'on m'avait nommée à la mort de la prêtresse précédente, quand j'étais très jeune. Trop pour m'en souvenir, en tout cas.

La vieille femme eut un grand sourire.

— Ta mère ne t'a donc jamais raconté la saga de ta nomination ?

—La saga? Non, elle ne m'en a rien dit. Pour être honnête, chaque fois que j'abordais la question, elle trouvait un moyen de se défiler. Refusant de la harceler, j'ai fini par abandonner.

La vieille femme eut une moue entendue.

—Ta mère était très proche d'Étoile Scintillante.

—Qui ça?

—La prêtresse que tu as remplacée…

—Vraiment? Je n'en ai jamais rien su. Navrée, mais je ne me souviens pas de cette femme.

—Rien d'étonnant, puisque tu n'étais pas encore née quand elle vivait.

Intriguée, Rivière Sauvage plissa le front.

—Comment ai-je pu être nommée avant de venir au monde?

Celle Qui Connaît la Lune poussa un long soupir.

—Eh bien, avant ta naissance, la prêtresse, c'était Étoile Scintillante. D'un naturel très secret, cette femme passait le plus clair de son temps seule.

—Pourquoi?

—Parce que les gens la craignaient à cause de sa position… Sûre d'elle-même et de ses opinions, elle n'avait pas la langue dans sa poche, exactement comme toi. La méfiance des autres l'attristait, même si elle la savait injustifiée. Par bonheur, elle avait une amie très proche, presque une sœur, qui l'aimait sincèrement.

—Qui ça?

—Ta mère, mon enfant.

CHAPITRE 8

— Saule Solitaire ? Elle ne m'a pas parlé d'Étoile Scintillante. Pour tout dire, jusqu'à ce jour, je n'avais jamais entendu ce nom. Si elles étaient si proches, pourquoi ma mère ne m'en a-t-elle rien dit ?

— Elle avait ses raisons, petite…

— Lesquelles ?

La vieille femme sourit.

— Parfois, tu es aussi curieuse qu'une fillette…

Rivière Sauvage se pencha en avant et tenta de se justifier.

— Sachant qu'Étoile Scintillante, l'ancienne prêtresse, était la meilleure amie de ma mère, n'est-il pas normal que je veuille en apprendre plus long sur elle – moi, sa remplaçante ?

Celle Qui Connaît la Lune sourit puis posa une main sur le genou de sa visiteuse.

— Bien sûr, mon enfant, bien sûr… Après tout, et même si tu n'en avais pas conscience, c'est pour entendre cette histoire que tu es venue me voir.

Un peu moins mal à l'aise, Rivière Sauvage posa sa main sur celle de la vieille femme. Malgré les rides, la peau restait douce et chaude…

— Alors, cette histoire, vas-tu me la raconter ?

— Bien sûr, puisque je t'attendais spécifiquement pour ça.

— Vraiment ? Eh bien, j'écoute…

— Étoile Scintillante fut comme une sœur pour ta mère. Ensemble, elles n'étaient que joie et lumière. Hélas, la prêtresse tomba malade, et la sauver se révéla impossible. Jour après jour, elle déclinait, rongée de l'intérieur par le mal. Lentement au début, puis de plus en plus vite, des affections mystérieuses la vidèrent de ses forces.

» Consciente de ne plus en avoir pour longtemps, elle confia son dernier désir à ta mère. Être enterrée sur le Mont des Esprits, un privilège réservé aux prêtresses, aux chefs et aux chamanes.

» Décidée à y aller de son vivant, mais craignant de ne pas y arriver toute seule, elle demanda à Saule Solitaire de l'accompagner et de rester à ses côtés jusqu'à la fin, pour l'inhumer selon sa volonté.

Rivière Sauvage lutta pour avaler la boule qui s'était formée dans sa gorge. De cette poignante histoire, sa mère ne lui avait jamais dit un mot. Sachant ce qu'il en était, ça n'avait rien de très étonnant. Tant de tristesse…

— Mais ta mère, reprit Celle Qui Connaît la Lune, était enceinte et proche du terme. Enceinte de toi, petite… Pourtant, malgré l'interdiction d'Ours Debout, elle n'envisagea pas un instant d'abandonner son amie.

Tout le caractère de Saule Solitaire, ça!

— Elle y serait allée contre vents et marées…

— Exactement. Ton père s'inquiétait à juste titre, mais son épouse, comme beaucoup de femmes, n'était pas du genre à se laisser arrêter par l'imminence d'une naissance. Du coup, Étoile Scintillante et elle se mirent en route, Ours Debout et quelques hommes les escortant aussi loin qu'il leur était permis. Car, comme tu le sais, les hommes n'ont pas le droit de traverser la rivière Racine Amère.

» Ce passage périlleux du voyage fut éprouvant pour ta mère et finit d'épuiser son amie. L'obstacle franchi, la prêtresse, dévastée par la maladie, éclata en sanglots et ses larmes ne se tarirent plus jusqu'à l'arrivée sur les pentes du

Mont des Esprits. Pour cesser de souffrir, il lui aurait suffi de boire la potion remise par Corbeau Blanc. Mais elle ne voulait pas mourir avant d'avoir assisté à l'accouchement de son amie.

» Elle ne dut pas attendre longtemps. Alors qu'une tempête faisait rage, les deux femmes trouvèrent refuge dans la grotte où Étoile Scintillante avait décidé de reposer pour l'éternité. Dans cet abri, pendant que la pluie et les éclairs se déchaînaient sur le Mont des Esprits, ta mère te donna le jour. Et pour son amie moribonde, te voir fut une grande joie.

— Je suis née sur le Mont des Esprits ? s'étonna Rivière Sauvage.

Celle Qui Connaît la Lune acquiesça.

— À cause de l'averse, la rivière Racine Amère, ses flots gonflés, devint un dangereux torrent qui charriait des arbres déracinés. Avec un bébé, ta mère n'aurait pas pris le risque de traverser dans un canoë.

» Heureuse de t'avoir serrée dans ses bras et d'avoir sondé ton regard lumineux, Étoile Scintillante jugea qu'il était temps de boire la potion de Corbeau Blanc. Le cœur brisé, parce qu'elle ne voulait pas que son amie meure, Saule Solitaire comprit que la douleur était trop forte et implora les esprits d'accompagner Étoile Scintillante tout au long de son voyage vers la mort.

» Avant de boire, la prêtresse demanda deux choses à sa compagne. La première fut de choisir ton nom, mon enfant. Consciente que ta mère devrait attendre la fin de l'orage pour quitter le Mont des Esprits et traverser la rivière, la prêtresse savait aussi que rien, en ce monde, ne se produit par hasard. Du coup, elle te baptisa Rivière Sauvage.

La fille de Saule Solitaire essuya les larmes qui perlaient à ses yeux.

— Et la deuxième requête ?

— Après avoir bu la potion, quelques secondes avant de quitter ce monde, Étoile Scintillante t'embrassa sur la joue et te nomma prêtresse.

Rivière Sauvage eut le sentiment que le ciel lui tombait sur la tête. Ces révélations étaient tellement… énormes. Comme si elle ne se connaissait plus elle-même et… ne s'était jamais vraiment connue.

Sentant la pièce tourner autour d'elle, la prêtresse ne pensa pas un instant que c'était dû au choc émotionnel. Avant de boire son infusion, s'avisa-t-elle, il aurait été judicieux de demander ce qu'il y avait dedans.

— Mère Pleine de Sagesse, peux-tu me dire ce qu'une prêtresse est censée faire ? Je connais mon importance dans la hiérarchie de notre peuple, mais j'use rarement de mon autorité. À part ça, je ne suis pas vraiment sûre de ce qu'est ma mission.

Celle Qui Connaît la Lune réfléchit un moment.

— Le rôle d'une prêtresse, c'est de parler avec nos ancêtres.

— Nos morts ? Je dois communiquer avec leurs esprits ?

— Ne résident-ils pas sur le mont ? Si ta mission est d'y aller, c'est bien pour communiquer avec eux.

— Et quand dois-je m'y rendre ?

— Chaque fois que c'est nécessaire.

— Comment savoir quand ça l'est ?

— Toi seule peux en décider.

— Et quand j'y serai, comment déterminer ce que je devrai faire ?

— Seule une prêtresse peut répondre à cette question.

Rivière Sauvage soupira de frustration.

— Bien, j'ai déjà l'intention d'y aller. Pour invoquer le Peuple-Ciel. Crois-tu que ça entre dans mes prérogatives ?

Celle Qui Connaît la Lune sonda le regard de son interlocutrice.

—Toi seule peux en décider, petite, répéta-t-elle.

—Eh bien, je crois que c'est déjà fait… Pour sauver notre peuple, il n'y a que cet espoir. Mais comment m'y prendre? Si quelqu'un peut me le dire, c'est bien toi, Celle Qui Connaît la Lune.

La vieille femme sourit mélancoliquement.

—J'ai peur que le temps nous ait volé certaines connaissances… S'il existe un moyen d'invoquer le Peuple-Ciel, il est oublié depuis longtemps – bien avant ma naissance.

—Sais-tu au moins si le Peuple-Ciel existe vraiment?

—Non. Pour ce que j'en sais, il peut s'agir d'un mythe qui sert à nous faire accepter des lois imaginées par d'autres hommes.

—Si c'est le cas, ces gens étaient stupides!

—Interdire le meurtre te semble si idiot que ça?

—Oui, si c'est pour permettre qu'on nous massacre.

Rivière Sauvage tendit l'oreille pour mieux entendre la tempête qui se déchaînait dehors. Non loin de la maison, la foudre venait de s'abattre, faisant trembler le sol. Pourtant, elle devait s'en aller.

Quand elle voulut se lever, ses jambes refusèrent de la porter. Le tapis, sous elle, sembla tourner comme une toupie, puis elle se retrouva le nez contre la laine.

Parce qu'elle s'était écroulée, comprit-elle.

—Qu'as-tu mis dans mon infusion? demanda-t-elle d'une voix pâteuse.

—Quelque chose qui te fera dormir, afin que tu ne t'aventures pas dehors par ce temps. Les tempêtes non plus n'arrivent pas par hasard, et tu ne dois pas braver celle-là. Demain à l'aube, quand il n'y aura plus de danger, tu seras en forme pour partir.

Alors que ses yeux se fermaient, Rivière Sauvage se demanda si des esprits maléfiques avaient provoqué la tempête pour l'empêcher d'invoquer le Peuple-Ciel. Avant qu'elle ait trouvé la réponse, le sommeil l'emporta sur ses ailes.

CHAPITRE 9

D evant la maison de Celle Qui Connaît la Lune, Rivière
Sauvage contemplait les premières lueurs de l'aube.
Machinalement, elle rectifia la position du marteau de guerre
glissé à sa ceinture. Dans très peu de temps, il ferait assez clair
pour qu'elle se mette en chemin.

Dans un sac pendu à son épaule, Mère Pleine de Sagesse
avait fourré toutes les provisions dont elle aurait besoin pendant
son voyage. Quitter sa vieille amie et son village lui serrait le
cœur, mais elle ne pouvait pas agir autrement. Bientôt, les
Loups attaqueraient. Si elle ne faisait rien, ils tueraient tout le
monde. D'ailleurs, même si le Peuple-Ciel acceptait de l'aider,
reviendrait-elle à temps ?

Une autre inquiétude la minait. Fleur du Matin… Elle ne
pouvait pas la laisser entre les mains des Loups. D'une façon
ou d'une autre, elle devrait voler à son secours.

Taraudée par l'urgence, la prêtresse ajusta l'arc passé à son
épaule et vérifia que son carquois était plein. Rassurée, elle
s'éloigna du fief de sa vieille amie. Malgré son angoisse – et les
sinistres raisons de ce voyage – elle fut soulagée d'être enfin
en chemin. Le temps des palabres était terminé. Polémiquer
davantage avec son père et tous ceux qui lui donnaient tort,
comme lui, n'aurait servi à rien.

Après tout, n'était-elle pas la prêtresse ? À elle de prouver
que ce titre n'était pas usurpé.

Au lieu d'attendre les bras ballants, comme tous les autres, puis de tendre la gorge pour se la faire trancher, elle agissait. Sans savoir comment invoquer le Peuple-Ciel? Absolument, mais elle, au moins, elle essayait.

Elle n'était pas bien loin du village quand Grand Chien la rejoignit, la langue sortant d'un côté de la gueule. Ravi de la voir, il se frotta contre ses jambes. Contente qu'il vienne la saluer, elle lui caressa la tête.

—Retourne à la maison, dit-elle en désignant le village.

Grand Chien s'assit et la regarda. Quand elle repartit, il lui emboîta le pas.

—À la maison, je t'ai dit! Tu ne peux pas m'accompagner!

À l'évidence, Grand Chien ne voyait pas les choses ainsi. Permission ou non, il viendrait, voilà tout.

Si Rivière Sauvage essayait de le forcer à rester en arrière, il attendrait un peu et la suivrait à distance. Une sacrée tête de pioche, ce chien!

Fataliste, la prêtresse le laissa trottiner à côté d'elle. Avec un peu de chance, il finirait par se lasser et rebrousserait chemin. Sinon, avoir de la compagnie n'était pas si mal que ça…

Au village, personne n'était venu lui souhaiter bonne chance. À croire qu'elle avait tout le monde à dos. De fait, dans les ruelles, les rares gens déjà debout avaient baissé les yeux avant de tourner à droite ou à gauche pour lui échapper. Les siens étaient furieux contre elle. Un opprobre difficile à supporter.

Une solitude qu'Étoile Scintillante avait connue en son temps. Était-ce le prix à payer quand on portait son titre? Sans doute, mais la prêtresse précédente avait au moins une amie…

Eh bien, elle se contenterait de Grand Chien. La présence d'un compagnon si fidèle avait de quoi réchauffer le cœur. À le voir si imposant, comment croire qu'il était naguère un minuscule chiot blotti entre ses mains? Pourtant, il n'avait pas encore atteint sa taille adulte. Un ami, oui, mais aussi un protecteur résolu à se battre pour elle. Au fond, il avait eu raison d'insister pour venir.

Quand le soleil fut levé, Rivière Sauvage se retourna pour contempler son village. Si tôt le matin, les bâtiments reflétaient la lueur presque violette de l'astre du jour. Un merveilleux spectacle sur lequel elle s'appesantirait une autre fois.

Après une brève prière, pour saluer la nouvelle journée, la prêtresse se détourna et reprit sa route d'un pas décidé.

Dans le lointain, les montagnes devenaient de plus en plus nettes au fil de la naissance du jour. Au crépuscule, ces pics déchiquetés formaient une masse sombre menaçante…

Au début, Rivière Sauvage suivit simplement le ruisseau qui serpentait paisiblement dans la vallée bordée de collines très peu boisées. Gonflé par la pluie, le cours d'eau se révéla plus tumultueux qu'à l'accoutumée. Toujours charmée par le bruit de l'eau vive, la prêtresse ne se laissa pourtant pas endormir. Ce son risquant d'occulter bien d'autres bruits, pas tous amicaux, elle sonda en permanence les alentours, en quête d'éventuels maraudeurs.

Chaque fois qu'elle dut traverser pour s'épargner un interminable détour, Rivière Sauvage fut surprise par la température glaciale de l'eau qui venait en partie des montagnes. Attentive à ne pas glisser, elle dut aussi lutter contre le courant. Gambadant joyeusement, Grand Chien la précédait et atteignait chaque fois la terre ferme longtemps avant elle. Depuis toujours, il adorait l'eau froide. Et quand il se secouait, une fois revenu au sec, mieux valait garder ses distances, si on ne voulait pas se faire asperger.

De larges bandes de sable, de chaque côté du cours d'eau, facilitaient la progression. D'humeur à explorer, Grand Chien multipliait les excursions latérales histoire de renifler les buissons et d'y laisser sa marque. Pour lui, cette balade dans le grand monde devait être follement amusante.

Trop inquiète, sa maîtresse ne parvenait pas à partager son enthousiasme.

Plus loin en amont, l'eau s'était creusé une gorge dans les collines. En temps normal, il y avait assez de place pour avancer entre le ruisseau et les parois. Avec la crue, c'était impossible. Du coup, la prêtresse et son compagnon passèrent de la marche à l'escalade.

Au sommet d'une colline, Rivière Sauvage eut une vue imprenable sur le chemin qu'elle avait parcouru. Au fond d'une grande plaine, au-delà des collines, son village semblait si petit… Telles des fourmis, les gens y allaient et venaient comme si tout était normal. Mais seraient-ils encore en vie à son retour ?

Quand elle se retourna pour voir la route qu'il lui restait à faire, la prêtresse remarqua au premier coup d'œil l'homme qui la regardait, non loin de sa position.

CHAPITRE 10

C royant avoir affaire à un maraudeur, Rivière Sauvage fut à un souffle de paniquer. S'il était là pour la tuer, pourquoi ce guerrier avait-il attendu ? Une flèche dans le dos et…

Et si des Loups l'encerclaient ?

Quand elle vit l'homme avancer, la prêtresse prit son arc et l'arma. À côté d'elle, Grand Chien ne quittait pas l'inconnu des yeux, mais il ne semblait pas inquiet. Depuis toujours, on répétait à la jeune femme de se fier à son chien. Un bon conseil, mais qui ne l'empêcha pas de rester vigilante.

Jusqu'à ce qu'elle reconnaisse Cerf Véloce… Mais pourquoi cet accoutrement inhabituel ? Un morceau de tissu rouge noué à chaque biceps, il portait un gilet de daim, sa crinière tressée tenue par un bandeau également rouge.

Sur la hampe de sa lance, derrière le point d'équilibre, un fanion de la même couleur oscillait au vent.

Enfin, des lignes noires zébraient ses joues.

Rivière Sauvage ne l'avait jamais vu ainsi – mais elle trouva que ça lui allait plutôt bien. Dans cette tenue, il était impressionnant.

— Que fais-tu ici ? demanda-t-elle en baissant son arc.

Rassurée, elle remit la flèche dans son carquois.

Campé près de sa maîtresse, Grand Chien restait vigilant. S'il connaissait Cerf Véloce, il ne l'avait jamais vu ainsi vêtu, et ça l'inquiétait.

—Je suis venu te protéger jusqu'à ce que tu aies atteint nos terres sacrées.

—Me protéger de quoi?

—N'as-tu pas dit que les Loups nous menaçaient? Jusqu'à ce que tu aies invoqué le Peuple-Ciel, je veillerai sur toi.

Rivière Sauvage fut à la fois furieuse et reconnaissante. En colère parce qu'il avait osé la suivre, et soulagée qu'il ait pris cette initiative. En plus, il semblait croire qu'elle réussirait à invoquer le Peuple-Ciel…

—Et si les Loups m'attaquent, que feras-tu? Respectueux de la loi suprême, tu te laisseras prendre, torturer et offrir en pâture aux bêtes sauvages?

Cerf Véloce s'appuya à sa lance et sonda les lointaines montagnes.

—J'ai réfléchi à ce que tu as dit… Tu m'as chargé de protéger notre peuple, non? Et tu en fais partie…

—En réalité, je t'ai demandé de réunir d'autres jeunes hommes pour défendre le village.

—Pourquoi ce choix? Tu me tiens en estime? Ou est-ce parce que Ours Debout veut que tu m'épouses?

Malgré l'urgence du moment, Rivière Sauvage tint à mettre les choses au point:

—Mon père a dit ça parce que tu étais le seul jeune type potable dans les environs. Il n'en pensait pas un mot.

—Et si tu te trompais? Le chef veut peut-être que tu aies un mari fier et puissant…

—Ce qu'il veut ne compte pas. Il n'a pas à choisir l'époux de la prêtresse.

Cerf Véloce détourna le regard. Navrée de l'avoir blessé, Rivière Sauvage se souvint que c'était secondaire. D'un pas décidé, elle partit vers l'ouest.

Mettant ses sentiments de côté, le «guerrier» lui emboîta le pas puis vint marcher à ses côtés.

—Pourquoi m'as-tu choisi ? redemanda-t-il.

—Parce que tu es souvent aux côtés d'Ours Debout…

—Pardon ?

—Ça montre que tu cherches à commander… Puisque être un chef t'intéresse, je t'ai confié une tâche adaptée à ton ambition. Recruter et former des combattants, précisément. C'est une mission délicate qui demande un caractère et des épaules de chef. Tu vois ce que je veux dire ?

—Je crois, oui… Eh bien, merci.

—Mais tu devais protéger le village, pas me coller aux basques !

Menton en avant, Cerf Véloce regarda loin devant lui.

—La prêtresse est essentielle pour la survie des nôtres. Si tu te fais tuer, le village disparaîtra. J'ai bien compris tes ordres, mais selon moi, te protéger, c'est aussi défendre le Peuple-Soleil. Quand nous aurons atteint la rivière Racine Amère, je retournerai chez nous et j'exécuterai tes ordres.

La prêtresse eut un hochement de tête approbateur.

—As-tu déjà recruté des hommes ?

—Oui. Beaucoup me font confiance, au village. Mais je ne sais pas quoi leur dire. Nous ne sommes pas des tueurs.

—Vous êtes des fils, des frères et des pères, non ? Et vous aimez les villageois.

—Bien sûr.

—Imagine leur terreur si des Loups venaient les étriper. Pense à la douleur de tes proches, à leur sang répandu… Ces visions n'éveillent pas ta rage ?

En guise de réponse, Cerf Véloce posa une question :

—C'est ça qui t'a permis de tuer Faucon Géant ?

Rivière Sauvage pesa ses mots, puis elle se tapota la poitrine, au niveau du cœur.

—Je brûlais de fureur à cause de ma petite sœur. Et de haine en songeant aux hommes décidés à abuser d'elle. Tu devrais faire comme moi. (La prêtresse tapota le torse du guerrier.) Tout est là ! C'est dans ton cœur que doit naître et grandir la colère.

Cerf Véloce acquiesça, l'air pourtant troublé.

— Je ne suis pas sûr d'en être capable, avoua-t-il.

La prêtresse haussa les épaules.

— Si tu échoues, ceux que tu aimes se feront tuer. Spectateur impuissant, tu assisteras au massacre jusqu'à ce qu'un Loup bondisse sur toi et t'ouvre le ventre, histoire que tu crèves lentement, sans rien rater du calvaire des autres.

— Quand tu parles ainsi, la colère monte en moi.

— Bravo ! Sur le chemin du retour, répète-toi en boucle mes propos. Pense et repense à l'injustice que ce serait, si ces horreurs arrivaient. Si tu insistes, tu finiras par te ficher de la maudite loi, parce qu'elle ne tient pas compte des gens que tu aimes.

» Une fois au village, dis à tes recrues que tu ne laisseras pas ma prédiction pessimiste se réaliser, et qu'ils doivent te seconder, s'ils ne veulent pas être les complices du Peuple-Loup. Échauffe les esprits de toutes les façons possibles. Ces hommes doivent être prêts à tuer quand l'ennemi se montrera.

— Seras-tu de retour, à ce moment-là ?

— Je l'espère…

— Moi aussi. Parfois, tu embrases mon sang !

Rivière Sauvage eut l'ombre d'un sourire.

— Je n'ai pas aimé faire ça, mon ami… Mais quand j'ai vu jaillir le sang de Faucon Géant, alors qu'il entraînait ma sœur avec lui, je me suis sentie… bien. J'aurais voulu abattre tous les maraudeurs, pour récupérer Fleur du Matin. Pourtant, quand on y repense, tuer un homme n'a rien d'agréable.

» Si tu as des doutes, souviens-toi que les Loups viendront pour nous tailler en pièces. Avec tes guerriers, gardez cette idée en tête et alimentez sans cesse votre fureur.

— Comme si une rivière sauvage coulait dans notre cœur ?

— Si cette image peut t'aider, pourquoi pas ? Oui, garde une rivière sauvage dans ton cœur... Tes hommes et toi, vous avez les compétences requises, comme moi. La chasse au gros, vous connaissez, et les armes n'ont plus de secrets pour vous. N'est-ce pas avec nos flèches, nos lances et nos couteaux que nous nourrissons les nôtres ? Aujourd'hui, ce sont ces « outils » qui les protégeront.

En fin d'après-midi, les deux compagnons et Grand Chien atteignirent la rivière. Sur l'autre berge, au fond d'une vallée, se dressait le Mont des Esprits – déjà à moitié obscurci par la disparition du jour.

— La nuit ne tardera plus, dit Cerf Véloce. Nous devrions camper ici.

— Pas question ! Le temps presse trop... Je vais traverser, puis continuer jusqu'à ce qu'il fasse trop noir pour que je voie où poser les pieds. Comme ça, demain matin, je serai plus près du but.

Même s'il détestait ce plan, Cerf Véloce se rendit à la raison. De la pointe de sa lance, il désigna des broussailles.

— Le canoë est là...

Quand l'embarcation qui restait sur place en permanence fut dégagée des broussailles, Cerf Véloce la tira jusqu'au bord de l'eau. Pendant que la prêtresse y montait, il aida Grand Chien à se hisser à bord.

— Cerf Véloce, merci d'avoir veillé sur moi jusque-là. Pars, à présent, et prépare tes hommes au combat.

— Compte sur moi, Rivière Sauvage. Et reviens-nous saine et sauve.

Alors que le premier guerrier du Peuple-Soleil poussait le canoë à l'eau, la prêtresse ordonna à Grand Chien de se coucher, afin de ne pas faire chavirer le fragile esquif. Puis elle commença à ramer, inquiète à l'idée de ce qui l'attendait au bout du voyage.

CHAPITRE 11

Quand Rivière Sauvage eut enfin atteint le pied du Mont des Esprits, après la traversée difficile d'un marais et une longue marche dans la vallée, il faisait trop noir pour qu'elle songe à continuer. D'après ce qu'elle avait vu en approchant, l'ascension à venir ne serait pas une promenade de santé.

Même si elle n'avait aucune envie de s'arrêter, les nuages sombres qui masquaient la lune, occultant sa lumière, ne lui laissaient pas le choix. Dans une telle obscurité, avancer aurait été trop dangereux. Avec une jambe cassée, voire la nuque brisée, elle ne serait plus utile à personne.

Contrainte de camper, elle ramassa des branches mortes et s'improvisa un nid douillet au pied d'un grand épicéa. Ainsi isolée du sol, elle aurait moins froid – sans devoir perdre du temps à ramasser le petit bois requis pour faire du feu.

Quand elle fut étendue, elle appela Grand Chien, qui vint se blottir contre elle – comme quand il était petit, mais aujourd'hui, il valait toutes les couvertures du monde.

Bien au chaud, la prêtresse aurait de bonnes chances de dormir à poings fermés.

Tandis qu'elle se serrait contre son compagnon, des bruits étranges montèrent des bois environnants. À chaque grincement, cri ou ululement, Grand Chien grognait, la tête un peu levée.

Épuisés, les deux amis s'endormirent très vite. Mais s'il se passait quelque chose, Rivière Sauvage n'en doutait pas, son protecteur se réveillerait en une fraction de seconde…

À l'aube, des corbeaux très bruyants, sur les branches d'un pin, arrachèrent la prêtresse au sommeil. Bâillant à s'en décrocher la mâchoire, elle s'étira tandis que Grand Chien se redressait d'un bond. Le matin, tout excité par une nouvelle journée, il n'avait pas besoin de mise en route. Sa maîtresse, elle, retrouvait plus difficilement son dynamisme.

Partageant du poisson séché avec son compagnon, Rivière Sauvage mangea aussi une partie des racines offertes par Celle Qui Connaît la Lune.

Dressé à ne jamais voler de nourriture, Grand Chien avait attendu patiemment qu'elle lui propose du poisson.

Après ce repas rapide mais nourrissant, la voyageuse se remit en route. Malgré le ciel chargé, la lumière se révéla suffisante pour traverser le bois qui bordait le pied du Mont des Esprits.

Arrivée devant le versant abrupt, Rivière Sauvage prit le temps de l'étudier attentivement. Dès qu'elle eut repéré une piste de gibier, elle repartit, rassurée d'avoir devant elle une ascension moins difficile que prévu.

Toujours aussi intrépide, Grand Chien se permit quelques détours histoire de débusquer l'un ou l'autre petit animal. Comme les loups dont il descendait en partie, c'était un chasseur-né.

Trop pressée, sa maîtresse ne l'attendit pas chaque fois qu'il s'offrit une escapade. Bien lui en prit, parce qu'il finit toujours par la rejoindre quelques minutes plus tard.

Le souffle court et les jambes douloureuses, Rivière Sauvage tomba bientôt sur une première grotte – enfin, une niche, plutôt, considérant sa taille. D'après Celle Qui Connaît la Lune, des membres importants du Peuple-Soleil reposaient dans ces tombes.

Passant la tête dans la sépulture, la prêtresse plissa le nez à cause de l'odeur épouvantable. Malgré sa répugnance, elle avança et découvrit au fond de la niche un autel naturel sur lequel reposaient trois défunts enveloppés de bandelettes de tissu et de cuir. Sur la dépouille du milieu, un grand rectangle de cuir incrusté de perles était déroulé à la manière d'une couverture.

Rivière Sauvage ne vit aucun nom sur les dépouilles. Personne ne venant jamais ici, à quoi ça aurait servi ?

D'après Mère Pleine de Sagesse, l'altitude à laquelle se situait une tombe ne signifiait rien. Parmi les morts, il n'y avait pas de hiérarchie, tous partageant l'honneur de dormir pour l'éternité sur le Mont des Esprits. En conséquence, les occupants du premier tombeau pouvaient être les ancêtres les plus importants jamais inhumés ici.

En y regardant de près, la prêtresse estima que ces morts étaient là depuis très longtemps. D'ailleurs, elle n'avait jamais vu des perles disposées ainsi…

Le cœur battant la chamade – que se passerait-il si les esprits la regardaient et prenaient ombrage de son audace ? –, Rivière Sauvage souleva le pied d'un des défunts. Une plume était plus lourde ! Complètement desséchées, les antiques dépouilles tombaient en poussière.

Pourtant, il y avait cette atroce odeur… Montant des trois morts, elle soulevait le cœur de la prêtresse. Tout aussi révulsé, Grand Chien attendait sa maîtresse dehors.

Ce n'était pas la puanteur de la mort, mais un répulsif introduit dans les corps pour éloigner les bêtes sauvages. Une mesure efficace, à l'évidence. Alors que l'entrée était visible de loin, aucun des défunts ne portait de traces de morsure ou d'autres agressions. Malgré son indéniable intérêt pour les charognes, Grand Chien ne serait entré pour rien au monde…

Soulagée de revenir à l'air libre, Rivière Sauvage reprit sa progression. Très vite, elle comprit que la piste ne serpentait pas au hasard sur le versant. Bien au contraire, elle passait délibérément devant des niches et des grottes, comme pour une visite guidée. De-ci de-là, la prêtresse repéra quelques tombes inaccessibles sans une rude séance d'escalade. Ayant assez à faire dans l'immédiat, elle décida de les garder pour la fin, si ça s'imposait.

La plupart des tombes étaient très petites, certaines se réduisant même à des niches verticales où le mort reposait debout. D'autres, des grottes élargies par la main de l'homme, donnaient sur de plus grandes cavernes occupées par davantage d'ancêtres.

Toutes ces sépultures avaient un point commun : l'ignoble odeur qui tenait à distance les charognards. Dans certaines, il restait encore de la place pour pas mal d'occupants. En réalité, très peu étaient pleines.

Vers midi, vidée par l'ascension, Rivière Sauvage marqua une pause pour se restaurer. Perchée sur une saillie rocheuse, elle en profita pour admirer le paysage qui s'offrait à ses yeux.

Après avoir dévoré du poisson séché et un peu de venaison, la prêtresse et son compagnon se remirent en chemin.

En fin d'après-midi, alors que le sommet ne semblait plus très loin – si la prêtresse se fiait à ce qu'elle voyait parfois grâce à un trou dans la végétation –, la piste cessa brusquement.

Essoufflée, Rivière Sauvage s'assit sur un rocher et essuya son front lustré de sueur.

Jusque-là, elle n'avait rien trouvé qui fût lié au Peuple-Ciel. Quelle déception ! Même si elle ignorait ce qu'elle cherchait au juste, elle avait fait chou blanc, il fallait le reconnaître.

Alors qu'elle réfléchissait à la suite du programme, elle remarqua que la piste ne s'interrompait pas d'une manière naturelle. En fait, elle était barrée par un gros rocher. Sa curiosité en éveil, la prêtresse se leva et alla inspecter en détail cette bizarrerie.

Sur le flanc gauche du rocher, des éboulis faisaient naturellement penser à un glissement de terrain. Cela dit, le roc ressemblait à un énorme bouchon vraiment pas naturel.

Sur la gauche, la muraille rocheuse paraissait infranchissable, et sur la droite, un à-pic vertigineux n'incitait pas à l'exploration. Se campant au bord du gouffre, Rivière Sauvage osa se pencher et aperçut la frondaison du bosquet d'épicéas où elle avait campé la veille.

En d'autres termes, contourner l'obstacle était impossible. Et si déblayer les plus petites pierres semblait faisable, au prix d'un travail surhumain, le gros rocher ne bougerait pas d'un pouce sous les efforts d'une seule personne.

Une configuration voulue, aurait parié la prêtresse.

Quand elle vint étudier l'obstacle de près, elle remarqua un dessin presque effacé, tout en bas. Très souvent, son peuple dessinait sur la roche – des animaux, des gens, différentes scènes. L'image appartenait à cette catégorie de représentations, mais… pas tout à fait.

—C'est quoi, selon toi ? demanda la prêtresse à son chien.

Bien entendu, il ne répondit pas.

À mains nues, Rivière Sauvage arracha la mousse qui occultait l'image puis chassa la poussière accumulée dessus depuis des lustres.

Son travail terminé, elle plissa les yeux pour mieux voir ce qu'elle avait mis au jour.

Des silhouettes tracées à la peinture noire… Des gens normaux, à première vue, avec des bras, des mains, des jambes et des pieds. En revanche, leur grosse tête ronde était vraiment étrange. Pas d'yeux, de nez ou de bouche. Bizarrement, ces citrouilles avaient quelque chose d'effrayant.

Comme si elles n'appartenaient pas à ce monde.

Au fil du temps, Rivière Sauvage avait vu beaucoup d'images réalisées par son peuple ou par d'autres tribus. Aucune ne ressemblait à celle-là. Et elle n'avait jamais eu la chair de poule en les regardant.

D'instinct, la prêtresse comprit de quoi il retournait. Le Peuple-Ciel! Ces silhouettes étaient celles de membres du peuple mythique. Mais que faisaient-elles sur le gros rocher qui bloquait la piste?

Élargissant la zone de nettoyage, Rivière Sauvage découvrit autre chose – une image qui lui glaça les sangs. Sous les silhouettes, on avait peint deux grands os entrecroisés. Un signe de danger mortel!

Le rocher était bien là pour bloquer le passage. Tenter de le contourner, indiquaient les deux os, c'était signer son arrêt de mort.

Chapitre 12

Après avoir sélectionné un jeune bouleau, Rivière Sauvage l'attaqua avec son couteau, en utilisant son marteau de guerre comme un outil. Quand on savait y faire, couper un petit arbre de cette manière n'était pas bien difficile.

Une fois le bouleau abattu, elle l'élagua et se retrouva avec un long et solide rondin d'un diamètre légèrement supérieur à celui de son bras.

Glissant ce levier improvisé entre le gros rocher et la muraille qui le flanquait sur la gauche, elle le cala avec une grosse pierre.

En temps normal, les os croisés l'auraient incitée à passer son chemin. Ignorer un avertissement de ce genre était déconseillé, quand on tenait à la vie. Mais que pouvait-il arriver de pire que la disparition de son peuple ?

Après s'être assurée que Grand Chien se tenait assez loin, la prêtresse appuya sur son levier, qui se courba un peu. Encouragée, elle recommença jusqu'à ce que le gros rocher, avec un grincement sinistre, bouge presque imperceptiblement.

Après avoir repositionné sa cale, la prêtresse mobilisa toutes ses forces. À la base du rocher, les plus petites pierres jaillirent hors de leur logement.

Rivière Sauvage introduisit son levier dans l'orifice ainsi dégagé et appuya en y mettant tout son poids.

Le gros rocher bougea juste assez pour ce qu'elle voulait faire. S'adossant à la paroi de pierre, elle posa les pieds contre l'obstacle et poussa de toutes ses forces.

Si tout ne s'écroulait pas sur sa tête, un risque non négligeable, le résultat final devait…

Oui! En même temps qu'une multitude de gravats, le «bouchon» sortit de son logement et bascula en avant.

À bout de souffle, Rivière Sauvage le regarda tomber dans le vide. Approchant du gouffre, elle le vit s'écraser sur les arbres, en bas, les renverser comme des quilles puis s'immobiliser enfin.

—Viens, Grand Chien! Allons voir ce qu'on voulait nous cacher.

Le chien emboîta joyeusement le pas à sa maîtresse, la suivant sur la piste dégagée. Sur cette section, la prêtresse ne vit aucune nouvelle tombe. Plus elle montait, remarqua-t-elle, et plus la roche se révélait fissurée. Chaque hiver, elle le savait, l'eau qui s'infiltrait dans les crevasses avant de geler provoquait de monstrueux éboulis. Plus d'une fois, elle dut franchir de petits abysses où elle aurait très bien pu se coincer une jambe.

Le déblayage lui ayant pris une éternité, l'obscurité approchait et elle ne pourrait plus continuer très longtemps. D'autant plus qu'il ne faudrait pas compter sur la lune cette nuit – comme la précédente.

Bref, elle allait devoir rester sur le Mont des Esprits. Une perspective assez peu agréable – surtout en n'ayant rien trouvé d'utile jusque-là.

Au sortir d'un tournant, elle fit soudain face à une brume dense et sombre. La partie inférieure des nuages, comprit-elle. Ici, il faisait très froid et la visibilité, dans ce brouillard, était réduite à quasiment rien. Une atmosphère fantomatique à glacer les sangs…

S'il pleuvait, la seule solution serait de rebrousser chemin et de se réfugier dans une grotte – tant pis pour la puanteur ! Là encore, l'idée n'avait rien d'agréable. Ces tombes étaient le territoire des ancêtres, qui n'avaient sans doute pas envie qu'on les dérange.

Après avoir négocié plusieurs lacets de la piste, la prêtresse aperçut l'ouverture d'une grotte – très semblable aux autres, mais un peu plus profonde. Au-dessus de l'entrée, les racines d'arbres ratatinés semblaient tenir en place la roche poreuse au bord de l'écroulement.

Aux abords du sommet, les fissures et les crevasses formaient un réseau dense et menaçant. Beaucoup moins large, la piste s'effritait et la voyageuse évitait de marcher au bord, de peur de provoquer un glissement de terrain. Au moins, grâce au brouillard, elle ne voyait pas dans quel gouffre elle tomberait, si les choses tournaient mal.

Par bonheur, devant l'entrée de la grotte, le terrain se révéla relativement stable. Au-delà, la piste s'arrêtait – pour de bon, cette fois. À l'évidence, une grosse partie du mont s'en était détachée dans un lointain passé…

Rivière Sauvage entra dans cet ultime tombeau, qui contenait une unique dépouille. La puanteur valant largement celle des autres sépultures, Grand Chien resta dehors, où l'air charriait des odeurs plus agréables à ses narines.

En dépit de l'obscurité, la prêtresse en aurait mis sa main à couper : elle venait de trouver les restes d'un membre du Peuple-Ciel.

Tétanisée, elle baissa les yeux sur l'autel où reposait le cadavre. Des éclats de pierre, tout autour, lui apprirent qu'on avait taillé la roche pour offrir ce support au défunt.

Comme sur le dessin, l'être avait une grosse tête ronde. Mais ce n'était pas le plus surprenant.

Au lieu d'être enveloppé de bandelettes, comme tous les autres morts, ce corps était entièrement revêtu d'un matériau étrange. Une sorte de tissu, mais lisse et brillant – comme du métal, oui, mais quel métal se froissait ainsi ?

Autour de la taille, le mort portait une ceinture où pendaient d'étranges objets. Des anneaux de métal cerclant ses poignets et ses pieds, l'extraordinaire défunt était équipé de bottes et de gants taillés dans le même matériau que sa tenue.

De plus en plus intriguée, Rivière Sauvage s'intéressa à la tête. Plus ovale que ronde, noire devant mais blanche derrière, ce que les dessins ne montraient pas, elle portait sur chaque côté une ligne de démarcation symétrique, et il y avait quelque chose d'écrit juste au-dessus.

La prêtresse passa une main sur cette zone afin de la dépoussiérer. Même ainsi, elle ne parvint pas à déchiffrer les lettres et les symboles érodés par le temps.

De chaque côté du crâne, le cadavre arborait des zones surélevées qui n'étaient pas du tout symétriques… Le plus frappant, cependant, restait la surface lisse et noire, sur le devant de la tête…

Selon toute probabilité, comprit Rivière Sauvage, ce qu'elle avait sous les yeux n'était pas la tête du mort, mais quelque chose qui la recouvrait.

Comme le masque au bec crochu de sa victime, le Loup nommé Faucon Géant.

Une sorte de masque, oui… Car personne, pas même un membre du Peuple-Ciel, ne pouvait avoir une tête bicolore, dure, brillante et dépourvue de traits.

Un masque qui cachait absolument tout !

Chapitre 13

Rivière Sauvage se pencha pour mieux étudier la ligne de démarcation entre la partie noire du casque et la blanche. On sentait bien une légère dépression, mais impossible d'y introduire ne serait-ce qu'un ongle. À dire vrai, la prêtresse n'aurait pas juré qu'il s'agissait de deux parties distinctes. La même pièce pouvait être peinte de deux couleurs, non ? Absolument, sauf qu'elle n'avait jamais vu une peinture si lisse, si brillante et si régulière sous les doigts.

Rivière Sauvage insista, tentant de trouver un moyen d'ouvrir le masque géant. Autour du cou, l'être portait le même genre d'anneau métallique qu'au niveau des poignets et des chevilles. S'ils faisaient à l'évidence office de joints, il n'y avait rien qui permette d'ouvrir ces étranges équipements.

Se plaçant derrière le mort, la prêtresse tenta de tirer sur le masque, tout simplement. Hélas, il ne bougea pas d'un pouce. Comprenant qu'elle risquait de faire glisser le corps de son support si elle insistait, elle s'arrêta et prit le temps de réfléchir.

Cette dépouille était bien plus lourde que les autres. Palpant l'étrange tissu, Rivière Sauvage sentit qu'il y avait dessous des jambes et des bras bien formés. D'ailleurs, quand elle appuyait, elle sentait une résistance – avec une certaine élasticité, cependant. En d'autres termes, cette dépouille-là n'était pas tombée en poussière. Plutôt bizarre, ça, puisqu'elle était là depuis des temps immémoriaux – le début de l'histoire du Peuple-Soleil, quand il avait reçu ses lois…

À court d'idées, la prêtresse saisit le marteau de guerre glissé à sa ceinture. Consciente de ne pas se montrer très respectueuse, elle martela le masque de coups – sans obtenir le moindre résultat. Et frapper plus fort ne l'avança à rien.

Agacée, elle leva le marteau de guerre au-dessus de sa tête et l'abattit avec l'énergie d'un bûcheron face à un tronc récalcitrant. À sa grande surprise, l'arme rebondit contre sa cible sans y laisser de marque.

Décontenancée, Rivière Sauvage faillit renoncer. Au fond, la tête de l'être était peut-être si moche qu'il valait mieux ne pas la connaître.

Non, ce n'était pas sa conception du monde ! Refuser de voir la réalité en face n'avait jamais sauvé personne. Acharnée, elle continua à cogner avec l'espoir d'affaiblir le fichu masque. Autant vouloir vider une rivière avec un dé à coudre. Même en tapant comme une sourde, rien ne se passa.

Haletante, la prêtresse renonça. Certes, voir les traits d'un membre du Peuple-Ciel l'intéressait, mais ce qu'il lui fallait, c'était un spécimen *vivant*. Un mort satisferait sa curiosité, rien de plus…

Retour à la case départ ! Comment accomplir la mission qu'elle s'était fixée en venant ici ? Invoquer le Peuple-Ciel était plus facile à dire qu'à faire. Et si elle échouait, adieu tous ses espoirs d'avoir de l'aide.

Battue à plate couture par le masque, elle passa au corps et s'intéressa aux objets accrochés à la ceinture. Aucun ne ressemblait à une chose qu'elle ait vue un jour. De plus, ils avaient été fabriqués avec une précision que pas un seul membre du Peuple-Soleil n'aurait pu égaler – voire approcher de loin. Même si Rivière Sauvage s'extasiait souvent sur la perfection de ses têtes de flèche, on était à un niveau bien supérieur…

Quels que soient leur usage et leur composition, ces objets étaient l'œuvre d'un peuple bien plus avancé que tous ceux qu'elle connaissait.

Sans vergogne, la prêtresse appuya sur tout ce qui faisait saillie et fit tourner tout ce qui voulait bien bouger. Les yeux ronds, elle tenta de déchiffrer une série de symboles, et ne réussit pas à *imaginer* ce qu'ils pouvaient bien vouloir dire.

De plus en plus agacée, elle passa au bras gauche du mort, et plus précisément à l'espèce de brassard qu'il portait autour du biceps. Sur le dessus, une surface plate soutenait une série de boutons multicolores. Dessous, découvrit la prêtresse, il y avait comme sur un collier un fermoir qui consentit à s'ouvrir. Du coup, elle put retirer l'artefact du bras du défunt.

Décidée à appuyer au hasard sur tous les boutons, elle constata que l'objet, très lisse, avait tendance à lui glisser des mains. Pour résoudre le problème, elle le fixa à son propre biceps et reclippa le fermoir. Comme ça, appuyer sur les boutons se révéla beaucoup plus facile.

L'odeur lui donnant envie de vomir, Rivière Sauvage sortit de la grotte et s'assit sur un rocher. Là, elle continua à jouer avec sa trouvaille – sans résultat, jusqu'à ce qu'elle écrase un gros bouton rouge.

Quand un son monta de l'artefact, la prêtresse se pétrifia. Rien ne se passant, elle répéta l'opération et l'étrange phénomène se reproduisit. Avec un son plus long, cette fois. Puis il y eut des grésillements, comme ceux des flammes d'un feu de camp.

Une partie de la surface plane s'éclaira. Stupéfiée, Rivière Sauvage passa un index dessus et la lueur… sembla suivre la trajectoire de son doigt. Pour s'assurer qu'elle ne rêvait pas, elle dessina un rond, et la lumière reproduisit fidèlement son mouvement. Constatant qu'elle venait de créer un cercle de lumière, la prêtresse appuya du bout du doigt au centre de la zone ainsi délimitée.

Toute la surface plane s'éclaira et un torrent de sons se déversa de l'artefact. En même temps, le cercle clignota. Quand elle appuya de nouveau dessus, la lumière vira au rouge et gagna en puissance.

Des mots jaillirent de l'artefact. Oui, des mots, mais sans aucun sens. De sa vie, Rivière Sauvage n'avait jamais rien entendu de tel. D'ailleurs, étaient-ce vraiment des mots, ou un concert de craquements et de gargouillis ?

Même si elle s'acharna, la prêtresse n'obtint rien de plus.

La nuit venue, elle soupira de fatigue et de frustration. Son voyage ne donnerait rien. Elle avait perdu son temps.

Invoquer le Peuple-Ciel ? Où était-elle allée chercher cette idée ? Voyons, elle n'avait pas le moindre indice sur la façon de procéder. Enivrée par son titre de prêtresse, elle s'était crue plus maligne que les autres. Au bout du compte, elle aurait seulement réussi à se ridiculiser aux yeux des siens.

Furieuse, elle essuya les larmes qui ruisselaient sur ses joues. Une certitude demeurait : son peuple serait bientôt massacré, et elle ne reverrait plus jamais Fleur du Matin. La vie qu'elle adorait arriverait bientôt à son terme après une explosion de violence et de douleur.

Seule, gelée et déprimée, Rivière Sauvage sortit sa couverture de son sac. Dans la grotte, l'odeur était épouvantable, mais à force, elle s'y habituerait. En revanche, il commençait à pleuvoir, et si elle restait dehors, elle attraperait la mort.

Raisonnable, elle se réfugia dans le tombeau. Lorsqu'elle l'appela, Grand Chien vint la rejoindre malgré ses narines délicates.

Plus misérable que jamais, la prêtresse s'enroula dans sa couverture et son compagnon se serra contre elle.

Vidée, elle n'avait même plus la force de vibrer de rage.

Juste celle de s'endormir en pleurant…

CHAPITRE 14

Réveillée en sursaut, Rivière Sauvage tendit l'oreille. Oui, c'était bien ça, elle avait entendu un bruit… Comme un roulement de tonnerre, mais un peu différent.

Un vrai son ou un rêve? Pour l'instant, elle n'aurait su le dire.

Grand Chien n'était plus là – encore en vadrouille, probablement.

Quand elle sentit le sol trembler, la prêtresse s'assit comme si quelque chose venait de la piquer. Autour d'elle, des cailloux tressautaient frénétiquement. Dans un nuage de poussière, des fragments de roche tombaient de la voûte.

Se levant, Rivière Sauvage sortit de la grotte, regarda partout et ne vit rien. Contrairement à la veille, le ciel, ce matin, était relativement dégagé – avec encore quelques nuages, mais d'un blanc filandreux, pas d'un noir de mauvais augure.

La prêtresse appela Grand Chien – sans résultat. Cédant à ce qu'il y avait en lui de sauvage, il disparaissait de temps en temps pendant des heures. Pas de quoi s'inquiéter.

Un nouveau bruit incita Rivière Sauvage à lever les yeux – à temps pour apercevoir un point lumineux, très haut dans le ciel. Une étoile, à ce moment de la journée?

Soudain, une longue traînée brillante jaillit du point lumineux et piqua vers le sol. On eût dit une comète, ou un nuage en forme de cône doté d'une queue effilochée.

Puis la terre trembla comme si elle s'ouvrait en deux.

Une lance de feu venait de la percuter, juste devant Rivière Sauvage. Dans un nuage de poussière, les arbres malmenés par l'onde de choc tremblaient sur leurs racines.

Les jambes coupées, la prêtresse se laissa tomber sur le sol. Devant elle, l'air scintillait comme au-dessus d'un feu. Puis il y eut un son aigu, et une vive lumière explosa devant les yeux de Rivière Sauvage. Terrorisée, elle se couvrit la tête d'un bras et rampa en direction de la muraille rocheuse.

Quand le silence fut enfin revenu, elle écarta son bras – très lentement, pour éviter d'être éblouie – et découvrit qu'une haute silhouette se tenait devant elle.

L'inconnu portait une tenue semblable à celle du mort, dans la grotte, mais le tissu – ou le métal – ne brillait pas et arborait une multitude de motifs. Plus moulant, le matériau noir mettait en valeur le corps musclé d'un homme.

Comme le défunt, l'inconnu portait un masque, mais moins gros et d'une forme différente. Sur un côté, la prêtresse repéra la même ligne de démarcation que sur l'autre. Mais ce masque-là était uniformément noir, avec une zone très brillante à l'endroit où devaient se trouver les yeux, le nez et la bouche.

Impossible de douter! Même si la tenue et le masque étaient différents, cet homme, comme le défunt, appartenait au Peuple-Ciel.

Si ses jambes avaient bien voulu la porter, Rivière Sauvage aurait volontiers sauté de joie.

L'être posa une main sur le côté de son masque. Aussitôt, la partie brillante se rétracta, dévoilant le plus beau visage d'homme que la prêtresse ait eu l'occasion de voir.

Du coup, elle se leva d'un bond. Le nouveau venu lui souriant, elle lui rendit la pareille, heureuse qu'il soit un homme, tout simplement, et pas quelque créature de légende.

D'un index, il désigna sa bouche puis agita la main comme s'il voulait quelque chose. Perplexe, Rivière Sauvage fronça les sourcils. D'un nouveau sourire, l'homme l'encouragea à faire… elle ne savait trop quoi.

— Je ne comprends pas ce que vous voulez…, dit-elle.

L'inconnu hocha la tête, l'air tout content, puis agita de nouveau la main.

— Désolée, je ne comprends toujours pas… Que voulez-vous ? Ne savez-vous pas parler ?

L'homme fit signe à la prêtresse de patienter un instant.

— Oui, oui…, dit-il en tapotant les boutons de son brassard.

Un artefact semblable à celui que portait la prêtresse, mais intégré à la tenue, semblait-il.

— Voilà, j'y suis ! J'ai ta langue, c'est bon.

— Vous parlez ma langue ?

L'homme sourit encore.

— À présent, oui… Il me fallait quelques mots pour lancer le processus. C'est fait, maintenant.

— Que les esprits soient loués ! Merci d'être venu ! Je n'étais pas sûre que vous le feriez.

— Je patrouillais dans le coin, et j'ai capté le signal de détresse. C'est bizarre, d'ailleurs, parce que je ne connaissais pas ce code. À mon avis, il est très ancien et c'est un coup de chance que je l'aie reçu… Où est la personne qui l'a envoyé ? Tu peux me conduire à l'expéditeur du signal de détresse ?

— Détresse ? Oui, c'est ça, nous sommes en détresse, mon village et moi. Il faut que le Peuple-Ciel nous aide ! Moi, je suis venue ici pour vous invoquer. Les lois que vous nous avez imposées vont nous coûter la vie…

— Les lois ? De quoi parles-tu ?

—De vos lois! Celles du Peuple-Ciel. Beaucoup de gens sont déjà morts à cause d'elles. D'autres périront – oui, ce sera un massacre! Je dois sauver ma sœur, capturée par...

—Du calme! Le Peuple-Ciel? Ah oui, je vois! Tu veux dire les gens qui viennent de là-haut, comme moi.

—Oui! Le Peuple-Ciel!

—D'accord... Pour commencer, comment t'appelles-tu?

—Rivière Sauvage.

—Rivière Sauvage... Moi, c'est Tom. Juste Tom.

—Merci d'être venu, Tom-Juste-Tom. Nous devons...

—Non, non... Tom, mon nom, c'est Tom. À ce propos, mes amis me tutoient...

—Je... te remercie, Tom.

—De rien. Ravi de te connaître.

—Le temps presse, et...

Tom désigna le brassard de la prêtresse.

—Où as-tu eu ce transmetteur? C'est lui qui a émis le signal, je suppose. Tu l'as trouvé quelque part?

Rivière Sauvage désigna la grotte. Sans hésiter, Tom alla y jeter un coup d'œil et parut stupéfié par ce qu'il découvrit. Lentement, il fit le tour de l'autel, les yeux baissés sur la dépouille.

Quand il eut terminé, il appuya sur le dos de sa main avec son pouce.

—Contrôle, ici le commandant Tom. J'ai localisé la source du signal.

À l'intérieur du masque rond, une voix féminine répondit:

—Qui est-ce?

Tom se pencha, épousseta l'épaule du mort et fronça les sourcils.

—Quelqu'un de chez nous, mais ça ne date pas d'aujourd'hui... Ça remonte à l'antiquité, peut-on dire. Le nom c'est... R. Collins.

—Une minute, commandant, je cherche…

—D'où vient la voix, dans ton masque ? demanda Rivière Sauvage.

—Mon quoi ? Oh, tu veux dire mon casque ? C'est comme ça que je communique avec les autres membres du Peuple-Ciel.

Donc, dans la langue de Tom, « masque » se disait « casque ». Étrange ça… Cette bizarrerie mise à part, le commandant avait l'air bienveillant. Hélas, la prêtresse ne comprenait rien à ce qu'il racontait. Les mots, oui, presque tous, mais leur sens…

—Quand vous êtes venus, il y a très longtemps, les tiens nous ont donné des lois. De mauvaises lois, puisque nos hommes meurent à cause d'elles, tandis que nos femmes sont réduites en esclavage. (Rivière Sauvage sentit des larmes perler à ses paupières.) Aujourd'hui, à cause de ces lois, mon peuple risque de disparaître. Voici l'œuvre du Peuple-Ciel ! Vous devez nous aider.

—Je l'ai, annonça la voix dans le masque. (Tom fit signe à la prêtresse de le laisser écouter.) Vous n'allez pas y croire, commandant. La dépouille est celle de Rebecca Collins.

—Ça ne me parle pas, j'avoue…

—Rien d'étonnant… Elle servait sur un antique vaisseau d'exploration. Le Douze Vingt-Trois *David*…

Tom se massa un moment le front, pensif.

—Vous plaisantez ? Les Douze Vingt-Trois doivent être antérieurs à… Je ne sais pas, moi, la fondation des colonies Jardin, par exemple.

—C'est ça… Dans nos archives, il reste une partie du journal de bord du *David*, mais c'est très lacunaire. Nos communications, à l'époque, n'étaient pas adaptées à de telles distances. En plus, le vaisseau a mal fini.

—Que fichait-il dans ce secteur ? En ce temps-là, je veux dire…

— Selon les archives, le *David* a souffert d'une défaillance majeure de l'auto-navigation. Du coup, il est parti à la dérive. Dans l'incapacité de couper l'auto-nav, l'équipage a tenté en vain de réparer. Au bout d'un moment, l'hyper-propulsion s'est emballée, envoyant le *David* dans un quadrant de l'espace encore inexploré.

— On connaît la fin de l'histoire ?

— Un moment… Oui, je l'ai… À cause d'une succession de pannes, l'équipage a cherché une planète susceptible de l'accueillir dans l'attente d'improbables secours. Mais tous les groupes d'exploration sont revenus bredouilles.

» Rebecca Collins commandait le dernier… Celui qui a enfin trouvé une planète de classe Langstrom. Avec ses gars, Collins est retournée sur le vaisseau pour organiser l'évacuation des personnes et le transfert du matériel de survie.

— Dans ce cas, pourquoi était-elle seule ici ?

— Les données sont incomplètes, commandant. Mais il semble bien que le *David* ait explosé, tuant tout le monde juste après le retour de l'équipe Collins. Selon nos protocoles de sécurité, Rebecca a dû être la dernière à regagner le vaisseau, peu avant qu'il explose.

— Sûrement pas, puisque son corps repose sur ce monde. Dans une grotte, pour être précis.

— Je vous disais bien que des données manquaient… Elle devait être sur le point de regagner le vaisseau quand il s'est désintégré. À l'époque, les transmetteurs d'urgence individuels avaient une portée très limitée. La croyant morte avec les autres, la Flotte n'a pas cherché à la retrouver. Du coup, on ne sait rien de ce qu'elle a fait sur sa planète d'accueil.

— À première vue, elle semble avoir vécu avec les indigènes…

Tom se pencha et appuya sur les boutons d'un des artefacts fixés à la ceinture de la morte. Aussitôt, des lumières clignotèrent sur le brassard de Rivière Sauvage.

Tom prit la main de la prêtresse et l'orienta afin d'étudier les symboles qui s'affichaient sur la surface plane.

— Les bio-données indiquent qu'elle a survécu très longtemps, annonça Tom à son interlocutrice invisible. À sa mort, elle était d'un âge avancé. Le bio-scan indique une foule de problèmes de santé, mais le décès est dû à une obstruction massive de l'aorte. Sa combinaison l'a maintenue en stase un moment, puis son casque s'est refermé quand elle est morte, afin de préserver sa dépouille. Pour rien, puisque personne, dans le coin, ne pouvait recevoir la notification automatique de fin de vie.

— Vous avez une idée de ce qu'elle a fait ici jusqu'à sa mort?

Avant de répondre, Tom regarda Rivière Sauvage.

— On dirait bien qu'elle s'est prise pour Dieu…

CHAPITRE 15

Rivière Sauvage suivit Tom hors de la grotte. Elle n'avait presque rien compris au dialogue entre son nouvel ami et « Contrôle », mais ça n'avait aucune importance. Le temps pressait, et il lui restait beaucoup de choses à dire au représentant du Peuple-Ciel. Parce qu'elle devrait le convaincre d'annuler des lois vieilles comme le monde.

La prêtresse allait commencer son plaidoyer quand un cri retentit dans son dos. Devinant de quoi il s'agissait, elle se retourna pour faire face à un guerrier des Loups. Couvert de peintures de guerre, un couteau au poing, il sauta sur elle, mais elle fit un pas de côté au dernier moment.

Le Loup frappa, rata sa cible et fut emporté par son élan. Intriguée, Rivière Sauvage remarqua que les mains et les avant-bras du maraudeur étaient rouges de sang.

Son équilibre recouvré, le Loup pivota sur lui-même et fondit de nouveau sur sa proie.

Du coin de l'œil, Rivière Sauvage vit un autre guerrier – l'emplumé qu'elle avait blessé au bras – charger comme un taureau, sa lance braquée sur Tom.

Après, tout se déroula à une vitesse folle.

Alors que le premier Loup allait frapper, le commandant Tom tendit un bras dans sa direction. Jaillissant de sa main, une lumière bleue comme la prêtresse n'en avait jamais vu percuta la poitrine du maraudeur.

En un clin d'œil, l'homme explosa, son corps et son couteau transformés en un tourbillon de cendres noires. Pour qu'il disparaisse, il avait suffi d'une fraction de seconde.

L'autre Loup venait d'atteindre Tom, qui esquiva de justesse et bascula en arrière. Lorsqu'il se reçut durement sur le dos, l'objet qui avait généré la foudre bleue glissa de sa main.

Rivière Sauvage dégaina son couteau et l'enfonça dans un rein du guerrier – un endroit atrocement douloureux. Comme l'autre, ce maraudeur avait les bras en sang.

Tétanisé par la souffrance, il ne pensa plus à embrocher Tom. Avant qu'il puisse recouvrer ses esprits, la prêtresse le larda de coups, visant indistinctement les reins, les flancs ou le dos.

Quand il se retourna, la lame de Rivière Sauvage lui ouvrit le ventre. Pourtant, enragé, il tenta de saisir la jeune femme à la gorge. Le laissant se déséquilibrer vers l'avant, sa « proie » lui trancha la carotide gauche – deux fois, histoire d'être sûre de son coup.

Alors qu'un flot de sang se déversait de la plaie, le maraudeur recula d'un pas. Passant au coup de grâce, Rivière Sauvage lui planta sa lame au creux de la poitrine.

Enfin, le Loup consentit à s'écrouler.

Pour dégager sa lame, la prêtresse dut lui plaquer un pied sur le torse. Ce faisant, elle vit que les bras du mort avaient été déchiquetés par des crocs. Ceux de Grand Chien, plus que probablement… Handicapé, le maraudeur s'était montré moins efficace que d'habitude. En possession de tous ses moyens, il aurait sans doute réussi à tuer ses deux proies.

Craignant l'arrivée d'autres Loups, Rivière Sauvage regarda autour d'elle et ne vit rien. Sur sa gauche, Tom s'était déjà relevé.

Le sang encore chauffé par l'excitation du combat, la prêtresse enfonça un index dans la poitrine du commandant.

—C'est la faute du Peuple-Ciel! Voilà ce que nous devons à vos maudites lois! Pour les Loups, nous sommes du gibier. Tout ça parce que vous avez empoisonné l'esprit de mon peuple. La souffrance et la mort, voilà ce que vous nous avez apporté!

Tom saisit au vol le poignet de la prêtresse.

—Cesse de me frapper! Avant tout, merci de ton intervention. Si tu avais été moins rapide, ce type aurait eu ma peau. Encore merci.

Un sourire acheva de désarmer Rivière Sauvage. Son calme revenu, elle dégagea sa main, honteuse de s'en être prise à Tom. Les événements dont elle parlait s'étaient déroulés bien avant leur naissance à tous les deux. Ni l'un ni l'autre n'en était responsable.

—Au début, c'est toi qui m'as sauvée, rappela la prêtresse. Je t'ai rendu la pareille…

—Le coup est passé près, oui… Après avoir éliminé ton agresseur, je me suis cassé la figure, et j'ai perdu mon arme. Mais il fallait bien que j'évite la charge du lancier…

À cet instant, Rivière Sauvage s'avisa que Tom l'avait aidée au péril de sa propre vie. S'il avait d'abord tué le maraudeur emplumé, il n'aurait couru aucun danger, mais elle n'aurait plus été de ce monde…

Au village, en cas de raid des Loups, personne n'aurait levé le petit doigt pour l'aider.

Comment interpréter tout ça à l'aune de la loi sacrée? Tom, un membre du Peuple-Ciel, venait de tuer pour la secourir…

Exactement ce qu'elle avait fait pour Fleur du Matin.

—Je vais t'aider à retrouver ton arme…

—J'ai peur qu'elle soit tombée dans cette crevasse, là…

Tom et Rivière Sauvage s'agenouillèrent pour sonder l'anfractuosité. Avec un des objets accrochés à sa ceinture, le commandant fit de la lumière pour mieux voir.

En d'autres circonstances, Rivière Sauvage se serait émerveillée qu'on puisse générer de la lumière sans faire de feu. Là, elle était concentrée sur l'arme capable de réduire les gens en cendres. S'ils la retrouvaient…

Hélas, ils ne réussirent pas. À l'évidence, la crevasse était profonde – et pas assez droite pour qu'on puisse en voir le fond.

— Je crois que c'est fichu…, soupira Rivière Sauvage.

Tom ne répondit pas tout de suite.

— Oui, tu as raison, j'en ai peur…

— Commandant, dit Contrôle dans le masque, vous êtes toujours là ? J'ai d'autres informations.

— Je vous reçois cinq sur cinq, Contrôle. Navré, j'ai eu une urgence. Qu'avez-vous appris ?

— Il y a longtemps que ce quadrant est une zone à accès limité, parce que les capteurs longue distance y ont repéré des formes de vie intelligentes. Si Rebecca Collins a vécu avec ces gens et s'est prise pour Dieu, comme vous dites, c'était à une époque où l'interdiction d'accès ne s'appliquait pas encore. En d'autres termes, l'affaire est complexe. Vous allez devoir enquêter puis réparer les dégâts, commandant. Quoi qu'ait fait Collins, délibérément ou non, il faudra effacer toute trace de son passage et de ses interventions. Rien ne doit subsister de son influence sur la population indigène.

— Ce ne sera pas un jeu d'enfant, j'en ai peur. Les dommages sont importants.

— Compris, commandant. J'ai entré toutes ces données dans le système central. En accord avec la directive de réhabilitation, jusqu'à la fin de cette mission, vous disposerez d'une accréditation Q-17.

Tom regarda sa compagne.

— Q-17, je note… Terminé.

Le commandant fit mine de parler à la prêtresse, mais « Contrôle », elle, n'en avait pas fini.

—Tom, nous avons un autre problème. Je viens d'apprendre que le Commandement Suprême s'intéresse à l'affaire Collins. Nos chefs ne sont pas ravis, loin de là. La planète était une zone interdite, mais il y a eu violation de la règle. Enfin, si on veut, puisque la directive d'accès limité est postérieure à l'irrégularité. Quoi qu'il en soit, le Commandement exige une mise en quarantaine immédiate de ce monde.

—Nos chefs sont sûrs que c'est indispensable?

—Apparemment, oui… Toutes nos forces ont reçu une alerte de priorité maximale. Du coup, nous sommes sûrs que vous êtes le seul membre de la Flotte présent dans le quadrant. Désolée, mais ça ne nous laisse aucune marge de manœuvre pour vous envoyer de l'aide. En d'autres termes, vous allez devoir vous débrouiller seul.

—Compris.

—Bon sang, ça ne s'arrange pas! L'ordre de quarantaine sera très bientôt effectif. Tout ça me déplaît, commandant, mais vous connaissez le règlement.

—Par cœur, oui, fit Tom avec une grimace.

—Tout ce que je peux faire, c'est gagner un peu de temps avant le blocus complet de la planète. En attendant, vous savez mieux que personne ce qu'il vous reste à faire.

L'air morose, Tom acquiesça.

—Oui, je sais… Identifier et rectifier tous les dégâts involontaires infligés à la population, et ce avant que la quarantaine stérilise la planète. Envoyez-moi un compte à rebours, que je sache où j'en suis.

—C'est parti, Tom. Consultez souvent ces chiffres, surtout. (Contrôle marqua une courte pause.) C'est un délai serré, commandant. Et je ne peux pas vous offrir une seconde de plus. Mais ça, vous le savez. Vous devrez avoir tout réglé et être parti avant l'initialisation de la quarantaine.

—Compris. Tom, terminé.

L'air accablé, le commandant regarda Rivière Sauvage.

Cet homme parlait sa langue, certes, mais elle continuait à ne rien comprendre à ce qu'il disait. Même remarque pour Contrôle.

—Qu'est-ce que ça veut dire «stériliser la planète» ?

— C'est assez simple… Sur ton monde, toute forme de vie non native – moi, par exemple – est considérée comme une infection. Nos chefs pensent que certaines civilisations que nous rencontrons doivent être laissées en paix. Pour éviter toute influence étrangère, comprends-tu? Bref, l'inverse de ce qu'a fait Rebecca Collins.

» Le processus de stérilisation permet d'atteindre cet objectif. En clair, quand il sera lancé, tous les «parasites» tels que moi ou la dépouille de Collins seront désintégrés. Comme ce guerrier, tout à l'heure…

Rivière Sauvage baissa les yeux sur le petit tas de cendres qui avait été un maraudeur.

—Si tu restes trop longtemps, tu finiras comme lui?

—Exactement.

—C'est cruel, je trouve…

—Mais indispensable pour protéger les peuples comme le tien et interdire les ingérences.

—Nous aider pourrait te coûter la vie?

Tom chercha le regard de la prêtresse.

—C'est mon travail, et j'ai signé en toute connaissance de cause. On ne m'a jamais caché les risques. Mais l'enjeu les vaut largement. De plus, j'aurai eu la chance de voir des choses extraordinaires aux quatre coins de l'Univers. Une femme comme toi, par exemple…

—Tom, il faut nous dépêcher! Pour mon peuple, mais aussi pour toi.

CHAPITRE 16

Sur un côté de la piste, pas très loin du sommet, Rivière Sauvage et Tom découvrirent Grand Chien étendu près d'un ruisseau. Le voyant couvert de sang, la prêtresse ne put retenir un cri d'angoisse. À l'évidence, après son appel, il avait accouru et il était tombé sur les maraudeurs.

—C'est ton chien, je suppose ? demanda Tom alors que sa compagne courait s'agenouiller près du pauvre animal.

Quand elle lui prit la tête entre ses mains, il ne réagit pas.

—Grand Chien, je t'avais bien dit de ne pas venir avec moi… C'était pour te protéger.

—Voyons ce que je peux faire, dit Tom en s'accroupissant à son tour.

—C'est trop tard… Il a perdu beaucoup de sang, et il respire à peine…

—Il reste une chance, au contraire…

Tom décrocha un étrange objet de sa ceinture. Puis il passa sur Grand Chien le bras où il portait un artefact semblable à celui de Rivière Sauvage, mais en plus compliqué.

Quand il eut écrasé de petits boutons blancs, des lumières dansèrent sur la surface plane brillante. Un entrelacs de lignes qui montaient et descendaient en produisant d'étranges sons.

Tom hocha la tête, ouvrit l'étrange objet – une sorte de boîte – et en sortit un petit cylindre qu'il pressa contre l'encolure de Grand Chien.

L'animal ferma les yeux et sembla se détendre.

—Tu as mis un terme à ses souffrances ? demanda Rivière Sauvage, craignant d'entendre la réponse.

—Non. Je l'ai plongé dans un coma thérapeutique, histoire de pouvoir l'aider. Il a reçu un coup sur le crâne. Un objet très dur…

—Un marteau de guerre, dit Rivière Sauvage en tapotant l'arme qu'elle portait à la ceinture.

Sans lâcher le mystérieux cylindre, Tom jeta un coup d'œil au marteau de guerre puis se reconcentra sur sa tâche.

—Par bonheur, c'était une frappe oblique… Il y a des dégâts, mais moins graves qu'avec un coup franc… Ces types ont voulu le neutraliser pour nous attaquer tranquillement.

—Il peut s'en sortir ?

—Il a une fracture du crâne avec hémorragie interne… (Tom jeta un coup d'œil aux symboles qui défilaient sur son brassard.) On dirait qu'il s'agit d'un saignement subarachnoïdien avec un hématome sous-dural.

La prêtresse en eut le tournis. Tant de mots qu'elle ne connaissait pas…

—Ça veut dire qu'il va mourir ?

—Non, pas à tous les coups. Mais à cause de l'hémorragie, la pression intracrânienne augmente, et si on ne fait rien, c'est ça qui le tuera.

Un constat qui laissait peu d'espoir, selon Rivière Sauvage.

—Et que peut-on faire ?

—Silence, je me concentre…, souffla Tom.

Sortant de sa boîte une bizarre tige de métal, il l'activa puis la passa sur la tête de Grand Chien. Les narines agressées par l'odeur de poils brûlés, la prêtresse s'aperçut que la lumière produite par la tige creusait… un petit trou dans la tête du chien blessé.

Tom sortit de sa boîte une multitude d'outils bizarres qu'il disposa sur la tête de son patient. Puis il introduisit un tube dans le petit trou et positionna un cylindre muni d'une longue et fine pointe au-dessus de la plaie.

—Voilà, il va falloir attendre un peu…

—Qu'as-tu fait?

—D'abord, j'ai enrayé le saignement. Ensuite, j'ai minoré la tension intracrânienne en désintégrant le fluide vital. Après la régénération des tissus, j'ai réduit la fracture et refermé l'incision.

Sans comprendre les mots, Rivière Sauvage saisit l'idée générale.

—Combien de temps devrons-nous attendre?

À cet instant précis, Grand Chien ouvrit les yeux. Le regard clair, il leva la tête puis la tourna à droite et à gauche, comme s'il venait de se réveiller. Enfin, il se remit sur ses pattes.

—L'attente est terminée, annonça Tom.

Frétillant de la queue, Grand Chien lécha le visage de son sauveur *via* l'ouverture du casque. Dans un grand éclat de rire, Tom lui flatta l'encolure, puis il essaya de le repousser un peu.

—Je ne l'ai jamais vu réagir comme ça avec un inconnu, dit Rivière Sauvage.

—C'est que nous avons rompu la glace! lança Tom, toujours occupé à se « défendre » contre les attentions du miraculé.

—Où as-tu appris à faire ça?

—À l'entraînement, c'est un exercice de base. Bien entendu, c'est plus facile quand on a le matériel requis, et sur un patient blessé mais pas malade.

La prêtresse n'aurait jamais cru assister à un tel spectacle.

Au bout d'un moment, Grand Chien se détourna de Tom et vint se frotter aux jambes de sa maîtresse. S'agenouillant, elle l'enlaça et l'embrassa. D'habitude, il n'aimait pas ça, mais là, il se laissa faire. Sans doute parce qu'il avait conscience d'être passé près de la mort.

Quand il fit quelques pas, il vacilla au début, mais redevint très vite tel qu'en lui-même.

Émue, Rivière Sauvage lui prit la tête entre ses mains.

— Merci d'avoir affronté ces maraudeurs, mon ami. Tu m'as sauvé la vie.

Dès que Tom eut remis son matériel à sa ceinture, Grand Chien ouvrit la marche.

Descendre du Mont des Esprits se révéla bien plus simple et rapide qu'y monter. Surtout quand on ne s'arrêtait plus pour inspecter les tombeaux.

Une fois dans la plaine, Rivière Sauvage guida Tom sur les pistes qu'elle avait empruntées pour arriver jusque-là. Tous les sens aux aguets, elle ne repéra pas d'autres Loups. Hélas, ça ne signifiait pas qu'il n'y en avait pas. Les deux maraudeurs étaient-ils venus seuls, ou avec une escorte de guerriers ?

Le Loup emplumé qu'elle avait blessé était en quête de vengeance. Aveuglé par la haine, il avait très bien pu s'aventurer jusqu'au mont avec un seul compagnon. En tout cas, sa fureur lui avait coûté la vie…

Cette fois, Grand Chien ne s'autorisa aucune escapade, comme s'il avait conscience de devoir jouer les éclaireurs pour sa maîtresse. S'il y avait d'autres Loups dans les environs, il ne les raterait pas, c'était certain.

— Voilà la rivière Racine Amère, annonça Rivière Sauvage. Il faut traverser.

Dès qu'ils eurent trouvé le canoë, la prêtresse et le commandant le mirent à l'eau.

Les yeux s'attardant sur Grand Chien, puis sur Tom, qui ramait avec une belle énergie, Rivière Sauvage eut un grand sourire.

—Je dois mon nom à ces eaux. Après ma naissance, la rivière était déchaînée, et ma mère n'a pas pu traverser pour retourner au village.

—Tu es née sur la berge que nous venons de quitter ? Sur le mont lui-même ?

—Oui. Et c'est une prêtresse agonisante qui m'a baptisée Rivière Sauvage, en référence au torrent qui empêchait ma mère de passer. Juste avant de mourir, cette femme m'a aussi nommée prêtresse du Peuple-Soleil.

—Prêtresse ? En quoi ça consiste ?

Rivière Sauvage sourit de plus belle.

—La prêtresse est censée communiquer avec nos ancêtres et invoquer le Peuple-Ciel, quand nous avons besoin de lui. (Elle leva fièrement le menton.) Comme tu le sais, je suis la première à avoir réussi...

Propulsé par les bras puissants de Tom, le canoë avança bien plus vite qu'à l'aller. Dès qu'il eut accosté, Grand Chien sauta à terre et aboya frénétiquement. Non sans mal, Rivière Sauvage vit pourquoi il se comportait ainsi. Bien cachés dans un bosquet, deux poneys de guerre attendaient le retour de maîtres qu'ils ne reverraient jamais.

Sur leurs flancs, la prêtresse nota la présence de trois doigts blancs. L'emblème du chef Trois Doigts, maître absolu et incontesté du Peuple-Loup.

—Avec ces montures, dit Tom, nous gagnerons du temps.

—Des poneys de guerre des Loups ? Il n'y aura pas moyen de les utiliser.

—Sans blague ? lança Tom avant de se diriger vers le bosquet.

Rivière Sauvage lui emboîta le pas.

Quand Tom fut à quelques pas d'eux, les poneys renâclèrent et le plus proche se cabra en signe de méfiance. Dressés à servir les maraudeurs, ces animaux ne voulaient rien avoir affaire avec un étranger – d'autant plus quand il portait une tenue extravagante. Et un masque noir sur la tête…

Tom dénoua la longe d'un des poneys, tira doucement puis redonna du mou. Parlant à l'équidé, il répéta plusieurs fois l'opération. Rassuré et encouragé, le poney finit par approcher tout seul de son dresseur.

Le commandant continua son petit jeu jusqu'à ce que l'animal s'immobilise devant lui. Quand ce fut fait, il recula doucement, l'entraînant dans son sillage.

— Rivière Sauvage, prends la longe de l'autre animal et fais comme moi. On tire et on relâche, on tire et on relâche… Parle gentiment, pour calmer ton poney.

Curieuse de voir ce qui se passerait, la prêtresse obéit.

Le premier poney était désormais au niveau de Tom. Se laissant d'abord flatter l'encolure, il répondit en flanquant d'amicaux petits coups de naseaux dans les côtes du commandant.

Comme un reflet dans un miroir, Rivière Sauvage imita tous les gestes et comportements de Tom et… obtint le même résultat. Tandis que le poney et elle se congratulaient, elle lança :

— Où as-tu appris à apprivoiser un poney de guerre ?

Tom eut un sourire enjôleur.

— Ma mission est d'interagir avec les gens et les créatures que j'ai le droit de rencontrer. C'est aussi ma vocation. Parfois, on m'appelle « l'homme qui murmure à l'oreille de toutes les espèces ».

Saisissant la crinière du poney, Tom se hissa sur son dos. D'abord surpris, l'équidé ne tarda pas à s'apaiser sous le contact expert de son nouveau maître.

Quand Rivière Sauvage l'enfourcha, l'autre poney se montra tout aussi coopératif.

— Il faut y aller, dit Tom. Avec nos nouveaux amis, nous gagnerons du temps.

Rivière Sauvage acquiesça puis talonna sa monture.

Tout excité par ce nouveau jeu, Grand Chien suivit le mouvement en aboyant d'abondance.

Tournant le dos à son village, Rivière Sauvage prit la direction du territoire des Loups.

CHAPITRE 17

Alors que les deux cavaliers ralentissaient, désirant marquer une pause, Rivière Sauvage flatta l'encolure de son poney. Depuis que Tom lui avait appris à l'apprivoiser, l'équidé s'était montré loyal et docile.

Le Peuple-Soleil avait lui aussi des chevaux. Rivière Sauvage aimait les monter, mais les hommes les gardaient pour la chasse, et elle en avait rarement l'occasion.

Même si son cavalier portait une tenue noire et un gros masque rond, le poney de Tom s'était révélé très coopératif. À l'évidence, il voyait l'homme, pas son apparence. Et la prêtresse commençait à réagir comme lui.

Dans le lointain, on apercevait déjà les tentes du Peuple-Loup. Entre des collines verdoyantes, elles occupaient une grande vallée. Partout, de la fumée montait des feux de cuisson. Vu de loin, le village ressemblait à un champ de gros champignons blancs.

Les Loups, des nomades, déplaçaient leur village selon les saisons. Pour suivre le gibier, entre autres raisons. Parfois, ils empiétaient sur le territoire d'une tribu, ce qui générait des conflits.

Avec ses huttes en boue séchée ou en rondins, le Peuple-Soleil ne pouvait pas changer de place. Du coup, il était à la merci des Loups, qui ne se privaient pas de le harceler.

— C'est ton village ? demanda Tom.

— Non, celui du Peuple-Loup.

— Le Peuple-Loup ? Nous devons aller voir les tiens, pour que je corrige les erreurs de Rebecca Collins. C'est pour ça que tu voulais mon aide, non ? (Tom baissa les yeux sur son brassard.) Je serai bientôt hors délai…

— Pas question de retourner chez moi avant d'avoir sauvé ma petite sœur. Quand les Loups l'ont enlevée, je n'ai pas su la protéger. Je dois la secourir.

— Nous n'avons pas le temps ! s'écria Tom.

— Plus vite nous en aurons fini, et plus tôt nous serons chez moi.

Le commandant soupira puis balaya du regard le camp ennemi. Visiblement, il n'aimait pas que Rivière Sauvage l'ait entraîné dans une aventure douteuse.

— Si je ne répare pas les pots cassés par Rebecca Collins avant de partir, nul ne viendra jamais le faire à ma place. N'as-tu pas dit que beaucoup de gens sont morts à cause de ces lois ? Et que d'autres mourront encore ? Rivière Sauvage, je suis ton seul espoir, et il me reste très peu de temps.

La prêtresse fit faire quelques pas de côté à sa monture, histoire de pouvoir tapoter le bras de Tom.

— C'est ma petite sœur, il faut que je la sauve. Y a-t-il dans ton monde un être qui compte plus que tout à tes yeux ?

Vaincu par l'argument, Tom se détendit un peu.

— Bon, c'est quoi, ton plan ?

— Que signifie « accréditation Q-17 » ? C'est ce qu'a dit la voix, dans ton masque. Qu'est-ce que ça implique ?

Tom dévisagea longuement sa compagne.

— Il y a très peu de gens comme moi – des commandants qui patrouillent dans des quadrants isolés. Comme nous sommes souvent trop loin pour qu'on nous envoie du secours, nous avons besoin d'une très grande autonomie.

» À l'entraînement, on nous forme à faire tout ce qui peut être utile pour accomplir notre mission. J'agis selon un règlement qui comporte des centaines et des centaines d'articles. La section Q concerne l'usage de la force, et le niveau 17 est le plus élevé possible. Il me donne le droit d'abattre n'importe qui sans en référer à mes chefs.

—C'est bien ce que je pensais…

—Pourquoi m'as-tu posé la question ?

—Pour récupérer ma sœur, je risque d'avoir besoin d'appliquer l'accréditation Q-17 à pas mal de gens… Sur le Mont des Esprits, tu as perdu ton arme. (Rivière Sauvage tira le marteau de guerre de sa ceinture et le tendit à Tom.) Toi aussi, tu risques d'en avoir besoin.

Le commandant ne put s'empêcher de sourire.

—Alors, ce plan pour sauver ta sœur ?

—Il existe un lieu sacré – les gorges du Canyon Rocheux – où tous les peuples vont dessiner l'histoire de leurs ancêtres. Tout le monde y a accès, et c'est le seul endroit où il est interdit de se battre et de tuer. J'ignore pourquoi il en va ainsi, mais c'est comme ça depuis toujours… Ce sanctuaire, tout le monde le respecte.

» Grâce aux dessins du Canyon, toutes les tribus connaissent l'histoire du Peuple-Ciel. Et bien des gens le redoutent. Si tu abaisses la partie brillante de ton masque, afin qu'on ne voie plus tes traits, les Loups seront tétanisés de surprise et de terreur. Ça devrait nous laisser le temps d'entrer dans le village, de récupérer Fleur du Matin et de filer.

» Quand je t'ai vu, Tom, j'étais paralysée… C'était avant de te connaître, bien entendu… Selon moi, nous pouvons tirer parti de ce phénomène.

Tom réfléchit quelques instants.

—Ce n'est pas une mauvaise idée… Mais la surprise n'a qu'un temps – après, elle est remplacée par la colère.

—Donc, nous devrons agir vite ! conclut Rivière Sauvage en talonnant sa monture.

Tom la suivit et Grand Chien aussi.

À l'entrée du village, des sentinelles levèrent leur lance pour intimer aux intrus de s'arrêter.

Dès qu'ils virent mieux Tom, ces guerriers écarquillèrent les yeux. Puis ils reculèrent, effrayés.

— Où est la fillette capturée il y a quelques jours ? demanda la prêtresse.

Les Loups la regardèrent comme si elle était un spectre. Sonnés, ils semblaient incapables de parler.

Rivière Sauvage désigna Tom, perché sur son poney, le dos bien droit.

— Ce brave du Peuple-Ciel veut voir la prisonnière. Si vous ne répondez pas, il brûlera votre village. Dernier avertissement.

Plusieurs guerriers se jetèrent à genoux, craignant d'être foudroyés sur place. Un de ceux qui restèrent debout, pas sûrs de croire ce que leur racontait l'intruse, avança et désigna une tente du bout de sa lance. À l'évidence, même s'il doutait, il préférait ne pas prendre de risques.

— La tente avec le fanion rouge… La prisonnière est là.

— Et pourquoi l'y garde-t-on ?

Le guerrier hésita un peu.

— Elle attendra là jusqu'à ce qu'un homme en quête d'épouse ait de quoi l'acheter. (L'homme se jeta à terre avec les autres.) Nous ne voulons aucun mal au Peuple-Ciel et nous l'implorons de nous épargner.

En possession du renseignement qu'elle cherchait, Rivière Sauvage ne s'attarda pas. Fonçant sur les guerriers, elle les força à s'égailler comme une volée de moineaux.

CHAPITRE 18

Tom sur son flanc droit, Rivière Sauvage galopa vers la tente au fanion rouge. Sans ralentir, elle décrocha son arc de son épaule et y encocha une flèche qu'elle tint d'une seule main, en même temps que la poignée de l'arme. Accrochée à la crinière de sa monture de l'autre main, elle se pencha sur le garrot du poney tandis qu'il sautait hardiment au-dessus d'une série de feux de cuisson.

Stupéfiés de voir une femme sur un poney de guerre, les villageois en restèrent bras ballants. S'ils ne connaissaient pas la cavalière, les trois doigts peints sur chaque flanc du poney marquaient son appartenance au Peuple-Loup.

Comment deviner que cette femme était membre du Peuple-Soleil, universellement connu pour sa couardise ?

Et que penser de l'homme en tenue noire qui chevauchait lui aussi un poney ? Un homme, vraiment, avec cette grosse tête noire ?

Dépassés par ce qu'ils ne parvenaient pas à comprendre, quelques Loups détalèrent. La plupart, cependant, se jetèrent à genoux pour implorer le guerrier noir sans visage de les épargner.

Prêt à déchiqueter la gorge de quiconque tenterait de barrer la route à sa maîtresse, Grand Chien complétait admirablement le trio. Chargeant à droite et à gauche, il forçait les villageois à s'éparpiller. Plus loup que chien, les crocs dévoilés, il avait vraiment de quoi glacer les sangs. Par crainte de ses morsures, beaucoup de villageois filèrent avant même d'avoir pu découvrir Tom.

En dégageant ainsi la voie, le brave chien facilitait grandement la progression des cavaliers.

Lancée vers la tente au fanion rouge, Rivière Sauvage sentit son cœur bondir dans sa poitrine. Une fois remis de leur surprise et de leur panique, les Loups risquaient de lui faire passer un mauvais quart d'heure.

Justement, un guerrier se campa devant elle, les bras en croix pour tenter de l'arrêter. Comprenant qu'il comptait la faire tomber de sa monture, la prêtresse lui décocha une flèche dans la poitrine puis le piétina sans l'ombre d'un remords.

Arrivés devant la tente au fanion rouge, Tom et Rivière Sauvage en firent le tour au galop pour chasser les gêneurs. Quand ce fut fait, Tom saisit la toile d'une main et continua son chemin. Lorsqu'il l'eut arrachée de ses supports, il la jeta au loin.

Au centre de la tente, Fleur du Matin, recroquevillée sur le sol, cria de joie quand elle vit sa sœur sur un des poneys. Une corde nouée à un piquet lui entravait les mains et les pieds, interdisant toute évasion.

Dans le même mouvement, Rivière Sauvage sauta de son cheval et dégaina son couteau. Puis elle courut vers sa sœur et la libéra. Folle de joie, la fillette voulut l'enlacer, mais elle la repoussa.

—Plus tard!

L'heure n'était pas aux effusions. Fleur du Matin était saine et sauve, certes, mais il leur fallait encore sortir du camp.

Après avoir sauté sur son poney, la prêtresse se pencha, prit sa sœur par le bras et voulut la hisser en croupe.

Déboulant à la vitesse du vent, un guerrier au torse nu abattit son marteau de guerre avec l'intention évidente de fendre en deux la tête de la fugitive. Avec un cri de terreur, Fleur du Matin s'écarta au dernier moment.

Comme s'il avait passé sa vie à se battre à cheval, Tom pulvérisa le crâne du guerrier d'un coup de marteau de guerre aussi précis que puissant. Foudroyé, le guerrier s'écroula, la tête éclatée comme un melon.

Stimulée par cette victoire, Rivière Sauvage souleva sa petite sœur du sol et l'installa derrière elle. Sa lucidité recouvrée, la gamine lui passa les bras autour de la taille.

— On file! cria Tom d'une voix étrangement forte et grave qu'on eût dite venue d'outre-tombe.

De toutes parts, des Loups convergeaient sur les intrus. Avec l'aide de Grand Chien, qui fit le vide devant eux, les deux cavaliers foncèrent vers la sortie du camp.

Rivière Sauvage prit la tête, laissant au commandant le soin de couvrir ses arrières. Du coin de l'œil, elle vit des guerriers sauter sur leur monture, dans un lointain corral.

À la lisière du village, les fugitifs se trouvèrent soudain devant une haie de guerriers, lances pointées. Campé au centre de la formation, un grand type leva une main pour ordonner aux cavaliers de s'arrêter.

Rivière Sauvage comprit enfin pourquoi cet homme se nommait Trois Doigts.

Vêtu d'un gilet en peau de loup orné de plumes de faucon sur les épaules, le chef des maraudeurs arborait les mêmes traits burinés et les mêmes cheveux blancs qu'Ours Debout. D'autres braves emplumés le flanquaient – ses chefs de guerre, très certainement.

La prêtresse eut l'impression qu'il voulait dire quelque chose. Maudire les intrus et les condamner à mort, sans doute…

Tom et sa compagne s'arrêtèrent à quelques pas des guerriers. Refusant que Grand Chien se fasse embrocher, sa maîtresse lui ordonna de s'asseoir.

— Pour venir ici, il ne faut pas manquer de courage, dit Trois Doigts. On m'a dit qu'un membre du Peuple-Ciel t'accompagne. Ce n'est pas bien, femme! Qu'espères-tu accomplir?

Du coin de l'œil, Rivière Sauvage vit que des Loups se massaient derrière eux et sur leurs flancs. Lançant un bras dans son dos, elle entoura les épaules de Fleur du Matin.

— Vous avez enlevé ma sœur. Moi, prêtresse du Peuple-Soleil, j'ai juré de la ramener aux siens.

Trois Doigts fit une abominable grimace.

Depuis toujours, les Loups hantaient les nuits de Rivière Sauvage. Le visage austère de ces hommes les servait, car il terrifiait encore plus leurs proies. Comme tous les autres, Trois Doigts semblait n'avoir jamais esquissé un sourire de sa vie.

Même s'ils avaient peur de Tom, ces guerriers-là ne détaleraient pas, car ils se donnaient mutuellement du courage. Constituant l'élite des Loups, si on osait dire, ils n'étaient pas du genre à faillir devant leur peuple.

À court d'idées ou d'arguments, Rivière Sauvage décida d'aggraver son cas:

— C'est moi qui ai tué ton fils, Faucon Géant.

— Toi? s'exclama Trois Doigts, sincèrement surpris.

— Oui. Tes guerriers ne t'ont pas dit qu'une femme l'a abattu? Pour protéger ma sœur des lâches qui se tapissent dans les herbes hautes, je serais prête à recommencer.

Les chefs de guerre marmonnèrent rageusement, pressés de tailler en pièces l'insolente.

— Que crois-tu pouvoir faire, prêtresse, face à nous tous?

— Tu veux venger la mort de ton fils, pas vrai?

—Pour ce crime, nous massacrerons les tiens jusqu'au dernier.

—Dans ce cas, écoute-moi ! Je te donnerai l'occasion de nous éventrer tous. Laisse-moi retourner au village et avertir les miens que vous viendrez demain. Mais sache que le Peuple-Ciel nous a libérés d'un carcan. Maintenant que la loi anciennement sacrée ne nous entrave plus, nous serons prêts à vous résister.

» Demain, si tu le souhaites, il y aura une véritable guerre.

» Qu'en dis-tu, grand chef ? Ainsi, tu verras si tes braves sont si forts que ça, face à des hommes, pas à des femmes et à des enfants. Les crois-tu assez féroces pour se battre à la loyale, au lieu de massacrer des innocents sans défense ?

Le chef leva sa main amputée de deux doigts pour faire taire les rumeurs qui montaient de toutes parts.

—Mes jeunes guerriers sont assez puissants pour terrasser n'importe qui. Loi ou pas, les Soleils ne lutteront pas. Ils détaleront tels des lapins, comme toujours, et ils crèveront comme des agneaux.

—Si tu en es sûr, laisse-moi aller prévenir mon peuple. Ainsi, nous verrons ce qu'il en sera demain. À moins que cette perspective t'effraie ?

Trois Doigts se tourna d'un côté puis de l'autre pour converser avec ses chefs de guerre. Quand ce fut fait, il chercha le regard de la prêtresse.

—Grâce au courage dont tu as fait montre aujourd'hui – une bravoure que je n'ai jamais vue chez un Soleil, ni chez les membres d'autres tribus – nous te laisserons passer. Mais la mort de mon fils est une offense impardonnable. Demain, nous viendrons, et tu périras comme tous les autres membres de ton peuple.

Trois Doigts prenait-il vraiment cette décision à cause du courage de son adversaire ? Craignait-il plutôt les mauvais tours que pouvait lui jouer Tom ? Quoi qu'il en soit, Rivière Sauvage n'allait sûrement pas insister pour rester.

Sur un geste de leur chef, les guerriers s'écartèrent. Sans attendre qu'ils changent d'avis, la prêtresse talonna son poney. Tom la suivit, et Grand Chien fit de même.

Soulagée, Fleur du Matin ferma les yeux et se serra très fort contre sa sœur.

Un long moment plus tard, Rivière Sauvage osa regarder en arrière. Le village était très loin, et personne ne les avait suivis.

Tom fit disparaître la partie brillante de son casque, dévoilant de nouveau son beau visage.

Impressionnée, Fleur du Matin se mit à trembler.

— Ne t'en fais pas, souffla la prêtresse, c'est un ami.

Encore retournée par la confrontation verbale avec les Loups, elle se tourna vers Tom, qui lui sourit tendrement.

Aussitôt, le dernier vestige de peur abandonna la prêtresse – comme si tous les membres du Peuple-Ciel venaient de lui sourire en même temps pour l'encourager.

CHAPITRE 19

Q uand le petit groupe arriva au village du Peuple-Soleil,
l'astre diurne disparaissait à l'horizon derrière le Mont
des Esprits.

Des sentinelles ayant sans doute annoncé que Rivière
Sauvage revenait à dos de poney en compagnie d'un étranger,
toute la tribu s'était réunie pour l'accueillir.

À la lumière des torches, Ours Debout et son peuple eurent
droit à un spectacle inouï : la prêtresse, Fleur du Matin en
croupe – une prisonnière reprise aux Loups, un exploit jamais
accompli –, chevauchant aux côtés d'un...

... D'un membre du Peuple-Ciel, oui ! Si surprenant et
terrifiant que ce fût, les villageois comprirent que c'était bien
de ça qu'il s'agissait.

Stupéfiés, des hommes et des femmes se prosternèrent sur
le passage du personnage vêtu de noir et doté d'une tête ronde.

Quelle menace représentait la venue de ce demi-dieu ? Si
Rivière Sauvage était partie avec l'intention d'invoquer le
Peuple-Ciel, personne n'avait cru un instant qu'elle réussirait.

Sur la grand-place, derrière le feu qui brûlait au centre,
Ours Debout et d'autres sages, ses conseillers, attendaient les
trois nouveaux venus.

Dans ce groupe, Rivière Sauvage repéra Cerf Véloce,
couvert de peintures de guerre inédites.

Prenant à cœur la mission confiée par la prêtresse, Cerf
Véloce avait imaginé de nouveaux motifs qu'il arborait à

l'instar de tous les braves qu'il avait recrutés. En peu de temps, il avait fait des miracles, dut reconnaître la prêtresse.

Tous ces guerriers étaient magnifiques – et Cerf Véloce ne lui avait jamais paru si beau.

Malgré les peintures et les armes qu'ils brandissaient, Rivière Sauvage n'aurait pas juré que ces hommes étaient prêts à combattre jusqu'à la mort. Depuis toujours, on leur répétait de ne pas tuer, s'ils voulaient échapper aux foudres de l'enfer dans l'autre vie. Se couvrir de peinture était une chose – éventrer un ennemi en serait une autre.

Rivière Sauvage se laissa glisser au sol puis aida Fleur du Matin à descendre de leur monture. Dès qu'elle eut les pieds par terre, la fillette se précipita dans les bras de sa mère.

Ours Debout sourit devant ce spectacle, puis il s'agenouilla devant Tom, qui venait lui aussi de démonter.

Avec son nouvel ami, la prêtresse se campa devant son père, qui se releva lentement.

— Grand chef, j'espère que tu me féliciteras d'avoir fait venir un membre du Peuple-Ciel – et d'avoir ramené ta fille cadette du camp des Loup.

Sans répondre, Ours Debout braqua son regard sur l'étranger en tenue noire.

— Chef Ours Debout, dit Rivière Sauvage, je te présente Tom-Juste-Tom.

Le vieux chef inclina la tête.

— Je vous salue, Tom-Juste-Tom.

Le commandant agita une main.

— Non, non, c'est seulement… Laissons tomber… Mes amis m'appellent Tom, et ils me tutoient. Comme tous les membres du Peuple-Ciel, je vous considère comme mes amis. Bref, je serais honoré que tu m'appelles Tom, grand chef.

— Je te salue, Tom, corrigea Ours Debout. Il y a des lunes et des lunes que le Peuple-Ciel est venu nous donner des lois.

Une infinité de lunes, même… J'espère que ma fille n'a pas heurté tes sentiments. Parfois, elle est si indisciplinée… Sache que mon peuple a toujours obéi aux lois. Contrairement à elle, hélas. Car elle a violé la plus importante.

Tom sourit.

—Je n'en veux pas à Rivière Sauvage de m'avoir appelé. L'occasion de rendre visite au Peuple-Soleil est précieuse à mon cœur.

Rivière Sauvage leva le bras pour exhiber son brassard. Puis elle tapota les boutons.

—J'ai appelé le Peuple-Ciel avec cet artefact trouvé sur le Mont des Esprits.

Ours Debout et ses conseillers écarquillèrent les yeux pour mieux voir, puis ils murmurèrent entre eux.

—Rivière Sauvage, ma fille, comment as-tu fait pour sauver Fleur du Matin?

—Après que j'ai invoqué Tom, deux maraudeurs nous ont attaqués. Pour nous défendre, nous avons dû les tuer.

Des murmures coururent dans la foule. Ainsi, Tom-Juste-Tom avait déchaîné les foudres du Peuple-Ciel sur les Loups? Avant de passer à d'autres cibles?

—Tu as tué de nouveau? s'indigna Ours Debout.

—Il le fallait… Sur le chemin du retour, nous avons pris les poneys des morts, pour aller plus vite. Suivant mon instinct, j'ai foncé dans le camp des Loups et, avec l'aide de Tom, j'ai récupéré Fleur du Matin.

Ours Debout sembla ne pas en croire ses oreilles.

—Les Loups t'ont laissée repartir avec ta sœur? Sans tenter de t'arrêter?

—En réalité, ils ont essayé… Mais j'ai parlé avec Trois Doigts, et…

—Tu as parlé au chef des Loups? Et il t'a laissé la vie?

—Comme tu le vois…

—Le Peuple-Loup ignore la clémence… Que s'est-il passé ?

—J'ai lancé un défi à Trois Doigts : venir ici demain pour affronter nos guerriers. Si nous ne nous battons pas, a-t-il juré, il nous taillera en pièces. Il m'a permis de partir pour que je te prévienne.

Ours Debout en resta muet de stupéfaction.

—Nous ne pourrons pas combattre ! rugit un des conseillers. Les lois du Peuple-Ciel nous interdisent de tuer.

—Il a raison, dit Ours Debout. La loi sacrée ne nous permet pas de prendre une vie. En lançant ton défi, tu nous as condamnés à mort.

Tom leva une main pour demander le silence. Quand il l'eut obtenu, il prit la parole :

—Imposer des lois aux autres n'est pas notre philosophie… À nos yeux, tous les peuples doivent vivre comme ils l'entendent, même si nous ne partageons pas leur façon de voir. Notre loi sacrée a pour nom la non-ingérence !

» Ceux qui sont venus ici jadis ont violé nos lois. Ce qu'ils vous ont dit il y a des lustres est faux. Je suis là pour remettre les choses dans l'ordre.

—Comment ces gens auraient-ils pu se tromper ? Ils appartenaient au Peuple-Ciel.

Croisant les mains, Tom réfléchit à la meilleure façon d'expliquer tout ça.

—Quand tu m'as vu, grand chef, as-tu eu peur ? demanda-t-il enfin.

Sans faillir, Ours Debout balaya l'assistance du regard.

—Oui, j'ai eu peur, je l'avoue. Et je m'inquiète encore de ce que tu pourrais nous faire…

—La peur est souvent mauvaise conseillère, grand chef. Parce qu'ils avaient peur, tes ancêtres ont mal compris notre message.

» Assassiner des innocents est mal, c'est une certitude. Voilà tout ce que nous voulions dire.

—Donc, la loi sacrée est juste.

—C'est là que commence le malentendu, Ours Debout. Le meurtre est proscrit, c'est vrai. Mais quand il s'agit de se défendre, ou de protéger sa famille, l'interdit ne s'applique plus. En d'autres termes, face à des assassins, il n'est pas immoral de tuer. L'autodéfense n'est pas un crime…

Ours Debout en resta un moment muet.

—Mais… Si nous tuons, a dit le Peuple-Ciel, Père Soleil ne se montrera plus, et nous périrons dans des ténèbres éternelles.

Là encore, Tom prit le temps de la réflexion.

—Donnes-tu des conseils à ta fille aînée parce que tu la crois trop stupide pour comprendre le monde?

—Non. J'essaie de l'aider à rester en vie, à ne pas commettre d'erreur et à devenir une meilleure personne.

—Lui arrive-t-il de mal comprendre tes conseils?

—Tout le temps, oui, soupira Ours Debout, accablé. Une fois sur deux, elle saisit de travers. Pour un père, c'est très frustrant.

Tom eut un sourire compatissant.

—Je crois que tu exagères un peu, mais c'est l'idée générale, oui… Notre intention, par le passé, était bonne, puisque nous voulions vous apprendre que la vie est sacrée. Mais nous avons sûrement omis de préciser que la *vôtre* l'est tout autant que celle des autres. En conséquence, ils n'ont pas le droit de vous la prendre.

—Je comprends… Mais celui qui tue pour se défendre détruit aussi une vie sacrée.

—Ceux qui tentent de tuer les autres, comme les Loups, sont les premiers à violer ce que tu nommes la loi sacrée.

Du coup, ils perdent le droit d'en bénéficier. En cas de menace contre ta famille ou ta tribu, tu peux les éliminer.

—C'est ce qu'on appelle l'accréditation Q-17, intervint Rivière Sauvage.

—Q-17 ? répéta son père, désorienté.

—C'est ça, oui… Au début, il est difficile de comprendre ce que raconte Tom. Croyez-moi, je suis passée par là. Ce qu'il dit continue de me paraître obscur, mais je progresse peu à peu. Le droit de tuer pour se défendre, c'est l'accréditation Q-17.

Ours Debout se tourna vers Tom :

—Ma fille dit la vérité ?

Le commandant eut l'air gêné.

—Eh bien… oui. Pour nous, c'est l'accréditation Q-17, mais ce n'est qu'une façon de parler. On peut aussi appeler ça la légitime défense.

» L'important, c'est que les Loups n'ont pas le droit de vous massacrer. Quand ils le font, c'est un crime.

» S'ils viennent vous faire la guerre, votre devoir est de vous défendre, y compris en les tuant. Très souvent, la force de dissuasion – faire comprendre à l'ennemi qu'on peut le détruire – est le meilleur moyen de préserver la paix. Quand ça fonctionne, personne ne se bat et il n'y a pas de morts.

Cerf Véloce fit un pas en avant.

—Faut-il comprendre que, demain, s'ils viennent vraiment, nous aurons le droit de tuer des Loups pour qu'ils cessent de s'en prendre à nous ?

—Tu as tout compris, guerrier.

—Ce ne sera pas un droit, mais un devoir, corrigea Rivière Sauvage. S'ils nous menacent, c'est ne pas riposter qui trahirait la loi sacrée.

Ours Debout chercha le regard de Tom.

—Ma fille parle d'or, mon ami ?

—Je te le garantis.

Voyant qu'il hésitait encore, Rivière Sauvage appela Grand Chien et lui ordonna de s'asseoir devant son père.

—Depuis que je l'ai trouvé, minuscule chiot perdu dans la nature, que me répètes-tu presque chaque jour ?

Ours Debout eut l'ombre d'un sourire.

—De faire confiance à ton chien.

—Et que veux-tu dire par là ?

—Un chien sait quand un sale type veut faire du mal à son maître.

—Avant que les maraudeurs nous attaquent, Tom et moi, Grand Chien avait essayé de les neutraliser. Dans le village des Loups, il a semé la terreur pour me protéger. Et si quelqu'un m'avait abattue, il serait mort en tentant de me venger.

» Instinctivement, il suit les lois telles que le Peuple-Ciel les a conçues. C'est ce que veut Père Soleil, tu dois le comprendre. Grand Chien ne ferait jamais de mal à un des nôtres. En revanche, il déteste mes ennemis et pourrait tuer pour me protéger. C'est sa nature, et nous devons nous en féliciter. Le bien doit toujours combattre quand le mal le menace.

—Rivière Sauvage parle d'or, intervint Tom.

Ours Debout acquiesça.

—Je crois que nous avons tous compris… Quelle bande d'imbéciles ! Par pur crétinisme, nous nous sommes laissé massacrer…

Des larmes aux yeux, le vieux chef regarda les siens.

—C'est fini ! tonna-t-il. Nous n'assassinerons pas, mais à partir de cet instant, nous nous battrons pour nous protéger et secourir les innocents. Au prix de nos vies, s'il le faut.

Tom parut aux anges.

—Chef Ours Debout, tu es un homme sage et un grand dirigeant. Sans difficulté, tu as compris ce que je suis venu te dire. Contrairement à tes ancêtres, tu corriges une erreur d'interprétation. Pour rectifier les erreurs du passé, il faut être fort et sage.

—Depuis toujours, je me pose une question… D'où vient le Peuple-Ciel? Où vivez-vous?

Tom désigna le ciel, et tout le monde leva la tête.

—Je viens des étoiles, mon ami.

—Du coup, tu nous regardes de haut, comme Père Soleil.

—C'est ça, en gros… Comme Père Soleil, qui ne vous ordonne pas comment vivre, je n'ai aucune intention de vous dicter votre comportement.

» Hélas, le temps qui m'est imparti est presque écoulé. Puisque tout est rentré dans l'ordre, je vais devoir repartir.

—Alors que les Loups arriveront demain? coupa Rivière Sauvage. Tu ne peux pas nous abandonner. J'ai déclenché cette guerre en voulant sauver ma sœur, et le raid sur le village n'a pas arrangé les choses. Demain matin, nous aurons besoin de toi. S'il te plaît, c'est très important!

Tom posa une main sur l'épaule de la jeune femme.

—Je peux rester jusque-là…

—Mais ce sera seulement le début d'une guerre, s'inquiéta Ours Debout.

Sa fille lui fit un clin d'œil malicieux.

—Dors sur tes deux oreilles: j'ai un plan!

CHAPITRE 20

Une journée bien trop claire et radieuse pour une guerre…
Laissant sa modeste demeure à Tom, Rivière Sauvage
avait demandé l'hospitalité à Celle Qui Connaît la Lune, qui
fut ravie de l'entendre raconter ses récentes aventures.

Debout bien avant l'aube, la jeune femme avait passé des
heures à peindre des bandes noires sur les yeux des guerriers.
Le Masque de la Prêtresse, leur disait-elle pour les encourager
et décupler leurs forces. Très souvent, les hommes croyaient
aux mensonges des femmes… Au cœur de la bataille, s'ils ne
perdaient pas la foi, ça les aiderait…

Tous avaient entendu ce que Tom disait sur la place.
Ensuite, leur chef les avait bénis, parce qu'ils lutteraient pour
se défendre.

Gagnant sa demeure, Rivière Sauvage appela Tom, qui
sortit sur le seuil en souriant.

—Je viens juste de me réveiller, avoua-t-il en finissant
de fermer sa tenue – qui parut se fondre en une seule pièce.

On eût dit de la magie, mais il affirmait n'avoir aucun
pouvoir.

Rivière Sauvage fut surprise de le voir sans son grand
masque rond. En l'absence de cet accessoire, il avait la même
tête que n'importe quel homme. En toute logique, ça n'aurait
pas dû l'étonner, mais…

Observatrice, elle nota qu'il avait les cheveux plus clairs
que les siens et ceux des autres villageois. N'ayant jamais vu

une telle teinte chez un être humain, elle trouva ça fascinant, comme tout ce qui concernait son ami.

—Désolée d'être venue trop tôt…

Elle ne voulait pas déranger Tom, mais toute cette affaire l'inquiétait, et elle savait qu'il n'avait pas un temps illimité devant lui.

—Aucun problème… (Il désigna le masque qu'il portait sous son bras.) Je parlais avec Contrôle. Il va falloir que je parte…

Grand Chien vint se frotter aux jambes de son sauveur. Heureux de recevoir des caresses, il aboya une seule fois — sa façon de dire : « Si on jouait un peu ? »

—Pas maintenant, Grand Chien. Plus tard, peut-être…

Rivière Sauvage n'aurait pas cru qu'un commandant du Peuple-Ciel parlait le canin. Pourtant, Tom avait compris ce que voulait Grand Chien.

Pour se réveiller, Tom inspira à fond… et eut l'air extatique.

—Quelque chose sent délicieusement bon… Je meurs de faim.

—Mais tu vas devoir attendre un peu…

—Il y a une éternité que je n'ai pas passé une si bonne nuit. J'aimerais m'installer ici.

—Ça me plairait aussi, mais ton bonheur ne durerait pas longtemps… Les Loups ne tarderont plus, tu sais.

—Exact. C'est l'heure de la guerre.

—Tu crois que mon plan réussira ?

Tom posa une main sur l'épaule de son amie.

—Tu es la seule qui puisse le réaliser… C'est à toi de jouer. Mais je resterai à tes côtés, parce que je crois en toi.

Rivière Sauvage ne put s'empêcher de sourire, puis d'enlacer Tom. Une accolade fraternelle, rien de plus. Mais quand il lui rendit son étreinte, elle se sentit merveilleusement bien.

Hélas, ils durent se séparer.

—Cerf Véloce est un sacré veinard !

—Pourquoi dis-tu ça ?

—Parce que c'est vrai, tout simplement…

Tom remit son masque, le fit tourner d'un quart de tour, déclenchant un clic métallique, et redevint tel qu'en lui-même.

À la lisière du village, les deux amis allèrent regarder Cerf Véloce, qui préparait ses guerriers au combat.

Tom rejoignit le jeune chef de guerre et le salua.

—Du très bon travail, Cerf Véloce. Tes hommes sont impressionnants.

—Merci du compliment !

—Te vexeras-tu si je me permets quelques suggestions ?

—Non, parce que tu en sais plus long que moi sur la guerre. De plus, écouter les conseils d'un brave du Peuple-Ciel est un honneur.

—Très bien… Comme tu le sais, l'objectif est de prendre l'avantage *avant* le début du combat. Tes hommes doivent faire peur, histoire de dissuader les Loups.

» Tu as aligné tes guerriers devant l'entrée du village, et c'est une bonne idée, puisque tu veux protéger les habitants, mais essayons de les placer là où ils seront le plus efficaces, si la prêtresse n'arrive pas à empêcher la guerre. Qu'en dis-tu ?

Cerf Véloce buvait les paroles de Tom. Sans grande expérience, il avait été bombardé chef de guerre, et ça devait lui peser.

Rivière Sauvage se félicita qu'il ne se montre pas bêtement jaloux. À sa place, un jeune coq aurait refusé d'écouter Tom. Savoir apprendre étant la marque d'un sage, la prêtresse pouvait se féliciter de son choix. Dans l'action, nul doute que le guerrier confirmerait ce qu'elle pensait de lui.

—Que mijote Tom ? demanda Ours Debout dans le dos de sa fille.

—Il fait en sorte que les Loups aient peur d'attaquer. Et s'ils le font quand même, il améliore nos chances.

Le vieux chef acquiesça puis tendit un bras vers la plaine.

—Ils arrivent.

—Comment le sais-tu ? Je ne vois rien.

—Moi, je distingue le nuage de poussière que soulèvent leurs pas.

—Père, quand ils seront là, je voudrais parler en notre nom. Trois Doigts me connaît, et il apprécie ma bravoure. Tout se passera mieux si une femme s'adresse à lui.

—Tu veux jouer mon rôle ? Et pourquoi une femme serait-elle préférable ?

—Parce que les mots qui sortiront de ma bouche seront moins agressifs que ceux d'un homme. Et que je serai moins susceptible de mentir.

—Tu crois que ça jouera ? Quand les Loups flairent l'odeur du sang, rien ne peut les arrêter. De plus, Trois Doigts s'attend à parler avec le chef du Peuple-Soleil. D'homme à homme, comme il est normal…

Rivière Sauvage sourit et tapota tendrement le torse de son père.

—Tu es courageux, je n'en doute pas, mais je suis la prêtresse… De plus, tout est ma faute. En tuant Faucon Géant, j'ai semé la graine de la guerre. S'il peut m'abattre de ses mains, Trois Doigts étanchera peut-être sa soif de vengeance.

—Tu crois que nous ne pouvons pas gagner ?

—Ce que je crois ne compte pas… C'est Trois Doigts qui devra se voir perdant. Si je lui fais peur, il renoncera peut-être à combattre. Et si me tuer le satisfait, qu'il en soit ainsi. Pour empêcher une guerre, je veux bien me sacrifier.

Ours Debout dévisagea longuement sa fille.

—Trois Doigts parle d'or : tu es courageuse. Un rien téméraire, parfois, mais pleine de bravoure. D'accord, c'est toi qui t'adresseras à lui, mais je resterai à tes côtés. Si ça tourne mal, ton sang et le mien apaiseront peut-être son ire.

CHAPITRE 21

L e dos bien droit, Rivière Sauvage regardait approcher le
chef Trois Doigts et ses guerriers. Sur le biceps gauche, la
prêtresse arborait le brassard découvert au sommet du Mont
des Esprits. La veille, Tom lui avait dit qu'elle pouvait le
garder. Juste pour le plaisir, il lui avait même montré comment
faire clignoter ce qu'il appelait des « voyants » et des « icones ».

Pour la prêtresse, c'était un objet mystique. Grâce à lui,
alors qu'elle désespérait, elle avait pu invoquer le Peuple-Ciel.
Ainsi, elle avait connu Tom, l'homme le plus beau et le plus
doux qu'elle ait croisé.

Oui, cet artefact la rassurait…

Sur sa gauche, un demi-pas en arrière, Ours Debout la soutenait de toute sa prestance. Vêtu d'un gilet en peau de daim
orné de perles – une création de Saule Solitaire –, il se tenait
loin devant ses conseillers – assez près pour entendre ce qui
se dirait, mais pas pour intervenir de façon naturelle. Éprise
de subtilité, Rivière Sauvage avait insisté pour ne pas donner
le sentiment d'être épaulée par une puissante délégation.

La force, ce serait elle, et personne d'autre.

Tom était sur sa droite, splendide dans sa tenue noire
couverte de symboles. Afin que les Loups le voient comme
un être humain, pas comme une créature de légende, il avait
ouvert son masque. Un homme comme les autres… Enfin,
pas tout à fait, mais presque.

Les guerriers de Cerf Véloce étaient placés selon ses suggestions. Armés de lances et de boucliers, les groupes composaient un quinconce qui protégeait les abords du village. Placée au centre, la force de frappe – les archers – était postée à la lisière des habitations.

Tous les lanciers tenaient leur arme à l'horizontale avec une précision au degré près. La mine sinistre, ils faisaient froid dans le dos, tant leur détermination était palpable.

Cette formation, selon Tom, forcerait l'ennemi à s'enfoncer dans un secteur qu'il appelait « le champ de massacre ». Dès que les Loups y seraient, le piège se refermerait, les poussant vers les archers.

À l'évidence, le commandant savait de quoi il parlait. Sous son influence, Cerf Véloce avait gagné en autorité et en confiance.

En plus des peintures de guerre imaginées par leur chef, les guerriers arboraient le loup noir peint sur leurs yeux par la prêtresse. Ainsi parés, les guerriers du Peuple-Soleil – premiers du genre dans l'histoire – auraient intimidé le plus terrible adversaire.

Flanqué de chefs de guerre et suivi d'une multitude de braves, Trois Doigts se campa face au trio de défenseurs.

Pour maîtriser ses tremblements, la prêtresse se souvint de son nom. Rivière *Sauvage*. En elle, une force destructrice valait celle de tous les torrents du monde.

Un peu derrière leur chef, les maraudeurs armés jusqu'aux dents attendaient leur heure. Dans leur dos, des vieillards, des femmes et des enfants étaient pressés d'assister au spectacle. À coup sûr, ils prévoyaient un triomphe. Un pur massacre, sans qu'un de leurs braves souffre d'une égratignure.

Eh bien, ils se trompaient.

Pour saluer ses adversaires, Rivière Sauvage inclina la tête.

— Trois Doigts, te revoir est un grand honneur.

Le chef des Loups ne cacha pas sa surprise.

— Un honneur, alors que je viens pour vous tuer tous ?

La prêtresse récita les mots qu'elle avait passé une bonne partie de la nuit à préparer :

— Un honneur, oui, parce que je respecte ta force.

Dans un silence de mort, tout le monde attendit qu'elle développe son raisonnement.

— J'ai tué ton fils, je l'avoue… Mais Faucon Géant n'est-il pas venu ici pour égorger les miens ? Ne s'est-il pas caché dans les hautes herbes afin d'enlever ma sœur ? Quand on traque une petite fille, il est facile de se faire passer pour un grand chasseur…

» La mort de ton fils te brise le cœur, grand chef, et tu enrages à l'idée qu'une femme ait mis fin à ses jours. Mais ce guerrier s'en est pris à une enfant. Est-il vraiment injuste qu'une squaw lui ait ôté la vie ?

» Tu pleures sa mort, et c'est normal. Dans une moindre mesure, tu portes aussi le deuil du guerrier emplumé que j'ai abattu hier. Moi, je suis furieuse d'avoir perdu tant des miens… Ne sommes-nous pas au moins à égalité ?

» Si tu veux me tuer, je suis trop faible pour t'en empêcher. Comme Fleur du Matin, impuissante entre les serres de Faucon Géant.

» Mais avant la curée, je te demande de m'écouter.

Même s'il semblait furieux, Trois Doigts fit signe à la prêtresse de continuer.

— J'ai invoqué le Peuple-Ciel, et son représentant nous a libérés de la loi qui faisait de nous des moutons. Désormais, nous n'offrirons plus notre gorge à vos couteaux.

» Les fils du soleil ne seront plus des victimes.

» Si tu me tues, grand chef, ça marquera le début d'une guerre. Car tous les braves que tu vois derrière moi voudront me venger.

» Ne te fie pas à nos erreurs passées. La loi sacrée nous a valu bien des drames, et il faut un courage que tu n'imagines pas pour rester fidèle à une telle règle – même si elle est absurde.

» Notre force, il te reste à la découvrir. Choisis la vengeance, et tu devras faire face à une guerre dont tu n'imagines pas les conséquences. Surtout, ne va pas croire que ce sera terminé aujourd'hui. Ce conflit durera tant que le monde durera, sois-en assuré.

» Et nous ne ferons pas de quartier.

» Sous leurs tentes, les Loups ne dormiront plus jamais tranquilles, se demandant quand l'un des nôtres viendra les égorger. À la chasse, ils crèveront de peur à l'idée de tomber dans une embuscade.

» Chaque soir, ils se demanderont si des volées de flèches enflammées s'abattront sur leurs tentes. En été, ils ne pourront pas regarder jouer leurs enfants sans craindre qu'un projectile venu de nulle part leur traverse le cœur.

» Comment se sentir bien, grand chef, quand on se demande si un ennemi ne s'est pas déjà glissé sous une tente pour empoisonner les réserves de vivres ? Comment étreindre son épouse sans peur, lorsqu'une lance risque à tout moment de vous transpercer tous les deux ?

» Jusque-là, tu nous as pris pour des poltrons. Si la guerre éclate, nous hanterons tes nuits. Le Peuple-Soleil, n'en doute pas, deviendra ton pire cauchemar. Jusqu'à la fin, tu ne connaîtras plus la paix.

» Et ça continuera jusqu'à la mort du dernier Loup. C'est la loi de la guerre, et plus rien ne nous interdit d'y souscrire.

» En résumé, ma mort, aujourd'hui, marquera le début d'un conflit sans fin. Et comme dans toute guerre, les pertes seront tragiques.

» Des fils, des filles, des frères, des sœurs, des pères et des mères crèveront comme des mouches. Les Loups se croient féroces ? Comparés aux Soleils, ils passeront pour des agneaux. Comme l'astre auquel nous devons notre nom, nous viendrons vous voir chaque matin – pour tuer indifféremment les hommes, les femmes et les enfants. Alimenté par la haine, le conflit occupera nos deux peuples jusqu'à la fin des temps.

» Si ce carnage te sourit, tue-moi sur-le-champ. Le choix est entre tes mains.

» Mais ne te berce pas d'illusions. Si elle commence, cette guerre ne finira jamais – sauf quand les Loups seront rayés de la carte du monde.

Rivière Sauvage marqua une pause, histoire que ses mots se gravent dans les esprits.

—Trois Doigts, si tu désires vivre en paix, il faut en finir avec la haine et le désir de vengeance. Parce que ces pulsions-là conduisent à la mort d'un des deux camps, voire des deux.

» C'est la loi de la vie, me diras-tu. Et c'est vrai, la sélection naturelle repose sur la survie des plus forts. Mais il est temps de rompre avec ça. L'heure est venue de grandir et d'oublier le passé. Une nouvelle voie s'ouvre devant nous.

» Le courage ultime, Trois Doigts, c'est de dire « non » à la violence. En chacun de nous, la colère et la soif de vengeance font rage. L'héroïsme, aujourd'hui, serait de leur tourner le dos. Alors, nous vivrons dans un monde paisible. Au-delà de notre fierté, il y a la sécurité et le bonheur de nos peuples. Ne pas nuire aux autres, c'est bien plus courageux que de les massacrer.

» Parce que rien ne vaut une vie ! Pour préserver ce bien, il faut mettre un terme aux tueries. Pas dans un lointain avenir, mais ce matin – au seuil d'une journée décidément trop belle pour mourir.

Rivière Sauvage sonda les visages fermés, devant elle. Ces gens attendaient la suite de sa tirade, et ils n'allaient pas être déçus.

—Durant la nuit, nous avons préparé un festin avec du sanglier rôti, des venaisons, de la dinde, du poisson fumé, du pain frais et d'autres délices. Si la paix vous tente, nous vous invitons à la célébrer avec nous.

» La première d'une longue série de fêtes! De banquet en cérémonie de mariage – oui, entre nos enfants et les vôtres –, nous apprendrons à savourer ensemble la joie d'être vivants. Ainsi unis, les Loups et les Soleils seront plus forts que jamais.

» Déclarer la guerre est à la portée de n'importe quel jeune brave au sang chaud. Pour faire la paix, il faut des chefs d'une profonde sagesse.

» C'est à toi de choisir, Trois Doigts. Une boucherie sans fin, ou le premier festin d'une ère de paix et de prospérité. Veux-tu que nous versions ensemble des larmes de joie, ou que nous pleurions de chagrin chacun dans notre coin?

» Hier, tu as dit apprécier ma bravoure. J'admire la tienne, et je t'estime au point de voir en toi le premier messager de la paix entre nos peuples.

Après un long silence, Trois Doigt chercha le regard d'Ours Debout.

—Ta fille est une sacrée tête de pioche.

—Tu ne crois pas si bien dire…

—Mais c'est toujours comme ça, avec les filles. J'en ai une, au milieu de trois fils, et elle m'en fait voir de toutes les couleurs.

—Sans héritier mâle, j'ai eu deux filles…, soupira Ours Debout.

—Pour subir une telle épreuve, il faut être fort comme un taureau. Je t'admire.

—La cadette, Fleur du Matin, est trop jeune pour me valoir des brûlures d'estomac. Rivière Sauvage… Dans ma chaussure, ce n'est pas un caillou, mais un rocher.

Imagine un peu : elle a été nommée prêtresse à mon insu, sans que nul me demande la permission.

Trois Doigts eut une moue désabusée.

— De quoi te valoir de nombreuses nuits sans sommeil…

— Et ça continue aujourd'hui…

Trois Doigts médita un moment puis hocha la tête.

— Même si l'élever fut une pire épreuve que dompter un cheval sauvage, tu dois être fier de cette petite. C'est une grande prêtresse, et j'aimerais avoir sa jumelle parmi les miens.

Souriant, Ours Debout attendit la suite. Partout, la foule retenait son souffle.

— Le Peuple-Loup décide d'en finir avec la violence, déclara Trois Doigts, assez fort pour que tout le monde l'entende. Oui, les Loups vont se montrer assez intrépides pour renoncer à la vengeance et au meurtre. Un chef avisé sait qu'il y a un temps pour la paix…

» Ce temps est arrivé.

» Les Loups acceptent l'invitation à festoyer. Ainsi, avec leurs nouveaux amis, ils fêteront le début d'un nouvel âge.

Après un long silence stupéfié, les guerriers des deux camps crièrent de joie et jetèrent leurs armes dans les airs.

Alors que les deux chefs se donnaient l'accolade, Tom prit la main de Rivière Sauvage et la serra très fort.

Chapitre 22

Le festin dépassa les plus folles espérances de Rivière Sauvage. Persuadée que chacun resterait sur son quant-à-soi, elle constata vite qu'elle se trompait.

Sautant sur son poney, un des chefs de guerre des Loups fila jusqu'au village de tentes pour y répandre la bonne nouvelle. En fin d'après-midi, le reste du Peuple-Loup, ou presque, débaoula chez les Soleils.

Le village étant trop petit pour tant de monde, la fête prit de l'ampleur et envahit la plaine. Venus avec des tentes, du gibier et un échantillon de leurs spécialités, les Loups se mirent à cuisiner pour nourrir tous ces gens.

D'autres chefs de guerre rapportèrent la précieuse meule et la remirent à sa place, au cœur du village.

Des festivités fabuleuses inimaginables quelques jours plus tôt... Partout, les guerriers des deux camps se donnaient l'accolade, s'affrontaient pour de rire au bras de fer et pariaient joyeusement sur les vainqueurs. Comme de vieilles amies, les femmes se congratulaient et bavardaient gaiement. Pas en reste, les enfants jouaient comme des fous.

Au centre du village, Rivière Sauvage rejoignit Ours Debout et Trois Doigts. Assis sur un muret, ils regardaient un sanglier tourner à la broche. S'écartant de son homologue, le chef des Loups invita la prêtresse à venir s'asseoir entre son père et lui.

—Il semble juste, dit-il, que tu assistes au premier conseil des deux grands chefs.

—Ce sera un honneur, vraiment…

Une fois assise, Rivière Sauvage appela Grand Chien, qui accourut, la queue frétillante de ravissement. Tout le monde lui donnant des morceaux de choix, il était aux anges.

Sans souci du protocole, il renifla Trois Doigts – encore un inconnu ! – qui tendit une main pour le caresser. Un instant, Rivière Sauvage redouta que le Loup soit obligé de changer de nom pour s'appeler Deux Doigts.

Mais Grand Chien lui lécha la main.

Flatté, le chef le caressa derrière les oreilles, sa gâterie favorite.

—Il est différent de tous nos chiens, savez-vous ? fit Trois Doigts. Chez nous, ils sont plus petits, avec un poil court et clair et une queue rachitique. Celui-là est un chien-loup, Rivière Sauvage. Ou plutôt, un loup-chien, si j'ose dire…

—C'est ce qu'on m'a raconté, oui…

—Dans le temps, j'avais une grande chienne qui s'est accouplée avec un loup. Pour mettre bas, elle s'est cachée, comme les animaux aiment le faire. Quand elle est revenue, un mois plus tard, elle m'a apporté ses chiots – l'un après l'autre, dans sa gueule.

—Et Grand Chien leur ressemble, en beaucoup plus gros, enchaîna Rivière Sauvage.

Trois Doigts éclata de rire.

—Tu as ruiné mon effet ! Je pensais te surprendre en te le disant.

Ours Debout se pencha pour parler à son homologue.

—Pour la surprendre, cette petite, il faudra te lever tôt. Quand je lui raconte une histoire drôle, elle devine toujours la chute.

Cerf Véloce approcha et tendit les mains à la prêtresse.

—Avec des guerriers et des femmes de nos deux tribus, nous allons faire une farandole. Tu veux te joindre à nous ?

—Eh bien, je ne sais pas si…

Trois Doigts flanqua un petit coup de coude à sa nouvelle amie.

—Va danser! Ma fille Renarde Rieuse est ici. Même si j'ai passé des nuits blanches à pester parce qu'elle se croit plus savante que moi, poser les yeux sur elle emplit mon cœur de joie. Elle adorera rencontrer la femme qui a instauré la paix et préparé cette célébration. Dès qu'elle en a l'occasion, elle me tanne pour que je renonce à la violence. Fichue péronnelle qui imagine être plus sage que son géniteur de chef!

Ours Debout se pencha de nouveau.

—Toi aussi, mon frère? Je croyais être le seul chef accablé d'une fille plus casse-pieds qu'une légion de belles-mères.

Trois Doigts exhala un long soupir.

—Nous sommes des hommes torturés, mon ami… Torturés mais heureux, dois-je préciser. Rivière Sauvage, ma fille doit jubiler, puisqu'elle a eu ce qu'elle voulait. Dis-lui bien que ce bonheur arrive grâce à toi. Dansez ensemble, et ne vous gênez pas pour comploter contre vos pauvres pères.

Rivière Sauvage eut un grand sourire. Après avoir tapoté le bras de chaque chef, elle fila au bras de Cerf Véloce, tout fier qu'elle consente à l'accompagner.

En dansant, les deux filles de chef constatèrent qu'elles avaient une foule de points communs. Ensemble, elles peaufinèrent un plan que la prêtresse avait en tête depuis quelque temps.

Une idée que Renarde Rieuse avait aussitôt reprise à son compte.

Leur «complot» achevé, elles retournèrent danser avec les autres et s'amusèrent comme jamais dans leur vie.

Jusqu'à ce que le brassard clignote.

Un message de Tom…

CHAPITRE 23

Lorsqu'elle vit Tom mettre son masque rond, le cœur de Rivière Sauvage se brisa. Pas besoin d'un dessin pour comprendre ce qui suivrait…

—C'est l'heure? demanda-t-elle.

—J'en ai bien peur, oui… La quarantaine est imminente. Contrôle n'a pas pu la faire différer. Si je m'attarde, je finirai… Eh bien, disons simplement qu'il me reste beaucoup trop à voir dans l'Univers pour disparaître aujourd'hui.

» Dans quelques minutes, pendant que vous danserez, je serai de retour sur mon vaisseau. À partir de ce jour, les tribus n'auront plus à craindre que des visiteurs importuns sèment le trouble dans leur vie.

Rivière Sauvage prit la main de son ami.

—Si tu revenais me voir, ça ne me dérangerait pas.

Tom sourit et caressa la joue de la prêtresse.

—Tu t'en es bien sortie, Rivière Sauvage. Non, tu as fait beaucoup mieux que ça! Quand j'ai reçu ton appel, je ne m'attendais pas à vivre une telle expérience.

» Tu es une prêtresse hors du commun. Le Peuple-Soleil peut se féliciter de t'avoir. Et les autres tribus aussi… Désormais vous vivrez selon vos propres lois et vos vies vous appartiendront. Après t'avoir vue agir, je ne m'inquiète pas. D'autant moins que les Loups se sont vite rendus à la raison. Tout ça, c'est la marque d'une espèce très intelligente.

Les mots me manquent, mon amie, pour exprimer le respect que tu m'inspires.

Rivière Sauvage avala la boule qui s'était formée dans sa gorge.

—Tu te sens seul, là-haut, dans les étoiles?

Tom chercha le regard de la jeune femme. Dans ses yeux, elle lut une grande tristesse.

—Jusque-là, ça ne m'est jamais arrivé… Mais ça va changer, je le sens.

Rivière Sauvage mit une main sur sa bouche pour empêcher son menton de trembler.

—J'espérerai toujours te revoir…

—C'est vrai? Alors, faisons un pacte. Tu vas garder le brassard. Pendant la stérilisation, il ne sera pas détruit, à condition que tu le portes. Après une semaine, tu pourras le retirer, si tu veux.

» À chaque passage dans ce quadrant, je t'enverrai un signal. Quand cette lumière s'allumera, en haut à droite, tu sauras que c'est moi qui te salue.

Rivière Sauvage essuya une larme sur sa joue.

—J'enverrai un baiser vers le ciel.

—Et moi, je l'attraperai au vol.

Tom s'embrassa un doigt puis le posa sur la joue de sa compagne. Ensuite, il la regarda avec une intensité qui en disait plus qu'un long discours.

La prêtresse lui rendit la pareille.

Les deux chefs se levèrent quand Tom vint les saluer.

—Tu nous manqueras, dit Ours Debout après une franche poignée de main.

Trois Doigts tapa dans la paume du commandant.

—Oui, tu nous manqueras, et nous n'oublierons pas ce que tu as fait pour nous.

Ours Debout bomba le torse.

— Nous, on s'en souviendra encore plus longtemps !

Tous les témoins éclatèrent de rire.

— Commandant, dit une voix de femme familière, nous entrons en préphase de quarantaine. Où en sont les choses, chez vous ?

— C'est réglé mieux qu'on pouvait l'espérer… Une femme remarquable, Rivière Sauvage, a fait l'essentiel du boulot. À bord, vous verrez tout ça sur mon enregistreur.

— Compris, commandant. Alors, je vous remonte ?

— Je suis prêt, Contrôle.

— Que veut dire ce mot, « commandant » ? demanda Trois Doigts à la prêtresse.

— En gros, la même chose que « chef ».

Le Loup hocha la tête.

— Nous sommes honorés d'avoir reçu la visite du chef du Peuple-Ciel, dit-il.

Tom tapa sur l'épaule des deux sages, puis il écarta les bras.

— Éloignez-vous un peu, tous. J'ai besoin de place.

Rivière Sauvage se chargea de faire reculer les curieux. Puis elle se retourna pour assister à la suite.

Au centre de la zone dégagée, Tom regarda lentement autour de lui. Quand il appuya sur le côté de son masque, la surface brillante recouvrit ses traits.

Tandis qu'il attendait, les bras le long du corps, la voix féminine revint :

— Coordonnées verrouillées, commandant. Vous êtes prêt ? Alors, télé-transport activé !

Une grosse étoile apparut dans le ciel, parfaitement visible en pleine journée. Sous des centaines de cris de surprise, une lance de lumière en jaillit.

Comme en haut du Mont des Esprits, le sol trembla. Puis un halo lumineux dissimula Tom à la vue de Rivière Sauvage.

Quand la lance de lumière se rétracta, il n'était plus là.

Quelques secondes après, il y eut un bruit de fin du monde et l'étoile diurne disparut.

CHAPITRE 24

Rivière Sauvage prit dans la sienne la petite main de Fleur du Matin.

— Fais attention ! Ce passage est raide et très glissant. Je ne veux pas que tu tombes.

La fillette serra plus fort les doigts de sa sœur.

— Ne t'inquiète pas. Je ne suis plus un bébé et je sais ce que je fais.

Rivière Sauvage ne put s'empêcher de sourire. Quand ils la regardaient, ses parents la voyaient-ils aussi comme une enfant indocile ?

Fleur du Matin était très excitée de partir loin du village avec sa sœur aînée, hors de portée du regard parental. Aussi inquiet que Rivière Sauvage, Grand Chien ne la quittait pas des yeux, prêt à la rattraper à tout instant. Avec ses crocs, faute de mieux…

La première fois que Rivière Sauvage partait en excursion sans avoir l'estomac noué… Avant la paix, elle aurait hésité à entreprendre un tel périple. En ce temps-là, la moindre partie de chasse était risquée. Aujourd'hui, elle n'avait plus besoin de regarder en permanence autour d'elle.

Après le traité signé par les Loups et les Soleils, d'autres tribus s'étaient jointes au mouvement. Chaque nouveau pacte étant célébré par un festin, tout allait pour le mieux.

Pourtant, Cerf Véloce avait fait tout un foin autour de cette escapade. Enfin, n'importe quoi pouvait arriver !

Une chute, une attaque d'ours ou de sanglier… Du coup, il s'était invité pour veiller sur tout le monde. En réalité, il ne quittait jamais la prêtresse des yeux. Une surveillance dont elle se serait bien passée.

—Dépêchez-vous! lança Renarde Rieuse en agitant une main. De là-haut, la vue est magnifique.

Les deux filles de chef étaient rapidement devenues très proches. Eu égard à leurs dignes pères, elles avaient nécessairement beaucoup de points communs. En particulier quand il s'agissait de se plaindre d'être trop «couvées». Cela dit, elles respectaient l'insondable sagesse de leurs géniteurs.

Rivière Sauvage et Fleur du Matin rejoignirent leur amie sur la large corniche où elle était perchée. Ensemble, sous un soleil radieux, elles contemplèrent le monde qui s'offrait à elles. Un formidable spectacle, qu'elles auraient pu admirer jusqu'à la fin des temps.

Mais Rivière Sauvage avait des visées moins contemplatives. Le but de l'expédition, c'était la muraille de roche ocre qui se dressait dans leur dos, sous une saillie.

L'endroit où les membres des tribus venaient raconter l'histoire de leur peuple.

Rivière Sauvage allait en avoir, des choses à transmettre aux générations futures. Et Fleur du Matin aussi voulait confier son récit à la roche.

Venir dessiner ici étant un honneur, il convenait de faire montre d'un grand respect et d'une parfaite humilité. Aujourd'hui, les trois filles de chef étaient là avec l'aval de leurs pères respectifs. Chargées, en somme, d'immortaliser l'événement le plus important de l'histoire.

Renarde Rieuse avait hâte de relater l'enthousiasmante saga de la paix. Sur la muraille ocre, chacun faisait montre de retenue et de modération. Même si elles avaient un message extraordinaire à transmettre, les deux femmes et la fillette entendaient respecter cette tradition.

Quand elles commencèrent leur ouvrage, Grand Chien se roula en boule dans un coin pour s'offrir une bonne sieste.

Appuyé à sa lance, Cerf Véloce s'autorisa un moment de détente, les yeux rivés sur le panorama.

Rivière Sauvage apprécia beaucoup l'œuvre de sa sœur, réalisée assez près du sol, sous la sienne. Pour l'instant, on y voyait deux silhouettes, une grande et une petite.

— La grande, c'est toi, dit Fleur du Matin, et l'autre c'est moi.

— J'avais compris...

Fleur du Matin ajouta un troisième personnage à la tête ronde.

— Et voici Tom.

Un sourire sur les lèvres, Rivière Sauvage ne put s'empêcher de regarder le ciel.

Puis elle retourna à sa propre représentation du Peuple-Ciel et du commandant au grand masque rond.

Alors que ses compagnes travaillaient, Cerf Véloce s'éclipsa. Quand il revint, en fin d'après-midi, il annonça que la pêche avait été bonne. Non loin de là, des poissons rôtissaient déjà sur un feu.

S'arrêtant devant les images, le guerrier les étudia attentivement.

— Tu as très bien représenté Tom, Rivière Sauvage.

— Merci. C'était un membre du Peuple-Ciel hors du commun.

— Il m'a appris à me battre et à tuer si c'était nécessaire. Grâce à toi, je n'ai pas dû me salir les mains. Je te suis reconnaissant, prêtresse. Ta présence est une bénédiction pour le Peuple-Soleil.

— Même chose pour le Peuple-Loup ! lança Renarde Rieuse. La paix est ton œuvre, mon amie, et nous n'aurons plus besoin de nous soucier de violence.

— Tom me manquera…, soupira Fleur du Matin.

Du bout des doigts, Rivière Sauvage caressa l'image de Tom. Il était si beau dans sa tenue noire, avec son masque rond.

Ils s'étaient connus durant deux jours seulement. Pourtant, son souvenir vivrait en elle jusqu'à la fin.

Et bien après sa mort, l'image du commandant Tom serait à la disposition des tribus, afin qu'elles n'oublient jamais.

Les images, plutôt, puisque Fleur du Matin avait représenté Tom entre elles, leur tenant la main à chacune.

Renarde Rieuse avait choisi de montrer une partie de chasse où les deux grands chefs affichaient leur amitié et leur complicité.

Les souvenirs ainsi immortalisés seraient un précieux héritage pour les générations à venir.

Pour la énième fois depuis le départ de Tom, Rivière Sauvage baissa les yeux sur son brassard.

Aucun signal…

Son ami appartenait aux étoiles, désormais.

Terry Goodkind est un auteur prodige et un best-seller international vendu à plus de 20 millions d'exemplaires. Son cycle de *L'Épée de Vérité* a réussi l'exploit de rassembler tous les publics sous sa bannière. Traîtrise, aventure, intrigue, amour, tous les ingrédients sont réunis dans ce cycle pour en faire la plus grande fresque de Fantasy depuis Tolkien.

Anthony Ryan

Brûlesables

Une nouvelle dans l'univers de *Dragon Blood*

Traduit de l'anglais (Grande-Bretagne) par Maxime Le Dain

Azur pour l'esprit. Sinople pour le corps. Gueules pour le feu. Sable pour l'emprise. Et Argent… Elle s'interrompit dans sa récitation, secouée d'un gloussement si strident et si incontrôlé qu'elle eut du mal à croire qu'il sortait de sa propre bouche. *Argent pour la folie.*

Le sable céda sous ses pas et elle bascula la tête la première dans la dune qu'elle s'efforçait de gravir, les lèvres irritées par la rouille qui lui envahissait la bouche. Elle s'étrangla, hoqueta et, affolée de sentir qu'elle n'avait même plus suffisamment de salive pour débarrasser son palais du relent métallique du désert, entreprit de se gratter fébrilement la langue du bout des doigts.

— Le désert des Cinabres, avait déclaré Wittler trois jours plus tôt, quand les premières dunes vermeilles s'étaient mises à poindre à l'horizon.

Il avait épaulé sa carabine et s'était accroupi pour ramasser une poignée du granulat rouge qui commençait à recouvrir le sol.

— Sauf que c'est pas un désert de sable, miss Ethy. Regardez-moi ça. (Il avait tendu vers elle sa paume couverte de grains.) De la rouille, avait-il précisé avant de laisser le vent emporter sa récolte. Voilà tout ce qui reste de ce qui se dressait ici, avant le Cratère.

Le Cratère… Elle ravala un sanglot et ferma les paupières, comme pour renvoyer ce souvenir au passé. *Le passé…*

C'était hier, le passé, du temps où Wittler était encore prévenant. Grand et effrayant, certes, mais prévenant...

La balle vibra près de son oreille avec un bruissement doux avant de venir s'enterrer dans la dune, à trois centimètres à peine de son crâne. Elle poussa un cri rauque, se releva d'une ruade puis, chancelante, reprit son ascension maladroite de la butte en soulevant un nuage de poussière, espérant ainsi compliquer la visée de son poursuivant. *Six secondes pour recharger une carabine. Je ne l'ai encore jamais vu manquer sa cible.*

Le deuxième tir retentit au moment même où elle atteignait le sommet de la dune et la balle creva la manche de sa gabardine. Indemne malgré son bras engourdi par la secousse, elle bascula de l'autre côté en une folle culbute et heurta violemment le bas du versant, ses poumons vidés sous l'impact de sa chute. Elle se força toutefois à attendre que la poussière retombe avant de reprendre sa respiration.

Il devait être à longue portée, déduisit-elle une fois maîtrisé le chaos de ses pensées. *Ce qui le place à un bon kilomètre et demi derrière moi, moins s'il est à court de Gueules.* Gueules ou non, les deux tirs manqués lui révélaient une autre information tout aussi capitale, sinon plus : même à longue portée, jamais Wittler n'aurait pu rater sa cible deux fois de suite. *Il est vraiment devenu aussi cinglé qu'un macaque sous Azur.*

L'Azur... Elle s'assit péniblement, fouilla de ses mains tremblantes le coffret doublé de feutrine qui pendait à sa ceinture, puis exhala un soupir de soulagement explosif en trouvant ses fioles encore intactes. Elle les leva l'une après l'autre dans la lumière. Elle avait dépensé tout son Gueules au Cratère, quand le froid glacial de la nuit leur avait fait craindre de mourir gelés avant le point du jour. Le Sinople était encore aux deux tiers plein, mais mieux valait le conserver en cas d'extrême nécessité. Du Sable ne restait plus qu'une gouttelette noire au fond du récipient. Quant à l'Azur… *Juste assez pour une dernière transe.*

Elle se retint à grand-peine de l'engloutir sur-le-champ. *Ce n'est pas encore l'heure*, se retint-elle en répétant un mantra profondément inscrit dans les méandres de son esprit. *Quand le soleil mordra l'horizon. Ni avant, ni après.*

Elle réintégra les fioles dans le coffret et tâta son havresac, dont elle sentit le contenu rouler sous ses doigts. Elle n'avait pas besoin d'y chercher des fissures. *Ils ne cassent jamais.* Elle dénoua malgré tout les sangles du sac pour contempler l'objet pâle et oblong niché à l'intérieur, éprouvant de ses doigts sa surface dure qu'elle trouva glacée. Ils se révélaient toujours froids au toucher, en l'attente du feu qui les éveillerait.

Une fois le sac refermé, elle se redressa et balaya du regard les dunes alentour en quête du meilleur itinéraire. Il fallait en priorité qu'elle quitte ce désert et qu'elle regagne les Gastes où, au moins, elle pourrait bénéficier de couvert. Ici, chaque dune risquait de la faire repérer par Wittler, et elle doutait fort qu'il la manque trois fois d'affilée.

Elle saisit la gourde qu'elle portait en bandoulière, encore à moitié pleine grâce à la stricte discipline de la compagnie, et se nettoya la bouche avant de s'accorder une miraculeuse gorgée d'eau. « *Ne buvez que quand vous en avez besoin* », leur avait rabâché Wittler chaque fois qu'ils remplissaient leurs récipients. « *Jamais quand vous en avez envie. Ici, les petits plaisirs peuvent vous coûter la vie.* » Puis il lui souriait, de son franc et chaleureux sourire, posait sa grande main sur son épaule et la couvait de ses yeux doux, si différents du regard hagard et terrorisé qui l'avait habité au Cratère. Et sa voix… sifflante, accusatrice, gorgée de griefs : « *Tu sais comme moi ce que j'ai vu, Ethy…* »

Elle prit la direction du nord où s'étirait un chapelet de dunes basses, dans l'espoir que son poursuivant privilégie une position plus élevée, puis s'élança au pas de course en réprimant vainement les souvenirs qui submergeaient son esprit.

Ils avaient quitté Port-Lestampe moins de deux mois auparavant, cinq membres chevronnés de l'honorable compagnie indépendante des Brûlesables accompagnés de leur dernière recrue en date : Ethelynne Drystone, récente bénéficiaire du statut d'employée du Syndicat Négociant d'Archefer et Sang-bénie officielle de la compagnie. Elle était la plus jeune lauréate de l'Académie à avoir jamais accepté pareille position, et ce non sans résistance.

— J'espérais que la raison finirait par l'emporter, déplora Madame Bondersil depuis le fauteuil de son bureau avec un petit soupir d'exaspération. À l'évidence, les douze ans que vous avez passé sous ma tutelle ont échoué à vous imprégner du bon sens le plus élémentaire.

Il n'y avait aucune véritable méchanceté dans ses propos, Ethelynne le savait pertinemment, seulement une inquiétude toute maternelle doublée d'une fierté voilée.

— Je veux découvrir…, commença la jeune femme, mais Madame Bondersil la réduisit au silence d'un geste élégant.

— Le vaste monde, oui. Comme vous me l'avez répété à maintes et maintes reprises. Vous avez trop lu, voilà votre problème. Tous ces romans vous ont rempli la tête d'envies d'aventure. (Elle s'interrompit pour regarder son élève dans les yeux, les lèvres ourlées d'un sourire blasé.) J'ai accepté de jouer le rôle d'agent de liaison pour votre petite virée. Avec la bénédiction du Syndicat, comme de juste.

Ethelynne s'empêcha d'étreindre la main de son interlocutrice, consciente que celle-ci ne goûtait guère les démonstrations d'affection.

— Je vous remercie, Madame. Votre attention m'honore.

Le sourire de sa préceptrice s'évanouit et elle se leva pour gagner la fenêtre, les yeux tournés vers le somptueux panorama qu'offrait celle-ci. L'Académie se dressait au sommet d'une des dix collines englouties par Port-Lestampe depuis l'arrivée des premiers colons sur ce continent, deux siècles auparavant ; tous ces hommes, femmes et enfants partis en quête de richesses, et qui avaient découvert tellement plus encore. Dehors, dans la rade, un vaisseau à la coque en fer prenait le chemin du large, propulsé par ses immenses roues à aubes, ses cheminées crachant une vapeur de plus en plus dense à mesure qu'à l'abri de sa salle des machines un Sang-béni engloutissait du Gueules pour alimenter ses turbines. Sa cale croulait probablement sous un monceau de tonneaux remplis de plasma, principalement du Gueules et du Sinople, ainsi qu'une petite cargaison d'Azur gardée sous clé, au côté d'un maigre fût de Sable. Mais nulle part, ni sur ce bateau ni sur aucun autre, ne pourrait-on trouver le moindre tonnelet ou même la moindre fiole d'Argent.

— Cet homme, là, reprit Madame Bondersil. Le capitaine de ces Brûlesables.

— Il répond au nom de Wittler, Madame.

— Oui, Wittler, voilà. Il pense vraiment pouvoir le retrouver ?

— Il est en possession d'une carte, Madame. Une carte ancienne, sur laquelle figure un itinéraire menant à travers les Gastes jusqu'aux Cinabres… et au Cratère. La saison dernière, ils ont réussi à atteindre le désert. Il pense qu'un Sang-béni leur permettrait de pousser jusqu'au Cratère.

— Le Cratère, répéta la rectrice avec un petit rire. Là où l'on raconte que les Argents continuent de régner.

— Tout juste, Madame.

— C'est une légende, Ethelynne. Une énième chimère propre à enflammer l'imagination des plus crédules.

— Les Argents existent, ou du moins ils ont existé. Les témoignages des premiers colons en attestent.

— Et pourtant aucun n'a été aperçu au cours des cent cinquante dernières années.

— Une rareté qui les rendra d'autant plus précieux quand nous leur mettrons la main dessus.

Elle vit Madame Bondersil secouer légèrement la tête, puis s'éloigner de la fenêtre pour regagner son bureau et extraire un coffret d'un tiroir.

— Du produit de qualité supérieure, dit-elle en ouvrant le couvercle, révélant les quatre fioles nichées à l'intérieur. Ponctionné sur des dracs sauvages plutôt que d'élevage. Il m'a coûté une petite fortune, je l'avoue.

Ethelynne s'approcha pour observer de plus près les fioles, dont les contenus déclinaient différentes nuances d'écarlate : clair et presque transparent pour l'Azur ; opaque et doté d'une infime teinte ambrée pour le Sinople ; sombre et presque visqueux pour le Gueules, qui s'accrochait au verre comme de l'huile ; enfin, foncé comme du goudron rougi pour le Sable. Loin d'être naturelles, ces couleurs résultaient des manipulations des récoltants, forcés d'ajouter divers additifs chimiques au plasma afin d'empêcher sa coagulation et de prévenir les effets du produit non dilué – dangereux pour un Sang-béni et fatal pour les autres.

— Quand le soleil mordra l'horizon, déclara Madame Bondersil en prélevant le flacon d'Azur pour en tapoter le nez d'Ethelynne. Ni avant, ni après. J'ai un emploi du temps à respecter, après tout.

Les Gastes refusaient toujours obstinément d'apparaître à l'horizon quand le soleil daigna enfin se coucher, libérant le froid mordant qui rendait si difficile la traversée de ces régions. La mer de fer sous ses pieds ne conserverait pas la chaleur bien longtemps ; pire encore, elle se couvrirait de givre au crépuscule avant d'adopter une température proprement glaciale pendant la nuit. Ethelynne referma sa gabardine, serra sa ceinture et enfila ses gants, protégée de l'air glacial par le cuir vert de ses vêtements. Elle savait toutefois que sa tenue ne suffirait pas à la préserver entièrement du froid, d'autant que sa fatigue ne cessait de croître.

Elle avait laissé les plus hautes dunes derrière elle un kilomètre plus tôt et sillonnait à présent l'étendue sans relief qui formait la frontière avec les Gastes. Elle avait cruellement conscience d'évoluer à découvert, et trouvait un maigre réconfort dans la lumière déclinante et le vide du désert chaque fois qu'elle jetait un coup d'œil en arrière. *Je l'ai peut-être semé dans les dunes*, songea-t-elle en sachant qu'il s'agissait là d'un vœu pieux.

Elle se laissa tomber au sol quand le disque du soleil s'enfonça enfin derrière l'horizon ouest. Son ombre interminablement étirée sur le sol sablonneux risquait à coup sûr de trahir sa position, mais elle devait tenter sa chance. Malgré les gants, ses mains tremblèrent lorsqu'elle ouvrit le coffret pour y pêcher la fiole d'Azur. Ses soubresauts s'accentuèrent à mesure qu'elle se battait avec le bouchon, tant et si bien qu'elle manqua presque de lâcher le récipient et ravala un hurlement paniqué en voyant les précieuses gouttes vermeilles s'approcher du bec de la fiole. Après avoir coulé un dernier regard derrière elle – seules ses propres empreintes creusaient le tapis de limaille au rouge de plus en plus intense –, elle versa l'Azur restant sur sa langue.

Un non-Béni aurait trouvé son goût amer, écœurant même, et aurait immédiatement éprouvé des nausées accompagnées d'une forte migraine. Pour un Sang-béni, en revanche, il s'agissait immanquablement là d'une expérience mémorable. Le goût âcre se dissipa dès lors que la transe se déploya, le monde alentour se fondant bientôt dans les brumes de la mémoire et de l'imagination. Se perdre parmi ces mirages pouvait s'avérer si séduisant que l'Académie avertissait ses élèves dès les premiers cours quant aux risques d'addiction. Aujourd'hui, cependant, sa peur panique parait sa transemission de couleurs sinistres et de volutes orageuses au sein desquelles les événements récents crépitaient tels des traits de foudre. Par bonheur, Madame Bondersil était au rendez-vous et la tendre sollicitude que dégageait sa présence suffit à apaiser la tempête naissante.

— *Ethelynne. Que s'est-il passé ?*

— *Morts ils sont tous morts à part Wittler et il veut me tuer me tuer me…*

— *Du calme. Concentrez-vous.*

Ethelynne sentit sa tourmente intérieure se résorber davantage à mesure que les pensées de Madame Bondersil s'écoulaient en elle, substituant à son affolement une réflexion plus mesurée.

— *Racontez-moi tout.*

— *Le Cratère*, répondit mentalement Ethelynne. *Nous avons atteint le Cratère.*

Elle s'interrompit le temps de refréner l'afflux de souvenirs qui menaçait de réveiller l'orage, autant d'images que Madame Bondersil n'eut aucun mal à interpréter.

— *Vous avez découvert un drac-Argent ?* demanda-t-elle, investie d'un sentiment d'émerveillement dont Ethelynne l'imaginait incapable.

— *Oui… et non. Nous avons retrouvé un squelette. Un squelette bien trop imposant pour appartenir à un Sable… Ainsi qu'un œuf. Que j'ai gardé sur moi.*

— *Et les autres ? Que leur est-il arrivé ?*

— *Clatterstock, le récoltant, pensait que les os pouvaient contenir de la moelle, donc il en a cassé un pour le piler… La poudre leur a fait quelque chose… Quelque chose qui les a emplis d'effroi, de haine et d'envies de meurtre… Soizure a abattu les frères Crawden, Clatterstock l'a tuée… et Wittler l'a exécuté à son tour.*

— *Mais pas vous ?*

— *Non. Ça n'a eu aucun effet sur moi. Quand le massacre a commencé, j'ai récupéré l'œuf et j'ai couru… Wittler est à mes trousses, Madame… Il a bien failli m'avoir par deux fois déjà… Il m'a dit quelque chose, quand c'est arrivé, juste avant d'abattre Wittler…* « *Tu sais comme moi ce que j'ai vu…* »

— *Et c'est le cas ?*

— *Non. Je n'ai rien vu du tout, hormis la folie à l'état pur.*

— *Où êtes-vous ?*

— *Dans les Cinabres, près des Gastes.*

Une pause, pendant laquelle les pensées de Madame Bondersil composèrent leur propre orage. Au passage, Ethelynne puisa un semblant de réconfort dans l'affection profonde qu'elle distingua parmi les nuées d'effervescente frustration.

— *Il vous reste du produit ?*

Ethelynne lui répondit par une image des flacons, dans lesquels elle souligna visuellement l'absence d'Azur et le maigre reliquat de Sable. L'orage de sa préceptrice, soudain parcouru d'éclairs de concentration, entreprit alors de passer en revue les différents souvenirs de son expédition, jusqu'à s'arrêter sur une scène de la semaine précédente. Un épisode de leur descente du fleuve.

— *Quelle est la première chose que je vous ai enseignée ?* l'interrogea-t-elle.

Sa mémoire désormais rassérénée forma une image d'elle-même, petite fille vêtue d'une robe encore neuve, pour laquelle sa mère avait dû débourser un bon mois de salaire. Elle se tenait parmi une dizaine d'autres enfants du même âge, chacune tendant un bras pour montrer la petite tache pâle qui blanchissait leur paume. Il ne s'agissait pas d'une brûlure, contrairement à la marque que portaient des milliers d'autres enfants tirés au Sang cette année-là, la Loi Industrielle imposant à leurs parents de les présenter au récoltant local et de le regarder faire tomber, à l'aide d'une longue pipette en verre, une unique goutte de sang de drac non dilué sur leur main. Si la plupart hurlaient et pleuraient, le produit les marquant à jamais d'une lésion sombre, certains – très rares – voyaient avec ébahissement la goutte de plasma s'infiltrer sous leur peau et la décolorer. « *Azur pour l'esprit* », entonnaient les enfants à l'unisson. « *Sinople pour le corps. Gueules pour le feu. Sable pour l'emprise.* »

— *Gueules pour le feu*, fit écho Madame Bondersil, accompagnant sa pensée d'images troublantes, implacables et brutales. *Et maintenant vous devez vous remettre en route.*

Malgré leurs manières frustes et la crudité de leur vocabulaire, Ethelynne se surprit à se prendre d'affection pour chacun des Brûlesables. Clatterstock s'imposait comme un véritable mur de cuir vert, zébré de bandoulières où pendaient toutes sortes de couteaux, dagues et poignards. Son visage évoquait un bloc de granit fendu de lèvres fines, qui en s'écartant dessinaient un sourire torve composé aux trois quarts d'or pour un quart de dents. Elle l'appréciait pour son savoir encyclopédique ; une vie passée à moissonner le sang avait fait de lui un expert en matière de dracs.

— Z'en avez déjà vu des sauvages, ma petite miss ? lui avait-il demandé deux jours après leur départ de Port-Lestampe.

La route d'arrière-pays qu'ils empruntaient serpentait à travers une région broussailleuse qui laissa bientôt place à une jungle épaisse, où les Indépendants continuaient de chasser le Sinople en dépit de leur nombre déclinant. Par nécessité, elle devait voyager à bord du chariot de provisions en compagnie de Clatterstock, auprès de qui elle avait passé bon nombre d'heures inconfortables, soumise aux bringuebalements du véhicule, aux ornières du chemin et à l'odeur pour le moins musquée des bœufs.

— Je parle d'un vrai drac sauvage, hein, poursuivit-il en se penchant vers elle, le regard éclairé d'une lueur qu'elle aurait pu confondre avec de la lubricité si sa voix n'avait pas vibré d'un humour bienveillant. Pas de ces pauvres bestioles édentées et malingres qu'on trouve dans les enclos à reproduction.

Comme elle faisait « non » de la tête, il partit d'un retentissant éclat de rire avant de se redresser et de fouetter d'un coup de rênes le dos des bêtes.

— Ben ça va pas durer, pour sûr. Mais écoutez-moi bien, ma petite miss. Quand y s'agit de saigner une bête, c'est moi le patron. Gardez les mirettes grandes ouvertes tant que vous voulez, mais laissez-moi les coudées franches. La première fois que vous regarderez dans les yeux d'un drac sauvage, z'y découvrirez la haine à l'état pur.

Contrairement à Clatterstock qui ne transportait qu'une carabine à répétition, Soizure possédait des armes à foison. Tout à la fois plantureuse et menue, dotée d'une épaisse crinière de cheveux blonds noués en queue-de-cheval hirsute, l'artille de la compagnie portait deux six-coups à la ceinture et un troisième sous l'aisselle. Un fusil de chasse sanglé en travers de son dos venait compléter son arsenal. Après Wittler, c'était elle dont Ethelynne se sentait le plus proche. La nuit venue, quand elle avait fini de nettoyer ses armes, elle avait pour habitude de s'asseoir en tailleur, un petit poudrier à la main, et d'appliquer sur ses joues, pommettes et sourcils toutes sortes de poudres et de fards.

— Où sont tes peintures de guerre, ma belle ? demanda-t-elle à Ethelynne un soir, les yeux rivés à son miroir de poche, occupée à rehausser ses joues d'un rouge discret à l'aide d'un pinceau épais.

Ils avaient atteint un modeste comptoir de commerce, agrégat de cahutes et d'entrepôts disposés le long d'un interminable embarcadère planté dans le lit large du tumultueux fleuve Grisehoule, seul accès aux Gastes et au-delà.

— On nous interdisait le maquillage, à l'Académie, avoua Ethelynne à l'artille. Ce serait trop… inconvenant pour les élèves.

— En gros, on vous a dit que ça vous ferait rassembler à des catins.

Ethelynne s'empourpra et détourna le regard.

— Si tu ne nous lâches pas en route, ma belle, poursuivit Soizure, tu vas découvrir qu'il existe en ce monde bien pire que les catins.

Les yeux d'Ethelynne vinrent se poser sur les six-coups posés en travers du fusil de chasse de l'artille.

— Vous pourriez m'apprendre à tirer ?

— Tu veux rire ! (Soizure partit d'un rire effaré.) Les pétoires, c'est pas pour les filles bien comme il faut dans ton genre. Pis t'as un autre rôle à jouer dans notre illustre compagnie. T'es là pour nous débarrasser des Altérés. Enfin, de ceux que j'aurais pas troués comme des passoires, du moins.

Elle délaissa son miroir de poche pour lui décocher un demi-sourire et l'inviter à s'approcher d'un geste de son pinceau.

— Viens donc t'asseoir là, que je te mette un peu de rose aux joues.

Tout comme Soizure, les frères Crawden refusèrent de lui enseigner les rudiments du tir. À l'image de Wittler, ils portaient des fusils à canon long en plus des revolvers qui battaient leurs hanches.

— Frère Un, cette jeune dame aimerait faire feu avec mon fusil, avait déclaré le cadet des Crawden à son grand frère, les traits figés en une grimace faussement indignée.

Il était de loin le plus avenant des deux : rasé de près quand son frère affichait une barbe fournie, et doté d'un naturel moqueur désamorcé par la douceur évidente qu'elle lisait dans son regard.

— Ignore-t-elle donc qu'il s'agit là d'une arme d'une grande délicatesse, à ne confier qu'aux mains les plus expertes ?

— Arrête ton char, Frère Deux, le rabroua son aîné avant de s'excuser d'un sourire auprès d'Ethelynne. Un canon long comme ça risquerait de vous déboîter l'épaule, miss. Et puis c'est pas…

— Mon rôle, acheva la Sang-bénie à sa place. Oui, je sais.

Ils voguaient à présent sur le fleuve, le chargement du chariot transféré la veille sur une imposante barge au fond plat. Le propriétaire du comptoir de commerce – un homme presque aussi carré que Clatterstock, mais véritablement libidineux, lui – s'était mis en colère quand Wittler avait décliné son offre de passer une semaine à chasser le Sinople pour son compte.

— Je vise du Gueules, cette fois, avait expliqué le capitaine des Brûlesables. Ou du Sable, si jamais j'en croise en chemin.

— Mon cul ! ouais, avait rétorqué le commerçant. Tu r'pars dans les Cinabres. Faut croire qu't'as pas perdu assez d'monde la dernière fois. Tu sais pourtant qu'les Altérés y t'ont dans le pif, maintenant. Y s'ront pas content d'te revoir, mon vieux.

Ethelynne avait remarqué combien le courroux du commerçant avait fondu comme neige au soleil sous l'effet du regard et du silence prolongés de Wittler.

— Je te serais reconnaissant de t'occuper de nos bêtes, avait fini par lâcher le capitaine en lançant une bourse à son interlocuteur devenu pâle. Parce qu'on va t'emprunter ta barge.

Frère Deux vint la rejoindre à la proue de l'embarcation quand ils eurent atteint le lieu que Wittler avait choisi pour débarquer, une petite crique qui creusait la berge à l'endroit où les parois du défilé décrivaient une pente douce. Ils avaient quitté la jungle quatre jours plus tôt, et les méandres du Grisehoule longeaient à présent de hautes falaises de grès rose.

— Voulez apprendre un truc, miss ? lui dit Frère Deux en lui passant un bras autour des épaules, de manière suffisamment légère pour rester innocente. (Il la fit pivoter vers l'horizon sud.) Vous voyez ces sommets, tout là-bas ? Bien. Regardez là-dedans, maintenant.

À ces mots, il lui tendit une longue-vue qu'elle s'empressa de promener sur les cimes lointaines. Elle contempla les montagnes quelques secondes durant sans discerner rien d'autre qu'une roche de couleur étrange et criblée de trous, telle une peau marquée par la vérole.

— Qu'est-ce que c'est ?

— Une ruche de Gueules. Ils ont la bave tellement acide qu'elle peut faire fondre la pierre. Continuez d'ouvrir les yeux, vous allez voir.

Ce qu'elle fit, bientôt récompensée par le spectacle d'une silhouette noire émergeant d'une tavelure dans le flanc de la montagne. Si la distance la rendait minuscule, elle en avait suffisamment vu dans les enclos pour savoir qu'elle mesurait la taille d'un cheval. Elle la vit ramper hors de son trou jusqu'à une corniche, puis déployer ses ailes afin de les réchauffer dans les rayons du soleil naissant.

Elle entendit un cliquetis métallique, pivota et découvrit Frère Deux en train de charger son fusil à canon long, glissant une cartouche dans le magasin avant de refermer la culasse d'un coup de levier.

— Faut du Gueules pour tuer un Gueules, glissa-t-il avec un clin d'œil, avant de saisir une flasque accrochée à son ceinturon et d'en porter le goulot à ses lèvres.

Il en but plus que nécessaire pour l'usage qu'il comptait en faire, sans pour autant inquiéter Ethelynne. L'absorption de Gueules, savait-elle, ne procurait aux non-Bénis qu'un accroissement sensoriel, rien de plus. Une fois la flasque rebouchée, l'Indépendant se lécha les lèvres, puis émit un léger grognement.

— Hmm… un cru parfait, je dois dire. Clatterstock connaît son affaire.

Sur ces mots, il leva son fusil à canon long, marqua une pause éclair et fit feu. La portée étant considérable, elle eut le temps de lever la lunette et d'y retrouver le Gueules avant que la balle fasse mouche… ou pas. Elle vit en effet le drac tressaillir comme le projectile venait percuter son perchoir rocailleux, puis ouvrir la gueule et baisser la tête pour adopter une posture de menace immédiate. La bête restait trop loin pour qu'elle puisse distinguer son regard, mais Ethelynne n'eut aucun doute quant à sa capacité à déterminer l'origine de l'attaque.

— Vous l'avez manqué, dit-elle à Frère Deux, remarque quelque peu superflue dans la mesure où le Gueules venait de prendre son envol, ses ailes battant l'air avec force, et grossissait à vue d'œil, jusqu'à remplir tout l'oculaire de la longue-vue.

— Bordel de merde ! siffla l'intéressé qui, en tentant de recharger fébrilement son arme, fit pleuvoir des cartouches sur le pont et jura de plus belle.

Un cri rauque et strident retentit le long des parois du défilé et le Gueules aplatit ses ailes afin de perdre de l'altitude, à moins de soixante mètres de là. Il poussa un nouveau hurlement en s'approchant, sa gueule béante révélant deux rangées de crocs aiguisés comme des rasoirs. Et ses yeux…
« La première fois que vous regarderez dans les yeux d'un drac sauvage, z'y découvrirez la haine à l'état pur. »

Elle lâcha la longue-vue, saisit le coffret fixé à sa ceinture et en tira la fiole de Sable, qu'elle déboucha, leva vers ses lèvres…

Un unique coup de fusil claqua derrière elle, et le cri du drac s'étrangla dans sa gorge comme il déviait de sa trajectoire à cinq ou six mètres de la barge. La bête se tordit dans les airs, ses ailes convulsées arrachant des gerbes d'eau à la surface du fleuve, avant de venir percuter le versant escarpé de la butte voisine. Sonné, il glissa le long de la roche et gronda une nouvelle fois – un cri plaintif, cette fois-ci, teinté de désespoir. Ses griffes raclaient le grès, puis finirent par trouver une prise qui lui permit de se redresser malgré le flot de sang qui empoissait la pente. Ses ailes déployées se préparaient à l'essor quand un nouveau tir se fit entendre, et le crâne du drac explosa en une nuée de vapeur sanguinolente. L'animal s'effondra sur le versant, sa queue et ses ailes agitées de brefs soubresauts tandis qu'il glissait vers l'eau.

Le regard d'Ethelynne glissa vers le bastingage tribord où se tenait Wittler, le canon long de son fusil encore fumant. Comme il se tournait vers elle, une lueur critique, peut-être même déçue, passa dans ses yeux plissés avant qu'ils se braquent sur Frère Deux.

— Ça valait vraiment le coup ? le questionna-t-il.

Passé au crible de l'œil dur du capitaine, le cadet des Crawden blêmit quelque peu, mais se reprit prestement en esquissant un sourire penaud.

— La jeune miss se demandait comment…

— Laisse la jeune miss en dehors de ça, lui rétorqua Wittler en martelant chaque mot, avant de désigner le drac mort sur le versant d'un signe de tête. Trois cartouches de gâchées pour abattre une bête qu'on n'aura même pas le temps de moissonner.

— Vous n'aurez qu'à déduire tout surcoût de notre part, cap'taine, intervint Frère Un en s'interposant entre Wittler et son cadet, tout à la fois respectueux de son supérieur et prêt à en découdre. Et puis il restera toujours du sang dans le cœur sur le chemin du retour. Tout n'est pas perdu.

— Fais-moi plaisir et laisse-moi évaluer les pertes et profits de cette compagnie, Craw.

Le regard de Wittler s'étrécit davantage, son visage entièrement dépourvu de cette affabilité sereine qu'Ethelynne lui connaissait d'ordinaire.

— Si ton frère nous accompagne, c'est uniquement parce que tu t'es porté garant pour lui. Qu'il évite dorénavant de me faire douter de ta jugeote.

— Comptez là-dessus, cap'taine. Vous avez ma parole.

L'aîné des Crawden saisit son frère par le bras et l'entraîna vers la poupe, s'interrompant seulement le temps de saluer Ethelynne d'un solennel hochement de tête. Wittler, pour sa part, s'attarda quelques instants, le regard plus apaisé et la voix colorée d'un regain de chaleur.

— Faites attention, miss Ethy. (Il tendit un doigt vers la fiole de Sable débouchée qu'elle tenait à la main.) Chaque goutte risque de compter d'ici peu.

Elle le regarda regagner la barre, d'où il enjoignit à Clatterstock de se préparer à jeter l'ancre. Alors que la barge s'approchait inexorablement de la rive, l'attention d'Ethelynne se reporta de nouveau sur le Gueules. Ses spasmes avaient cessé, désormais, et son précieux sang coulait si abondamment qu'une tache sombre se formait à la surface du fleuve.

Elle engloutit la moitié du Sinople restant à son entrée dans les Gastes, titubant légèrement sous l'effet du produit. Après le Gueules, le Sinople constituait le produit d'exportation le plus prisé du Syndicat d'Archefer, car il était capable de soigner toute infection bien plus sûrement que n'importe quel remède de facture humaine. Pour un Sang-béni, cependant, son rôle de panacée se doublait d'un potentiel tonifiant sans pareil, qui dissipa son épuisement et rendit toute leur vigueur à ses muscles et tendons endoloris. Elle quitta sa position accroupie pour se redresser pleinement et s'accorder une longue et profonde inspiration, goûtant avec délice l'air frais malgré le relent métallique persistant des Cinabres. Elle coula un ultime regard sur le désert vermeil, dont le vide lui inspira une bouffée de satisfaction… de courte durée, malheureusement, car sa vision décuplée par le produit repéra soudain un panache de fumée à moins de deux kilomètres de sa position.

Quelles sont les chances pour qu'il me rate trois fois de suite ? Elle ne perçut pas la détonation, étouffée par la distance, seulement la plainte sifflante de la balle lorsqu'elle se jeta au sol. Le projectile heurta un éperon rocheux à vingt pas de là, provoquant une bouffée pâle de poudre crayeuse.

Ethelynne se releva d'un bond et se précipita en avant à une vitesse inimaginable pour un non-Béni, jusqu'à ce que le dédale blanchâtre et déchiqueté des Gastes se referme sur elle. Elle courut sans relâche, sans même ralentir chaque fois qu'elle enjambait un rocher ou rebondissait de saillie en saillie, uniquement concentrée sur sa fuite et les repères que Wittler avait inscrits au charbon sur la pierre. Au temps de sa formation, rien ne l'enthousiasmait plus que les cours de Sinople, qui la voyaient immanquablement devancer toutes ses condisciples sur la piste de l'immense gymnase de l'Académie. Mais l'exaltation d'alors laissait aujourd'hui place à la peur et aux palpitations effrénées de son cœur, ainsi qu'à une leçon apprise tant d'années auparavant. *Gueules pour le feu…*

— J'ai jamais eu aussi froid de toute ma foutue vie, grelotta Frère Deux, son beau visage toujours crispé de douleur malgré le cercle scintillant qu'Ethelynne venait de faire apparaître sur le sable. Et moi qui pensais que rien ne pouvait cailler plus que le vent des mers du Sud…

— Vous avez vogué sur les mers du Sud ? lui demanda Ethelynne.

— Ah ça ! pas qu'un peu, miss Ethy. J'ai passé six ans à bourlinguer sur un chasseur d'Azur. Si vous trouvez les Gueules costauds, attendez un peu d'avoir un Azur sous les yeux…

— Silence, lâcha Wittler à voix basse.

Il s'était relevé, le dos voûté, et sondait les dunes enténébrées qui cernaient leur campement. Ethelynne remarqua qu'il avait dégainé son six-coups. Deux cliquetis se firent entendre sur sa droite et la jeune femme pivota pour découvrir Soizure dans une posture similaire, un revolver dans chaque main. Ils avaient quitté les Gastes la veille, après une interminable progression dans leurs entrailles de granit et de craie. Wittler leur avait imposé un rythme éprouvant, ne s'arrêtant çà et là que pour consulter sa carte jaunie et gratter une petite marque noire sur les éperons coniques à l'aide d'un bâton de charbon.

— Vaut mieux pas perdre son chemin là-dedans, lui expliqua Clatterstock, qui transpirait bien plus abondamment que leurs compagnons, sans pour autant se laisser distancer. Surtout si les Altérés décident de pointer le bout d'leur nez.

Ethelynne avait dû boire sa première gorgée de Sinople du voyage pour pouvoir tenir la cadence, quelques gouttes à peine pour maintenir une allure convenable, et, même ainsi, ses jambes commençaient à l'élancer douloureusement. Ils mirent presque une journée entière à traverser les Gastes, après quoi Wittler leur accorda une pause à l'entrée de l'immensité vermeille des Cinabres.

— Rien à signaler, cap'taine, finit par décréter Soizure en balayant les dunes de sa longue-vue. Ils nous laisseront peut-être souffler, cette fois-ci.

Ethelynne détecta une note d'optimisme forcé dans le ton de l'artille, un pieux espoir que Wittler ne partageait manifestement pas.

— Oh ! ils viendront, dit-il. Une fois leur proie flairée, les Altérés ne la lâchent jamais plus. Et encore moins quand elle leur a déjà échappé.

Ethelynne le vit humer l'air, son visage soudain froissé par une grimace d'amère résignation. Elle la perçut alors : un âcre remugle porté par le vent d'est, qui lui évoquait la chair pourrie et le sang caillé. « *Ils s'en envoient comme on boit du vin* », lui avait décrit Clatterstock à bord du chariot. « *Du plasma brut, ni traité ni dilué. Et pourtant ils restent en vie. Z'étaient déjà là bien avant qu'on débarque sur le continent, donc j'imagine qu'y z'ont eu l'temps d'apprendre pas mal de trucs. La peur, par contre, y connaissent pas. On a bien dû en laisser une bonne vingtaine sur le carreau la dernière fois, mais leurs copains continuaient de rappliquer quand même.* »

Wittler sonda rapidement leur bivouac, s'assurant que chacun s'était équipé en prévision du combat, puis il rejoignit Ethelynne.

— Eh bien, l'heure est venue de mériter votre salaire, miss Ethy, lui glissa-t-il dans un souffle. Vous vous rappelez ce que je vous ai dit ?

Elle acquiesça et s'étonna de devoir déglutir avant de parvenir à répondre :

— Les flèches.

— Tout juste. Laissez-nous les massacrer. Mais faites en sorte de repousser leurs maudites flèches.

Comme il s'interrompait pour scruter les ténèbres alentour, elle crut voir un sourire jouer sur ses lèvres.

— Et il nous faudrait aussi un peu de lumière, si ça ne vous dérange pas.

Elle saisit son coffret et en tira du Gueules et du Sable, constatant non sans surprise que ses mains ne tremblaient pas. Elle ôta les bouchons des deux fioles et but, les deux variétés de produit mêlant sur sa langue leurs amertumes respectives avant qu'elle les avale et sente immédiatement leur puissance monter en elle, farouche et grisante.

— Jusqu'où ? demanda-t-elle à Wittler en se redressant.

— Trente mètres devraient suffire.

Elle estima d'un coup d'œil la distance exigée et se concentra. Certains Sang-bénis aimaient s'adonner à des simagrées lorsqu'ils employaient leurs talents ; ils décrivaient d'incompréhensibles symboles avec les mains ou psalmodiaient des phrases cryptiques dans des langues oubliées. Mais il s'agissait là d'une mascarade. Un Sang-béni n'avait réellement besoin que de deux choses : un esprit discipliné et une bonne décennie de pratique derrière lui.

Ethelynne convoqua le Gueules, perçut sa vibration et sentit l'air qui la séparait de sa cible s'épaissir sous l'effet de la chaleur. Elle avait bu une longue gorgée et le résultat ne se fit pas attendre, le carré de sable visé virant à l'orange incandescent. Elle se mit alors à tourner lentement sur elle-même

223

et l'éclat rougeoyant suivit son mouvement, jusqu'à ce que le campement soit entouré d'un cercle de fer fondu et que les dunes au-delà baignent dans une douce lueur jaune. Elle entendit Frère Deux émettre un sifflement d'admiration et réprima non sans mal le sourire qu'elle sentit poindre sur ses lèvres. « *L'émotion est l'ennemie de la concentration* », lui avait seriné Madame Bondersil un nombre incalculable de fois.

Il ne se passa rien tout d'abord, le désert à présent illuminé aussi vide et silencieux qu'auparavant. Puis s'éleva le sifflement étouffé d'un objet vif et petit en train de fendre l'air. Ethelynne se rabattit immédiatement sur le Sable, son instinct trouvant la flèche avant ses yeux. *Sable pour l'emprise.* Le projectile ne se trouvait plus qu'à trente centimètres de sa poitrine quand l'étau invisible du produit se referma sur elle. Ethelynne prit le temps d'observer l'objet tremblotant dans le vide : il avait pour pointe un triangle de fer grossièrement taillé, une longueur d'os sculptée en guise de hampe et une empenne faite de brins d'herbe séchée. D'un battement de paupières, elle le brisa en deux et le laissa tomber au sol, au moment même où un bruissement plus sonore enflait depuis les dunes voisines.

— Vous feriez bien de vous baisser ! lui cria Wittler.

Mais elle l'ignora, préférant gagner le centre du campement et lever les yeux au ciel. Une nuée noire s'abattait sur eux, composée d'une bonne centaine de traits. Elle attendit qu'ils ne soient plus qu'à trois mètres pour déchaîner son Sable et projeter une unique pulsation de pouvoir. Interrompues dans leur chute, les flèches se dispersèrent, soufflées par une impossible bourrasque.

— Yiii-haaa ! s'exclama Frère Deux. Qu'est-ce que vous dites de ça, hein, bande de sales raclures puantes ?

C'est alors qu'elle aperçut les noires silhouettes courbées dont la charge folle soulevait au sud un épais nuage de poussière, la lueur rougeoyante du cercle de lumière accrochant des fers de lance et des lames de coutelas. Les fusils des Crawden tonnèrent simultanément et deux silhouettes s'effondrèrent, sans pour autant ralentir la ruée de leurs compagnons. Soizure ne fit feu qu'au moment où ils atteignaient l'orée incandescente du campement. Se relevant comme un diable à ressort, elle actionna frénétiquement ses deux revolvers, fauchant de nouveaux assaillants en pleine course, tandis que les survivants bondissaient à l'intérieur du cercle en produisant un concert de grognements inhumains. Ethelynne distinguait leurs visages à présent : sombres et squameux, aux fronts et aux mâchoires hérissés de piquants, leurs yeux vert vif plissés et gorgés de la même haine que le Gueules affronté sur le fleuve.

— Tous autour de miss Ethy ! tonna Wittler.

Sur ces mots, il accourut auprès de la Sang-bénie et tira une rapide salve de revolver, abattant deux Altérés juste avant qu'ils franchissent la limite du bivouac. Le reste de la compagnie l'imita : Soizure s'accroupit, puis changea les barillets de ses revolvers d'un geste si fulgurant qu'il paraissait presque impossible ; les Crawden, pour leur part, vidaient leurs chargeurs sans discontinuer ; Clatterstock, enfin, faisait chanter sa carabine à répétition avec une efficacité redoutable.

Suivit une accalmie trompeuse, les Altérés battant en retraite pour hanter les ténèbres que le scintillement déclinant du cercle ne parvenait plus à éclairer et emplir l'air de leurs grondements gutturaux. Ethelynne scrutait sans relâche l'environnement immédiat, prête à saisir au vol les flèches intermittentes que leurs agresseurs continuaient de tirer et à les rompre avant qu'elles puissent toucher la compagnie. Chaque nouvel effort contribuait toutefois à diminuer la quantité de Sable dans son organisme. En parallèle, le chœur de grognements gagnait en intensité de seconde en seconde, la rumeur dissonante investie d'une cadence de plus en plus lancinante et marquée, semblable à une prière.

— Merde ! entendit-elle Clatterstock grommeler. Un chant de mort.

— S'il vous reste des réserves, miss Ethy, dit Wittler, c'est le moment de les utiliser.

Elle s'empara une fois encore du flacon de Sable et le siffla en toute hâte, ne laissant qu'une goutte au fond du récipient.

— Vous allez devoir faire vite, déclara-t-elle. Je ne vais pas pouvoir les retenir bien longtemps.

L'hymne grommelé enfla crescendo et les Altérés surgirent de la nuit. Leurs yeux verts scintillaient dans le noir et leurs lèvres torves se retroussaient sur des crocs acérés. Elle les immobilisa tous à une dizaine de mètres de là, puisant dans son Sable pour les contenir tour à tour, certains saisis en plein vol, leurs masses brandies au-dessus de leurs têtes.

— Tirs ciblés ! rugit Wittler en levant son arme.

Le carnage dura peut-être cinq minutes en tout et pour tout, mais il lui parut s'étirer pendant une éternité. Ethelynne sentait le produit la quitter comme une réserve d'eau s'échapperait d'une citerne percée, tandis que les Brûlesables abattaient méthodiquement chacun des Altérés paralysés. Quand ils eurent fini et qu'elle libéra enfin son étreinte invisible, quatre-vingt-six corps jonchaient le sable.

— J'ai comme l'impression qu'on s'est farci toute la tribu, cap'taine, annonça Frère Un. (Il tira son poignard et s'accroupit près d'un cadavre.) Archefer paie chaque tête d'Altéré en titres sonnants et trébuchants.

— Laisse tomber, l'enjoignit Wittler en promenant sur les dépouilles un regard indifférent, avant de se tourner en direction du sud. On a un drac-Argent à débusquer.

Elle n'avait pas encore quitté les Gastes quand elle sentit les derniers vestiges de son Sinople se dissiper. Après avoir bondi sur l'un des innombrables éperons crayeux de la région, la faiblesse de ses jambes au moment de l'atterrissage la prit de court. Elle bascula sur le ventre et demeura ainsi pendant quelques instants, parfaitement incapable de se mouvoir en dépit des injonctions affolées de son esprit. Elle ne parvenait plus qu'à respirer.

— Sable…, murmura-t-elle, ses lèvres sèches raclant le sol graveleux. Sable pour l'emprise… Gueules pour… Gueules…

Ses paupières s'étaient à moitié fermées quand elle entendit l'écho retentir à travers les Gastes – l'écho d'un homme ivre de démence.

— Tu sais ce que j'ai vu, Ethy ! s'égosillait Wittler, sa voix de plus en plus forte à chaque mot. Tu sais comme moi ce qu'il m'a montré ! Je ne veux pas cramer, moi ! Tu m'entends, petite ? JE REFUSE DE CRAMER !

Ethelynne lâcha la bride à sa raison malmenée et laissa la terreur s'insinuer en elle, l'emplir d'un unique impératif désespéré : « *Rester en vie.* » Se relever lui demanda tant d'efforts qu'elle en hurla. Une fois debout, elle se mit à tituber et, entre deux sanglots, à marmonner des jurons à ce point grossiers qu'elle ignorait d'où elle les tenait. De nouveau concentrée, elle focalisa son esprit sur son objectif. « *Il restera toujours du sang dans le cœur…* »

Le Cratère avait occupé les conversations ou les lectures d'Ethelynne quasiment toute sa vie. Le Cratère… le cœur du Cœur arradsien, témoin d'une catastrophe suffisamment colossale pour réduire en désert une chaîne de montagnes ferrugineuses et même, d'après certains, accueillir les petits du légendaire drac-Argent. Dans les faits, elle trouva l'endroit quelque peu décevant ; il s'agissait d'une simple dépression circulaire dans l'immensité vermeille, large d'une vingtaine de mètres pour trois de profondeur. Il n'abritait aucune colonie d'Argents couvant leurs précieux œufs, aucun trésor susceptible de récompenser leur périlleuse expédition.

— Z'êtes… euh… z'êtes sûr qu'on y est, cap'taine ? hasarda Clatterstock quand ils eurent dévalé la pente raide donnant sur le fond du Cratère.

Wittler l'ignora. Les yeux rivés au sol, il sillonnait la cuvette d'un pas raide.

— C'est vrai, quoi, poursuivit le récoltant. Cette carte, l'est pas toute jeune. Ça se trouve, y a d'autres cratères plus au sud…

Wittler s'arrêta et l'invita à se taire d'un geste impérieux, le regard baissé sur quelque chose près de sa botte. Subitement, il s'accroupit et entreprit de gratter le sable à mains nues, jusqu'à ce qu'Ethelynne l'entende pousser un éclat de rire triomphant derrière sa chape de poussière. Au bout de plusieurs minutes d'effort, il se releva et recula d'un pas. Les autres accoururent pour contempler sa découverte : un crâne. Un crâne qui mesurait près de deux mètres de long, et s'avérait plus large et plus massif que ceux des Gueules ou des Sables – et même plus bulbeux, peut-être pour lui permettre d'abriter un cerveau plus conséquent.

— Chers amis et Indépendants, annonça Wittler d'une voix solennelle, je vous présente le drac-Argent.

Le dégager leur prit une journée entière. En l'absence de pelles, ils ne pouvaient compter que sur leurs mains et leurs couteaux pour extraire leur trouvaille de sa gangue sablonneuse ; à la nuit tombée, cependant, ils avaient révélé un squelette complet long d'environ neuf mètres – le double en comptant la queue. Celle-ci s'enroulait autour du corps en une vrille protectrice désormais réduite à l'état de vertèbres nues.

Là, niché entre ses deux immenses pattes antérieures, les attendait un œuf blanc.

— On va s'en mettre plein les fouilles, souffla Frère Deux.

Puis, dans un rugissement hilare, il plongea sur Ethelynne, qu'il souleva à bout de bras et fit tournoyer dans les airs. À sa grande surprise, elle laissa échapper un gloussement quand il la reposa, mit un genou en terre et lui saisit la main pour la demander en mariage.

— Vous n'en avez qu'après mon argent, pouffa-t-elle, tout en dégageant délicatement, mais fermement, ses doigts.

D'une main, Clatterstock caressait sa barbe de plus en plus fournie ; de l'autre, il éprouvait l'une des longues côtes de la cage thoracique du drac-Argent.

— L'a pas l'air si vieux, fit-il d'un air songeur. Les os vraiment anciens finissent par se fossiliser avec le temps. Avec un peu de chance, y pourrait rester de la moelle, là-dedans.

— De la moelle ? s'étonna Ethelynne.

— Tout juste, ma petite miss. Suffit d'piler des os de drac pour obtenir une poudre efficace. Pas autant qu'le sang, j'vous l'accorde, mais ça se vend tout aussi bien. Et j'ai comme dans l'idée qu'cette beauté va nous rapporter encore plus gros.

— Un seul, le tempéra Wittler. Le plus petit. Je veux le garder aussi intact que possible.

— À vos ordres, cap'taine.

Après quelques instants de réflexion, le récoltant arrêta son choix sur l'une des griffes, aussi longue que l'avant-bras d'Ethelynne.

— Bon, au boulot, dit-il en déposant l'os sur une pièce de cuir déployée au sol et en brandissant son marteau. Rapprochez-vous et préparez-vous au spectacle…

Elle craignait qu'il ait disparu, dévoré par les siens ou emporté par le courant du fleuve. Mais non, il était toujours là. Ses écailles commençaient à peler et ses chairs à attirer les mouches, mais il était là, merveilleusement, miséricordieusement là. Elle se laissa glisser le long de la pente et grogna lorsqu'elle percuta le cadavre du Gueules, tandis que les mouches dérangées dans leur repas émettaient un bourdonnement courroucé. Puis elle se hissa jusqu'à son cou massif, se pencha au-dessus du sternum et tâcha d'ouvrir son coffret.

— ETHYYYY !

La voix était rauque, mi-brame, mi-croassement, trahissant toute la folie de son propriétaire. Et proche, aussi. *Beaucoup trop proche.*

Ethelynne pinça entre ses doigts le flacon de Sable et en versa dans sa bouche la dernière goutte, dont elle suivit le parcours brûlant dans sa gorge. Puis elle braqua son regard sur le cuir desséché de la poitrine du Gueules. *Concentre-toi.*

— Non… Arrête ça tout de suite !

Un cri guttural suivi d'un coup de feu. De revolver, cette fois-ci, ce qui signifiait qu'il avait enfin épuisé ses cartouches de fusil. Elle entendit la balle s'enfoncer dans la dépouille du drac, mais elle s'intima de ne pas quitter des yeux le sternum de la bête. Quand elle convoqua son Sable, elle le consuma d'un coup brutal, spasmodique. *Sable pour l'emprise… et pour l'attraction.*

La poitrine du Gueules explosa en une fontaine de chair à demi pourrie et d'os éclatés, et Ethelynne ouvrit les bras pour attraper au vol le cadeau qui volait à sa rencontre.

— ARRÊTE TOUT DE SUITE !

Nouveau coup de feu, la balle crevant la surface du fleuve, à en juger par le bruit d'éclaboussure. Ethelynne leva les yeux cette fois-ci, et l'aperçut sur la crête, au sommet du versant. Il avait perdu son chapeau ainsi que sa gabardine ; à l'instar de son pantalon, sa chemise était froissée, par endroits déchirée.

Il avançait vers elle en titubant comme un ivrogne, son arme tendue à bout de bras, le regard envahi d'une étrange lueur, presque implorante.

— Tu sais ce que j'ai vu, croassa-t-il entre deux pas traînants. Tu sais comme moi… J'ai pas le choix…

Ethelynne leva le cœur du Gueules, rejeta la tête en arrière, ouvrit la bouche et, comprimant l'organe entre ses doigts, avala le liquide noirci.

Pour un organisme non-béni, la consommation d'une seule goutte de sang cordial non dilué suffisait à entraîner la mort. Si les Sang-bénis s'avéraient plus résistants à son effet délétère, ils n'y étaient pas totalement immunisés, leur survie dépendant généralement de la quantité absorbée. Ethelynne parvint ainsi à engloutir deux pleines gorgées avant que le brasier de douleur l'oblige à s'arrêter, pliée en deux contre le flanc du Gueules, victime d'une effroyable nausée.

— Ça suffira pas à te sauver ! glapit Wittler. Tu crois que tu vas pouvoir me cramer, maintenant ? Montre donc ton joli minois que je t'y creuse un gros trou dedans ! (Un cliquetis comme il armait son chien.) Allez, quoi, fais-moi risette…

Secouée par un violent haut-le-cœur, Ethelynne vomit une bonne partie du sang avalé avant de parvenir à contenir son malaise. Elle ôta alors son sac à dos puis, chassant d'un battement de paupières la sueur dans ses yeux, en arracha les sangles pour révéler l'œuf à l'intérieur. *Glacé*, songea-t-elle. Elle le sortit du sac, le posa par terre et s'empressa de reculer à quatre pattes. *Il attend le feu d'éveil.*

Elle était à présent incapable de se concentrer, l'incendie qui lui ravageait l'œsophage bien trop intense pour lui permettre autre chose qu'une explosive et unique émission de chaleur. Elle avait assisté à de nombreuses reprises à ce fascinant spectacle, dans les enclos à reproduction : les dracs crachaient leur feu sur leurs œufs quand ils jugeaient le moment propice arrivé. Elle adorait regarder les coquilles se fendiller, mais ne pouvait s'empêcher de trouver injuste le fait qu'on arrache les petits à leurs parents dès la naissance, laissant les mères exprimer leur détresse au moyen de longs piaillements stridents.

Le trait de feu brasilla pendant quelques secondes à peine, si intense qu'Ethelynne eut l'impression de brûler elle-même. Quand il se dissipa, elle examina l'œuf et le trouva noirci, craquelé, et animé d'une pulsation étouffée.

— Arrête !

Wittler surgit clopin-clopant, dardant ses yeux exorbités sur elle, sur l'œuf, puis sur elle de nouveau. Sa bouche se tordit alors en ce qui aurait pu ressembler à un sourire si ses lèvres craquelées n'avaient pas été perlées de sang. Le visage fendu par cet atroce rictus de triomphe, il leva son revolver et arma le chien.

Recroquevillée sur elle-même, les paupières comprimées avec force, Ethelynne attendait l'inévitable morsure de la balle, mais n'entendit que le cliquetis sec d'un percuteur frappant une chambre vide quand il pressa la détente. Wittler gratifia son arme d'un coup d'œil tout à la fois hagard et scandalisé, puis la jeta au loin.

— C'est pas les options qui manquent, dit-il en saisissant le poignard passé à sa ceinture et en marchant sur elle.

Du bout de l'orteil, Ethelynne repoussa doucement l'œuf, qui roula sur quelques centimètres avant de s'arrêter aux pieds de Wittler. Le capitaine des Brûlesables le contempla, hébété, son expression de triomphe remplacée par un masque horrifié.

— Veux pas…, bredouilla-t-il entre deux sanglots. Veux pas cram…

L'œuf explosa dans une combustion de gaz enflammé, sa coquille – plus dure encore que la pierre – immédiatement transformée en mitraille sous la puissance de la déflagration.

Ses fragments déchiquetèrent les jambes de Wittler sous les genoux et pulvérisèrent presque la totalité de son bras droit. Projeté au sol, le corps tailladé, il balbutia une phrase incompréhensible avant de s'écrouler dans une mare de sang, sa main indemne claquant faiblement le grès du versant tandis que les flammes commençaient à lécher sa chair.

Très lentement, Ethelynne se mit debout, sa gorge rongée par le sang cordial qui la mettait au supplice à chaque respiration. Une douleur sourde, inquiétante, clapotait dans son ventre, mais ses membres lui obéissaient suffisamment pour pouvoir boiter jusqu'à Wittler et le petit drac-Argent accroupi au milieu des vestiges de son œuf.

Il levait vers elle ses yeux fendus, couleur émeraude, et sa gueule s'ouvrit pour produire un infime sifflement. Il venait peut-être seulement de naître, mais Ethelynne comprit en croisant son regard qu'elle contemplait quelque chose d'ancestral, quelque chose de conscient. *Il sait ce que je suis,* pensa-t-elle, avant de reporter son attention sur Wittler dont la bouche carbonisée émettait un dernier râle grésillant. Sur son corps noirci, les flammes mourantes laissaient place à des braises de chair fondue. « *Je veux pas cramer…* » Elle regarda de nouveau l'Argent, le vit pencher la tête de biais avec curiosité, puis déployer ses ailes comme pour éprouver leur poids.

— L'avenir, lâcha-t-elle dans un souffle. Voilà ce qui coule dans tes veines.

L'Argent se mit à sautiller et à battre des ailes de plus en plus fort, un petit criaillement sourdant de sa gueule béante, suivi par une gerbe de flamme jaune. Il planta une dernière fois ses affreux petits yeux omniscients dans les siens, puis se détourna et bondit lestement sur le cadavre de Wittler, qu'il s'employa à dévorer avec voracité.

Ethelynne tourna les talons et tituba jusqu'à la barge. Il lui fallut quelques minutes pour réussir à hisser l'ancre, mais, quand elle y parvint enfin, le courant l'entraîna vite vers l'aval. Son embarcation suivrait le cours du fleuve vers le sud, puis l'ouest, longerait les Gastes et s'enfoncerait dans la jungle où, comme Clatterstock le lui avait révélé, se dressait un autre comptoir de commerce. Elle s'autorisa un ultime coup d'œil en direction de l'Argent et le trouva assis, la tête tendue vers le ciel, son long cou serpentin renflé par un morceau de chair humaine. La bête poussa un piaillement de satisfaction, puis s'en retourna à son festin sans plus prêter attention à la jeune femme qui, dérivant à bord de sa barge, ne tarda pas à le perdre de vue.

Diplômé en histoire, **Anthony Ryan** a travaillé comme chercheur à Londres avant de se consacrer à l'écriture, grâce au succès immédiat de *Blood Song*, une épopée flamboyante et lyrique. Après cette magnifique saga mêlant héroïsme et magie, sa deuxième trilogie *Dragon Blood* a vu son premier volet récompensé par le prix Hellfest Inferno 2018.

Andy Weir

Journal d'un CanAstro

Une histoire de Mark Watney

Traduit de l'anglais (États-Unis) par Nenad Savic

Le lecteur est prié d'excuser le langage parfois grossier de l'auteur de ces lignes.

13 novembre

Nom de Dieu. Je veux dire, sérieusement… Nom de Dieu !
Nom.

De.

Dieu.

Je… je n'arrive pas à y croire. Ça y est. Mon nom figure sur le tableau. Ils m'ont choisi parmi des milliers de candidats. Après d'innombrables tests physiques et mentaux, après une tripotée d'évaluations psychologiques et des cours interminables, ils m'ont choisi.

C'est décidé. Pour de vrai. Je fais partie de l'équipage primaire d'Arès 3.

Je vais aller sur Mars.

Nom de Dieu, je vais sur Mars !

Je ne reconnais aucun nom sur la liste, alors que j'ai croisé pas mal de CanAstros. On traîne pas mal ensemble, on se plaint du processus de sélection. Mais seules six personnes ont été choisies parmi des milliers.

À en croire la liste, ces personnes s'appellent Lewis, Martinez, Johanssen, Vogel et Beck. Et puis il y a moi, évidemment ! Watney ! Putain, je vais aller sur Mars !

Pendant le vol, je serai « ingénieur mécanicien », ce qui signifie que je réparerai les trucs qui tomberont en panne. Une fois sur place, je serai le « botaniste » de l'équipe ; je planterai des trucs sur la surface martienne.

Mars va se faire botaniser comme jamais. Littéralement. D'après ce qu'on sait, la planète a 4,5 milliards d'années, et rien n'y a jamais poussé. Les missions Arès 1 et 2 ne comportaient aucune expérience sur les végétaux. Avec un peu de chance, j'apprendrai quelques notions sur la manière dont les plantes poussent sur la planète rouge.

Ils n'ont pas encore publié l'ordre de sortie, mais s'ils suivent le protocole habituel, l'ingénieur mécanicien quittera le vaisseau en cinquième position. Cela fera de moi la dix-septième personne à poser le pied sur Mars.

Le voyage durera des mois, et nous ne resterons que 31 Sols (les jours martiens) sur place. Après quoi il faudra compter plusieurs mois pour le retour. Les expériences et les AEV s'enchaîneront à un rythme soutenu.

J'aimerais tellement rester plus longtemps là-bas, mais bon, nous nous contenterons de ces 31 Sols.

Je vais sur Mars !

8 juin

Le scénario de l'orbite manquée.

Il n'y a rien de pire qu'un scénario d'orbite manquée. Je déteste ce truc comme ce n'est pas permis. Mes coéquipiers et moi avons été choisis entre autres parce que les psys ont jugé que nous formerions une bonne équipe. Franchement, ils ne se sont pas trompés. Ensemble, nous avons suivi une formation rigoureuse, enchaîné les voyages, été privés de sommeil et j'en passe. Cela nous a renforcés et rapprochés. Un peu comme si nous avions fait la guerre ensemble.

Mais je jure devant Dieu que si je croise l'un d'entre eux ces prochains jours, je l'étrangle.

Le scénario de l'orbite manquée est une situation que nous pourrions rencontrer lors de notre retour vers *Hermès* (le vaisseau principal, qui nous attendra en orbite). Nous quitterons la surface dans notre véhicule d'ascension martienne (VAM). Tout un tas de choses peuvent mal tourner pendant le lancement du VAM. Par exemple, il n'est pas impossible que nous nous retrouvions sur une orbite trop basse.

Si cela arrive, nous devrons attendre dans le VAM que la NASA envoie *Hermès* nous récupérer. Le problème, c'est que celui-ci est propulsé par des moteurs ioniques, qui produisent une accélération lente et constante, et non pas puissante et brève comme des fusées chimiques. Cela signifie que le vaisseau mettra longtemps à nous rejoindre.

Pour nous préparer à cette éventualité, nous devons nous entraîner et répéter tout ce que nous aurions à faire pendant les TROIS PUTAIN DE JOURNÉES que durerait notre attente.

Cela ne vous semble pas si long, hein, trois jours dans un vaisseau ? Après tout, on va passer plus d'un an dans divers engins et locaux exigus, alors seulement trois jours…

Eh bien, laissez-moi vous expliquer.

Le VAM est conçu pour nous conduire de la surface martienne à notre orbite martienne, trajet qui dure normalement vingt-trois minutes. L'habitacle est donc petit. Genre minibus. Six sièges et quelques panneaux de contrôle.

Choisissez les cinq personnes que vous préférez au monde et enfermez-vous avec elles dans une camionnette pendant six jours. Attention, pas pour effectuer un *road trip* ! Vous n'aurez pas le droit de sortir vous dégourdir les jambes. Besoin d'aller aux toilettes ? Prenez un sac et demandez aux autres de détourner les yeux. Sommeil ? Priez pour ne pas être assis à côté d'un colosse allemand en train de ronfler. Envie de bavarder ? Impossible. Je ne peux pas vous expliquer pourquoi, mais c'est impossible. Assez rapidement, vous aurez les nerfs à vif. Tout ce que les autres diront ou feront vous tapera sur le système.

On est restés professionnels jusqu'au bout, mais à la fin, on n'en pouvait plus. En toute franchise, je me demande comment on a fait pour ne pas en venir aux mains. Mais bon, on a réussi.

Nous sommes séparés, désormais. Pour profiter d'un peu de solitude. En plus, ils nous ont donné notre week-end. J'ai appelé Karen Rhodes (ingénieure mécanicienne sur Arès 1) pour lui demander comment elle avait vécu son scénario d'orbite manquée. Elle a grogné et m'a fait comprendre que cela s'était aussi mal passé que pour moi. Alors je me sens mieux, forcément. Une chose positive est ressortie de tout cela : j'ai encore plus de respect qu'avant pour Lewis.

En tant que patronne de la mission, le commandant Lewis a beaucoup de responsabilités, la plus importante de toutes étant de faire en sorte que l'équipage s'entende bien. Lewis n'est pas une adepte de l'approche « colonie de vacances » qui consiste, à la manière d'une animatrice, à être faussement joyeuse et positive. Tout autant que nous, elle a montré son agacement, mais elle est parvenue dans le même temps à rester calme et professionnelle. Et puis, quand des disputes ont éclaté, elle n'a jamais pris parti. Bien au contraire, elle a engueulé tout le monde et démontré de façon subtile que nos petites engueulades n'étaient rien à côté des emmerdes qu'elle avait le pouvoir de nous causer.

Et ça a marché. Il fallait s'y attendre, j'imagine. En tant qu'officier de l'US Navy, elle sait comment gérer un équipage dans un endroit confiné.

Je crois que nous sommes plus forts, désormais. Nous avons vu ce qu'il y avait de pire en chacun de nous ; nous avons tous failli nous sauter à la gorge.

Et nous sommes allés au bout de l'exercice. Finalement, ce scénario d'orbite manquée nous a été utile.

Je me suis interdit de visiter des sites d'information pendant tout le week-end. Comme la date du lancement approche, on parle pas mal de nous. Et si je devais voir une photo ou une vidéo d'un de mes coéquipiers… je crois que j'exploserais mon moniteur à coups de poing.

6 juillet

Ça pourrait être ma dernière nuit sur Terre. En tout cas, ce sera la dernière avant longtemps. Nous partons demain.

Ils m'ont dit de bien dormir, cette nuit.

Euh, ouais, d'accord…

Je n'ai pas le droit de prendre un somnifère. Ils ne veulent pas que nous ayons des résidus de médicaments dans le corps au moment du décollage. Surtout des produits qui provoquent des somnolences. Ça paraît logique.

J'ai essayé de me changer les idées en surfant sur le réseau interne. Mais vous savez quoi ? Les gens ne parlent pratiquement que du lancement de demain, alors ça n'a servi à rien.

Je suis dans une chambre isolée, sur le site de lancement. La NASA n'aime pas trop les surprises. Elle ne veut pas qu'on se saoule, qu'on se blesse ou qu'on se fasse harceler par les journalistes dans la dernière ligne droite. Voilà pourquoi nous avons passé les trois derniers jours ici à peaufiner notre préparation.

Comme je suis célibataire, ce n'est pas si difficile pour moi, mais j'ai les boules pour Vogel et Lewis, qui ont dû dire au revoir à leur moitié la semaine dernière. Et je ne parle même pas de Martinez, qui a une femme et un bébé d'un an.

La mission sera longue. 124 jours pour rallier Mars, un peu plus de 31 jours sur la surface, puis 241 jours pour le retour. 396 jours au total. Plus d'un an. Je vais donc manquer toutes les fêtes au moins une fois. On sera même sur Mars pour Thanksgiving. La NASA nous a préparé des rations spéciales pour l'occasion, et nous aurons trois heures pour nous détendre au milieu d'un planning chargé en expériences scientifiques au protocole rigoureux.

À condition que nous soyons en vie à ce moment-là, bien sûr.

Je m'attendais à avoir la trouille, à ce stade, mais je me trouve dans cette vallée étrange qui se situe au-delà de la terreur. Je suis quand même nerveux et surtout impatient.

J'ignore si la mission sera ou non couronnée de succès, et je ne suis même pas certain de rentrer chez moi en un seul morceau. Une chose est sûre, cependant : nous partons bel et bien. Ce n'est plus simplement rhétorique. Le plein du booster a été fait. Celui d'*Hermès* aussi, qui nous attend en orbite. Notre équipement et nos provisions sont déjà sur Mars, prêts à être utilisés.

Tout est prêt, alors je ferais mieux de l'être aussi.

Passionné par l'espace, l'histoire des vols habités et les nouvelles technologies, **Andy Weir** a été embauché comme programmeur informatique par un laboratoire américain dès l'âge de quinze ans. Il nourrit une passion pour l'espace et l'histoire des vols habités. Thriller survivaliste captivant, *Seul sur Mars* est son premier roman et déjà un succès mondial. Il a été adapté au cinéma par Ridley Scott, avec Matt Damon dans le rôle principal.

Raymond E. Feist

Le Messager

Traduit de l'anglais (États-Unis) par Isabelle Pernot

L e vent fouettait les arbres.

Leurs branches oscillaient et craquaient, protestant contre les rafales qui envoyaient voler au loin les dernières feuilles brunes de l'automne. Les pins et les sapins agitaient eux aussi leurs ramures chargées d'aiguilles, produisant un son étouffé et désolé, annonciateur des longues nuits d'hiver et des jours froids qui approchaient à grands pas.

À l'extérieur des tentes de commandement, les soldats se blottissaient autour de leurs feux de camp. La neige n'aurait pas dû tomber avant plusieurs semaines, mais les natifs des environs sentaient qu'ils allaient avoir un hiver précoce. Le froid s'insinuait tel un couteau de glace à travers la veste matelassée qu'ils portaient par-dessus leur uniforme. Des soldats qui avaient enfilé tous leurs sous-vêtements de rechange ainsi que deux ou trois paires de chaussettes – ce qui les avait obligés à forcer pour entrer dans leurs bottes – se plaignaient encore d'avoir les orteils engourdis s'ils se mouillaient les pieds. Les gens du coin savaient que l'hiver allait être rude. Beaucoup tournaient leur regard vers le ciel dans l'attente des premiers flocons qui ne tarderaient sûrement pas à tomber. Cette année, la saison froide arriverait de bonne heure, serait extrêmement rigoureuse et s'attarderait trop longtemps.

Les contreforts des Tours Grises se montraient rarement cléments envers les imprudents qui se faisaient surprendre par un brusque changement de temps. Les soldats du royaume des

Isles étaient équipés pour faire face à tout sauf à la plus terrible
des saisons. Lorsque l'hiver se déchaînerait, ils espéraient être
de retour dans les cités de la province de Yabon, cantonnés
dans leur baraquement ou leur foyer, bien au chaud devant
la cheminée et abrités de la neige qui s'entasserait sous leurs
fenêtres. Mais les vétérans les plus aguerris savaient qu'à moins
que le climat ne se radoucisse, les colonnes de soldats qui ne
tarderaient pas à quitter le front marcheraient avec de la neige
jusqu'aux cuisses avant d'arriver à LaMut, Ylith et Yabon.
Certains blessés qui auraient réussi à rentrer chez eux en
temps normal ne survivraient sans doute pas à un tel voyage.

Partout dans le camp, on sentait monter un certain sentiment d'attente, car les ducs qui menaient cette guerre n'allaient
sûrement pas tarder à s'apercevoir qu'un hiver rude et précoce
menaçait de s'abattre sur eux. Les combats cesseraient bientôt.
L'intendant en chef, ses cuisiniers et ses aides, ainsi que l'intendant militaire et les garçons qui faisaient l'inventaire du peu
d'armes et de vêtements encore disponibles s'arrêtaient tous
régulièrement pour regarder le ciel et évaluer le temps qu'il
allait faire. Tous se posaient la même question : *Est-ce qu'il est
temps de rentrer à la maison ?* L'armurier souleva un plastron
de cavalier tout cabossé pour l'examiner et déterminer les
réparations à y apporter, tandis que son apprenti remettait du
charbon dans la forge. Tous deux se demandaient si l'on aurait
besoin de cette armure, car il était sûrement temps de rentrer
à la maison. Les soldats qui récupéraient de leurs blessures à
l'infirmerie, les cavaliers dans leur tente et les mercenaires
dans leur sac de couchage, obligés de dormir à la belle étoile au
milieu de leurs affaires s'ils n'avaient pas pu trouver d'abri, tous
se demandaient : *Est-ce qu'il est temps de rentrer à la maison ?*

À l'intérieur de la tente de commandement, Vandros,
comte de LaMut, relut les ordres qui venaient juste d'arriver
et hocha la tête d'un air approbateur.

— On rentre chez nous pour l'hiver, annonça-t-il en se tournant vers le premier de ses capitaines, Petir Leyman. Ce sont les ordres des ducs Borric et Brucal.

— C'est pas trop tôt, commenta l'officier, grand et élancé.

Il souffla sur ses doigts pour mieux souligner ses propos, même si ses gantelets bien rembourrés protégeaient très bien ses mains du froid. Brusquement, il sourit.

— Quand je serai de retour au château, messire, je veillerai à ce que nous ayons des réserves de bois suffisantes. (Il perdit son sourire.) J'ai l'impression qu'on va avoir droit à un hiver bien rude.

Le comte de LaMut regarda par le pan de la tente resté ouvert, au-delà du brasero qui lui permettait plus ou moins de se réchauffer.

— Il y aura plein de neige à dégager lorsque le moment sera venu pour moi de me rendre à la réunion des commandants à Yabon. (Il poussa un soupir presque inaudible, qui n'en restait pas moins un signe de son humeur.) En supposant que je puisse y aller. Effectivement, on dirait qu'on va avoir droit à un hiver rigoureux.

Leyman acquiesça.

— Il va falloir envoyer un messager à nos positions les plus avancées, ajouta Vandros en se levant. (Il se plaça devant la carte déroulée sur sa table de commandement.) Ce sont celles de Gruder ici, de Moncrief là et de Summerville là-bas, ajouta-t-il en désignant chaque endroit avec l'index. Il faut qu'ils puissent se retirer dans le calme. Vu le froid qu'il fait, les Tsurani doivent s'apprêter à regagner leurs propres cantonnements d'hiver.

— C'est une présomption risquée, messire.

— Je suis d'accord, mais ils ne nous ont jamais attaqués passées les premières chutes de neige. Ils ont aussi froid que nous, là dehors, et ils ont passé suffisamment de temps dans la région pour savoir que les premiers flocons ne sont pas loin. Ils vont se replier dans leurs propres campements pour l'hiver.

— Si vous voulez mon avis, messire, ils devraient nous faire une faveur à tous et y rester une fois le printemps revenu.

Vandros acquiesça.

— Faites prévenir le maître d'armes Argent que nous commençons la retraite. Je suivrai d'ici un jour ou deux avec l'arrière-garde. Mais dites au soldat que vous enverrez là-bas d'être prudent, ajouta-t-il. On m'a rapporté la présence d'une patrouille minwanabi qui a dévié de sa route et s'est perdue à l'est de la route du Roi, au nord de LaMut. Personne ne sait vraiment où ils sont, mais il est probable qu'ils réapparaissent au moment le plus inopportun.

— Bien, messire, répondit Leyman.

— Et n'oubliez pas de m'envoyer le messager, ajouta Vandros comme le capitaine quittait la tente.

Le comte se mit à réfléchir en attendant l'arrivée de l'estafette. Lorsque cette guerre avait commencé, il n'était qu'un jeune officier à la cour de son père, un capitaine appartenant à la cavalerie légère, la compagnie de soldats la plus fringante de Yabon. Mais les Tsurani s'étaient révélés d'âpres adversaires au combat et lui avaient ôté toutes ses illusions quant au côté glorieux de la guerre. Après des années de conflit sanglant, Vandros avait désormais l'impression d'être beaucoup plus vieux qu'il ne l'était en réalité.

Les Tsurani venaient d'un autre monde – un fait que plus d'un noble du royaume avait mis longtemps à accepter. Ils avaient atteint le monde de Midkemia grâce à une faille, un portail magique à travers l'espace qui les avait amenés au royaume des Isles. Le destin avait voulu qu'ils débarquent dans une vallée située très haut dans les monts des Tours Grises. Le côté positif de la chose, c'est qu'il était difficile pour les Tsurani d'attaquer rapidement en dehors de cette vallée.

Mais les forces du royaume s'étaient vite rendu compte qu'il leur était pratiquement impossible de déloger les envahisseurs de leur bastion dans les sommets.

Les Tsurani étaient des guerriers robustes et tenaces, vêtus d'armures de couleurs vives fabriquées à partir d'un matériau étrange, semblable à de l'os ou à du cuir, mais qu'on ne trouvait pas sur Midkemia. On ne savait par quels moyens leurs artisans parvenaient à façonner ce matériau pour lui donner une dureté proche de celle du métal. Sept ans plus tôt, au printemps, les envahisseurs étaient descendus des montagnes et avaient attaqué sans prévenir, réussissant à s'emparer de nombreux territoires appartenant au royaume des Isles et aux Cités libres du Natal.

Mais depuis cette première campagne, la guerre se trouvait dans une véritable impasse, même si elle durait depuis des années. Vandros secoua légèrement la tête en songeant à cet interminable conflit. Voilà cinq ans qu'il était devenu comte, mais la situation, déjà mauvaise, n'avait cessé d'empirer. Trois ans plus tôt, les Tsurani étaient descendus de leur bastion situé le plus au nord pour lancer une grande offensive contre Crydee, à l'ouest, dans l'espoir d'arracher toute la Côte sauvage au royaume. Mais le siège avait échoué. Depuis, plus rien.

Les forces du royaume parvenaient à résister d'un point de vue militaire, mais cette guerre leur coûtait extrêmement cher. Chaque année, les impôts ne cessaient d'augmenter et il y avait de moins en moins de soldats à recruter. L'année dernière, la situation s'était révélée catastrophique, au point que Vandros avait été obligé d'engager des mercenaires pour fournir davantage de troupes au duc de Yabon. Parmi ces derniers, certains avaient prouvé leur valeur, mais la plupart n'étaient guère plus que des cadavres à jeter en pâture aux épées tsurani.

À cela s'ajoutait la question du climat. Le comte avait vécu ici toute sa vie et savait que l'hiver allait être impitoyable cette année. Il n'était pas rare dans la région que des blizzards surviennent lors des mois les plus froids, et ce jour-là, on sentait dans l'air qu'une tempête pouvait s'abattre à tout moment. Vandros partageait l'avis de son capitaine. Les ducs avaient donné l'ordre de se replier pour l'hiver, et ce n'était pas trop tôt.

Le messager apparut à l'entrée de la tente.

— Messire ? dit-il pour s'annoncer.

— Entre, Terrance.

Le jeune homme avança et se mit au garde-à-vous devant le comte. Il portait l'uniforme traditionnel du Corps des messagers de LaMut. Le bonnet rond, en fourrure, plat sur le dessus et orné sur le côté de l'insigne doré étincelant du régiment, était crânement incliné au-dessus de l'oreille. La veste vert foncé, qui s'arrêtait à la taille, s'ornait de tresses dorées aux épaules et aux poignets ainsi que d'une double rangée de six boutons, dorés également, sur le devant. Les messagers portaient également une culotte d'équitation de couleur grise, renforcée par un fond en cuir, qu'ils rentraient dans leurs bottes en cuir noir montant jusqu'à mi-mollet. Ils n'avaient pour seules armes qu'un sabre de cavalerie et un couteau à la ceinture. Vandros savait qu'ils possédaient également un lourd manteau qu'ils portaient par-dessus leur uniforme lorsqu'ils se trouvaient sur la route. En dehors de ça, ils n'avaient droit qu'à une ration d'avoine pour leur cheval et une gourde d'eau, car la rapidité était le maître mot du Corps des messagers.

Vandros dévisagea le messager en question avec une certaine irritation. Il s'agissait d'un lointain cousin, le petit-neveu de son grand-père, qui s'était servi de son lien de parenté avec le comte pour entrer dans l'armée à un âge que Vandros considérait encore comme trop tendre, et ce en dépit des objections de sa mère. Le gamin était tout simplement trop jeune et inexpérimenté. Cependant, il était bel et bien là et le comte ne pouvait rien y faire sans porter atteinte à l'honneur de la famille. Terrance avait à peine seize ans, car il faisait partie de ces enfants nés à peine quelques semaines avant le solstice d'été, jour où l'on célébrait leur premier anniversaire. Il n'avait pas encore besoin de se raser.

Mais des garçons plus jeunes encore servaient déjà dans l'armée, se rappela Vandros. De plus, les messagers n'appartenaient pas à un régiment aussi exposé que les membres de la cavalerie légère ou les lanciers lourds. Le gamin savait manier une épée, que ce soit à pied ou sur le dos d'un cheval, si bien qu'on aurait facilement pu l'intégrer dans une compagnie se battant sur le front. S'il n'avait pas été exceptionnellement doué pour l'équitation, il n'aurait jamais quitté la cavalerie, car seuls les meilleurs cavaliers de Yabon servaient dans le Corps des messagers du duc.

— C'est ton tour, Terrance ?

— En effet, messire. Le capitaine Leyman avait besoin de deux messagers. Williamson Denik était le premier sur la liste, alors on l'a envoyé à LaMut, et je venais en deuxième, alors me voici.

Les messagers servaient à tour de rôle et aucun capitaine ni même aucun noble ne pouvait changer ce système de rotation sans s'attirer les foudres de ces soldats. Chaque régiment au sein de l'armée possédait ses propres traditions. Celle-là paraissait logique car, sans elle, certains messagers plus âgés se contenteraient d'effectuer les courses les plus faciles sur les routes les plus sûres, laissant les missions plus hasardeuses aux cavaliers récemment recrutés.

Vandros ne souffla mot pendant quelques instants. Si seulement il avait su que son jeune et lointain cousin se trouvait ainsi en tête de liste, il aurait demandé à Petir de lui envoyer Williamson et d'expédier Terrance à LaMut, en sécurité.

Le comte écarta ces pensées et désigna la carte. Terrance connaissait cette dernière aussi bien que lui : elle montrait toute la région où se déroulait la campagne militaire ainsi qu'une partie des terres environnantes.

Personne ne connaissait le véritable motif de l'invasion tsurani. Toutes les tentatives de pourparlers avaient été repoussées, si bien que les raisons avancées pour expliquer cette guerre n'étaient que des hypothèses. Celle qui prétendait que les Tsurani étaient à la recherche de métaux recueillait le plus de suffrages parmi les nobles du royaume. En effet, d'après le peu d'informations récoltées auprès des esclaves tsurani capturés – les soldats mouraient au combat ou tuaient leurs blessés avant de se replier – les métaux étaient extrêmement rares sur leur monde natal. Malgré tout, Vandros trouvait qu'il manquait quelque chose à cette explication. Trop d'hommes étaient morts sans aucun gain stratégique pour que ces combats soient simplement livrés pour quelque chose d'aussi simple que des métaux. Il devait exister une autre raison ; seulement les forces du royaume ignoraient laquelle.

Terrance observa la carte dont il avait déjà mémorisé le moindre repère, la moindre ligne. La région qu'elle représentait était bordée à l'ouest par les monts des Tours Grises, au-delà desquels s'étendaient le duché de Crydee et les rivages de la Mer sans Fin. Mais cette partie du royaume se trouvait sous le commandement du prince Arutha et des barons de Carse et de Tulan, si bien que le comte Vandros n'avait pas à s'en soucier. Sa zone d'opération se limitait à la bordure entre le duché de Yabon, le long de l'ancienne frontière des Cités libres, et les contreforts des Tours Grises.

L'index de Vandros désigna trois points sur la carte, l'un au sud-ouest de leur position, l'autre au sud et le dernier légèrement au sud-ouest du second. Ces trois camps, ajoutés au quartier général de Vandros, représentaient les fondations sur lesquelles s'appuyaient les lignes de défense du royaume dans la région. Des unités appartenant à chacun des quatre camps pouvaient rapidement réagir en cas d'attaque tsurani.

Mais il était impossible de continuer à ravitailler ces positions durant l'hiver, toujours très rigoureux dans cette partie du royaume, ce qui obligeait ses défenseurs à se replier tous les ans dès les premières chutes de neige.

— Tu vas délivrer un message aux barons Gruder, Moncrief et Summerville. Dis-leur qu'il est temps de se replier.

Le comte poursuivit en donnant des instructions plus spécifiques : qui devait se retirer le premier, quel devait être l'ordre de marche, et quand les barons étaient censés atteindre leur destination pour s'y cantonner durant l'hiver.

Terrance étudia la carte pour apprendre par cœur le trajet qu'il allait effectuer.

— Bien, messire. J'ai tout retenu.

Vandros savait qu'il était inutile de lui demander de répéter ses ordres de mission, car il savait que le garçon les lui restituerait au mot près. En plus d'être bon cavalier, il fallait avoir une bonne mémoire pour entrer dans le Corps des messagers. Ces derniers transportaient parfois certains rapports, mais tous les ordres militaires leur étaient confiés oralement, afin d'éviter que de précieux documents ne tombent aux mains de l'ennemi au cas où un cavalier viendrait à se faire tuer.

— Le retrait des troupes doit s'effectuer dans le calme et la discipline, insista le comte. Combat défensif uniquement.

Cela signifiait que les commandants des différentes compagnies avaient ordre d'éviter si possible d'entrer en conflit avec des unités tsurani au cours de leur retraite vers l'est. Tout cela reposait sur la présomption que les Tsurani ne chercheraient pas à étendre leur territoire si tard dans la saison et qu'ils préféreraient au contraire se chercher un abri pour passer l'hiver au chaud.

— Le retrait des troupes doit s'effectuer dans le calme et la discipline. Combat défensif uniquement, répéta le messager.

— Tu m'as l'air un peu enroué, fit remarquer Vandros. Tu es sûr que tu es en état de chevaucher ?

— C'est juste un début de rhume, messire, rien de bien inquiétant.

— Dans ce cas, tu peux partir, le congédia Vandros. Euh, Terry ?

— Oui, messire ? répondit le jeune homme en se retournant au seuil de la tente.

— Reviens-nous sain et sauf. Je n'ai aucune envie d'expliquer à ta mère comment j'ai réussi à te faire tuer.

— Je ferai de mon mieux, messire, répondit Terrance avec un sourire enfantin.

Puis il sortit.

Vandros se demanda s'il avait bien fait d'envoyer un être aussi jeune au-devant du danger. Puis il se résigna à l'idée que c'était là l'essence même du commandement et qu'il avait envoyé de nombreux garçons et jeunes hommes au-devant du danger ces cinq dernières années, depuis qu'il était devenu comte. Il aurait préféré expédier Terrance à LaMut, mais il était peu probable que son cousin ait à subir une attaque ennemie si tard dans la saison. Les Tsurani s'efforçaient sans doute de rester au chaud, tout comme ses propres hommes. Vandros cessa de s'inquiéter au sujet de Terrance et commença à élaborer l'ordre de marche des nombreux soldats qui campaient juste à l'extérieur de cette tente.

Ces mêmes soldats qu'il entendait rire et bavarder tandis qu'il prenait place derrière sa table de travail.

Comme d'habitude, Terrance essuya les railleries et les rires sarcastiques des membres de l'armée régulière tandis qu'il traversait le camp en direction de sa tente.

— Est-il pas chou, celui-là ! s'exclama un vétéran grisonnant. J'crois bien que j'vais le garder pour en faire mon mignon !

Les hommes réunis autour du feu de camp éclatèrent de rire. Terrance résista à l'impulsion qui le poussait à répliquer. Les messagers plus âgés l'avaient averti lorsqu'il avait rejoint leurs rangs le printemps précédent que de telles railleries étaient fréquentes. En général, les soldats estimaient que les messagers avaient un boulot « pépère » car souvent, pendant des jours, ils restaient assis près de leur tente en attendant qu'on leur donne l'ordre de partir. Bien sûr, il arrivait lors des batailles qu'ils passent des journées entières en selle, mangeant très peu et dormant peu ou pas du tout, se frayant un chemin au cœur des combats pour porter leurs messages aux commandants sur le terrain. Mais dans ces moments-là, les autres soldats étaient trop occupés à rester en vie pour prêter attention aux allées et venues des messagers.

Terrance était grand pour son âge, car il mesurait déjà un peu plus d'un mètre quatre-vingt. Ses épaules et son dos commençaient tout juste à s'élargir, si bien qu'il ne possédait pas encore sa stature d'adulte. Il avait les yeux bleus et les cheveux blonds et sa barbe refusait de pousser, couvrant à peine ses lèvres et son menton d'un fin duvet blond. Cela l'irritait grandement car la tradition du Corps des messagers voulait qu'il se laisse pousser la moustache et ce que l'on appelait le bouc. Terrance s'y était essayé mais avait dû recommencer à se raser au bout d'un mois tant il avait l'air ridicule. Ses camarades n'avaient pas manqué de se moquer de lui mais plusieurs lui avaient confié en privé que cela finirait par venir et qu'il ne devait pas s'inquiéter. Certains lui avaient même suggéré de continuer à se raser, prétendant qu'ainsi son bouc et sa moustache pousseraient plus vite.

Terrance s'était aperçu que garder le silence et une expression impassible lui réussissaient plutôt bien, car il détestait l'idée que quiconque puisse se rendre compte à quel point il se sentait parfois peu sûr de lui. Dès la fin de son premier mois de service, il avait compris qu'il avait eu les yeux plus grands que le ventre, mais depuis sept mois qu'il faisait partie des messagers, il s'était rarement trouvé dans une situation de danger réel. Malgré tout, il ne pouvait venir à bout de cette peur constante qu'il avait de craquer sous la pression ou d'échouer d'une manière ou d'une autre, donnant ainsi raison à sa famille qui trouvait qu'il s'était engagé trop tôt et jetant le déshonneur sur elle ainsi que sur le comte. À l'époque, il n'avait tout simplement pas songé aux responsabilités qui l'attendaient et regrettait à présent d'avoir agi de manière aussi irréfléchie.

Peut-être qu'à l'issue d'un hiver passé en compagnie de sa famille dans leur propriété aux environs de LaMut, avec derrière lui une année réussie, le garçon réussirait à éprouver la confiance qu'il se contentait pour le moment d'afficher. Au moins, s'il rentrait chez lui sain et sauf, sa mère arrêterait peut-être de lui écrire tous les jours pour exiger son retour immédiat.

Terrance atteignit la tente qu'il partageait avec Charles McEvoy, de Tyr-Sog, et trouva son compagnon allongé sur sa couverture, à même le sol glacé, et occupé à lire un message.

— Ça vient de Clarise ? demanda-t-il en entrant.

— Oui, répondit l'autre jeune homme, de quatre ans son aîné. Tu es sur le départ ?

— Oui, c'est mon tour.

— Où tu vas, Terry ?

Le garçon se pencha en souriant jusqu'aux oreilles.

— Les trois positions avancées. Je dois porter aux barons l'ordre de rentrer chez eux. D'ici deux semaines, tu seras dans les bras de Clarise. On se replie pour l'hiver.

Le cavalier plus âgé s'assit sur sa couverture.

— C'est pas trop tôt. Il fait si froid que mon membre viril pourrait geler ! Si ça arrivait, je me demande bien à quoi je lui servirais, la pauvre !

Terrance éclata de rire. Charles s'était marié l'hiver précédent et n'avait pas revu son épouse depuis le dernier dégel du printemps.

— La question est plutôt de savoir à quoi tu lui sers maintenant !

— Sors d'ici ! riposta le cavalier en faisant semblant de lui donner une claque.

— Je suis juste venu prendre mon manteau avant de partir, expliqua Terrance.

— Puisses-tu chevaucher sans danger, Terry, déclara Charles en répétant la formule qu'employaient tradition-nellement les messagers pour se dire au revoir.

— Toi aussi, Charlie, répondit le garçon en quittant la tente.

Il se hâta de gagner l'endroit où était attachée sa jument baie. Âgée de neuf ans, elle avait le pied sûr et répondait rapidement aux exigences de son cavalier. Elle n'était pas la monture la plus rapide du Corps des messagers, mais Terrance adorait son caractère placide et son endurance. S'il le lui demandait, elle galoperait une journée entière et s'effondrerait sans se plaindre. Il l'appelait Bella.

Elle souleva la tête en le voyant arriver. Deux autres mon-tures hennirent doucement d'un air interrogateur, mais elle savait que c'était son cavalier qui approchait et que ce serait son tour de sortir ce jour-là.

— Il est temps de se mettre en route, ma fille, lui dit Terrance en lui flattant l'encolure.

Il se rendit jusqu'à l'endroit où l'on rangeait les selles, sous un toit soutenu par quatre piliers, à quelques mètres à peine du lieu où étaient attachées les montures. Puis il sella rapidement sa jument et s'assura qu'il possédait une gourde pleine et un sac d'avoine. La mission ne devrait lui prendre que deux journées : une pour se rendre jusqu'au premier poste avancé, où il passerait la nuit et mangerait ce que le camp aurait à lui offrir, et une deuxième pour le retour en décrivant un cercle en direction du sud-ouest, puis du sud-est, afin de s'arrêter aux deux autres positions défensives. Il jeta un coup d'œil en direction du ciel. Le soleil n'était levé que depuis deux heures, si bien que la promenade devrait s'avérer aisée s'il ne rencontrait pas de problème en cours de route. Il devrait pouvoir rentrer le lendemain au coucher du soleil.

Il détacha sa monture, se mit en selle et prit la direction de l'ouest. Lorsqu'il fut sorti du camp, après que Bella se fut échauffée, le jeune messager lança la jument au petit galop et se balança à son rythme, la laissant faire tout le travail.

* * *

Le vent perçait son manteau et engourdissait son visage. Son nez ne cessait de couler, mais Terrance avait fini par renoncer à l'essuyer du revers de sa manche. À présent, ses narines étaient complètement bouchées, l'obligeant à respirer par la bouche, ce qui commençait à irriter ses poumons. Sa poitrine lui paraissait plus douloureuse qu'en début de journée. Il savait qu'il aurait pu se faire excuser pour cette mission en cas de maladie sérieuse, mais il n'imaginait pas un instant renoncer à cette chevauchée pour un problème aussi trivial qu'un rhume. Cependant, il ne pouvait s'empêcher de se demander s'il aurait dû dire au capitaine des messagers qu'il était trop malade pour prendre la route et qu'il valait mieux qu'il reste dans sa tente.

Terrance s'était arrêté à deux reprises depuis la mi-journée pour s'abriter pendant qu'il permettait à Bella de se reposer. À présent, il se tenait tremblant derrière un bosquet de bouleaux qui le protégeaient légèrement du vent pendant que la jument récupérait. Au vu des conditions climatiques, mieux valait ne pas trop s'attarder, car elle pourrait s'ankyloser, ce qui augmenterait le risque qu'elle devienne boiteuse.

Malgré tout, Bella n'en restait pas moins un bon cheval, pondéré et digne de confiance, la monture parfaite pour un messager. Elle obéissait toujours à ses ordres et réagissait rapidement. De plus, elle savait garder son calme. L'été précédent, alors qu'il faisait une halte, Terrance avait baissé les yeux et vu une vipère ondulant vers la jument. De nombreuses bêtes auraient paniqué, mais Bella s'était contentée, calmement, de lever un sabot et d'écraser le serpent avant que celui-ci ait le temps de réagir.

Lorsque sa monture fut suffisamment reposée, le cavalier se remit en selle et reprit la route vers sa première destination. Levant les yeux vers le ciel, il s'aperçut qu'il avait pris du retard sur l'horaire prévu. Cependant, il résista à l'impulsion de partir au galop. Il arriverait au camp quelques heures plus tard qu'il ne l'aurait voulu, mais son message serait quand même délivré à temps et lui-même pourrait prendre un repas chaud et passer la nuit relativement à l'abri du froid. Terrance savait que si le vent ne se calmait pas, la chevauchée du lendemain serait plus éprouvante encore, car il devait s'arrêter dans deux autres camps, situés plus haut dans les contreforts des montagnes et plus près des lignes ennemies.

Il se concentra sur la tâche qu'il avait à accomplir pour le moment, à savoir traverser les bois en évitant les quelques patrouilles tsurani qui inspectaient la frontière avant les neiges hivernales et épargner sa monture. Si Terrance se retrouvait à pied, il courait le risque de mourir de froid pendant la nuit, car alors il n'atteindrait pas la première position avancée avant le lendemain midi.

Après avoir chevauché pendant deux heures à une allure régulière, il décida de soulager de nouveau Bella. Cette dernière s'ébroua, protestant contre l'obligation de devoir le suivre tandis qu'il la menait par la bride, car elle savait que de l'avoine, du foin et une certaine chaleur sous un abri occupé par d'autres chevaux l'attendaient à la fin de cette journée.

Une demi-heure de marche plus tard, Terrance se remit en selle. Il poussa Bella à adopter un petit galop régulier sans jamais cesser de balayer son environnement du regard. Il était si facile de se laisser aller à rêvasser ou de fixer son regard sur un détail particulier du paysage. Les messagers étaient pratiquement les membres les plus vulnérables de l'armée ducale, juste derrière les gamins qui voyageaient dans le train de l'intendance. Il suffisait d'une embuscade montée par deux ou trois hommes armés et les ordres du comte n'arriveraient jamais à destination auprès des barons.

Trois heures avant le coucher du soleil, Terrance repéra un mouvement au nord de sa position. Ce ne fut qu'un éclair coloré sous le couvert des arbres, rien de plus, mais c'était déjà suffisant. Il s'agissait sans le moindre doute d'une patrouille tsurani, car les plantes permettant d'obtenir la teinture orange qu'utilisaient les envahisseurs du nom de Minwanabi pour border leurs armures noires ne poussaient pas dans ces forêts, tout comme celles qui donnaient l'écarlate et le jaune de ceux qu'on appelait les Anasati. Terrance poussa Bella à accélérer le pas et garda l'œil ouvert à la recherche d'autres traces des envahisseurs, mais les bois ne révélèrent rien de plus.

Le messager demeura vigilant pendant tout le restant de la journée et ne se détendit qu'à quelques minutes d'atteindre son premier objectif.

Tandis qu'il approchait du premier camp, il huma la fumée des feux de camp que le vent lui rabattait au visage. Le jeune homme savoura l'âcreté piquante de ces odeurs, devinant qu'il pourrait bientôt se reposer.

Il entendit une sentinelle s'écrier :

— Cavalier en approche !

S'il avait été à pied, Terrance aurait sûrement été arrêté plus d'une demi-douzaine de fois depuis qu'il avait quitté les bois et qu'il était entré sur le territoire qu'occupaient les forces du royaume. Mais les Tsurani ne possédaient pas de chevaux, si bien qu'on ne posait jamais de questions à un cavalier. Terrance se demanda pourquoi au fil des ans les envahisseurs n'avaient jamais entraîné de cavaliers pour monter les chevaux capturés. Cependant, comme personne de sa connaissance n'avait eu l'occasion de parler à un Tsurani vivant, il ne pouvait que se perdre en conjectures.

Terrance connaissait l'emplacement de la tente de commandement et s'y rendit directement. La frontière était tenue par des soldats originaires de la province de Yabon, soutenus par des troupes levées jusque dans les marches du Sud. Le commandant qui dirigeait ce camp était le baron Gruder, un vassal du duc Sutherland détaché auprès du comte de LaMut. Terrance l'avait rencontré à trois reprises depuis qu'il était entré chez les messagers et savait qu'il s'agissait d'un homme plein de bon sens, extrêmement direct et totalement dépourvu de sociabilité.

Un garde le fit entrer sous la tente, tandis qu'un autre conduisait Bella à l'abri où étaient rassemblées les montures de rechange. Les lanciers de LaMut étaient cantonnés dans ce camp, ainsi qu'une compagnie de cavalerie légère originaire de

Zûn. Deux compagnies de fantassins lourds venues d'Ylith et de Tyr-Sog complétaient cette armée. Pour eux, l'année avait été longue et difficile car ils avaient dû combattre à de nombreuses reprises les Tsurani et leurs alliés cho-ja, les « Insectes » comme les appelaient les hommes originaires du Sud.

Terrance se mit au garde-à-vous devant le baron.

— J'ai pour vous des ordres venant du comte, messire.

— Eh bien, allons-nous enfin nous retirer ? demanda Gruder, un individu corpulent dont le visage montrait qu'il s'attendait à un tel ordre.

— Oui, messire. Vous devez vous replier par étapes, dans la discipline et le calme, sur les cantonnements qui vous ont été assignés par le duc pour l'hiver.

La politique du royaume de l'Ouest rendait les nobles jaloux de leurs prérogatives, et Gruder n'avait pas manqué de protester de manière volubile contre son détachement auprès d'un comte « étranger ». C'est pourquoi les messagers avaient appris à se référer aux ordres des ducs Borric et Brucal aussi souvent que possible, pour éviter que le baron ne se lance dans une autre diatribe. Terrance était pratiquement gelé et mourait de faim, si bien qu'il tenait à éviter un nouveau long discours sur l'inconscience de Vandros qui laissait Gruder dans ce trou perdu alors qu'il manquait d'hommes, de provisions, d'armes et d'or, ainsi que toutes ces choses qu'il jugeait nécessaires pour lui permettre de mener à bien sa mission.

— Combat défensif uniquement, ajouta le jeune homme.

— Rien d'autre ?

— Il y a environ trois heures, j'ai surpris un mouvement sous les arbres au nord de la piste qui vient de l'est. Les couleurs que j'ai vues étaient tsurani.

— Avez-vous pu les identifier ?

— Minwanabi et Anasati, messire.

Gruder médita cette information en silence pendant quelques instants.

— D'après nos informations, ces deux maisons ne s'apprécient pas beaucoup. Elles doivent avoir une idée derrière la tête pour marcher ainsi ensemble. Il faudra que j'ouvre l'œil.

— Tout à fait, messire, répondit Terrance d'un ton aussi neutre que possible.

Il se demanda comment les forces du royaume étaient parvenues à apprendre quoi que ce fût au sujet des Tsurani, puisque ces derniers préféraient mourir plutôt que de se laisser capturer. Cependant, il garda pour lui sa curiosité. Il était là pour porter des messages, pas pour les comprendre ou les interpréter.

Le baron regarda le messager comme s'il venait juste de s'apercevoir que ce dernier était encore là.

— Très bien. Mangez donc un morceau et reposez-vous. On commencera la retraite dès l'aube.

En sortant de la tente de commandement, Terrance entendit le baron annoncer l'évacuation dans le calme. Un page allait porter la nouvelle aux officiers le long de la ligne dans les prochaines minutes. Le messager leva les yeux vers le ciel tandis que la lumière déclinait. Des nuages s'amoncelaient rapidement à l'ouest. Le soleil commençait à peine à se coucher, mais l'obscurité tombait rapidement.

Cela signifiait que les nuages étaient chargés d'humidité. À en juger par le froid qui régnait, ce ne serait pas de la pluie qui tomberait cette nuit-là, mais de la neige. Terrance ne désirait rien tant qu'un bon repas chaud et du repos, mais il avait d'abord l'intention d'aller voir les montures de rechange pour s'assurer que Bella était bien traitée. Après seulement, il prendrait soin de lui.

Tandis qu'il se dirigeait vers l'endroit où se trouvaient les chevaux, il sentit quelque chose d'humide effleurer sa joue. De nouveau, il regarda vers le ciel. Quelques flocons épars commençaient à tomber. Le garçon s'arrêta un moment tandis que des soldats passaient en courant à côté de lui et que l'agitation montait dans le camp à mesure que la nouvelle de la retraite se répandait.

Alors que s'améliorait l'humeur des hommes autour de lui, car nombre d'entre eux seraient de retour chez eux dans quelques jours, Terrance sentit une sombre inquiétude monter en lui. Si la neige tombait abondamment cette nuit, cela risquait de rendre difficile sa deuxième journée de mission. Peut-être même serait-il obligé de faire étape au troisième poste avancé avant de retourner au camp du comte. Il adressa une prière silencieuse à Killian, la déesse de la Nature, pour lui demander de retarder la chute des premiers flocons d'au moins une journée. Puis, jetant un coup d'œil aux visages des hommes impatients de rentrer dans leurs foyers, il modifia légèrement sa demande ; une semaine serait encore mieux.

Il sortit de sa rêverie et partit à la recherche de sa jument.

Le palefrenier avait bien pris soin de Bella qui s'ébroua pour saluer son cavalier, sortant la tête d'une pile de foin. Terrance prit malgré tout la peine de l'examiner afin de s'assurer que sa robe était bien sèche. Il se réjouit qu'on lui ait trouvé un endroit relativement chaud derrière le brise-vent, plutôt que de l'attacher à l'autre bout de la ligne, en dehors de l'abri.

Terrance s'aperçut alors qu'il y avait bien moins de chevaux qu'il ne l'aurait dû. Il se tourna vers le palefrenier.

— Une grosse patrouille est de sortie ?

— Non, répondit le soldat plus âgé. On a juste perdu beaucoup de gars cette année. (D'un geste du menton, il désigna l'autre bout de la ligne.) On a perdu beaucoup de chevaux aussi.

Terrance acquiesça et flatta l'encolure de Bella.

— Merci d'avoir pris soin d'elle.

— C'est mon boulot, répondit le palefrenier en s'éloignant.

Le messager sourit et tourna les talons. Il se hâta de gagner la tente sous laquelle se trouvait la cantine et se plaça dans la file d'attente derrière un jeune officier de cavalerie. Un marmiton lui tendit une écuelle en bois et un gobelet en métal, car son uniforme montrait que Terrance ne faisait pas partie du camp. La plupart des soldats dans la file possédaient leurs propres écuelle et gobelet qu'ils gardaient avec leurs affaires sous leur tente.

Le plat qu'on lui servit n'avait rien de remarquable mais il était chaud et nourrissant. Le thé avait un goût amer mais il fumait. Terrance mangea seul, assis à même le sol, à l'extérieur de la tente, du côté abrité du vent. Comme toujours, la plupart des soldats l'ignorèrent. Lorsqu'il eut terminé, il rendit l'écuelle et le gobelet au marmiton dans la cantine, puis entreprit de trouver un endroit où dormir.

En tant que messager, on attendait de lui qu'il trouve à loger où il pouvait, ce qui signifiait souvent qu'il dormait à même le sol avec sa selle pour oreiller et son manteau en guise de couverture. La plupart du temps, c'était tout à fait acceptable, mais le froid ce soir-là rendait la chose impossible.

Alors même qu'il approchait de la rangée de tentes occupées par les membres de la cavalerie, Terrance se mit à tousser et fut pris d'une quinte déchirante. Il tendit la main et agrippa le tronc d'un arbre. À moitié plié en deux, il s'obligea à inspirer profondément puis ramena de son arrière-gorge une grosse quantité de mucosités verdâtres qu'il recracha. Cette quinte de toux lui laissa un goût de soufre amer dans l'arrière-gorge, ce qui lui arracha une grimace. La démangeaison se transforma en douleur brûlante.

— Merde, murmura le garçon.

Il devenait bien plus malade qu'il ne l'aurait cru alors qu'il avait encore une journée de chevauchée devant lui, peut-être davantage si le climat empirait, avant de pouvoir rentrer au camp du comte et de se faire prescrire un remède par l'apothicaire qui travaillait à l'infirmerie. Cependant, il ne pouvait rien faire sinon persévérer dans sa mission.

Il s'avança vers les premières tentes et commença à demander si leurs occupants avaient encore de la place pour lui. Les six premières tentatives se soldèrent par des réponses négatives, mais dans la septième tente, il tomba sur un cavalier solitaire qui le dévisagea pendant un moment avant de hocher la tête pour l'inviter à entrer.

Terrance s'exécuta et regarda la couche vide, séparée du cavalier déjà allongé par le poteau qui soutenait la tente.

— Tu peux y aller, l'encouragea le cavalier en haussant légèrement les épaules. Il n'en aura plus besoin maintenant.

Terrance ne demanda pas à qui ce « il » faisait référence, car il s'agissait de toute évidence d'un camarade tombé au combat. Il s'assit et échangea un regard avec le cavalier. Ce dernier avait au moins dix ans de plus que lui, mais paraissait deux fois plus âgé. Il avait les yeux enfoncés et bordés de rouge comme s'il n'avait pas dormi depuis des jours et ses cernes noirs accentuaient l'impression que l'on avait affaire à un homme extrêmement fatigué.

— Vous venez juste de rentrer ? lui demanda Terrance.

— Hier. On a surpris une patrouille tsurani à découvert… (Sa voix s'éteignit tandis qu'il se rallongeait sur sa couche.) Notre capitaine ne s'est pas rendu compte qu'on avait chargé leur avant-garde, jusqu'au moment où le reste de la compagnie nous est tombée dessus en surgissant des arbres. Ça ne s'est pas joué à grand-chose.

— Il s'agissait de forces alliées ? Il y avait plus d'une maison impliquée ?

Le cavalier acquiesça.

— On était trente contre cent. Ça n'a pas été beau à voir. (Il soupira.) Ne va pas croire que je suis impoli, mais j'ai besoin de sommeil. On effectue une nouvelle sortie demain.

Terrance résista à l'impulsion de lui dire qu'il recevrait de nouveaux ordres le lendemain matin, car ce n'était pas à lui de lui annoncer la nouvelle.

— Dormez bien, se contenta-t-il de dire, mais le soldat respirait déjà d'une façon profonde et régulière.

Terrance défit la corde qui retenait la portière de la tente ouverte. Puis il enroula l'épaisse couverture autour de son corps en s'allongeant sur le mince tapis de couchage. La couverture sentait la sueur aigre et la saleté d'un autre homme, et le sol était froid et inégal, mais Terrance avait déjà été obligé de dormir dans de pires conditions. De plus, il était jeune et fatigué. Il eut deux quintes de toux et se redressa à chaque fois pour voir s'il avait dérangé son compagnon. Mais ce n'était pas le cas. Comme la plupart des soldats, le cavalier avait appris à dormir profondément quel que soit le bruit à proximité.

Terrance ferma les yeux et essaya de se détendre. Il sentait la transpiration dégouliner dans son cou et dans son dos en dépit du froid et resserra la couverture autour de lui. Des images de sa maison et de sa famille se bousculaient dans son esprit sans aucune cohérence. Au bout de quelques minutes agitées, le sommeil survint.

Le jour se leva sur des rafales de neige. Terrance remarqua en se dirigeant vers la cantine que l'activité dans le camp augmentait à mesure que chacun apprenait qu'il avait ordre de quitter le front et de se replier pour l'hiver. Des hommes qui s'attendaient d'un air sombre à ce que cette journée amène une nouvelle bataille respiraient à présent à pleins poumons et avaient du mal à contenir un sourire ou des larmes de soulagement, car ils étaient presque certains à présent de vivre jusqu'au printemps suivant.

Terrance avait le corps douloureux et l'impression de ne pas s'être reposé du tout. Cependant, il avait une mission à terminer, si bien qu'il déjeuna rapidement de pain frais, tout juste sorti du four, accompagné de miel, de beurre, de fruits secs et d'une longue lanière de bœuf cuit la veille. Le cuisinier distribuait des portions généreuses car plus les soldats mangeraient ce matin-là et moins il aurait de provisions à empaqueter et à remmener à LaMut.

Terrance finissait son petit déjeuner lorsqu'un sergent couvert de cicatrices et à l'œil gauche recouvert d'un bandeau vint le trouver.

— Le baron veut te voir, déclara-t-il.

Sur ce, il tourna les talons, sans vérifier si Terrance le suivait bien.

Le jeune homme s'arrêta à l'entrée de la tente de commandement et s'annonça. Le baron lui donna l'ordre d'entrer dans le pavillon et lui tendit un paquet de messages.

— Mets ça dans tes affaires, mon garçon. C'est pour le comte. Les barons Moncrief et Summerville auront sûrement des rapports à te confier eux aussi.

— À vos ordres, messire, acquiesça Terrance.

— Combat défensif, tu parles, marmonna Gruder pour lui-même. Mais à quoi peut bien penser Vandros ! (Comme s'il avait besoin de quelqu'un pour exprimer son opinion, il ajouta :) J'ai appris que les Tsurani s'étaient emparés d'un nouvel avant-poste il y a quatre jours ! Ils ne se contentent pas d'envoyer des patrouilles, ils déplacent leurs hommes en grand nombre ; ils nous préparent quelque chose.

» Si nous voulons gagner cette guerre un jour, il faut que nous les attaquions les premiers au lieu de continuer à attendre. (Il baissa la tête pour examiner une carte sur une table située à sa droite. Ses yeux passèrent rapidement d'un repère à un autre comme s'il essayait de lire l'avenir sur le papier.) Certains de mes gars sont tombés sur une patrouille tsurani avant-hier, reprit-il en relevant la tête. Il ne s'agit pas de celle que tu as vue hier, alors ouvre l'œil. Je crois que nos camarades de jeu de l'autre côté du front songent à se glisser derrière nous pendant que nous nous retirons. Ils s'enterreront dans des tranchées et élèveront des fortifications, si bien qu'en revenant au printemps, on découvrira qu'ils ont agrandi leur territoire. Répète aux autres barons ce que je viens de te dire, je te prie, et préviens-les que je vais me replier par étapes successives et que je serai prêt à faire demi-tour et à me battre s'il le faut. Combat défensif, ben voyons ! (D'un geste de la main, il désigna le paquet que tenait Terrance.) Veille à ce que le comte Vandros reçoive bien mes messages, mon garçon.

Ce dernier acquiesça, gravant toutes les remarques du baron dans sa mémoire. Puis il attendit, se demandant si Gruder avait quelque chose à ajouter. Finalement, celui-ci se rendit compte que le messager attendait qu'il le congédie, ce qu'il fit d'un geste de la main.

Le garçon salua le baron, tourna les talons et quitta la tente. Il se dirigea tout droit vers l'endroit où se trouvaient les chevaux. Moins de quinze minutes plus tard, après avoir sellé Bella, il s'en allait, traversant la foule de soldats agités qui levaient le camp. Il se déplaçait d'un pas décidé mais lent pour laisser le temps à sa monture de s'échauffer avant de prendre de la vitesse.

Le sol n'était pas gelé si bien que la neige tombée pendant la nuit se transformait rapidement en boue sous les pieds des soldats. Terrance savait qu'il lui faudrait s'arrêter plusieurs fois pour nettoyer les sabots de sa jument. Mais au moins, il n'aurait pas à patauger dans cette gadoue épaisse et profonde, capable d'aspirer le fer d'un cheval ou la botte d'un cavalier, qui recouvrait les chemins au printemps, lors du dégel.

S'estimant chanceux de ce point de vue-là, il prit la direction du sud-ouest et poussa sa monture au trot. Il la sentit se contracter lorsqu'une quinte de toux le prit, mais il lui tapota l'encolure quand la crise fut passée, si bien que la jument se détendit. Puis il la lança au petit galop et regarda défiler le paysage en accumulant les kilomètres.

Terrance tira sur les rênes pour ordonner à Bella de s'arrêter. L'air était immobile, comme si le temps retenait son souffle dans l'attente du prochain assaut. Les rafales de neige avaient cessé une heure après que le messager eut quitté le camp du baron Gruder. Mais Terrance savait qu'il y en aurait bientôt de nouvelles. Un soleil brumeux éclairait le visage du garçon, torturant ce dernier en lui promettant une chaleur qui ne viendrait pas. L'air était glacial et le sol commençait à geler, si bien que les sabots de Bella ne cessaient de broyer davantage de cristaux de glace à chaque minute qui passait. Le froid mordait Terrance à travers son manteau tandis que le souffle de Bella formait un nuage de vapeur. De gros cumulus arrivaient en provenance de l'ouest.

Depuis son départ du camp, Terrance n'avait rien vu qui sorte de l'ordinaire, mais il restait constamment sur ses gardes, par nécessité. La fièvre qui le dévorait l'empêchait de se concentrer autant qu'il l'aurait voulu, mais il parvenait à ignorer en grande partie la douleur qui s'étendait désormais à chacun des os de son corps.

Il laissa Bella se reposer quelques instants tandis qu'il observait le paysage. Il se trouvait sur une piste qui longeait une rangée d'arbres s'étendant vers le sud. Au nord, le terrain descendait en pente et se terminait en une grande prairie. Terrance passa en revue les différents points de repère dans le lointain, car il n'avait pas emporté de carte, au cas où il se ferait capturer par l'ennemi. Comme tous les messagers, il avait appris par cœur les cartes de la région et savait reconnaître les détails significatifs qu'il pourrait utiliser comme points de repère.

Quelque chose attira son attention à l'autre bout de la prairie. Un groupe de silhouettes surgit, se dirigeant lentement dans sa direction. Au début, il pensa à une patrouille tsurani, mais élimina rapidement cette hypothèse. Le groupe comprenait une vingtaine de personnes à la démarche épuisée, qui semblaient n'avoir d'autre but que d'aller vers le sud le plus rapidement possible. Aucune d'elles n'était vêtue de l'armure colorée des Tsurani.

Terrance attendit. Le temps qu'il passerait à enquêter sur ce groupe se révélerait précieux si ces gens possédaient la moindre information valable concernant les déplacements des Tsurani au nord ou à l'ouest. À mesure qu'elles se rapprochaient, les silhouettes se précisèrent et devinrent des villageois – des fermiers ou des bûcherons, à en juger par leurs habits. Il y avait là des hommes, des femmes et quelques enfants. Tous portaient des baluchons.

L'un des hommes aperçut Terrance et le montra du doigt. Les autres commencèrent à crier en agitant les bras. Le garçon fit faire volte-face à sa monture et lui fit descendre la pente dans leur direction. Il rejoignit les villageois visiblement épuisés au milieu de la prairie. Les enfants s'accrochaient aux adultes et tout le monde était essoufflé.

— Bonjour ! s'écria l'un des hommes lorsque Terrance arriva à portée de voix. Vous êtes un soldat ?

Il s'exprimait en natalais, la langue des Cités libres. Originaire de Yabon, le jeune messager en comprenait la majeure partie, car le dialecte yabonais était très proche du natalais même si, dans sa maison, l'on s'exprimait principalement dans la langue du roi.

— Oui, j'appartiens à l'armée du royaume, répondit-il. Et vous, qui êtes-vous ?

— Nous sommes du village de Ralinda, situé à onze kilomètres au nord d'ici.

Terrance acquiesça, car il connaissait l'emplacement de ce village.

— Je croyais qu'il était aux mains des Tsurani.

— Ils sont partis hier, jusqu'au dernier d'entre eux, expliqua la femme qui se tenait à côté de l'homme qui avait interpellé le messager. L'année dernière, ils ont laissé quelques soldats pour nous faire travailler, mais pas cette année. Alors on s'est enfui.

Terrance hocha la tête. Il se retourna et désigna le sommet de la pente.

— Une fois arrivés là-haut, prenez la direction du nord-est et suivez la crête. Vous trouverez une piste dans les bois qui vous emmènera à l'endroit où le baron Gruder lève le camp pour retourner à LaMut. Vous pourrez accompagner les soldats et trouver un refuge pour l'hiver. (Il se tourna vers l'homme qui l'avait hélé.) Quelle direction les Tsurani ont-ils pris ?

— Sud-ouest.

Terrance effectua un bref calcul mental, puis remercia le villageois.

— Merci et bonne chance.

Éprouvant un brusque sentiment d'urgence, il fit virevolter Bella et l'éperonna pour la pousser à remonter la pente. Si la garnison toute entière cantonnée dans ce village n'était pas retournée à son point de ravitaillement, au nord-ouest des Tours Grises, cela signifiait qu'elle devait rejoindre d'autres compagnies pour un ultime assaut. Or, à en juger par la direction qu'elle avait prise, son objectif ne pouvait être que la position du baron Moncrief. L'espace d'un instant, Terrance envisagea de faire demi-tour pour demander aux villageois d'apporter la nouvelle au baron Gruder. Mais, même s'ils atteignaient le camp de Gruder avant la tombée de la nuit, l'issue de la bataille au camp de Moncrief serait décidée bien avant que le premier baron puisse envoyer des renforts.

De plus, songea le messager, ce n'était que des suppositions. Il pouvait très bien avoir tort.

Mais au fond de lui, il savait que ce n'était pas le cas.

Il lança Bella au petit galop en espérant qu'il pourrait rejoindre Moncrief avant les Tsurani.

Bella faisait de son mieux pour continuer à galoper. Terrance avait essayé de conserver une allure aussi rapide que possible sans tuer sa jument, alternant des périodes de galop avec des périodes de trot. Mais il ne l'avait pas laissée se reposer depuis qu'il avait appris que les Tsurani avaient abandonné le village de Ralinda. Il avait beau adorer Bella, il savait que son devoir était de la sacrifier pour pouvoir avertir le baron Moncrief.

La jument cherchait son souffle mais ne réussissait plus qu'à produire un râle grinçant et rauque qui fit comprendre à son cavalier qu'elle était proche de la fin. Mais elle avait du cœur et continuerait à courir jusqu'à s'effondrer sous lui, Terrance le savait. Il se retrouvait face à un terrible dilemme, car il lui fallait sans cesse contrebalancer la nécessité de faire au plus vite avec celle de garder Bella en vie. Il n'aurait pratiquement aucune chance d'arriver au camp de Moncrief avant les Tsurani s'il devait parcourir ne serait-ce que les trois derniers kilomètres à pied.

Il tira sur les rênes et laissa la jument ralentir jusqu'à marcher au pas. Au bout de cinq minutes de ce régime, ses halètements diminuèrent peu à peu. Terrance s'essuya le front du revers de sa main droite gantée. Il sentait la sueur dégouliner le long de sa nuque à l'intérieur de sa veste. Il s'aperçut avec un étrange détachement qu'en dépit du froid glacial, il était trempé sous son manteau. Il avait également la gorge sèche malgré les grandes quantités d'eau qu'il avalait et les poumons contractés, ce qui le gênait et l'empêchait de respirer profondément. Des quintes de toux l'avaient déjà forcé à s'arrêter trois fois, le temps de se pencher par-dessus la selle pour recracher des glaires. Sa cage thoracique lui faisait mal.

Ignorant son propre inconfort, il regarda autour de lui à la recherche de repères. Il s'aperçut qu'il était sur le point d'entrer dans une vallée longue de cinq ou six kilomètres, qui allait en s'étrécissant et qui se terminait en pointe au sud-ouest, à l'entrée du dernier col qu'il aurait à franchir avant d'atteindre la position du baron Moncrief.

Un mouvement à l'orée d'un bosquet au nord attira l'attention du messager qui s'arrêta quelques instants. Il se souleva sur ses étriers en fer et étudia les arbres. Derrière la première rangée de troncs, il aperçut d'autres mouvements et de faibles taches de couleur bleue, verte et rouge parmi les ombres du sous-bois.

Il savait qu'il s'agissait des Tsurani, et de plusieurs compagnies réunies sous un même commandement, à en juger par la diversité des couleurs. Gruder avait raison ; leurs ennemis s'apprêtaient à se glisser derrière les forces du royaume à mesure qu'elles se retiraient, afin d'élargir les zones qu'ils contrôlaient déjà.

Les Tsurani avaient cessé d'étendre leurs territoires depuis la première année de la guerre, laissant un front stable se développer au cours des six dernières années, à deux exceptions près : le siège de Crydee et la tentative d'atteindre Port-Natal et la Triste Mer.

Mais cela ne signifiait pas qu'ils avaient définitivement renoncé à agrandir la liste de leurs possessions.

Terrance poussa sa jument fatiguée à se remettre en route.

Il savait comme la plupart des gens que les Tsurani possédaient l'une des meilleures infanteries que les Midkemians aient jamais vues. Ils étaient capables de marcher sur une distance de quatre-vingt kilomètres, jour et nuit, et de se battre en arrivant à destination. Trente kilomètres par jour représentaient pour eux une simple promenade.

Il calcula la distance qui séparait les arbres de l'entrée du col et comprit qu'il lui faudrait se dépêcher pour l'atteindre en premier, précédant l'avant-garde des envahisseurs. Il donna un violent coup de pied dans les flancs de sa monture épuisée qui répondit vaillamment.

Au début, Bella galopa presque aussi vite qu'elle l'aurait fait en temps ordinaire, lorsqu'elle était reposée. Mais Terrance sentait son énergie décroître à chaque seconde. Lorsque la jument et son cavalier eurent parcouru la moitié de la distance qui les séparait du col, la pauvre bête avait peine à maintenir un faible galop. À l'approche des arbres, son allure se réduisit à un pas vacillant.

Terrance sauta à terre et ôta rapidement son manteau, trop encombrant pour lui permettre de courir à son aise. Tandis que le froid s'engouffrait sous sa veste mince, provoquant un frisson renforcé par la sueur qui lui couvrait la peau, le garçon attacha la sacoche contenant les rapports du baron Gruder en travers de sa poitrine. Puis, en silence, il fit ses adieux à Bella. Il tourna la tête de la jument en direction de la route qu'ils avaient parcourue ensemble, adressa une prière silencieuse à la déesse de la Chance et donna une grande claque sur la croupe de l'animal. Bella s'éloigna puis s'arrêta, haletante, cherchant à reprendre son souffle. Elle se tourna pour regarder son cavalier qui lui dit :

— Rentre à la maison, Bella !

On aurait presque dit qu'elle acquiesçait lorsqu'elle se détourna et commença lentement à marcher sur le chemin par lequel ils étaient venus.

Terrance, quant à lui, fixa son regard sur le col, situé à environ trois kilomètres devant lui. Puis il s'élança au trot, maintenant une allure régulière. Le sol était suffisamment gelé pour que la moindre tentative de courir plus vite se révèle désastreuse. Il ne pouvait prendre le risque de récolter une blessure qui l'empêcherait d'achever la mission qu'on lui avait confiée. De plus, s'il tombait maintenant, il serait certainement capturé ou tué par les Tsurani.

À plusieurs reprises, il sentit ses bottes glisser légèrement, mais pendant la majeure partie du trajet, son allure lui permit de se déplacer rapidement vers son objectif tout en lui donnant une certaine stabilité. Il venait d'atteindre une petite clairière, juste avant d'entrer dans les sous-bois qui le mèneraient à l'entrée du col, lorsque des cris dans le lointain lui apprirent que les Tsurani l'avaient repéré. Sans plus se soucier du sol gelé, Terrance se mit à courir pour de bon.

Il jeta un coup d'œil sur sa droite et aperçut une demi-douzaine de soldats tsurani, vêtus des couleurs noir et orange de la maison Minwanabi. Ils semblaient bien déterminés à lui barrer la route. Le messager calcula l'angle de leur trajectoire et conclut qu'il était capable d'atteindre les arbres avant que ses ennemis le rejoignent. Il espérait que ses poursuivants ne connaissaient pas aussi bien la région que lui, car il avait déjà repéré deux endroits où il pourrait gagner un peu de temps. Si les Tsurani les connaissaient aussi, il allait sûrement mourir.

Il baissa la tête et accéléra.

Une centaine de mètres avant la première rangée d'arbres, Terrance entendit le son des sandales tsurani broyant le sol glacé tandis que leurs propriétaires redoublaient de vitesse pour le rattraper. Cinquante mètres plus loin, il entendit leur souffle haletant alors qu'ils se rapprochaient. À vingt-cinq mètres, une flèche passa à côté de sa tête, le manquant de moins d'un mètre. Terrance plongea et atteignit l'orée du sous-bois au moment où une deuxième flèche se plantait dans le tronc derrière lequel il venait juste de sauter.

Il dévia sur sa droite et dévala un étroit sentier entre une demi-douzaine de gros troncs. Ses poumons le brûlaient et ses jambes commençaient à trembler, mais Terrance se concentra sur une seule tâche : distancer les Tsurani. Le cœur battant, il sentait que la peur était sur le point de le submerger et il battit des paupières pour refouler ses larmes, refusant de quitter le sentier des yeux. Il s'agissait d'une piste qu'empruntait le gibier pour aller boire à une petite mare quelque deux cents mètres plus loin. Cinquante mètres avant d'atteindre l'eau, il tourna de nouveau sur sa droite pour escalader une petite hauteur. Il savait que si les Tsurani perdaient sa trace, ils continueraient sûrement à suivre le sentier en direction de la mare, ce qui lui permettrait de gagner de précieuses minutes.

Cependant, même s'il réussissait à semer les six ennemis qui le poursuivaient, il n'en restait pas moins le gros des troupes tsurani qui se dirigeait vers la même destination que lui. S'il n'arrivait pas au camp au moins cinq minutes avant eux, le risque que l'un de leurs archers l'abatte serait très élevé, car juste avant le col se trouvait un espace dégagé qui n'offrait aucune protection à un coureur.

Pour la première fois depuis qu'il était entré chez les messagers, Terrance maudit la nécessité qui oblige les cavaliers à porter des talons hauts. À plusieurs reprises, il sentit ses chevilles trembler et presque céder sous son poids tandis qu'il traversait les bois telle une flèche. Distraitement, il songea qu'il pourrait peut-être demander à un bottier de découper le cuir sur le devant des chevilles et d'ajouter des œillets et des lacets afin qu'il puisse resserrer ses bottes. Puis il s'aperçut que le mieux était encore d'éviter d'avoir à courir.

Il déboucha à pleine vitesse dans la petite clairière et choisit de courir aussi vite que possible plutôt que de zigzaguer. Il espérait atteindre les rochers non loin de là avant qu'un archer tsurani ait le temps de s'arrêter, d'encocher une flèche, de le mettre en joue et de lui tirer dessus.

Quelque chose – peut-être le son d'une corde que l'on relâche, ou un bruit de pas manquant, ou tout simplement son intuition – le poussa à plonger sur sa gauche au dernier moment. Une flèche noire passa à côté de lui et ne manqua son dos qu'à une quinzaine de centimètres près. Terrance courut ensuite sur la droite puis entra dans le col, entre les rochers, en longeant la paroi de gauche.

Le passage était suffisamment étroit pour que seuls deux cavaliers puissent y chevaucher de front. Terrance savait qu'il s'agissait d'une position d'étranglement logique pour les défenseurs situés au sud-ouest. Il devait donc y avoir au moins une petite escouade de soldats du royaume à l'autre bout du défilé ; le messager s'en sortirait sain et sauf s'il arrivait à franchir les mille six cents mètres de piste rocailleuse avant que les Tsurani le rattrapent.

Il espérait qu'ils feraient preuve de prudence et ralentiraient en entrant dans le col, peut-être dans la crainte que leur proie ait fait demi-tour pour leur tendre une embuscade. Mais quelques instants plus tard, il entendit l'écho d'une course derrière lui et comprit que les Tsurani étaient tout sauf prudents. Ils avaient vu qu'ils avaient affaire à un homme seul, uniquement armé d'une épée, qui courait pour sauver sa peau.

Les jambes du messager le brûlaient en raison de la fatigue et ses poumons ne semblaient pas réussir à se remplir d'air. Terrance se força à respirer aussi profondément que possible, expirant tout l'air de sa poitrine avant de se remettre à respirer normalement. Il sentit une nouvelle quinte de toux monter dans sa gorge et exhala brusquement pour repousser cette menace. Il avait l'impression de perdre des forces à chaque seconde et redoutait de s'effondrer avant d'être en sécurité. Il combattit la panique car il savait qu'elle le tuerait plus rapidement que tout le reste. Il était malade et fatigué, mais il resta concentré et continua à courir aussi vite que possible, sachant que la mort n'était qu'à cinquante mètres derrière lui.

Le col formait plusieurs tournants, ce qui empêcha les Tsurani de tirer à nouveau sur leur proie. Terrance savait également que la piste redevenait droite sur cent cinquante mètres et s'élargissait à son embouchure, au sud-ouest. Il espérait que les archers du royaume sauraient reconnaître son uniforme et celui de ses poursuivants.

Puis, au détour d'un virage, il se retrouva face à cette ligne droite de cent cinquante mètres qui menait à une barricade ne pouvant appartenir qu'au royaume. Une redoute qui s'élevait à hauteur de poitrine avait été édifiée en travers du col depuis le dernier passage de Terrance. Des cris s'élevèrent derrière la fortification. Le messager comprit qu'on l'avait vu et agita la main pour saluer ses camarades tout en continuant à courir.

Il savait qu'il ne ressemblait en rien à un Tsurani, mais espérait que c'était tout aussi évident pour les archers qui lui faisaient face. Alors qu'il approchait de la redoute, il les vit lever leurs arcs et décocher plusieurs flèches.

Ces dernières passèrent au-dessus de la tête de Terrance qui entendit un cri de douleur s'élever derrière lui. Il comprit que les Tsurani étaient visibles eux aussi. Cependant, il ne prit pas le risque de jeter un coup d'œil par-dessus son épaule, au cas où ses ennemis le poursuivraient encore, au mépris des flèches que tiraient les soldats du royaume pour le couvrir.

En arrivant au pied de la redoute, il bondit dans les airs et atterrit au sommet de la barricade haute d'un mètre trente.

Il laissa son corps se relâcher tandis que les soldats du royaume l'attrapaient par la veste et le tiraient par-dessus le rempart.

L'homme qui le remit debout était un sergent grisonnant affligé d'une vilaine cicatrice sur le visage. Il l'avait récoltée depuis moins d'une semaine mais elle avait été mal recousue, à en juger par son aspect.

— Il s'en est fallu de peu, pas vrai, gamin ?

— J'avais pas… le choix, expliqua Terrance entre deux halètements et une soudaine et violente quinte de toux. Ma jument… n'en pouvait plus… et il fallait que… j'apporte mes messages… au baron Moncrief.

— Je veux bien, répliqua un soldat accroupi non loin de là à l'abri du parapet. Mais t'étais pas obligé de les ramener avec toi !

Il désigna les archers tsurani occupés à échanger des tirs avec ceux du royaume.

— Ce n'était pas mon idée, répliqua Terrance qui se releva tout en veillant à garder la tête baissée.

Brusquement, il fut pris d'une nouvelle quinte de toux qui lui secoua tout le corps et lui laissa les côtes douloureuses. Il fit remonter les mucosités de ses poumons, tourna la tête et recracha le tout.

— Tu es sûr que tu vas vivre ? s'inquiéta le sergent.

— Mais oui, répondit Terrance. Ce n'est rien qu'une vilaine angine de poitrine. Pas de quoi en faire un plat. (Il se reposa un moment, les mains sur les genoux, puis se redressa.) J'ai besoin d'un cheval, sergent.

— Prends-en un dans les réserves. On a perdu quelques gars au cours de la dernière semaine. Qu'est-ce qui risque de nous tomber dessus aujourd'hui ?

— Un grand nombre de Tsurani, visiblement, répondit Terrance. Je dois avertir le baron. On dirait que nos ennemis ont prévu un assaut de dernière minute pour s'emparer de la région toute entière.

— Merveilleux, commenta le sergent en tirant son épée. Tenez-vous prêts, les gars ! cria-t-il tandis que Terrance s'éloignait de la barricade.

Une douzaine de petites tentes étaient plantées à une centaine de mètres au sud de la fortification. Les soldats qui s'y reposaient jusque-là couraient déjà vers la redoute. Le sergent avait dû les appeler dès qu'il avait vu Terrance sortir du col en courant. Le garçon effectua un rapide calcul et estima qu'il devait y avoir une centaine de soldats prêts à défendre la barricade. Grâce à leurs archers, ils seraient capables de retenir les Tsurani pendant une heure, peut-être deux. Cela devrait être suffisant pour permettre au jeune homme d'atteindre le camp et d'envoyer des renforts au secours du sergent.

Le messager examina rapidement les chevaux et choisit un hongre gris doté d'un large poitrail, après s'être assuré que ses quatre pattes étaient parfaitement saines. L'animal paraissait fort et endurant, deux qualités dont Terrance avait plus besoin que la rapidité que devaient posséder les autres chevaux.

Juste histoire d'être sûr, il examina rapidement les sabots de l'animal. Mais on avait bien pris soin de lui et il n'avait aucun problème d'échauffement ou autre. Terrance passa ensuite en revue les selles à sa disposition et en prit une qui paraissait presque aussi légère que celle qu'il avait laissée sur Bella. À deux reprises, il dut s'arrêter le temps de tousser, mais après avoir de nouveau craché ses miasmes, il se sentit mieux et parvint à respirer un peu plus facilement. Peut-être l'angine allait-elle disparaître d'elle-même, songea-t-il. Il regarda la selle qu'il avait choisie. Elle appartenait probablement à un éclaireur, car les autres étaient bien plus massives et faites pour ceux qui se battaient à dos de cheval. La compagnie qui campait là appartenait à l'infanterie montée, mais servait aussi parfois de renforts à la cavalerie, comme l'indiquaient les selles.

Terrance harnacha le hongre et se mit en selle, concentré sur sa mission. Il évita de repenser à la terreur qu'il avait éprouvée lors de sa course et détourna son esprit de cette peur, car s'ouvrir à elle ne ferait que l'handicaper et l'empêcherait de mener à bien la tâche qu'on lui avait confiée. Il ne pouvait supporter l'idée d'un tel déshonneur.

L'animal s'ébroua puis s'engagea sur le sentier et s'éloigna de la bataille imminente. Pendant quelques minutes, Terrance le laissa avancer au trot rapide pour s'échauffer, puis l'éperonna et le lança au galop.

Le camp du baron se trouvait à six kilomètres de là, si bien que le messager ne mit que quelques minutes à couvrir cette distance. Sans un mot, il mit pied à terre et lança les rênes de sa monture au soldat qui montait la garde devant la tente de commandement.

— J'ai des ordres à remettre au baron de la part du comte ! annonça-t-il au garde qui se tenait de l'autre côté de l'entrée.

Ce dernier acquiesça et passa la tête à l'intérieur. Il prononça quelques mots puis, quelques instants plus tard, recula en tenant la portière ouverte.

— J'ai pour vous des messages venant du comte Vandros et du baron Gruder, messire, annonça Terrance en entrant sous le pavillon.

Moncrief était un homme âgé qui approchait les soixante-dix ans, mais la guerre le faisait paraître plus vieux encore. Ses cheveux gris lui arrivaient aux épaules et des cernes noirs encerclaient ses yeux profondément enfoncés dans leur orbite.

— Poursuivez, ordonna-t-il d'une voix douce.

— De la part du comte : vous devez vous replier sur vos quartiers d'hiver. Combat défensif uniquement.

» De la part du baron Gruder : il s'attend à un assaut tsurani massif pour s'emparer de ces territoires pendant que l'armée du royaume se retire. Il pense que nos ennemis veulent étendre leur domaine.

» De plus, messire, lorsque je suis arrivé, la barricade en travers du col septentrional subissait l'attaque de plusieurs compagnies ennemies, rassemblant des membres d'au moins deux grandes maisons, celles des Minwanabi et des Anasati.

Le baron battit des paupières.

— Pardon ?

— L'ennemi assaille votre barricade en ce moment même et le sergent qui commande sur place vous demande respectueusement d'envoyer des renforts.

— Pourquoi ne pas l'avoir dit plus tôt ? protesta Moncrief.

Sans attendre la réponse, il donna l'ordre à ses soldats de se préparer à se déplacer vers le nord pour répondre à l'attaque tsurani.

Terrance attendait, car on ne l'avait pas encore congédié. Quand le baron eut fini de donner ses ordres, il se tourna vers le messager.

— Rien d'autre ?

— Messire, j'ai perdu mon cheval en venant ici et j'en ai pris un autre parmi les chevaux de la réserve, sur la barricade. Ai-je la permission de le garder pour pouvoir poursuivre ma mission ?

— Oui, répondit le baron en balayant la question d'un geste de la main.

— Avez-vous des messages que vous aimeriez me confier, messire ?

— En temps ordinaire, j'aurais rédigé un rapport pour le duc, mais compte tenu des circonstances, je vais être trop occupé. (Son ordonnance entra sous la tente, suivi de deux autres serviteurs qui portaient l'armure du baron. Le vieil homme avait visiblement l'intention de mener les renforts lui-même jusqu'à la barricade.) Je présenterai moi-même mon rapport au comte Vandros quand je rentrerai à LaMut. Dites simplement au baron Summerville ce qui se passe ici et demandez-lui de bien réfléchir à la meilleure manière de se replier tout en protégeant le flanc de son armée.

— À vos ordres, messire.

— Vous pouvez partir, ajouta Moncrief.

Terrance sortit de la tente et reprit les rênes de sa monture. Il était malade, affamé, épuisé et surtout, il mourait de soif. Il se fraya un chemin à travers le camp en plein tumulte, car des centaines de soldats couraient pour rejoindre leur compagnie et se préparer à prendre la route du Nord. Même les réserves qui resteraient pour protéger le camp ou se porter au secours d'autres positions le long du front se rassemblaient.

Le messager atteignit la tente de l'intendance et trouva les cuisiniers et leurs marmitons occupés à préparer frénétiquement de quoi nourrir les soldats sur le front. Terrance attrapa un gamin qui se hâtait de porter un panier de pain encore chaud jusqu'à un chariot.

— Où est-ce que je peux trouver une gourde ?

Le gamin repoussa sa main.

— On n'en a plus. Demandez à l'intendant.

Terrance attrapa une miche de pain au sommet du panier en dépit des protestations du garçon. Puis il poursuivit son chemin, bousculant au passage deux autres gamins qui portaient un tonneau à moitié rempli de pommes. Il en prit une sans qu'ils le remarquent. Le fruit commençait déjà à s'abîmer mais Terrance mordit dedans sans tenir compte des taches brunes.

Il alla trouver l'intendant qui supervisait le chargement des provisions.

— Je suis le messager du comte. J'ai besoin d'une gourde d'eau et d'un manteau si c'est possible.

L'intendant jeta un coup d'œil à Terrance et vit sa veste et les tresses qui la décoraient.

— Vous avez perdu les vôtres ?

— Avec mon cheval.

— Ce n'était pas très malin, vous ne croyez pas ?

Terrance ignora cette remarque.

— Vous en avez ou pas ?

L'homme désigna une pile de vêtements à l'autre bout de la zone réservée à l'intendance, dans un endroit vers lequel deux gamins se dirigeaient à bord d'un chariot vide.

— Vous trouverez sûrement une cape ou un manteau là-dedans, si le sang ne vous dérange pas. (Il se retourna et fouilla dans un tas de sacs en toile.) Et voilà une gourde. (Avant que Terrance ait le temps de poser la question, il ajouta :) Vous trouverez les tonneaux d'eau par là-bas. (Il désigna le centre du camp où les soldats remplissaient leur gourde en prévision de la marche qu'ils allaient devoir effectuer.) Je me dépêcherais si j'étais vous.

Le garçon comprit ce qu'il voulait dire par là : compte tenu du conflit qui venait d'éclater sur la barricade, l'intendance allait être déplacée elle aussi pour pouvoir soutenir les renforts. Les gamins se hâtaient donc de charger les chariots et d'atteler les chevaux afin d'apporter les provisions et l'équipement sur les lieux de la bataille le plus rapidement possible.

Terrance engloutit plusieurs bouchées de pomme et de pain en conduisant son cheval près du tas de vêtements qui attendaient d'être triés. Si la situation n'avait pas viré au chaos, les gamins de l'intendance auraient passé en revue tous les habits récupérés sur les cadavres afin de mettre de côté tout ce qui était récupérable, pour les nettoyer et les rendre à l'intendant. Les manteaux, capes, vestes et pantalons trop abîmés pour être recousus auraient fini brûlés.

Mais pour le moment, les deux gamins qui avaient amené le chariot jusque-là lançaient avec énergie tous les vêtements à l'arrière du véhicule.

— Attendez un peu ! s'écria Terrance.

Ils s'arrêtèrent.

— Quoi ? demanda l'un d'eux.

— J'ai besoin d'un manteau. J'ai perdu le mien à cause des Tsurani.

— Faites vite, recommanda le deuxième gamin, un adolescent de petite taille mais large d'épaules qui rentrerait sûrement dans l'armée l'année suivante. On nous a dit qu'on devait remmener tout ça à LaMut et qu'on trierait sur place.

Terrance ignora la puanteur du sang séché, de la sueur, de l'urine et des matières fécales qui caractérisait les vêtements récupérés sur un champ de bataille. Il écarta rapidement une demi-douzaine de capes et de manteaux jusqu'à ce qu'il repère un tissu gris familier.

Il tira un manteau de messager de sous une pile de pantalons inondés de sang et l'examina. À l'exception d'un trou qui indiquait que le cavalier avait été atteint d'une flèche entre les omoplates, le vêtement était indemne.

— Je prends celui-ci, déclara Terrance en le pliant sur son bras.

Les garçons ne répondirent pas et retournèrent à leur travail.

Terrance s'éloigna des habits déchirés qui étaient tout ce qui restait des soldats perdus au combat. D'un pas lent, il conduisit le hongre à l'extrémité méridionale du camp et remplit sa gourde à un tonneau. Il s'apprêtait à se remettre en selle lorsqu'une demi-douzaine de porteurs s'avancèrent, prirent le tonneau et le renversèrent. Il existait de nombreuses rivières dans cette région, si bien qu'il était inutile de ramener de l'eau à LaMut.

Le messager fit deux pas et se retrouva brusquement plié en deux. De terribles quintes de toux l'obligèrent à inspirer profondément et à faire remonter les mucosités rugueuses qui l'encombraient pour les recracher. Il recommença l'opération jusqu'à en avoir mal aux côtes, mais finit par respirer un peu plus librement. Il se redressa et sentit la tête lui tourner pendant quelques instants. Puis il reprit ses esprits.

Il prit lentement une profonde inspiration et sentit sa gorge le chatouiller, sans qu'il éprouvât pour autant le besoin de tousser. Il inspira une deuxième fois, puis poussa un lent soupir. Il prit alors le temps de finir son pain et sa pomme et d'enfiler son nouveau manteau. Il essaya d'ignorer l'odeur qui s'en dégageait, sachant très bien qu'il finirait par ne plus la remarquer. Cependant, il ne put s'empêcher de se demander à qui le vêtement avait bien pu appartenir. Trois messagers avaient trouvé la mort au cours des six derniers mois et chacun d'eux avait très bien pu porter ce manteau. Il réfléchit quelques instants. Jack Macklin chevauchait dans la direction du camp de Moncrief lorsqu'il avait été tué. Il était possible que le manteau fût le sien.

Terrance se demanda s'il le saurait jamais. Il se mit en selle et fit avancer le hongre dans la direction du camp du baron Summerville. Jetant un coup d'œil vers le ciel, il comprit qu'il avait perdu une demi-journée et qu'il lui faudrait de nouveau dormir par terre avant de pouvoir regagner le campement du comte.

Sans y penser, il porta la main à la sacoche qui reposait sur sa hanche pour s'assurer que les messages du baron Gruder étaient bien là. Puis il inspira profondément et pressa l'allure de sa monture, car il n'avait aucune envie d'être encore sur la route après la tombée de la nuit.

Le hongre ne valait pas Bella mais il savait obéir et possédait un sens inné de la piste. Il répondait gentiment aux commandes de son cavalier. Ce dernier songea que, finalement, il allait peut-être réussir à voir la fin de cette interminable journée. Il savait qu'il n'avait quitté le camp de Gruder que depuis huit heures, mais il avait l'impression que des jours entiers s'étaient écoulés. Fatigué jusqu'aux os, il avait mal partout car il ne s'était pas assez reposé à l'issue d'une chevauchée harassante et de sa course pour échapper aux Tsurani.

L'après-midi s'écoula lentement. À deux reprises, Terrance sentit une vague de chaleur remonter le long de son corps et le faire transpirer. La sueur qui dégoulinait sur son visage devenait un masque de gel sous l'effet du vent froid. Le garçon lutta pour rester concentré sur sa mission et non sur son état de détresse. Au coucher du soleil, il arriva en vue du camp du baron Summerville. Sans un mot, les soldats de garde lui firent signe de passer ; le messager atteignit la tente de commandement alors que l'obscurité s'installait.

L'un des gardes du baron annonça l'arrivée de Terrance et prit les rênes de sa monture tandis que le jeune messager entrait faire son rapport.

Le baron Summerville était le seul, sur les trois commandants auquel il avait rendu visite, que Terrance connaissait bien. Il était le fils d'un autre lointain cousin qui officiait comme baron à la cour de Krondor.

— Terry ! s'exclama Summerville, content de revoir un parent, bien qu'éloigné. Quelles nouvelles ?

— Messire, le duc vous envoie l'ordre de rentrer chez vous pour l'hiver.

— Merveilleux, commenta le baron en faisant signe à Terrance de prendre un siège. Mais tu as une mine épouvantable, ajouta-t-il en remarquant soudain l'état du garçon. Serais-tu malade ?

— Juste une angine de poitrine, messire. Rien de bien grave.

— Veux-tu du vin ?

— Un petit peu, messire.

Terrance avait mal à la gorge et se dit que le vin apaiserait peut-être un peu la douleur.

Sur un geste du baron, son valet leur versa un verre à chacun. Terrance savoura la boisson généreuse qui l'aida à se réchauffer. Puis il énonça ses messages :

— Voici les ordres du comte : vous devez vous retirer dans le calme ; combat défensif uniquement.

» De la part du baron Gruder : il pense que les Tsurani vont se glisser derrière nos lignes pendant la retraite et s'emparer de nouveaux territoires pour les tenir jusqu'au printemps.

» De la part du baron Moncrief : les Tsurani sont venus du nord pour attaquer sa position.

Le baron Summerville se leva et se rendit près d'une carte qu'il étudia pendant un moment.

— Je pense que Gruder a raison. Ces bâtards essayent de déloger Moncrief et de le repousser au sud-est. Cela nous couperait de Gruder qui n'aurait plus alors pour seule possibilité que de se replier directement sur LaMut. (Il se frotta le menton, orné d'une barbe blonde resplendissante qu'il prenait grand soin de toujours tailler avec précision, même en pleine campagne militaire.) Ici, nous n'avons eu aucun ennui et nos éclaireurs n'ont vu aucune trace des Tsurani. Je pense pouvoir suivre les instructions du comte tout en me portant au secours de Moncrief. Si nous nous replions ensemble, de façon tout à fait ordonnée bien sûr, nous pourrons repousser les Tsurani derrière leurs propres positions, puis tourner vers l'est pendant que Gruder tient bon, et enfin repartir tous ensemble. (Il hocha la tête.) Oui, ça devrait faire l'affaire. Il fera bien trop froid et mauvais temps pour que nos ennemis tentent un nouvel assaut d'ici quelques semaines ; or il leur faudra bien tout ce temps pour se regrouper et revenir en force, ce qu'ils seront obligés de faire au cas où nous laisserions toute une garnison derrière nous. Oui, décidément, c'est ce que je vais faire.

» J'ai bien peur de devoir te demander de faire le grand tour pour retourner auprès du comte, Terry, ajouta-t-il en se tournant vers le jeune messager.

— Comment ça, messire ?

— Demain matin, dès l'aube, je veux que tu retournes voir Moncrief pour lui dire que je me « replie » sur sa position. Le plus gros de mes troupes devrait venir soutenir les siennes d'ici demain midi au plus tard. Les autres serviront d'arrière-garde pour harasser les Tsurani au cas où d'autres essayeraient de se glisser derrière nous pour nous submerger.

— À vos ordres, messire.

En souriant, le baron Summerville changea complètement de sujet.

— Comment va ta famille, Terry ?

— Très bien, messire. J'ai reçu une lettre de ma mère il y a un mois. Tout est calme chez nous, dieux merci. Mon père sert toujours aux côtés du duc Brucal dans le nord du duché de Yabon, mais aux dernières nouvelles, juste avant que mère m'écrive, il allait bien. Mon frère Gerald commande toujours un escadron de cavalerie originaire de Tyr-Sog et ce sous les ordres de notre père.

— Mieux vaut présumer que tout se passe bien jusqu'à ce que tu apprennes le contraire, lui recommanda le baron Summerville. Sinon, tu auras du mal à garder tes repas, tu vois ce que je veux dire ?

— Oui, messire.

— En parlant de repas, je t'aurais bien invité à rester dîner en ma compagnie, cher parent, mais puisque nous allons partir dès l'aube, j'ai beaucoup à faire. Va trouver l'intendant et prends ce dont tu as besoin. Inutile de revenir me voir avant ton départ. Tu seras sur la piste aux premières lueurs du jour, je peux compter sur toi ?

— Oui, messire.

Comprenant qu'il venait d'être congédié, Terrance s'inclina puis tourna les talons. Au moment où il arrivait à la portière de la tente, le baron le rappela.

— Oh, euh, Terry ?

— Oui, messire ?

— Sois un bon garçon et évite de te faire tuer.

— Oui, messire, répondit le messager en souriant.

Il sortit et reprit son cheval auquel il fit traverser le camp, en direction de la tente de l'intendance. Avant même d'y parvenir, il sentit l'atmosphère du camp se modifier. De nouveau, il vit l'activité augmenter à mesure que les soldats apprenaient qu'ils partaient tôt le lendemain matin pour soutenir Moncrief avant de rentrer chez eux.

Terrance dénicha la cantine, se fit servir un repas et s'assit derrière la tente, aussi près que possible du feu qu'utilisait le cuisinier de l'autre côté de la paroi de toile. Celle-ci laissait passer la chaleur qui vint soulager le dos du messager. La nourriture qu'il engloutit lui fit également beaucoup de bien. Il eut même droit à un fond de bouteille qui restait du dîner du baron la veille. Par gentillesse, le cuisinier l'avait offert au garçon visiblement épuisé. Ce dernier avait à moitié terminé son repas lorsqu'il fut pris d'une nouvelle quinte qui l'obligea à cracher jusqu'à ce que son corps lui fasse mal. Il avait les côtes en bouillie comme s'il avait affronté le champion du duc à mains nues et que ce dernier l'avait serré très fort contre lui. Il pouvait à peine respirer sans avoir mal. Il se redressa et prit de lentes et petites inspirations. Il ressentait la fatigue jusque dans ses articulations et ferma les yeux un moment pour les reposer.

Brusquement, il sentit la pointe d'une botte lui secouer gentiment la jambe.

— Réveille-toi, mon garçon. Tu vas mourir gelé si tu restes là toute la nuit.

Le messager leva les yeux et vit le cuisinier. Ce dernier avait fait le tour de la cantine pour jeter les restes et l'avait trouvé endormi, son assiette sur les genoux et sa cuillère en bois dans la main droite.

— T'as un endroit où dormir ? demanda le cuisinier.

— J'en ai pas encore trouvé un, avoua Terrance.

— Et je parie que t'en trouveras pas. Il n'y a pas eu beaucoup de combats par ici depuis l'arrivée des derniers renforts, alors aucune tente n'est vide. (Le vieux cuisinier se frotta le menton.) L'intendant ne t'en voudra pas si tu dors près des feux, tant que ça ne te dérange pas de te lever avant l'aube – c'est l'heure à laquelle il faudra qu'on prépare le dernier repas avant de vider les lieux.

— Ça ne me dérange pas. De toute façon, il faut que je reprenne la route avant l'aube.

— Bien, alors suis-moi.

Terrance le suivit jusqu'à l'autre extrémité de la tente de l'intendance, où les gamins couvaient les feux pour pouvoir les réutiliser au matin. Deux d'entre eux soulevaient de larges pelletées de cendres avec lesquelles ils recouvraient le bois et le charbon qui brûlaient. Le jeune messager s'aperçut qu'il n'avait encore jamais remarqué que l'on se servait des deux combustibles. Il prit alors conscience qu'il ne prêtait pas vraiment attention à de nombreux détails de l'intendance.

Des bocaux et des pots en terre cuite, de toutes les tailles et de toutes les formes, étaient entassés à côté d'une tente. Près d'une autre se trouvaient des piles d'assiettes et de plateaux, dont certaines étaient aussi hautes qu'un homme.

Une douzaine de fours en brique se dressaient non loin de là. Quelques gamins utilisaient de larges palettes en bois pour sortir des fournées de miches de pain fumantes. L'odeur du pain frais chatouilla les narines de Terrance et le fit saliver, bien qu'il eût dîné peu de temps auparavant.

— Est-ce que vous ramenez les fours à LaMut ? demanda-t-il.

— On pourrait, répondit le cuisinier. On aurait besoin d'un chariot et d'un attelage par four, mais on peut les soulever au moyen d'une poulie et les déposer à l'arrière d'un véhicule robuste. Seulement, pourquoi s'embêter ? On les laisse ici et on les retrouvera au printemps. La neige ne les abîme pas. On est juste obligé de faire peur aux animaux ou aux oiseaux qui ont décidé d'y faire leur nid. Ensuite, avec un peu de nettoyage, ils sont de nouveau prêts à fonctionner. S'il faut délocaliser le camp, il suffira d'en transporter un ou deux par jour jusqu'au nouvel emplacement.

» Nous y voilà, ajouta-t-il en désignant les deux douzaines de chariots qui formaient le train de l'intendance. Fraye-toi un passage et attrape une couverture. Les gamins vont tous ramper là-dessous comme des insectes dès qu'ils auront fini de faire cuire le pain du matin. Ce sont de petits bâtards couverts de poux, mais ils ne t'embêteront pas. En plus, tu t'apercevras vite qu'en avoir quelques-uns autour de soi, ça tient chaud. On te lèvera une heure avant l'aube.

Terrance remercia le cuisinier et se glissa sous le premier chariot. Il lui fallut alors parcourir un véritable labyrinthe de roues, de vaisselle contenant des effets personnels et de paquets de linge sale, ainsi que se glisser entre quelques garçons endormis qui paraissaient malades. Il trouva un endroit où s'allonger, sur une couverture sale entre des piles d'autres couvertures à la propreté tout aussi douteuse. Il s'enroula dans l'une d'entre elles.

Puis il songea à la vie que menaient les garçons de l'intendance. La nuit était déjà tombée depuis un moment et la plupart des soldats dormaient, mais ces garçons étaient encore occupés à empaqueter l'équipement supplémentaire : armes, vêtements, bandages et autres. Ils travaillaient aussi sous les tentes qui servaient de cuisines, pour faire le pain, cuire la viande et préparer le reste des provisions afin de nourrir les hommes avant que ces derniers commencent leur marche vers le nord-est, tôt le lendemain. Terrance savait que ces enfants faisaient la sieste le matin et au début de l'après-midi, mais ils n'en avaient pas moins un emploi du temps éreintant.

Le jeune messager sentait la sueur dégouliner sur sa peau. Des frissons ne cessaient de le secouer, en dépit de la couverture et de la proximité du feu. Il repoussa une quinte de toux, succomba à une deuxième et parvint finalement à se détendre suffisamment pour essayer de s'endormir.

Il se souvint de ce que lui avait dit un soldat lors de sa première semaine au camp du comte : « *Apprends à dormir dès que tu le peux, gamin. Tu ne sais jamais combien de temps s'écoulera avant que tu en aies à nouveau la possibilité.* »

Comprenant la sagesse de ce conseil, Terrance s'endormit rapidement.

Il ne savait plus où il était. Autour de lui, des gamins rechignaient à se lever, protestant qu'ils avaient trop peu dormi. Lui-même était si fatigué qu'il se sentait désorienté. Il s'assit et se cogna durement la tête contre le dessous d'un chariot.

Il faisait encore nuit.

— Hé doucement, dit un gamin à côté de lui. Fais attention, sinon tu vas t'assommer.

Il lui fallut presque un quart d'heure pour en trouver un et la remplir. Retournant près du hongre, Terrance tomba su[r] un palefrenier corpulent qui s'apprêtait à retirer la musette.

— Hé, qu'est-ce que vous faites ? protesta le messager.

Le palefrenier, un homme jeune et large d'épaules au nez aplati par de nombreuses bagarres, se tourna vers lui en disant :

— Je récupère ce sac que vous voyez là. Personne m'a demandé de nourrir c'te bête et c'est moi qui m'occupe de c'te partie de la ligne.

— C'est mon cheval et il a besoin d'être nourri.

— Comme toutes les bêtes qui vont se battre aujourd'hui, mon joli, alors tu peux attendre qu'ils aient fini, pas vrai ?

Terrance savait reconnaître une brute quand il en voyait une et comprit que cet idiot recherchait la bagarre. Sans hésiter, il avança d'un pas et donna un coup de pied aussi violent que possible dans le bas-ventre du palefrenier. Ce dernier tomba à genoux en se tenant l'entrejambe et en poussant un gémissement de douleur. Les yeux écarquillés, il tenta de reprendre son souffle.

Terrance fut bien obligé de reconnaître qu'il avait affaire à un costaud car le palefrenier se remit en quelques secondes là où bien d'autres auraient été incapables de bouger. Mais alors qu'il reprenait ses esprits, il s'aperçut que Terrance avait dégainé son sabre et le pointait sur sa gorge.

— Maintenant, écoute-moi, espèce de bouffon. Tu vas laisser cette musette tranquille jusqu'à ce que mon cheval ait fini de manger. Ensuite, tu vas aller là-bas, me ramener la selle d'éclaireur et la bride et seller mon cheval. Si tu penses avoir un problème avec ça, imagine la réaction qu'aura le baron lorsqu'il découvrira que tu interfères avec les ordres qu'il a donnés. Je suis censé partir maintenant ! Alors, qu'est-ce que tu choisis de faire ?

— Merci, je serai plus prudent la prochaine fois, répondit Terrance en massant son crâne douloureux.

Les gamins sortirent à quatre pattes de sous les chariots et coururent prendre leurs différents postes. Terrance attendit que cet exode se termine, puis sortit à son tour de sous les véhicules. Il avait le dos raide d'avoir dormi par terre, plus que d'ordinaire en de pareilles circonstances. Il se sentait également fatigué et mal en point en dépit de sa nuit de sommeil. Une autre quinte de toux le surprit et le fit cracher encore et encore, jusqu'à ce que ses côtes protestent et que la douleur lui fasse venir les larmes aux yeux.

Pendant un long moment, il n'eut plus envie que d'une seule chose : s'asseoir par terre et se mettre à pleurer. Il ne s'était jamais senti aussi fatigué ou misérable de toute sa vie. Son corps semblait lutter contre lui autant que les éléments et la pensée de la chevauchée qui l'attendait était presque plus que Terrance n'en pouvait supporter.

Il connaissait un apothicaire au camp du comte qui préparait une mixture à base de plantes et de racines pour hâter la guérison des toux, des angines de poitrine et même de maladies bien plus pénibles encore. Si tout s'était déroulé comme prévu, Terrance aurait été de retour l'après-midi même et serait parti à la recherche de l'apothicaire qui se serait occupé de son état. Mais puisque le destin voulait qu'il reprenne le même chemin qu'à l'aller et qu'une armée tsurani se dressait sûrement entre les camps de Moncrief et de Gruder, cela signifiait que Terrance allait devoir passer une nuit et une journée supplémentaire sur la route.

Il admit que le temps de rentrer, il serait au bord de la pneumonie si la malchance continuait à le poursuivre ainsi. Il faillit céder au désespoir avant de s'apercevoir qu'il n'avait pas le choix. Il devait simplement se concentrer sur sa tâche et prendre les choses comme elles venaient, l'une après l'autre.

Il était déterminé à ne pas s'appesantir sur l'effort qu'il allait devoir fournir pour en terminer avec cette mission.

Il erra entre les garçons agités qui préparaient le dernier repas du camp et ceux qui finissaient d'empaqueter les fournitures, afin que l'intendance puisse suivre rapidement l'armée. Le jeune messager vit de l'ordre émerger au sein de cette apparente confusion et admira la façon dont chaque garçon semblait savoir ce que l'on attendait de lui. Cela impliquait bien sûr un certain nombre de coups et de bousculades, mais après tout c'étaient des enfants et ça ne réussissait pas pour autant à les distraire de leurs tâches.

Les garçons des camps menaient une vie rude, songea Terrance, mais pas plus difficile que celle des gamins des rues dans les cités du royaume. Au moins, ici, ils avaient droit à un ou deux repas par jour et à un endroit où dormir tranquille. Dans d'autres armées, les jeunes garçons se faisaient peut-être violer par les soldats ivres, mais Terrance n'était pas encore né que le viol et le passage à tabac étaient déjà des crimes passibles de pendaison dans l'armée du royaume.

En grandissant, certains de ces enfants devenaient soldats tandis que d'autres trouvaient un emploi comme aide-cuisiniers, charretiers ou surveillants dans l'intendance. Terrance aperçut deux adolescents appartenant à cette dernière catégorie. Ils avaient presque atteint l'âge adulte et ne devaient avoir que deux ou trois ans de moins que lui. Ils se déplaçaient au sein de la foule, donnant des instructions et motivant certains gamins à l'aide d'une taloche sur la nuque ou sur l'oreille.

En arrivant à la cantine, le jeune messager s'aperçut que la cuisine avait déjà été démantelée. Les âtres en brique attendraient le retour de l'armée au printemps, mais les réchauds en métal étaient démontés et préparés pour le transport.

La nourriture s'étalait sur des tables en bois en travers de la zone. Terrance se hâta d'attraper quelque chose à manger avant que les trompettes sonnent le rassemblement. Il aperçut quelques soldats qui venaient de finir leur garde et qui faisaient la queue pour pouvoir manger. Il se plaça derrière un grand fantassin maigre qui portait le tabard de Questor-les-Terrasses et le suivit. Il venait d'atteindre l'extrémité de la première table lorsque les trompettes sonnèrent et qu'il entendit des hommes épuisés jurer dans les tentes les plus proches en se levant pour répondre à l'appel.

Terrance attrapa un peu de pain frais, une poire qui ne paraissait pas trop abîmée et une tranche de fromage dur. Il fourra le fruit dans sa poche pour le manger en chemin. Puis il chercha en vain une gourde d'eau et se prit à espérer que celle qu'il avait laissé accrochée au pommeau de sa selle s'y trouverait encore lorsqu'il récupérerait son cheval.

Il ne prit pas la peine de s'asseoir parmi les soldats pour manger et engloutit son repas en se dirigeant vers l'endroit où étaient les chevaux. Il y trouva des cavaliers occupés à examiner leur monture avant d'aller manger, car ils savaient que leur vie dépendait de la santé de leur cheval. Les palefreniers étaient trop occupés pour aider Terrance, aussi ce dernier plaça-t-il ce qui restait de son repas à l'intérieur de sa veste déboutonnée avant de se mettre à la recherche de sa monture. La pauvre bête n'avait pas été très bien soignée. Le messager prit quelques minutes pour lui nettoyer ses sabots. Puis il alla chercher sa selle. Comme il le craignait, la gourde n'était plus là.

Il se rendit à l'endroit où l'on rangeait les fournitures et dénicha une musette ainsi qu'un sac d'avoine presque vide. La ration qui restait était néanmoins suffisante pour le hongre de Terrance. Le garçon remplit la musette et retourna la passer autour des naseaux de l'animal, comptant le laisser manger pendant que lui-même partait à la recherche d'une gourde.

— Je vais seller votre cheval… monsieur.

Terrance rangea son épée. Le palefrenier se remit debout, péniblement, car visiblement il souffrait encore du coup qu'il avait reçu. Puis il alla chercher la selle en clopinant.

Le jeune messager se retourna et s'aperçut qu'un cavalier l'observait.

— Dis-moi, qu'aurais-tu fait si tu n'avais pas eu de sabre ? demanda le grand soldat.

— J'aurais perdu un bon moment, le temps de trouver un officier pour obliger cet idiot à m'obéir. Ce n'est certainement pas moi qui allais lui faire peur.

Le cavalier dévisagea Terrance un moment puis sourit.

— Un homme qui connaît ses limites. C'est bien.

Le jeune messager se mit à tousser.

— Tu es malade ? s'inquiéta le soldat.

— Rien de grave, répondit Terrance en haletant, juste avant de retrouver son calme.

Le cavalier haussa les épaules.

— Bonne chevauchée, lui souhaita-t-il.

Sans attendre de réponse, il termina d'examiner sa propre monture puis s'en alla prendre son petit déjeuner.

Le palefrenier sella le hongre de Terrance sous le regard vigilant de son propriétaire qui s'assura qu'il n'y aurait ni sous-ventrière détendue ni éléments inconfortables pour sa monture. Puis il finit de manger, se mit en selle, accrocha la gourde au pommeau et s'en alla.

Sa poitrine ne cessait de se creuser davantage, il avait mal partout et, malgré cela il allait devoir chevaucher à vive allure pour prévenir le baron Moncrief que le baron Summerville allait venir à son aide. De plus, le petit effort que Terrance avait dû fournir pour mater le palefrenier l'avait laissé inondé de sueur.

Il se mit alors à neiger.

— Par tous les dieux, marmonna le jeune messager dans sa barbe, quelle fichue matinée !

L'espace d'un instant, il envisagea de retourner auprès du baron. Il pourrait se rendre à l'infirmerie et s'y reposer un jour ou deux avant de voyager en chariot derrière l'armée. De toute évidence, il était malade. Summerville était son parent, même éloigné. Il ferait savoir à la famille que Terrance avait fait de son mieux. *Mais est-ce que ça serait la vérité ?* se demanda le garçon.

Pendant une longue minute, il resta immobile, assis sur sa selle, réfléchissant aux choix qui s'offraient à lui. Reconnaissant qu'il n'en avait pas vraiment, il talonna son cheval pour le faire avancer.

Il était presque midi lorsqu'il arriva en vue du camp du baron Moncrief. Les soldats de garde étaient sur le qui-vive, car il ne restait qu'une petite troupe pour protéger les tentes, l'équipement et les animaux. Ils firent signe à Terrance de passer et le garçon se rendit jusqu'à la tente de commandement.

— Le baron est sur la barricade, lui cria le garde comme il s'approchait. Il a décidé de diriger lui-même la défense.

— Comment ça se passe ?

— On tient, mais c'est juste, se contenta de répondre le soldat.

Terrance poursuivit sa route, regrettant de ne pouvoir prendre le temps de reposer son cheval. Il avait fini par s'attacher au petit hongre si endurant. Il n'était pas aussi vigoureux que Bella, mais n'en restait pas moins volontaire et obéissant.

Terrance, pour sa part, se sentait très mal. Son corps douloureux protestait à chacun des pas de sa monture. Il savait qu'il était en proie à la fièvre car il transpirait sous son lourd manteau, en dépit de l'air glacial. Tantôt il avait chaud, tantôt des frissons lui parcouraient l'échine. Il s'arrêta le temps de remplir à nouveau sa gourde et de se soulager. Il savait que la seule solution pour lui était de boire autant d'eau que possible jusqu'à ce qu'il revienne au camp du comte et aille voir l'apothicaire.

Les six kilomètres qui séparaient le camp du champ de bataille étaient marqués par quelques traces de combat, comme le cadavre d'un cheval et de son cavalier, sur le bas-côté de la route, ou la vue de deux soldats blessés marchant bras dessus, bras dessous, d'un pas lent, pour rejoindre l'infirmerie. À moins de mille cinq cents mètres de la barricade, Terrance entendit les bruits de la bataille.

Lorsqu'il arriva en vue du rempart, celui-ci grouillait de centaines d'hommes. Ce ne fut qu'en se rapprochant que Terrance s'aperçut qu'un certain ordre régnait au sein de ce chaos. Des compagnies se tenaient prêtes à foncer en avant pour venir renforcer le rempart, tandis que les ingénieurs rechargeaient frénétiquement les trébuchets avant de tirer leur mortelle cargaison sur les assaillants. Les sons des combats se répercutaient sur les parois rocheuses en une cacophonie assourdissante si bien qu'il était impossible d'entendre quiconque si l'on se tenait éloigné de plus de quelques mètres.

D'autres hommes se déployaient afin de protéger les flancs de l'armée contre des éléments tsurani qui auraient réussi à se frayer un chemin dans les rochers, au-dessus de leurs têtes, dans l'espoir de déborder les soldats du royaume. Partout où Terrance posait les yeux, il voyait des cadavres et de malheureux blessés trop mal en point pour pouvoir bouger.

D'un côté de la route, plus de trois douzaines de soldats avaient été alignées en rang tandis que de l'autre côté, les garçons de l'intendance et de l'infirmerie emportaient les cadavres loin du front.

Terrance atteignit l'arrière de la barricade et s'adressa à un sergent debout sur le rempart :

— Où est le baron ?

Ce simple effort lui arracha une quinte de toux.

— Parmi les cadavres, répondit le sergent en baissant les yeux. Quelles sont les nouvelles ?

Terrance avala sa salive et s'obligea à respirer aussi profondément que possible.

— Le baron Summerville arrive au plus vite, répondit-il d'une toute petite voix étranglée.

Malgré tout, le soldat l'entendit.

— Il sera là dans combien de temps ?

— Une heure, deux tout au plus.

— On peut tenir, répliqua le sergent d'une voix forte pour être entendu par-dessus ce tumulte. Mais ce sera juste.

— Dois-je retourner voir le baron ?

— Seulement s'il faut lui dire de se presser davantage.

— C'est inutile, rétorqua le messager. Il a dit qu'il arriverait aussi vite que les circonstances le lui permettraient.

— Dans ce cas, je n'ai pas de mission à vous confier, messager, à part annoncer au comte que le baron Moncrief est mort avec bravoure en repoussant les assaillants pour refermer une brèche. Il a donné sa vie pour son roi et sa patrie.

— Je le lui dirai, sergent. Les dieux puissent-ils vous sauver.

— Les dieux puissent-ils nous sauver tous, répliqua l'officier en tournant de nouveau son attention sur le commandement de la défense de la barricade.

Terrance fit faire volte-face à son cheval et reprit la route par laquelle il était venu. Il se remit en mémoire le plan de la région et comprit qu'il lui faudrait faire un détour de plusieurs kilomètres à l'est pour retrouver un petit sentier qui s'élevait à plus de trois cents mètres au-dessus de la route et qui lui permettrait de franchir les montagnes. Ensuite, il pourrait contourner les envahisseurs et retourner auprès du comte.

La neige continuait à tomber. Terrance espérait que le col ne serait pas complètement bloqué le temps qu'il y parvienne. Il flatta l'encolure de son cheval en lui disant :

— J'ai bien peur qu'aucun de nous ne puisse se reposer avant que l'on atteigne le camp sain et sauf.

Le jeune messager faillit succomber à la pression à l'idée des heures de chevauchée qui l'attendaient. Des larmes se rassemblèrent sous ses paupières, mais il les refoula.

Tremblant désormais de froid et de fièvre, Terrance essaya de se renfoncer dans son manteau en prenant la direction de l'est. Son cœur battait la chamade et sa gorge ne lui avait jamais fait aussi mal. Il ne parvenait plus à respirer par le nez, si bien que l'air froid lui déchirait la gorge chaque fois qu'il inhalait. Mais il savait qu'il n'avait pas le choix. Derrière lui, une bataille faisait rage et il n'aurait nulle part où se reposer. S'il devait lutter, mieux valait que ce fût pour finir sa mission.

Il poursuivit son chemin.

Le hongre escaladait péniblement le col en glissant parfois sur la roche gelée. Terrance luttait pour rester concentré, ce qui devenait de plus en plus difficile à mesure que sa fièvre empirait. Il savait qu'ici, la moindre erreur le tuerait, car il lui serait impossible de redescendre à pied de ces hauteurs glacées. Cependant, alors que de telles pensées lui inspiraient une profonde terreur encore quelques heures auparavant, il se sentait à présent détaché de tout, comme si l'issue de cette aventure, quelle qu'elle puisse être, n'avait aucune importance. De toute façon, il n'avait d'autre choix que de continuer à avancer.

Le col où les forces des barons Moncrief et Summerville se battaient contre les Tsurani s'élevait à un peu plus de neuf cents mètres, mais celui que s'apprêtait à franchir Terrance culminait à plus de mille cinq cents mètres et la neige y tombait régulièrement depuis des jours. Cependant, elle ne s'était pas encore accumulée sous forme de congères, si bien que le jeune messager avait l'espoir de bientôt atteindre le sommet. Malgré tout, un accident restait toujours possible.

Si le vent dans la vallée faisait penser à des lames de couteau sur son visage, dans ces hauteurs il se transformait en lames de rasoir qui tailladaient chaque centimètre de peau à découvert. Ce n'était pas la première fois qu'il regrettait de ne pas porter davantage de vêtements, comme un pantalon épais, un bon gros cache-nez et des gants plus rembourrés. Mais cette fois-ci, ses regrets se faisaient encore plus vivaces. Il comprenait la nécessité de faire porter le moins de poids possible à son cheval, mais en ce moment, il aurait bien échangé deux heures de route supplémentaires contre une paire de gants doublés de fourrure.

Le fait d'atteindre le sommet lui procura un brusque soulagement, même si le vent se jeta sur lui toutes griffes dehors à la manière d'un prédateur. Songeant que chaque seconde le rapprochait de la sécurité, le garçon encouragea sa monture à descendre, moitié marchant, moitié titubant, le long de la piste gelée.

Une heure plus tard, il dénicha une fissure au sein de la paroi rocheuse qui semblait relativement abritée du vent. Il s'y arrêta pour laisser son cheval se reposer. Puis il mit pied à terre et se glissa entre l'encolure du hongre et les rochers, afin de laisser la chaleur de l'animal le protéger quelques instants du froid brutal. Il fouilla dans ses poches et y trouva la poire qu'il donna à sa monture. Ce n'était pas grand-chose, mais le fruit parut revigorer la pauvre bête, ce dont Terrance se réjouit.

Après s'être reposé une demi-heure à l'abri des rochers, il se dit que son cheval souffrait à présent du froid et qu'il valait mieux qu'il se remette à bouger. Le garçon se mit donc en selle et entreprit de descendre à nouveau de la montagne.

Il faisait presque nuit quand il atteignit les contreforts et le sentier légèrement boisé qui lui permettrait de retrouver la route principale qui menait au camp du comte. À présent, il avait le choix entre continuer à voyager de nuit ou s'arrêter et allumer un feu.

Ce n'était pas une décision facile à prendre, car le sentier pouvait être semé d'embûches dans l'obscurité et le cheval risquait de se blesser. Mais il était tout aussi dangereux d'allumer un feu, car les Tsurani avaient peut-être déployé des unités sur les flancs de leur armée à la recherche de cols comme celui qu'il venait de franchir.

Terrance décida de continuer et de ne s'arrêter que s'il trouvait un site réellement sûr pour y camper. Il traversait un bosquet clairsemé lorsqu'il remarqua un petit chemin qui s'éloignait de celui qu'il suivait jusque-là. Il ne s'agissait peut-être que d'une piste utilisée par les animaux, mais il pouvait très bien s'agir également d'un sentier utilisé par les forestiers, auquel cas il menait à un abri. Le jeune messager décida que cela ne coûtait rien de vérifier et s'engagea d'un pas lent sur ce nouveau chemin.

Huit cents mètres plus loin, il aperçut une forme allongée dans la pénombre. Les lunes dissimulées derrière des nuages ne donnaient presque pas de lumière. Seule la présence simultanée dans le ciel de la grande lune et de la lune médiane lui fournissait un mince éclairage.

Il identifia la silhouette comme étant celle d'une hutte allongée, bâtie dans le flanc d'un monticule de terre. Elle devait appartenir à un charbonnier ou à un forestier, se dit Terrance.

Il mit pied à terre et inspecta les lieux. La hutte était à l'abandon mais possédait un âtre en pierre, si bien que le garçon entreprit rapidement d'allumer un feu. Si les Tsurani s'éloignaient à ce point de la piste principale et le trouvaient, cela signifierait que les dieux voulaient sa mort et qu'il ferait mieux de s'y résigner.

Il prit sa pierre à briquet dans la sacoche à sa ceinture et trouva près de l'âtre du bois très sec qui s'enflamma aisément. Terrance ressortit alors de la hutte et ramena quelques bûches humides qu'il déposa avec soin sur le feu. Des nuages de vapeur et de fumée s'élevèrent tandis que le bois humide résistait aux flammes.

Enfin, lorsqu'il fut convaincu que le feu ne s'éteindrait pas, le garçon ressortit pour s'occuper de son cheval. Il tenta de le bouchonner avec une poignée de foin défraîchi ramassé sur le sol de la hutte. Puis il versa de l'eau au creux de sa main et fit boire le hongre. Au matin, il ferait le tour de la clairière pour voir s'il n'y avait pas de quoi nourrir la pauvre bête. Mais il craignait que son cheval et lui n'arrivent au camp du comte l'estomac vide.

Lorsqu'il eut fini de s'occuper de sa monture, il retourna à l'intérieur de la hutte et se laissa tomber sur les pierres devant le feu. La chaleur sur son visage lui fit un bien fou. Il s'empara d'une couverture déchirée, abandonnée dans un coin, et la roula en boule pour s'en faire un oreiller, gardant son manteau comme seule protection.

Il avait le souffle rauque et ne pouvait inspirer profondément sans se mettre à tousser. Tout son corps lui faisait mal, depuis la racine des cheveux jusqu'à l'extrémité de ses orteils. Mais il était fatigué au point d'en être hébété, si bien qu'il sombra rapidement dans un sommeil troublé et fiévreux.

Terrance pouvait à peine bouger lorsqu'il se réveilla. Le feu se réduisait à présent à des braises rougeoyantes et le peu de chaleur qu'il produisait ne parvenait pas à lutter contre le froid douloureux qui avait envahi le corps du messager du côté qui n'était pas tourné vers l'âtre. Non sans effort, il roula sur le flanc et laissa son corps gelé absorber avidement la chaleur.

La tête lui tourna lorsqu'il essaya de se lever. Ses jambes tremblaient et son cœur battait la chamade. Il avait également l'estomac noué et l'impression qu'il allait se mettre à vomir. Il avala sa salive pour combattre ses nausées. Tendant la main, il s'accrocha au montant de la porte, gardant la tête baissée et les yeux clos quelques instants pour permettre à son corps de retrouver son équilibre. Puis il prit une profonde inspiration, lentement, et rouvrit les yeux.

Jetant un coup d'œil dans l'entrebâillement de la porte, il se dit qu'on devait être en milieu de matinée. Il savait que sa maladie avait atteint un stade dangereux et que sa seule chance de survie consistait à regagner le camp du comte avant de ne plus être capable de chevaucher.

Il sortit de la hutte en chancelant et trouva le hongre qui l'attendait patiemment à l'endroit où il l'avait attaché, sur le côté, à l'abri du vent. Pour seller son cheval, Terrance dut faire un effort de concentration au point que la sueur inonda son front.

Il estima qu'il restait assez d'eau dans sa gourde et qu'il n'avait pas besoin d'en chercher davantage. De plus, il savait qu'il traverserait une rivière à mi-chemin entre ces bois et le camp. Il pourrait y remplir sa gourde si nécessaire.

Le jeune messager faillit perdre conscience en montant sur le dos de son cheval. Il était si épuisé que la tête lui tourna pendant presque une minute entière. Nul besoin d'un prêtre guérisseur ou d'un chirurgien pour lui dire qu'une terrible fièvre s'était emparée de lui. De plus, ses poumons gargouillaient à chaque fois qu'il inspirait profondément : il avait attrapé une pneumonie et ne survivrait pas à une nouvelle journée sans soins.

Il ramena sa monture sur la piste et reprit la route du camp.

Cette chevauchée matinale se déroula dans un brouillard rempli de délires et d'hallucinations. Par instants, il se sentait bien, mais il se réveillait invariablement en sursaut, sur le point de tomber de sa selle, et comprenait alors qu'il n'avait fait que rêver de l'amélioration de son état. Il trouvait étrange de ne plus éprouver aucune peur. Il était simplement conscient qu'il n'avait d'autre alternative que de mourir sur la route ou de retrouver la sécurité du camp. Mais cela ne le gênait plus désormais.

Le cheval marchait d'un pas aussi lent que son cavalier le lui permettait, si bien que ce dernier devait sans cesse le talonner pour accélérer l'allure. Mais il se rendait compte quelques mètres plus loin qu'il avait de nouveau perdu sa concentration et que le hongre avait ralenti au pas.

Plus d'une fois, en reprenant ses esprits, Terrance découvrit que l'animal s'était aventuré en dehors de la piste pour grignoter le peu de feuillage qui restait encore. Lorsque survint midi, le jeune messager était à peine capable de se tenir en selle.

Mais il savait qu'il mourrait s'il s'arrêtait, tout comme s'il tombait de cheval, car alors il perdrait conscience et le froid le tuerait. Il défit la lanière de la sacoche contenant les messages et la noua autour de sa taille avant de la passer au travers de deux boucles en métal sur sa selle, à laquelle il s'attacha ainsi de manière efficace. La sacoche se mit à rebondir derrière lui à chaque pas que faisait sa monture.

Il avait les tempes battantes et la gorge brûlante et enflée. Ses poumons protestaient chaque fois qu'il respirait et il ne sentait plus ni ses mains ni ses pieds.

À deux reprises durant la journée, il retrouva assez de lucidité pour s'apercevoir qu'il avait dévié de sa trajectoire.

Il parvint tout juste à reprendre ses esprits et à revenir sur le petit sentier.

À un moment donné au cours de ces heures apparemment interminables qu'il passa accroché à la selle, il remarqua qu'il avait quitté le petit sentier venant des montagnes et récupéré la route principale conduisant au camp du comte. Cette découverte le ragaillardit un peu, si bien qu'au cours de l'heure qui suivit, il fut bien plus conscient de ce qui l'entourait.

Il parcourut ainsi le paysage pendant de longues minutes, somnolant parfois avant de se réveiller en sursaut. Puis un brusque sentiment d'alarme l'envahit. Le cheval s'était raidi et s'ébroua. Cette brutale impression de danger permit à Terrance de retrouver pleinement conscience.

Il se trouvait à plus d'une centaine de mètres au sud de la route qu'il avait de nouveau quittée. En dépit de la fièvre et de son corps douloureux, le garçon se souleva sur ses étriers. La sacoche qu'il avait attachée autour de sa taille le tirait en arrière mais cela ne l'empêcha pas de balayer l'horizon du regard, dans toutes les directions, afin de trouver ce qui avait bien pu inquiéter sa monture.

Puis il les vit, une file de silhouettes à moins de cent mètres au sud, qui avançaient rapidement, courbées en deux. L'éclair de couleur verte qu'il entraperçut suffit à lui faire comprendre tout ce qu'il avait besoin de savoir : c'étaient des Tsurani.

Il ne savait pas s'il s'agissait d'un détachement envoyé loin au sud afin de venir soutenir ceux qui attaquaient la position de Moncrief, ou si ce n'était qu'une unité qui s'était enfoncée très loin derrière les lignes et tentait à présent de regagner son propre camp avant l'arrivée de la première tempête de neige.

Incapable de trancher, il fit faire volte-face à sa monture et l'éperonna violemment. Mais le hongre n'avait guère besoin d'encouragement, percevant le danger que représentaient ces hommes. Il bondit en avant, en direction de la route. Moins de dix secondes plus tard, il l'atteignit et partit au grand galop.

Terrance s'aplatit contre l'encolure de l'animal, les fesses en l'air, au-dessus de la selle, en position de course, ses orteils effleurant à peine le fer des étriers. Luttant contre la peur et la fièvre, il maintint sa monture sur la route en priant qu'une autre troupe tsurani ne l'attende pas plus loin.

Ceux qui, jusque-là, se dirigeaient vers lui se mirent à crier. D'autres soldats apparurent le long de la trajectoire du cavalier, mais aucun n'était assez proche pour pouvoir l'intercepter. Il passa près de l'ennemi le plus proche, lequel lui décocha une flèche, plus par frustration que dans l'espoir de l'atteindre.

Puisant dans ses dernières forces, le hongre étendit ses foulées, avalant la route sur près de cinq kilomètres. Puis la fatigue s'abattit sur le cheval et sur son cavalier. Ce dernier laissa sa monture ralentir.

Luttant pour maintenir l'allure au petit galop, Terrance prit brusquement conscience de l'endroit où il se trouvait : dès qu'il aurait franchi la petite hauteur qui s'élevait à moins de huit cents mètres, il serait en vue du premier poste de garde édifié en travers de la route.

Terrance retrouva alors l'état d'esprit qu'il avait ressenti un jour lors d'une course chez lui, pendant la fête du solstice d'été. Il comptait parmi les plus jeunes participants de la course et avait eu bien du mal à la terminer, sans parler de figurer parmi les gagnants. À la fin du parcours long de huit kilomètres environ, il avait aperçu la ligne d'arrivée dans le lointain. Un autre garçon, plus âgé, se trouvait à quelques mètres devant lui. Terrance s'était alors juré de ne pas finir dernier. Par un effort de pure volonté et de concentration intense, il avait tenu et pressé son allure jusqu'à franchir la ligne juste un pas devant l'autre garçon. Ensuite, il s'était évanoui et il avait fallu le porter jusqu'à la maison de son père.

Le jeune messager alla chercher au fond de lui cette même détermination. À force de volonté, il obligea son cheval à suivre la route au petit galop. Dans le lointain, il aperçut les premières sentinelles. Lorsqu'il approcha, elles lui firent signe de passer.

Il parcourut encore quatre cents mètres avant de voir apparaître les premières tentes sous forme de silhouettes blanches entre les troncs des arbres qui s'alignaient le long de la route. Puis, brusquement, Terrance se retrouva dans la clairière qui abritait le camp du comte.

Il tira sur les rênes de sa monture qui ralentit en approchant de l'endroit où étaient parqués ses congénères. Un palefrenier arriva et cria, après avoir jeté un coup d'œil à Terrance :

— Venez m'aider !

Deux soldats tout proches se hâtèrent de venir voir quel était le problème. Au même moment, le jeune messager relâcha son emprise sur sa propre conscience et commença à glisser de la selle. Seule la lanière de la sacoche l'empêcha de tomber. Puis il sentit des mains se poser sur lui. Quelqu'un le soutint pendant qu'une autre personne défaisait la lanière.

Le garçon sentit alors qu'on l'emportait et se demanda pourquoi il n'avait plus froid désormais.

Puis les ténèbres l'engloutirent.

Brusquement survint la douleur.

Il avait l'impression qu'on lui arrachait la peau, centimètre par centimètre, depuis le sommet de son crâne jusqu'à ses orteils.

Terrance s'assit en hurlant.

Des mains puissantes le retinrent alors qu'il essayait de bondir hors du lit de camp sur lequel il était allongé jusque-là.

Puis il sentit ses forces l'abandonner et il laissa les mains le repousser sur le lit.

— Il s'en sortira, dit une voix.

Terrance avait la tête qui tournait. La sueur qui lui inondait la peau puait les humeurs nocives que son corps évacuait. Sa peau le brûlait comme si cette transpiration contenait de l'acide et allait le laisser couvert de cloques. Puis, brusquement, le garçon reprit ses esprits et la douleur disparut. Il se sentait faible mais bien. Il battit des paupières et aperçut nettement la pièce. Il se passa la main sur le front ; lorsqu'il la retira, il constata qu'elle était sèche. Levant les yeux, il vit un cercle de visages inquiets au-dessus de lui.

— Je vais bien, les rassura-t-il.

Terrance s'assit, lentement, et se tourna pour poser les pieds sur le sol en terre battue. Regardant autour de lui, il vit qu'il se trouvait sous la tente de l'infirmerie et qu'à ses côtés se tenaient deux ordonnances ainsi que l'apothicaire et un prêtre guérisseur. Ce dernier hocha la tête tandis que l'apothicaire répliquait :

— Il s'en est fallu de peu, mon garçon. Encore une heure ou deux et on n'avait plus qu'à te déposer sur le bûcher funéraire.

Terrance prit une profonde inspiration. Il se sentait encore faible, mais en bien meilleur état que ces derniers jours.

— Que s'est-il passé ?

— Tu es arrivé au camp au coucher du soleil, et puis tu es tombé de cheval et on t'a transporté jusqu'ici. On a travaillé sur toi toute la nuit. Je t'ai donné un peu de cette potion, ajouta-t-il en levant une flasque, et le père William a dit une prière et ça a marché. La fièvre est tombée et tu es à nouveau en bonne santé.

— Je mangerais bien un morceau, avoua Terrance en se levant. (Il s'attendait à avoir la tête qui tourne légèrement, mais ce ne fut pas le cas.) J'aurais bien besoin d'un bain, ajouta-t-il en se reniflant.

— C'est à cause des humeurs nocives qui t'empoisonnaient le corps, mon garçon, expliqua le prêtre. Mon sortilège a aidé l'esprit qui réside dans ta chair tandis que le remède de l'apothicaire a purgé ton corps de sa maladie.

— Ton corps a besoin de nourriture, approuva son compagnon. La magie contenue dans ma potion n'a fait que le guérir, elle ne lui a pas redonné de forces.

— Merci de m'avoir soigné, dit Terrance.

— Je n'avais pas le choix, répliqua l'apothicaire. Visiblement, le comte m'en aurait tenu rigueur si j'avais laissé mourir son cousin.

— Je ne suis qu'un cousin éloigné.

— Tu n'en restes pas moins un parent. Dans tous les cas, je fais toujours mon possible, qui que soit le malade. (Il regarda autour de lui en direction des mourants qui ne reverraient jamais leur foyer.) Souvent, ce n'est pas suffisant.

Terrance acquiesça. Il fit signe à un petit infirmier de lui apporter une bassine et un linge. L'air était glacial et donna la chair de poule au jeune messager lorsque celui-ci se passa le linge humide sur la peau. Puis il s'habilla.

— Il faut que je me présente au rapport, expliqua-t-il à l'apothicaire.

— Dans ce cas, n'oublie pas de manger et de dormir, l'avertit ce dernier. Je ne voudrais pas avoir à te sauver la vie deux fois en deux jours.

— Je ferai attention, promit Terrance.

Il aperçut la sacoche contenant ses messages par terre à côté du lit de camp et se pencha pour la ramasser.

Puis il sortit de la tente et regarda autour de lui. Il ne vit son cheval nulle part, mais l'un des palefreniers avait dû l'emmener à l'endroit où l'on parquait les montures de rechange. Terrance se demanda si Bella avait réussi à rentrer.

Il s'éloigna d'un pas mesuré, car il était encore faible et ne voulait pas avoir l'air maladroit devant les autres soldats. Il s'émerveillait d'être toujours en vie. La veille, il avait eu si peur. Il comprenait à présent qu'il risquait de mourir à chacune de ses missions. C'était un fait qu'il avait enfin intégré dans sa conscience, alors que jusque-là il en avait simplement été averti. Le jeune messager avait affronté ses propres faiblesses et avait réussi à les surmonter. Ce fut donc d'un air plein d'entrain qu'il se présenta devant la tente de commandement.

— J'ai des messages pour le comte Vandros, expliqua-t-il à l'intention du garde.

On ne le fit attendre que quelques instants avant de l'inviter à entrer.

— Ah, Terry ! s'exclama le comte en interrompant la discussion qu'il avait avec l'un de ses capitaines. Je m'attendais à ce que tu rentres il y a deux jours déjà.

— J'ai été légèrement retardé, messire.

— As-tu des messages pour moi ?

Terrance remit la sacoche à une ordonnance.

— Oui, je ramène le rapport du baron Gruder.

— Autre chose ?

— Les Tsurani ont attaqué le baron Moncrief en force. Il les a tenus en échec une journée, le temps que le baron Summerville vienne à son aide avec des renforts. (Il finit de réciter son rapport, puis ajouta :) Le baron Moncrief est mort au cours de la bataille.

— C'est triste, c'était un homme bien, commenta Vandros. Cela va mettre le duc de Bas-Tyra de mauvaise humeur car Moncrief était l'un de ses barons. Rien d'autre ?

— Hier, au sud du camp, j'ai aperçu une unité tsurani qui se dirigeait vers l'ouest.

— Je vais envoyer une patrouille voir ce qu'ils mijotent.

— C'est tout ce que j'avais à vous rapporter, messire.

Vandros dévisagea Terrance et prit note de la saleté de son uniforme gris et du sang sur son manteau.

— As-tu rencontré des difficultés en cours de route ?

— Rien qui vaille la peine d'être mentionné, messire.

— Dans ce cas, tu peux aller manger et dormir aussi. Mais n'oublie pas de m'envoyer un autre messager. Ce sera tout.

Terrance sortit de la tente. Vandros se tourna vers le capitaine.

— Je suis content d'avoir laissé ce gamin parmi les messagers. Il y est bien plus en sécurité.

Terrance finit d'engloutir avec avidité une tranche de pain chaud tout en agrippant d'une main la moitié d'une petite meule de fromage et une bouteille de vin qu'il avait dérobé à l'intendance en sortant de chez le comte. Il se sentait bien mais mourait de faim. En entrant dans la tente réservée aux messagers, il aperçut un camarade plus âgé que lui, allongé sur une paillasse, un bras en travers des yeux.

— Bonjour, William, le salua Terrance.

— Qu'est-ce qu'il y a, Terry ?

— C'est ton tour.

Le messager hocha la tête et enfila ses bottes pendant que le garçon s'asseyait pour finir son repas.

— T'as pas eu trop d'ennuis ? demanda William.

— Rien qui vaille la peine d'en parler, répondit Terrance en souriant et en hochant la tête à son tour.

Son camarade lui rendit son sourire.

— Je comprends. On se revoit bientôt.

— Puisses-tu chevaucher sans danger, William.

— Toi aussi, Terry.

William sortit de la tente. Le jeune messager termina son repas en espérant qu'il aurait droit à une bonne nuit de sommeil avant de devoir retrouver la route. Mais il savait qu'avec ou sans repos, si c'était son tour, il partirait.

Raymond E. Feist est né en 1945 aux États-Unis. Depuis 1982 et la sortie de *Magicien*, il est l'un des plus grands auteurs de best-sellers de Fantasy au monde. Tous ses romans se situent dans le même univers, suivent les mêmes protagonistes et leur descendance. Le résultat est une saga grandiose et attachante à nulle autre pareille.

Peter F. Hamilton

Je rêvais d'étoiles

Traduit de l'anglais (Grande-Bretagne) par Nenad Savic

Lorsque nous débouchâmes dans la clairière, le ciel était strié de rais cramoisis et or. Les grands chênes habillés de plantes grimpantes qui délimitaient le périmètre étiraient leurs branches vers la lumière rosée du soleil couchant. Fuchsia et ses sœurs fées virevoltaient dans les airs dans un vrombissement d'ailes de libellules. Les traînées étincelantes qu'elles laissaient dans leur sillage dessinaient des boucles impossibles, alors qu'elles chassaient les paons de nuit autour des digitales pourprées épineuses. La volée nous aperçut et nous gratifia d'un concert joyeux de cris haut perchés et musicaux, mais n'interrompit pas son jeu pour autant.

Nous étions douze à chasser le prince elfe. Vêtus de blousons en cuir noir et de jeans bleu marine, coiffés de casques variés dégottés dans les surplus de l'armée, équipés de bandeaux optiques, nous étions les *Furies noires*. Des gosses de la classe moyenne en quête d'ennuis, essayant de se faire remarquer, plutôt que des paumés jouant à la guerre. Nous ne manquions certes pas de matériel. Lames thermiques, fusils Enfield à canons magnétiques… Nous avions même sorti de leur cache secrète nos pistolets à plasma Sony dotés de viseurs laser. Personnellement, je portais une douzaine de modules électroniques à la ceinture, modules directement reliés à mon bandeau optique. Les images qui parvenaient à mes rétines étaient en partie masquées par des colonnes de données bleu électrique. Le navigateur inertiel semblait complètement affolé. Surprise, surprise.

— Eh, Fuchsia, appela Russel en tendant une main gantée. Viens par ici, ma chérie.

Son équipement à lui ne venait pas des surplus. Il portait une armure intégrale, avec toile dissipatrice d'énergie incorporée au carbotitane. Un véritable petit soldat de l'espace.

Son viseur était relevé et il souriait à Fuchsia qui, naïvement, voleta jusqu'à lui. Elle flottait dans les airs à la manière d'un bouchon. Longue comme son avant-bras, elle était incroyablement belle et fragile. Un hologramme de sa volée décorait un mur de ma chambre. J'avais pris cette image trois étés plus tôt, la première fois que je les avais vues. Fuchsia et ses sœurs étaient, de très loin, les plus adorables de toutes les fées à s'être jamais aventurées hors de la Première forêt.

— Russel, gazouilla Fuchsia. Il fait si beau, et toi, tu portes des habits de métal. Quelle bêtise ! Il fait chaud, Russel, chaud. Jette ta fourrure de métal.

— Où est-elle, Fuchsia ? ronronna-t-il. Où est Kathy ? Dis-moi, ma petite.

— Pas ici, pas ici.

Et elle s'envola comme une flèche en tournoyant pour le plaisir de tournoyer. Je ne me lassais jamais de regarder les fées s'amuser. Même leurs invitations incessantes à venir les rejoindre ne me dérangeaient pas.

Fuchsia décrivit une boucle et alla rejoindre ses sœurs au milieu de la clairière. Ensemble, elles se mirent à ricaner.

Russel abaissa son viseur.

— Descendez-les, dit-il.

Nous nous exécutâmes. Parce que Russel avait dix-sept ans et qu'il était notre chef. Mais aussi parce qu'il était en colère et capable de retourner son pistolet à plasma contre quiconque aurait désobéi.

Des lasers de visée rouge rubis balayèrent la clairière, bientôt suivis d'une pluie incandescente et horizontale de plasma crépitant. Les fées hurlèrent de terreur et furent déchiquetées en plein vol. J'en vis une, touchée par un harpon Enfield, se désintégrer et se transformer en nuage de brume rose. Elles dégringolèrent en masse, arrosées non plus par des étincelles cométaires, mais par leur propre sang.

C'était la première fois que nous nous servions de nos armes. La bête qui sommeillait en nous était sur le point de se réveiller.

Lorsque tout fut terminé, Russel marcha jusqu'au milieu de la clairière. Fuchsia avait survécu. Ne me demandez pas comment. Assise dans l'herbe émeraude et touffue, elle tenait Marigold sur ses genoux. Celle-ci était morte, mais Fuchsia continuait de lui caresser le front. Je suppose que, tout comme moi, elle ne parvenait pas à croire que nous avions fait cela.

— Lève-toi, lève-toi, répétait-elle, tandis que de minuscules larmes dégoulinaient sur ses joues de porcelaine. Un peu de nerf. Nous avons encore toute la journée pour jouer. Vole et chante, ma Marigold. Vole et chante…

Les deux ailes gauches de Fuchsia avaient été carbonisées par un jet de plasma. Les deux restantes battaient de temps à autre, inutiles, comme celles d'une mouche s'acharnant contre une vitre fermée.

L'ombre de Russel la couvrit et elle leva les yeux.

— Où est Kathy ? demanda-t-il.

— Marigold ne veut plus jouer. Fainéante Marigold.

Russel leva le pied et l'abattit lourdement sur la créature. Nous nous enfonçâmes dans les profondeurs de la forêt.

Pour devenir une Furie noire, il fallait tout d'abord habiter les Maltings, une cité implantée par le gouvernement dans la banlieue de Balford. Il s'agissait d'un ensemble de dômes en corail sec disséminés sur un kilomètre carré de verdure. Avant la régression, il y avait là des maisons datant du XXe siècle. Nos parents n'étaient pas riches. Pour la plupart, ils travaillaient dans des équipes de régression, suant sang et eau en effectuant les tâches ingrates et sales que la bitek et les cydrones n'étaient pas capables d'accomplir. Il s'agissait de rendre à la campagne son caractère pastoral perdu, de la débarrasser des immondices accumulées par les générations précédentes.

Il y avait d'autres mômes à Balford, mais il était hors de question d'en faire des Furies noires. Ils vivaient dans les vieilles maisons préservées du cœur de la ville, de véritables petits palais de pierre, de brique et d'ardoise. Là-bas, les rues sinueuses étaient pavées et les trottoirs parsemés de cabines téléphoniques rouges. Il leur manquait principalement l'attitude. Avec leurs clubs snobinards, leurs équipes sportives et leurs séjours dans des parcs à thèmes, ils étaient gâtés et bichonnés à longueur de journée. De vrais petits chéris à leur mémère.

Nous, les Furies noires, étions libres. Sans contraintes. Exception faite des implantations de mémoires bimensuelles subies dans une école gouvernementale. Personnellement, je mettais l'accent sur les sciences, pour entrer à l'université lorsque j'aurai seize ans. D'après M. Talbot, notre officier contrôleur, ce ne serait pas un problème. Quelque chose, dans ma structure neurale, faisait de moi un récepteur idéal. J'absorbais les photo-octets sans en perdre une miette. J'avais déjà douze niveaux d'avance sur les autres Furies noires de mon âge. M. Talbot disait de moi que j'étais un jeune garçon « original et sensible ».

Mon échelon me rendait responsable de notre équipement illégal. Bon, d'accord, pas si illégal que cela. Une cuve de clonage détraquée, un filtre moléculaire programmable dont nous nous servions pour synthétiser des hallucinogènes pas bien méchants, un récepteur de réseau pirate et toutes les armes qui nous tombaient sous la main. Nous nous rassemblions autour de ces petits secrets, qui constituaient, en quelque sorte, le noyau de notre identité de groupe.

Balford n'avait rien d'autre à nous offrir. Ancienne ville marché privée de sa raison d'être, elle était devenue un dortoir rural pour fonctionnaires du gouvernement. Un cadre de vie idyllique ennuyeux à mourir. Bâtie dans le fond d'une vallée, elle était entourée par les forêts du sud Devon.

Les forêts anglaises avaient été les premières à bénéficier de la régression, après que la bitek eut rendu l'agriculture obsolète et que les vaisseaux interstellaires eurent permis de déverser le trop-plein de population sur les nouvelles colonies. La forêt du sud Devon avait quatre-vingt-dix ans. Les chênes et les frênes y cohabitaient avec une cinquantaine d'autres espèces à feuilles caduques. Des arbres nostalgiques de l'ancien temps. Elle s'étendait de la côte au nord jusqu'à Dartmoor, se propageait à l'est vers le Dorset et à l'ouest vers Bodmin Moor.

Les premiers arbres ne se trouvaient qu'à une centaine de mètres des Maltings. Depuis toujours, nous arpentions ces chemins et ces clairières, nous connaissions ces mares et ces ruisseaux. D'ailleurs, ils avaient été mis là pour nous. Sombre et mystérieuse en hiver, débordante de couleurs et de vie en été, la forêt était notre royaume. Comme Balford ne le serait jamais.

Nous acceptions tout ce que nous y trouvions sans nous poser de question. Ainsi, les indices de la présence des petits peuples s'étaient accumulés jusqu'à devenir des éléments parfaitement normaux de ce paysage. Notre territoire devenait plus vaste à mesure que nous grandissions et, année après année, nous apprenions à mieux connaître les habitants de la forêt. Les gnomes, fées et autres lutins étaient ici chez eux, tout comme nous.

Jusqu'à ce qu'un jour, au printemps de ma quinzième année, le prince Yannareth et sa suite s'aventurent dans le monde des hommes.

— Après une longue période de stérilité, la forêt de l'arrière-pays s'est remise à pousser – nous l'avons entendue –, aussi sommes-nous venus pour voir ce qu'il en était, me dit Sendiryki.

Sendiryki et moi étions devenus bons amis cet été-là. D'une certaine manière, nous nous ressemblions beaucoup. Deux rêveurs. Lui et moi ne pouvions nous empêcher d'imaginer des contrées lointaines. C'était un elfe typique. Il me dépassait de trente bons centimètres et, avec mon mètre soixante-quinze, je n'étais pas vraiment un nabot. Toutefois, bien qu'il fût un géant, il ne pesait presque rien. Il était capable de traverser un pré en courant sans casser le moindre brin d'herbe. Il portait une tunique verte et jaune aussi douce que de la peau de daim, qui le rendait presque invisible en forêt. Il était jeune – enfin, jeune pour un elfe. Lui et les siens ressemblaient tous à des adolescents centenaires.

— Comment pouvez-vous entendre la forêt pousser ? demandai-je.

C'était une journée de juin suffocante, de ces journées où l'atmosphère était saturée de pollen. Nous étions assis à l'orée de la forêt et nous regardions Balford, en contrebas, tandis que les bourdons voletaient autour des chèvrefeuilles et des roses trémières.

— Elle s'est mise à chanter en harmonie avec la musique de la Première forêt, répondit Sendiryki.

— La Première forêt, c'est là où vous vivez ?

— Oui.

— Et vous êtes venus jeter un coup d'œil à notre forêt ?

— Mon prince est jeune et son sang chante sans arrêt.

— Comme le tien, dis-je.

— Et le tien, fit-il en souriant.

— Oui, tu as raison. Dès que je le pourrai, je rejoindrai l'équipage d'un vaisseau éclaireur. Pour explorer la galaxie et découvrir des planètes terracompatibles.

— Tu veux dire des mondes où vous pourriez vivre ?

— Exactement.

— C'est une chanson si puissante, Michael. Tu as de la chance.

— Quand je serai capitaine, je t'emmènerai avec moi.

— Et nous voyagerons parmi les astres, dit-il, mélancolique, en s'allongeant sur le dos et en admirant les étoiles comme s'il ne les avait jamais vues auparavant. Les étoiles qui surplombent la Première forêt ne sont pas comme les vôtres. Mais nous avons des mers qui chantent une mélodie réellement enchanteresse.

— Alors, tu seras marin ?

— Oui. Je bâtirai le plus incroyable de tous les navires. Et peut-être qu'un jour, nous naviguerons ensemble, Michael. Ce serait le voyage ultime.

— Oui, ce serait formidable. À l'occasion, rappelle-moi de t'emmener faire de la planche à voile.

— De la planche à voile ? Tu crois que cela me plairait ?

— Sûr et certain.

Un jour touristes, le lendemain guides. Ainsi va la vie.

Nous nous étions tourné autour pendant plusieurs jours en prenant un air fier. Les Furies noires passaient délibérément tout près du camp de Yannareth, tandis que ce dernier et sa suite s'aventuraient jusqu'à l'orée de la forêt pour observer Balford. Nous attendions que Russel et le prince se décident enfin à s'adresser la parole.

J'avais vu des images similaires dans un de mes cours d'histoire. C'était la guerre froide. Les leaders des deux camps se rencontraient en terrain neutre, les diplomates prenaient des gants. Eh bien là, c'était la même chose. On se testait, on se sondait. Puis ils se parlèrent, s'assirent sur des cailloux au bord d'un ruisseau et sourirent. Alors, Russel dit quelque chose et Yannareth rit. Après cela, ils devinrent inséparables, les meilleurs amis du monde.

Sendiryki m'apprit à monter à cheval, reléguant instantanément mon électromoto en deuxième division. Un jour, il me présenta une coupe faite d'un or extrêmement pâle et m'initia aux secrets de l'eau.

— C'est un *tirkrih*, m'expliqua-t-il. Un calice de vision. Il est dans ma famille depuis l'époque d'Ardwen.

Et de réciter une incantation mélodieuse.

Je me penchai sur le calice et je vis le reflet blafard d'une forêt d'automne couronnée de serpentins de brume. Certains arbres étaient brisés, leurs branches éparpillées sur le sol.

— Où est cette forêt ?

— Un autre endroit, un autre âge, répondit-il avec un sourire triste. Essaie encore.

J'aperçus dans le brouillard un château de corail blanc festonné de guirlandes de fleurs, aux hautes tours surplombées d'étendards. Des centaines d'elfes chevauchaient joyeusement sur un tapis de verdure. Le ciel était uniformément bleu, d'une beauté à couper le souffle.

— C'est chez toi ? demandai-je.

— C'est le château du père de Yannareth. Au-delà se trouve la mer, ajouta-t-il, mélancolique.

Lorsque mes parents n'étaient pas là, je l'invitais chez moi, où je lui apprenais à utiliser notre terminal. Nous passions des heures à compulser les sites gouvernementaux, à éplucher les rapports envoyés par les vaisseaux éclaireurs. Je me promis de lui donner un holodisque contenant des images en 3D. Ainsi, il pourrait observer toutes ces merveilles à sa guise une fois rentré au camp.

Un jour, je décidai de l'emmener à la plage. Sendiryki n'avait encore jamais vu la mer. Je lui dégottai un bermuda rose et bleu et un tee-shirt ample orné d'un hologramme représentant la nébuleuse à tête de cheval, et nous partîmes à l'aube en chevauchant mon électromoto et en zigzaguant entre les nids de poule.

L'eau bleue apparut soudainement au détour d'une courbe. C'était un spectacle magnifique. La mer semblait infinie. Sendiryki s'accrocha à moi, presque pris de panique. J'entendis alors la même chose que lui : la chanson des vagues et des goélands, l'appel irrésistible des sirènes.

Plymouth avait subi une régression quasi totale. À part le centre de vacances situé tout près de la côte, il ne restait plus que quelques vieux bâtiments de pierre convertis en musées. Nous traversâmes cette terre onduleuse qui avait été une ville. Sendiryki était plus perdu que jamais.

— Quel délabrement, dit-il, lugubre. Et tu dis qu'elle était habitée il y a moins d'un siècle de cela ?

— Cinquante ans. Mais on ne pouvait pas faire autrement.

Nous nous trouvions dans une sorte de cuvette parsemée de petits tertres recouverts de roseaux et d'ajoncs.

— Avant, c'étaient des immeubles d'habitation, repris-je. Les équipes de régression possèdent toute une panoplie d'algues macératrices clonées, qu'elles vaporisent sur les vieux bâtiments. Il y en a une pour le verre, une pour le béton et une autre pour la brique. Les gratte-ciel finissent par ressembler à des géants d'écume. Cela prend plusieurs années, mais les bâtisses s'écroulent, se désintègrent et forment des tas de sable.

Nous grimpâmes au sommet d'un tertre où je tapai du pied sur le sol marneux.

— Évidemment, beaucoup de matériaux résistent aux algues. Il nous arrive de traîner dans le coin et de creuser un peu. C'est fou ce que l'on peut trouver là-dessous.

— Vos ancêtres haïssaient-ils cette terre au point de l'abandonner de cette manière ? demanda Sendiryki.

— Pour certains, oui. Notre société était vraiment dans un sale état lorsque le vol interstellaire a été développé. La pollution et la pression démographique étaient telles que notre environnement se mourait. C'est alors que le *Mouvement pour un nouveau départ* a été initié. Histoire de faire table rase du passé et tout ça.

— Cette terre a souffert pendant des siècles, pourtant, vous vous réjouissez du spectacle qu'elle offre. C'est une bien étrange chanson que chante l'humanité. Pourquoi, alors que vous en aviez les moyens, n'avez-vous pas décidé de guérir votre monde plutôt que de le fuir ?

— C'est ce que nous faisons aujourd'hui. Enfin, plus ou moins. La population était l'un de nos problèmes principaux, et les étoiles la solution évidente. Ceux qui sont partis n'étaient pas tous volontaires. Il y avait des sans-emploi, des criminels, des opposants politiques…

Je ne lui dis rien de la cache d'armes que nous avions trouvée en creusant dans un ancien quartier d'affaires. D'après Russel, elles devaient appartenir à un groupuscule anti-expat. Les pistolets Sony avaient moins de trente ans. Ceux qu'on sommait de partir ne se laissaient pas toujours faire.

— L'Angleterre ne compte plus que huit millions d'habitants. Nos dirigeants disent que c'est là un nombre idéal.

— Huit millions ! s'exclama Sendiryki, stupéfait. *Seulement ?*

— Nous avons donc de la place pour faire pousser des forêts, fis-je remarquer en riant, tandis que nous redescendions en bas du tertre.

Comme prévu, Sendiryki s'essaya à la planche à voile. Je louai deux planches au club, et nous passâmes l'après-midi dans une crique peu fréquentée, loin de la plage. J'eus du mal à le persuader de rentrer, aussi le loueur me demanda-t-il de m'acquitter d'un supplément. Sendiryki se sentait si bien dans l'eau.

Kathy arriva au début du mois d'août. Elle était la fille du superviseur d'une équipe de régression et venait d'emménager dans les Maltings. Les Furies noires ne comportaient encore aucune fille. Oh, nous avions des copines dans le quartier. Nous sortions ensemble à la plage où nous les embrassions. Il nous arrivait même de les espionner pendant qu'elles bronzaient, seins nus, au bord de l'eau. Toutefois, aucune d'elles n'était une Furie. Et puis, il y avait eu Kathy.

Elle avait seize ans et des cheveux si blonds qu'ils semblaient presque blancs. Ses jambes étaient longues, longues, et son sourire aurait pu faire rougir le soleil. Lorsque je la vis pour la première fois, je crus qu'elle était sortie de la Première forêt, tant elle me parut merveilleuse et divine.

Je tombai amoureux d'elle. Toutes les Furies avaient des vues sur elle, mais aucun de mes camarades ne l'aimait comme moi. Pour de vrai.

Malheureusement, je n'avais aucune chance. Trop jeune. Et puis, elle était réservée à Russel. Il nous avait prévenu dès le départ. Pour une raison parfaitement mystérieuse, elle paraissait d'accord avec lui. Néanmoins, je ne cessai pas de l'aimer pour autant.

Sendiryki était plein de compassion, même s'il ne me comprenait pas réellement.

— Que fais-tu de tes rêves d'exploration ? Le vide de la nuit est vaste…, dit-il. Tu crois qu'elle serait capable de te suivre dans ton navire de métal ?

— Je ne partirai pas avant des années, protestai-je.

Il sourit.

— Comme ta chanson est peu profonde, Michael. Ton amour est faible, il n'attendra pas jusque-là.

— *Bien sûr* qu'il attendra !

Il entonna alors une chanson parlant d'un amour contrarié par la guerre, par des sorciers et des cataclysmes – enfin, quelque chose de particulièrement morbide. Les amants furent séparés pendant plusieurs siècles, mais leur fidélité fut récompensée par leur accession au paradis des elfes.

— Voilà l'amour auquel tu devrais aspirer, Michael.

Quand je vous disais qu'il ne me comprenait pas réellement…

J'eus une fois la possibilité de parler à Kathy seul à seul. Nous marchions tous vers l'école gouvernementale pour y subir une nouvelle impression laser. Russel n'était pas là. Cela faisait sept mois qu'il séchait, arguant qu'il savait déjà tout ce qu'il y avait à savoir pour travailler dans une équipe de régression. Apparemment, il n'avait pas réalisé que le processus de régression était pour ainsi dire terminé et que, sans travail, il ferait immanquablement partie des prochains candidats au départ.

Comme nous marchions dans les belles rues victoriennes de Balford, je parlai à Kathy de mes rêves fous, de mon avenir parmi les constellations. Les mots jaillissaient de ma bouche, incohérents, tels un ruisseau impétueux, tant je souhaitais l'impressionner. Après quelques hochements de tête approbateurs, elle me révéla qu'elle souhaitait devenir conceptrice de bitek. Le futur qu'elle s'était imaginé n'était guère compatible avec les projets simplistes de Russel, mais nous choisîmes de taire ce détail.

Je ne compris jamais pourquoi elle était attirée par lui. Russel était une impasse vivante, un récidiviste, un rebelle impénitent. Il était certes assez fort et charismatique pour devenir le chef d'une bande d'adolescents crédules, mais c'était à peu près tout. Personnellement, je commençais même à remettre en question l'existence des Furies noires, car j'avais de plus en plus le sentiment de jouer la comédie. C'était une parodie de rébellion. En fait, je n'avais aucune envie de combattre le gouvernement central. C'était lui qui construisait et faisait voler les vaisseaux d'exploration.

Un soir d'août, nous rentrions de l'école lorsque Brendan aborda Kathy. Il se tenait derrière le mur de briques décrépit qui entourait le parc dense de la ville. Il était grand et mince, avait vingt ans et portait un trench-coat sombre et un chapeau en feutre assorti. Sa peau, d'une pâleur extrême, lui donnait des airs d'albinos. Je ne pouvais pas voir ses yeux, car la moitié supérieure de son visage était dissimulée par un bandeau optique de motard noir brillant aux contours aérodynamiques. Brendan était le leader des Faucons de la nuit. Nous les avions vus, deux ans plus tôt — cinq ou six garçons plus âgés que nous, vêtus de trench-coats. Eux ne nous avaient même pas remarqués. Des frimeurs. Apparemment, ils vivaient dans une cité gouvernementale à l'autre bout de la ville. Chaque soir, ils venaient traîner dans la vieille chapelle baptiste, tout près du parc.

— On fait une fête ce soir, dit-il tandis que nous passions devant lui. Tu es cordialement invitée. Ce sera beaucoup plus amusant que de passer la nuit avec ces gamins.

— Non, merci, répondit sèchement Kathy.

— Eh ! Réveille-toi, petite. Il est temps que tu découvres la vraie vie. Je pourrais t'aider, t'initier…

— Je connais déjà la vraie vie.

Elle se rapprocha imperceptiblement de moi. Je risquai un regard vers la chapelle délabrée située à une cinquantaine de mètres de là. Les Faucons se tenaient devant la porte ouverte, leurs trench-coats volant dans la brise chaude, leurs bandeaux optiques nous suivant comme des radars. J'ignorais qu'ils étaient aussi nombreux. Il y en avait bien une douzaine.

— Oh, cela m'étonnerait bien, rétorqua Brendan en entrouvrant ses lèvres fines et cireuses, et en découvrant des dents pointues. Tu aimerais bien, évidemment. Mais l'espoir ne fait pas vivre longtemps. La survie, c'est cela qui compte, et moi, je suis un expert en la matière.

— Je me débrouillerai toute seule, merci, dit Kathy.

— Oh, oui…, chantonna-t-il. Tu es une véritable tigresse !

Et de renverser la tête en arrière pour hurler comme un chien fou.

Kathy me prit par le bras, et nous disparûmes derrière un virage.

— Cours ! siffla-t-elle.

Ce que nous fîmes sans nous arrêter, jusqu'aux Maltings. Le rire étrange et inquiétant de Brendan nous poursuivit jusqu'au bout.

Kathy me persuada de ne rien dire à Russel. C'était mieux ainsi. Les Faucons de la nuit m'avaient déjà suffisamment fichu la trouille. Leur présence fantomatique et menaçante planerait désormais constamment sur les rues en apparence somnolentes de Balford. Je ne pouvais pas m'empêcher de me dire que la vie était plus facile et agréable à l'époque où nous n'existions pas pour eux.

Si les Faucons étaient une source d'inquiétude permanente, les elfes, eux, étaient la touche de lumière nécessaire à nos mornes existences. Lorsqu'elle les vit pour la première fois, Kathy fut littéralement éblouie, stupéfaite.

Comme nous tous, d'ailleurs. Son visage… Eh bien, je suppose qu'il n'était pas différent du mien le jour où j'avais aperçu des fées pour la première fois.

Russel présenta Kathy à Yannareth. Le prince s'inclina et lui fit un baise-main.

— Vous êtes véritablement la plus belle fleur de votre race, dit-il solennellement.

Flattée, elle rougit, et des fossettes apparurent sur ses joues. Yannareth faisait cet effet aux gens. Les elfes étaient tous merveilleux, mais lui avait une grâce inégalée. Quelle noblesse ! Il y avait autant d'écart entre lui et les siens, qu'entre les autres elfes et nous.

Russel fanfaronnait, faisait l'important. C'était ridicule. Par décret royal, sa petite amie venait d'être déclarée la plus désirable de deux mondes. C'était plutôt pas mal pour un monsieur Personne.

L'inséparable duo devint un inséparable trio.

Une semaine après ma rencontre avec Brendan, les Furies noires et l'entourage du prince se retrouvèrent à un concert des Stomping Mary, à Southampton. Les *Stompers*, comme on les appelait, étaient un septuor de fantasy subliminale assez bruitiste et violent. Leurs textes étaient tour à tour des diatribes anarchistes et des apologies d'une sexualité débridée. Des génies ! Les idoles de tous les jeunes de moins de vingt ans, quelle que fût leur origine sociale.

Pendant le quart d'heure que dura le trajet en métro jusqu'à Southampton, je ne pus m'empêcher de penser avec malice au choc que ressentirait Sendiryki en entendant leur musique. Lui qui trouvait osé le fait d'accompagner une harpe à la flûte.

Le concert devait avoir lieu dans un théâtre de verdure creusé dans une colline, à l'est de la ville. Nous nous retrouvâmes tous là-bas, Furies en blousons noirs et elfes en vêtements d'emprunt bigarrés.

Les Stomping Mary montèrent sur scène, accueillis par les hurlements enthousiastes de vingt mille adolescents. Les elfes se joignirent à nous, inspirés, une fois n'était pas coutume, par la chanson de notre monde. Ils échangeaient des regards incrédules, souriaient. Ils se sentaient un peu coupables de s'amuser autant, mais ne pouvaient pas s'en empêcher.

Le groupe passa à l'action. Les enceintes omnidirection-nelles placées de part et d'autre de la scène telles des murailles de cristal commencèrent à vibrer. Le hard rock synthétique se déversa dans mes oreilles, et des photons séquencés s'infiltrèrent dans mon nerf optique, venant chatouiller des zones de mon cerveau rarement stimulées. Soudain, je devins une sorte de ptérodactyle géant à la peau métallique, à l'envergure dépassant allégrement les dix mètres, et je fendis l'espace interstellaire en traversant des nuages d'atomes d'hydrogène. Je virai autour de comètes scintillantes, me laissai planer paresseusement au-dessus d'astéroïdes solitaires, chutai et chutai encore, attiré par la gravité. Droit devant moi, il y avait des planètes, des géantes gazeuses aux anneaux et aux lunes colorées. Je plongeai, virevoltai, tournoyai au-dessus de masses nuageuses tourbillonnantes, grandes comme des océans. Des serpents boréaux phosphorescents nageaient comme des bancs de poissons au sein de mers de vapeur bouillonnante. Toutefois, je laissai tout cela derrière moi pour foncer vers le cœur du système et répondre à l'appel aveuglant du soleil. Tout autour de moi, l'espace résonnait du cri triomphant de ceux de mon espèce qui, ailes noires luisantes et déployées, se dirigeaient vers la chaleur. Là-bas, planant au-dessus des courants ascendants de la couronne, je trouvai une compagne. Nos cous s'emmêlèrent, nos ailes se déployèrent à l'unisson et nous nous élevâmes, soulevés par les éruptions solaires, glissâmes sur les vagues infernales, nous mîmes à tournoyer sans fin. Libres et invincibles, nous étions les seigneurs du cosmos. Cet être était tout ce que je rêvais de devenir. Il était moi. Il était la chanson de mon âme.

Sendiryki riait aux éclats, son regard était embrasé.

— Quel danger ! Quelle explosion de joie ! cria-t-il pour couvrir la musique assourdissante. Oh, Michael, pourquoi ne m'as-tu rien dit ? Sont-elles réelles ? Ces créatures, vos explorateurs les ont découvertes, c'est cela ?

— Non. Les Stompers les créent pour nous. Tout ceci est leur œuvre.

— Quelle douce folie que celle des hommes ! Oh, comme j'aimerais être mortel, ne serait-ce qu'une journée, pour connaître cette démence, cette libération.

La note négative de la soirée vint de Russel. Comme à chaque fois, il voulut aller un peu plus loin que les autres et inspira un des hallucinogènes produits par le filtre. Je le vis un peu plus tard, isolé, dansant par saccades sur un rythme qu'il était le seul à entendre.

C'est alors que je remarquai que Kathy et Yannareth dansaient ensemble, à l'ancienne, avec grâce. Je décidai donc de me concentrer sur la scène et de m'immerger à nouveau dans cette vaste salle de bal, où des gens élégants – des hommes en smokings et des femmes en robes discrètes – exécutaient une valse en écoutant une ballade poignante. Lorsque je **me** retournai, le prince serrait contre sa poitrine une Kathy ravie, aux anges.

Après le concert, Sendiryki et moi nous rendîmes au café situé en haut de l'arène. J'y commandai de la bière et nous nous installâmes à l'extérieur, dans la nuit parfumée, afin de regarder les vaisseaux spatiaux traverser les cieux de part en part. Leurs boucliers thermiques triangulaires luisaient d'un éclat orange sur la toile de fond ténébreuse de la voûte céleste, tandis qu'ils descendaient lentement vers l'astroport de la ville.

— Je suis très impressionné, Michael, dit lentement Sendiryki. Bien qu'il soit singulièrement dénué de sensibilité, ton monde possède des facettes nombreuses et variées, ainsi qu'une grandeur que je n'aurais même pas soupçonnées.

— Tu trouveras ce que tu cherches quand tu seras en mer.

— Peut-être bien, répondit-il en levant des yeux scintillants et pleins d'espoir vers les étoiles.

Tout commença à cause d'Anton et de sa grande bouche.

Nous étions réunis dans une ancienne écurie qui nous servait de point de ralliement. Située juste derrière les Maltings, elle était entourée d'aubépines incroyablement touffues, grâce auxquelles l'équipe de régression l'avait oubliée. Après en avoir réparé la toiture et installé quelques piles solaires, nous nous y étions installés avec tout notre matériel.

Il débarqua en fin d'après-midi, rouge comme une pivoine, la poitrine se soulevant à un rythme soutenu, comme s'il avait couru depuis la côte.

— Je les ai vus, cria-t-il, à bout de souffle. Yannareth et Kathy, ils étaient en train de le faire, là-bas, dans la forêt. Merde, ils étaient tellement occupés qu'ils ne m'ont même pas entendu. Eh, vous croyez que c'est vrai ce qu'on raconte ? Que les elfes en ont une aussi grosse que les chevaux ? Je veux dire, putain, si vous l'aviez entendue gémir !

Nous le fixions tous sans ciller, abasourdis et secrètement terrifiés.

Lui nous regardait en souriant comme un dément.

— Ben quoi ?

Puis il sursauta, comme Russel sortait doucement du coin sombre dans lequel il ruminait en silence. Son excitation retomba aussitôt, cédant la place à une peur authentique.

— C'était où ? demanda Russel d'une voix éteinte.

Il avait pris quelque chose, et ce satané filtre était beaucoup trop vieux pour reproduire les délicates chaînes moléculaires des narcoprogrammes. Les capillaires de ses yeux étaient devenus jaunâtres.

Je sus immédiatement qu'il n'y avait plus rien à faire. D'espoir, il n'était plus question.

Brendan était assis sur un rocher, à l'entrée de la forêt. Avec son trench-coat et son chapeau, il ressemblait à une ombre. Une ombre encore plus noire que les autres. Son bandeau de motard éclipsait la majeure partie de son visage long et pâle. Sa peau diaphane semblait luire d'une lueur quasi surnaturelle dans la lumière déclinante de cette fin d'après-midi.

Nous marchions dans sa direction sans dire un mot, grimpant imperturbablement le flanc de la colline. Nous étions les soldats de Russel, la racaille qui l'aiderait à accomplir sa vengeance. Nos armes n'impressionnèrent guère Brendan, qui nous toisait d'un air condescendant. Les coins de sa bouche pointaient vers le haut, dans une parodie de sourire.

Russel s'arrêta devant lui, quelque peu décontenancé par cette courtoisie feinte.

— Nous allons arracher Kathy à l'emprise des elfes. Tu viens nous aider ?

— J'ai l'impression que vous n'avez pas tellement besoin d'aide.

— La prochaine sera peut-être l'une des vôtres.

Le sourire moqueur s'élargit.

— Cela m'étonnerait. Cela m'étonnerait même beaucoup.

— Ouais, c'est ça…

— Cela vous apprendra à leur faire confiance.

— Venez, nous ordonna Russel en continuant vers la forêt.

La plupart des Furies noires lui emboîtèrent le pas avec enthousiasme. Moi, je traînai un peu les pieds.

Brendan m'adressa un sourire carnassier, satisfait de la tournure prise par les événements. Si j'avais pu voir ses yeux à ce moment-là, j'aurais peut-être compris, mais son bandeau optique me renvoya uniquement une image de moi-même.

Je l'admets volontiers : l'allure étrange de Brendan me fichait la trouille. Alors, je me hâtai de rejoindre les autres pour ne pas être seul lorsque retentirait son rire dément.

La nouvelle de l'obscénité que nous venions de commettre se propagea autour de la clairière des fées à la façon d'une distorsion dans le calme de la forêt, déformant l'atmosphère devant nous comme une onde de chaleur. Les petits peuples fuyaient le bruit de nos bottes. La végétation bruissait de part et d'autre du chemin, car tout le monde voulait se mettre à l'abri. De temps à autre, Russel tirait dans un buisson. Probablement sans faire de victime.

La chanson de la forêt était corrompue par notre hostilité. Sendiryki m'avait appris à écouter cette musique harmonieuse – les soupirs des fleurs, le vent s'engouffrant dans les branches. Musique à laquelle nous ajoutions des dissonances désagréables. Les arbres frissonnaient de peur à notre passage. Pourtant, nous arpentions ces chemins depuis notre plus tendre enfance. Nous étions sur notre territoire.

Russel avançait sans faire attention à tous ces messages subtils. De ces deux forces bien distinctes, la sienne restait évidemment la plus simple à suivre pour nous.

À nos pieds, l'herbe se fit soudain plus dense, plus sombre ; belladone et oseille firent leur apparition. Les frênes majestueux cédèrent progressivement la place aux bouleaux, dont l'écorce claire était habillée de plantes grimpantes entremêlées. Ils étaient incroyablement gros et si hauts que leur cime demeurait invisible derrière leur feuillage épais. De minuscules carrés de ciel rosâtre apparaissaient furtivement au détour d'un bruissement de feuilles.

Je savais que ce chemin nous conduirait là où nous voulions aller, même si je ne le reconnaissais pas. Sendiryki m'avait dit un jour que la forêt était sillonnée de nombreux sentiers, mais que les plus droits n'étaient pas forcément les plus courts. Je crois qu'il avait raison.

Le camp des elfes était un endroit vraiment merveilleux pour qui appréciait les ambiances médiévales et raffinées. Il était situé dans un bosquet de hêtres pourpres, dont les premières branches se balançaient très haut au-dessus de nos têtes. Les tentes bleues et vertes constellées de taches de lumière topaze formaient un cercle. Habituellement, des feux étaient toujours allumés au centre du camp, ajoutant à l'ambiance festive.

Toutefois, ce jour-là, les feux étaient éteints et les elfes formaient un demi-cercle protecteur à l'entrée de leur domaine. À l'exception de Yannareth, ils étaient tous armés d'arcs. Le prince se tenait au milieu de cette formation. Il portait une armure en argent ornée d'arabesques dorées qui semblaient presque vivantes.

Je croisai le regard de Sendiryki. Nous nous regardâmes alors longuement. Désespérément.

Kathy se tenait juste derrière Yannareth. Elle était vêtue d'une longue robe vert et blanc, ondulante et sublime, semblable à celles que portaient les femmes dans les univers imaginaires créés par les Stompers. Elle était au bord des larmes.

— Viens ici, poulette, dit Russel. Tu rentres avec nous.

— Dame Katherine fera son choix elle-même, rétorqua le prince avec calme.

—Ah, ouais ? s'exclama Russel en faisant un pas en avant.

Il y eut un son aigu, une sorte de tintement. Le prince venait de dégainer son arme.

— Arrêtez, leur demanda Kathy. Russel, nous deux, c'est terminé. Rentre chez toi. Vous tous, rentrez chez vous, je vous en prie.

— *Terminé*, tu dis… On verra bien, *dame* Katherine. Allez, dépêche-toi, viens par ici.

— Elle ne viendra pas, Russel, intervint Yannareth. Je suis vraiment désolé que nous en arrivions là, car je chéris ta compagnie. Mais dame Katherine ne t'appartient pas.

Russel se retourna vers nous et ricana d'un ton suffisant.

—Allez, les gars, occupez-vous d'eux.

Vil et dénué d'honneur, il brandit son pistolet Sony et tira sur le prince.

Mais Yannareth ne se laissa pas surprendre, et leva son bouclier. La décharge de plasma frappa la surface polie et se dispersa, envoyant des vrilles d'énergie aux quatre coins du blason dont il était orné.

Les lasers de visée s'allumèrent et un barrage mortel de plasma se déversa sur nos adversaires sous la forme d'éclairs blanc-violet épais comme des doigts. J'entendis les Enfield gronder et les harpons jaillir. Les elfes ripostèrent en tirant une volée de flèches.

À côté de moi, Anton hurla. La hampe d'une flèche dépassait de sa cuisse. De sa cuisse ! N'importe quel elfe était capable de moucher un moineau en plein vol…

Je pointai mon arme un mètre au-dessus de la tête de Sendiryki et appuyai sur la détente. Trois elfes étaient morts. Leurs tuniques fumaient là où les décharges de plasma les avaient transpercées. L'un d'entre eux avait été touché par un harpon. Son bras était déchiqueté et sa poitrine réduite à l'état de bouillie sanglante. Les tentes brûlaient, les chevaux paniqués hennissaient et tiraient sur leurs longes.

Subitement, nous nous mîmes à courir vers nos adversaires en hurlant comme des animaux. Quelqu'un, quelque part, soufflait dans un cor de chasse dont la note métallique se réverbérait tout autour du bosquet.

Sendiryki et moi nous chargeâmes mutuellement. Le choc fut brutal et nous envoya tous les deux au sol. Je sentis ses longs bras me serrer dans leur étau et l'attrapai à mon tour. Nous roulâmes mollement dans l'herbe, sans conviction. L'air était brûlant dans ma gorge.

— Ils se battent en duel, chuchota Sendiryki, et je levai les yeux.

Russel et le prince Yannareth avançaient l'un vers l'autre sans prêter attention aux corps entremêlés qui se tortillaient à leurs pieds. Russel avait abaissé son viseur. Un faisceau laser couleur émeraude jaillissait d'un module cylindrique fixé à son casque et balayait le heaume du prince – il s'agissait d'une sorte de ver électronique, d'un programme supposé s'infiltrer dans le cerveau de l'adversaire pour en chasser toute pensée rationnelle, pour précipiter la victime dans un cauchemar éveillé, dans la folie. Je le savais, puisque j'en étais l'auteur.

Le prince Yannareth tituba en arrière, comme s'il luttait contre une rafale de vent. Il brandit son épée devant lui, la pointa vers Russel. Sa voix retentit et des mots étranges jaillirent de sa bouche déformée par la douleur.

Russel éclata de rire et tira plusieurs décharges de plasma sur l'elfe. Celles-ci frappèrent l'armure d'argent, la faisant fondre, projetant une pluie de gouttelettes incandescentes alentour. De petits cratères noirs se formèrent sur le plastron de Yannareth, qui recula davantage. Mais le prince refusait de lâcher son épée.

Alors, il conclut son chant d'agonie. La lame de son épée s'embrasa et parut s'éclairer de l'intérieur. Un cyclone de lumière couleur diamant bleu jaillit de sa pointe, enveloppant Russel dans un tourbillon d'une puissance terrifiante.

Russel trembla violemment, ses bras et ses jambes secoués de spasmes. Il laissa échapper un grognement animal empreint de souffrance. La toile dissipatrice de son armure émettait une lumière rougeâtre. Il tituba entre les hêtres, avança vers le prince. Transformé qu'il était en esprit de feu, l'herbe roussissait à chacun de ses pas. Le canon de son pistolet crachait des éclairs.

Ils se foncèrent dessus, tête baissée, leurs cris de guerre se mêlant pour former un hurlement unique, incohérent et sauvage. L'épée du prince et le pistolet de Russel tombèrent par terre avec un tintement métallique. Ils roulèrent dans l'herbe comme des bêtes, encore et encore. La thermolame de Russel taillant dans l'armure du prince, la dague sertie de pierres précieuses de ce dernier tentant de s'infiltrer sous le casque de son ennemi humain.

Alors, la forêt se mit à pleurer. Sa mélopée hideuse résonna dans nos têtes sans nous laisser de répit. C'était à cause de nous, je le savais. Nous l'avions violée. C'était notre grande faute. Nous étions coupables et nous avions honte.

Un vent venu de nulle part se leva, traversa le bosquet. Ceux d'entres nous qui se tenaient, silencieux, autour de nos chefs tombèrent à genoux, tant il était violent. Les hêtres pourpres plièrent, leurs branches craquant de détresse.

— Les chemins ! cria Sendiryki pour couvrir le tumulte. Les chemins sont en train de se scinder.

La terre trembla, forçant le prince et Russel à interrompre leur lutte.

— Les chevaux, dit le prince à ses elfes. Il faut repartir !

Il se releva tant bien que mal. Des filets de sang écarlate s'écoulaient de son armure.

— Katherine !

L'angoisse contenue dans sa voix me transperça le cœur. Elle s'approcha de lui.

— Espèce de salope ! hurla Russel.

Il était à genoux et se tenait le bras – son filet protecteur avait fini par céder.

— Ne pars pas, lui criai-je vainement à mon tour. Tu ne comprends donc pas, Kathy ? Ils ne changent jamais. Jamais ! Dans dix mille ans, leur royaume n'aura pas bougé d'un poil. Ce n'est pas une vie. Nous ne sommes pas faits pour cela. Nous, nous changeons, nous évoluons, nous vivons.

— Et nous souffrons, ajouta Kathy.

Elle rejoignit le prince et s'accrocha à lui. Ensemble, ils reculèrent vers les chevaux.

— Kathy ! tenta une dernière fois Russel.

Mais elle ne se retourna pas une seule fois.

Les elfes s'activaient autour de leurs chevaux ombrageux, tandis que le vent infernal s'enroulait autour de nous. On aida les blessés à se hisser sur leur selle. Les morts, quant à eux, devenaient rapidement transparents, se transformaient en statues de verre. Une pierre multicolore scintillait à l'intérieur de chacun d'entre eux, décomposant les rais de lumière à la façon d'un prisme. Puis les elfes défunts commencèrent à s'évanouir, à disparaître comme des gouttes de rosée sous le soleil.

— Pars, dis-je à Sendiryki.

Je pris un holodisque dans la poche arrière de mon jean. Il était plein d'images rapportées par les vaisseaux d'exploration. Je le lui mis dans la main. Il le regarda sans réagir. Ses yeux anciens et juvéniles à la fois étaient humides.

— Maintenant, pars. Pars !

Derrière le camp, apparut une lumière rose doré. Un soleil. Plus grand mais moins brillant que le nôtre, il se levait sur la Première forêt, la transperçant de ses rayons phosphorescents.

Sendiryki m'embrassa et me chuchota à l'oreille. Puis il traversa le bosquet et s'en fut rejoindre ses camarades à la vitesse d'un oiseau fondant sur sa proie.

Ils partirent au galop, s'enfoncèrent dans une avenue sans fin formée de chênes noueux aux racines arc-boutées et aux branches figurant un tunnel au-dessus de leurs têtes. Je mis ma main en visière pour protéger mes yeux de la couronne couleur mandarine qui brillait au-dessus de la canopée brumeuse. Je ne les revis plus jamais. Toutefois, je garde en mémoire l'image de ces silhouettes noires se tenant à la limite de deux mondes. L'une d'entre elles me faisait un signe de la main.

Je retourne souvent dans la forêt. Seul, j'arpente ses chemins et ses pistes, je visite ses clairières et traverse ses ruisseaux si familiers. Le vent y souffle toujours furtivement, aussi pressé qu'un amant jaloux. Il souffle mais ne chante plus. Seuls les papillons et les écureuils batifolent encore dans les clairières paradisiaques.

Il n'y a plus de Furies noires. Elles aussi ont cessé d'exister. Nos armes nous furent confisquées ce jour-là, au sortir de la forêt. Toutefois, notre fraternité était morte bien avant. Dans cette clairière, près du corps sans vie de Fuchsia.

Maintenant, j'ai une petite amie, comme la plupart d'entre nous. Je suppose que c'est un bien.

Les Faucons de la nuit prospèrent à nos dépens. Ils sont de plus en plus nombreux. Russel est une de leurs dernières recrues. Lorsque la nuit tombe, j'ai peur de m'aventurer dans les rues de Balford. La semaine dernière, Anton a fait les frais de son imprudence. D'ailleurs, il est toujours à l'hôpital.

Alors, je viens m'abriter dans cette forêt, qui ne fait pas encore partie de leur territoire. Il m'arrive parfois d'apercevoir des silhouettes fantomatiques du coin de l'œil, mais c'est probablement mon imagination qui me joue des tours. Une fille aux cheveux de lin, vêtue d'une robe vert et blanc, son prince à l'allure protectrice et un nouveau-né.

Les dernières paroles de Sendiryki résonnent encore dans mon esprit :

— Le vide de la nuit et la mer ne font qu'un au-delà de l'horizon. Nous nous retrouverons là-bas.

Peut-être. Mais je n'y crois plus.

Né en 1960 en Angleterre, **Peter F. Hamilton** a débuté sa carrière d'écrivain en 1987. Il s'est très vite imposé comme l'un des piliers du renouveau de la SF britannique. Mais là où ses amis auteurs exploraient de nouveaux courants, Hamilton a préféré faire revivre l'émerveillement des grandes aventures spatiales chères aux grands auteurs de l'âge d'or : Asimov, Clarke et Heinlein. Dans ce domaine, ses cycles *L'Aube de la nuit* et *L'Étoile de Pandore* font référence. Il est le maître incontesté du space opera moderne !

Trudi Canavan

La Rumeur des enfants de la brume

Traduit de l'anglais (Australie) par Justine Niogret

J'ai l'impression d'avoir voyagé toute ma vie.

Le soleil s'était perdu au-delà de l'horizon, noyé par des nuages de sable couleur d'aube. Des silhouettes sombres s'agitaient autour de la caravane, absorbées par leur travail. Derrière moi, le désert déroulait sa monotonie jusqu'à perte de vue, et les ombres des arbres desséchés le balafraient à peine.

Je regardai autour de moi. Les nuages de poussière n'étaient toujours pas retombés, et je m'assis par terre. Je sortis une flasque d'argent des plis de ma ceinture, versai quelques gouttes de liquide parfumé dans la paume de mes mains et en éclaboussai mon visage. L'odeur des fleurs de rebé emplit mes narines et une image éclata dans mon esprit ; un magnifique salon décoré d'écarlate et de bistre. J'essuyai mes joues du bout de ma manche, me débarrassant du souvenir comme de la familière amertume.

La flasque d'argent était aussi douce et tiède que de la peau. J'en caressai le centre, les creux et courbes qui s'y entrelaçaient, et je me demandai pourquoi seul ce luxe me restait alors que j'avais abandonné tous autres. Une part de moi-même tenait-elle donc tellement à me rappeler mon échec chaque après-midi ? Ou avais-je la peur ridicule qu'*elle*, par un incompréhensible miracle, vienne au camp et me surprenne le visage souillé ?

Une des ombres se détacha de la caravane. Elle s'approcha de moi au travers des brumes de sable, et je finis par reconnaître la mince silhouette. Le fils du caravanier s'arrêta à quelques pas et sa voix flotta jusqu'à moi.

—Avez-vous besoin de quelque chose, Sora?

Je souris de l'ironie de la situation et regardai par-dessus son épaule en direction des chariots.

—Non, mais je te remercie, Piri. Et moi, puis-je faire quoi que ce soit?

Il écarquilla les yeux et j'en vis luire le blanc dans l'obscurité.

—Non, Sora. La caravane est en sécurité. Aucun signe des écumeurs. Et les sentinelles voient à des lieues.

—Je veux dire sur le camp.

—Oh, rien non plus, répondit-il rapidement. On a presque fini.

Piri restait là, les bras ballants. Je poussai un soupir:

—Tu peux y aller, tu sais.

Il me salua, recula, et tourna les talons vers la caravane avant de disparaître dans le nuage de sable. La poussière s'engouffra dans son sillage comme un énorme animal impalpable.

En voyant l'enfant partir, je me souvins de mon arrivée dans la caravane, la façon dont je m'étais persuadée que la peur que j'inspirais à Piri allait s'effacer au fil du temps. J'avais aussi espéré que le caravanier et ses gens allaient abandonner la déférence de mise envers les Soras. Mais six mois avaient passé, et Nerin refusait toujours de faire appel à moi pour les tâches quotidiennes.

Je forçai mes jambes douloureuses à se déplier et je me levai. La poussière était retombée et je me sentais un peu mieux, même si le sable, l'air et le ciel avaient tourné au cramoisi. Bientôt, seuls mes yeux seraient témoins de l'éclair violet du crépuscule, puis l'obscurité gagnerait le désert pour nous recouvrir de son manteau suffocant.

Le soleil venait à peine de toucher l'horizon et il me restait tout le temps dont j'avais besoin. Je laissai mes sens glisser hors de moi. Je voyais la vie s'éveiller dans cette désolation comme j'aurais vu luire des pièces d'argent au travers d'une bourse de tissu usé. Des milliers d'insectes couraient sur le sable, leurs esprits semblables à des étincelles soufflées par le vent. De minuscules animaux au sang glacé s'enfonçaient dans leurs terriers pour dormir alors que d'autres attendaient la disparition de la dernière lueur pour enfin partir en chasse.

Je m'y attardai, regardant jouer devant moi la mortelle pièce de la nature. Chasseur et chassé. Prédateur et proie.

Et soudain un éclair violet frappa mes rétines, fulgurant, me brûlant douloureusement les yeux. Je jurai entre mes dents, avant de rire de mon erreur.

Je me tournai, et retrouvai le monde avec des sens dont la magie n'amplifiait plus les possibilités. L'obscurité avait envahi le désert, à peine percée ici et là par les feux du campement. Elle s'agrippait à mes chevilles, s'y collant à la façon des eaux noires des égouts d'Oridéra. Un vent sans force vint mourir à mes oreilles, chuchotant comme des voix étouffées par les murs d'un palais.

Chuchotant comme les enfants de la brume…

Non. Je repoussai ce souvenir. *Le passé n'est plus.*

Un feu follet prit vie sur mon ordre. La flamme sautilla et dansotta en éclairant mon chemin, et je la suivis jusqu'au camp.

—Jures-tu de ne jamais te servir de ton don pour tuer?

Le paysan s'était habillé de son mieux pour paraître devant l'Ina, mais ses mains étaient sales. J'avais plissé les yeux, aussitôt sur le qui-vive. Était-ce une façon de dissimuler l'absence de cals?

—Je le jure, avais-je dit en baissant la tête devant mon professeur.

Je regardai attentivement le paysan qui posait sa main sur sa poitrine et s'agenouillait devant Embet. J'attendis, comme ils finissaient toujours par le faire, qu'il perde toute contenance.

—Ton rôle sera de protéger l'Ina et sa cour, me dit Ellein.

Je regardai le grand hall, les apprentis qui y mettaient leurs talents à l'épreuve.

Les conseillers de l'Ina m'avaient demandé de ne réagir qu'en dernier recours. Des attentats trop fréquents donnaient mauvaise impression, et Embet ne voulait pas tuer plus qu'il n'était nécessaire. Après tout, c'étaient les impôts de ces hommes qui payaient ses vices.

—L'Ina Embet est loin d'être un souverain populaire. Tu dois être sur tes gardes à chaque instant, et…

La main pressée sur la poitrine du paysan se serra convulsivement. Et quelque chose tomba au sol.

Un bouton. Un simple bouton de verre, brisé.

—… tu ne dois pas hésiter…

Alors l'homme s'était soudain plié en arrière, comme si un sort lui labourait la chair. Il étouffait et son visage rougit à vue d'œil.

L'espace d'un battement de cœur, et les gardes qui se tenaient aux côtés de l'assassin prirent leur gorge à deux mains. Je baissai à nouveau les yeux sur le bouton. Il était creux.

Du poison. Du poison dans un bouton… dans l'air…

Je me tournai pour regarder Mirca, et je me haïrai toujours pour ce réflexe.

Elle me souriait, et ses yeux jaunes se mirent à luire. L'assassin tomba enfin au sol en cherchant son air. Mirca tendit la main, un geste superflu, et un globe de magie les entoura, elle et l'Ina.

Les courtisans les plus proches de l'assassin reculèrent, et leurs visages commencèrent à gonfler alors qu'ils se griffaient la gorge. Que faisait Mirca ? Que faisait-elle des autres ? De tous les autres ?

Choquée, j'avais alors libéré ma volonté propre. Les gardes titubaient et les courtisans s'écorchaient le visage lorsque je repoussai l'air vers les fenêtres. Le verre vola en éclats et le vent entra dans la pièce.

Je me tournai et vis les corps. Deux gardes et trois courtisans étaient couchés au sol. Embet me regardait, les yeux brûlants de…

— Sora, Sora, réveillez-vous !

J'ouvris les paupières, sentis la lourde odeur du cuir de grak huilé et celle, plus sure, d'un corps mal lavé. Des mains me saisirent les épaules et me poussèrent avec une force surprenante.

— Sora ! Les écumeurs arrivent !

Des écumeurs ? Mon cœur bondit dans ma poitrine et, aussitôt éveillée, je projetai mes sens vers le désert. Il me fallut moins d'une seconde pour les localiser ; un groupe d'hommes montés sur des nayahs nerveux. Je repoussai les mains qui me tenaient, m'assis et allumai la lampe d'une pensée.

Piri cligna des yeux à la lumière, puis les écarquilla en voyant la fine chemise que je portais pour dormir. Rien à voir avec l'habituelle et sévère robe des Soras. Je me sentis rougir.

— Dehors ! criai-je en lui montrant la porte.

Il commença à reculer en se tordant les mains.

— Mais père a dit…

— Dehors !

Puis, comme Piri semblait prêt à s'évanouir de terreur, je rajoutai d'une voix plus douce :

— Il nous reste quelques minutes et je n'en ai que pour un instant.

Il hocha la tête et sortit de la tente. J'enfilai mes pantalons et mon surcot, puis nouai mes cheveux avant de sortir. Le père de Piri m'attendait devant les chariots.

— Où sont vos hommes ? demandai-je.

— Quatre embusqués par là, grogna-t-il. Le reste est armé et attend les ordres.

Je jetai un coup d'œil à la caravane. La moitié des hommes me regardait anxieusement, et l'autre fouillait le désert des yeux. Je me tournai vers le caravanier.

— Placez un garde entre chaque véhicule, lui ordonnai-je, et que ceux qui restent se mettent au centre.

Nerin ouvrit la bouche, hésita, la referma et hocha la tête. Je faillis sourire en le voyant faire. Il y avait donc peu de chances que Nerin ait jamais vu une Sora à l'œuvre. Une Sora digne de ce nom. Comment aurait-il pu imaginer qu'une femme de cour allait traiter avec une bande de détrousseurs ?

— Vos hommes peuvent me prévenir si l'un des écumeurs tente de s'infiltrer dans le cercle des chariots, lui dis-je. Vous feriez mieux d'aveugler vos bêtes avec des chiffons. (J'entendais déjà le bruit des sabots des nayahs qui frappaient le sable et les cris qui montaient de l'obscurité.) Mettez-leur vite leurs œillères, pressai-je le caravanier, ou vous devrez tirer les chariots à Queyin vous-même.

Nerin fila en direction de ses hommes. Je le suivis, et, sans regarder les caravaniers, m'enfonçai dans le désert en direction des écumeurs.

Je fis une vingtaine de pas avant de m'arrêter. Dans mon dos, j'entendais Nerin crier ses ordres, et je me retournai pour voir ses hommes se placer en traînant les pieds. Lorsque je fis à nouveau face au désert, un nuage de poussière prenait forme dans l'obscurité. Dès qu'un groupe de nayahs en sortit je levai les bras et un éclair lumineux jaillit de mes doigts.

Les bêtes tordirent le cou et roulèrent des yeux en dérapant dans le sable. La charge des écumeurs se brisa, et leurs bêtes renâclèrent. Ils durent les presser pour qu'elles avancent.

— Halte! leur ordonnai-je. N'approchez pas.

Ils s'arrêtèrent à une vingtaine de pas, formant un demi-cercle irrégulier.

— Qu'est-ce que c'est? lança une voix moqueuse. Une offrande? Ils comptent nous amadouer avec leur crasseuse?

Les écumeurs éclatèrent de rire.

Je regardai l'homme qui venait de parler. Seul parmi la bande, il portait un pectoral d'acier, cabossé et mangé de rouille. Les cornes de sa monture étaient d'une longueur extravagante malgré l'usure et les pointes de fer qui y étaient plantées. L'homme me rendit mon regard.

L'écumeur à ses côtés était une femme. Elle portait une natte très serrée, et un poignard méchamment crénelé gisait, nu, sur ses genoux. Je laissai mes yeux errer sur le reste de la bande, évaluant leurs différentes armes. Eux aussi examinèrent le camp avant de se tourner vers moi. Ils étaient une trentaine. La caravane comptait une quarantaine de membres, mais la moitié était constituée de femmes et d'enfants. L'autre, de vieillards et de garçons de l'âge de Piri. Les probabilités n'étaient pas de notre côté.

C'était exactement pour ce genre de situations que l'on m'avait engagée.

— Allez-vous-en, dis-je. Ces gens sont sous ma protection.

L'écumeur pressa sa monture en avant. Elle était si proche que j'aurais pu tendre la main et toucher les poils hérissés de son museau. Elle respirait fort et ses yeux roulaient follement.

— Une Sora, se moqua l'homme. Je vous connais, sorcières. Vous ne tuerez aucun de nous. Vous n'en avez pas le droit.

—Je n'ai pas besoin de vous tuer, répondis-je en souriant.

—Oh? Alors qu'allez-vous faire? Nous garder en respect grâce à de jolies lumières et d'inoffensifs petits fantômes? (Il rit, le visage tordu de mépris.) Nous avons déjà eu à faire avec votre espèce, et vous pouvez être très… divertissantes.

—Vous m'en voyez désolée. Certaines d'entre nous possèdent un étrange sens de l'humour. (Je baissai la tête, comme honteuse, avant de la relever et de sourire.) En revanche, aucune loi ne nous empêche de tourmenter les écumeurs.

Il rit et les autres se joignirent à lui, bien qu'à contrecœur. Seule la femme n'esquissa pas un sourire en faisant approcher son nayah.

—Quel est ton nom, Sora?

Je me raidis, avant de me maudire pour cette réaction. Puis je maudis le serment des Soras qui nous chargeait de tant de chaînes que même cacher notre propre nom nous était interdit.

—Vélarin Initha, soufflai-je sans desserrer les dents.

La femme fit tourner bride à sa monture et le chef des écumeurs la regarda faire, un sourcil levé.

—Que se passe-t-il, Kira?

—Vélarin de la cour d'Oridéra, répondit la femme. Une Sora de cour. Laisse tomber, Gellin. Ils n'en valent pas la peine.

—Jamais une Sora de ce rang n'a travaillé pour une caravane, cracha Gellin.

—Et moi je te dis que c'en est une. *Oublie-les.*

—Tu es une lâche, Kira, lui cria l'écumeur pendant qu'elle quittait la troupe. Tu n'as qu'à retourner au camp, alors!

—Tu ne sauras jamais quand t'arrêter, lui lança-t-elle, déjà loin.

L'écumeur se tourna sur sa selle et regarda les hommes autour de lui.

—Un autre volontaire pour courir se mettre à l'abri ? demanda-t-il.

Personne ne bougea, et il se tourna vers moi en tirant son épée du fourreau. Ses hommes l'imitèrent.

—Qu'on en finisse, dit-il.

Les écumeurs lancèrent leurs montures sur la caravane en hurlant, et Gellin talonna son nayah. La bête chargea aussitôt dans ma direction, les cornes en avant.

Je fis un pas de côté et jetai un globe de protection au moment où Gellin tentait de me donner un coup d'épée. Sa lame étincela en frappant la barrière magique, et, les yeux éblouis par l'éclair, son nayah s'emballa en rejetant la tête en arrière. Ses cornes frappèrent le pectoral de Gellin et le firent vider les étriers. L'homme vint s'écraser dans le sable à mes pieds et resta immobile.

Je me retournai : les écumeurs avaient presque atteint le cercle des caravanes. Je me focalisai sur leur énergie avant de la concentrer et de lui donner une forme utilisable. Un mur de flammes blanches s'embrasa aussitôt entre eux et les véhicules.

La voix perçante des nayahs se fit entendre alors qu'ils ruaient et dérapaient pour éviter l'obstacle. Des écumeurs tombèrent au sol en jurant, et d'autres allèrent rouler dans les flammes. Leurs cris de douleur effrayèrent les derniers nayahs qui partirent au triple galop en direction du désert sans prêter la moindre attention à leurs cavaliers.

Les écumeurs se remirent difficilement sur leurs pieds et s'enfuirent sans demander leur reste. Je souris en voyant les hommes et les bêtes s'évanouir dans l'obscurité les uns après les autres. Puis je ressentis une présence solitaire et me tournai vers Gellin.

Je m'approchai du chef des écumeurs, m'agenouillai et lui secouai l'épaule. Il grogna et ouvrit les paupières.

—Suis-je assez divertissante pour vous ? lui demandai-je en souriant.

Il roula sur le ventre en jurant et se remit sur ses pieds. Il titubait en fixant le mur de feu. J'entendis un bruit de sabots sur le sable, et Kira refit son apparition. Son nayah renâclait et se cabra en arrivant devant moi. Je fis disparaître les flammes, et Gellin me fixait lorsque je me tournai.

—Monte derrière moi, imbécile, lui souffla Kira.

Il prit place sur la croupe de leur monture, et ce ne fut qu'une fois hors de vue que je me permis un soupir de soulagement.

Le lendemain, nous arrivâmes au saccage.

Un grand homme au visage barbouillé de noir sortit du groupe de silhouettes qui se recroquevillaient contre les restes d'une caravane. Un bandage recouvrait son bras gauche, des doigts jusqu'à l'épaule.

—Des écumeurs ? demanda le père de Piri.

—Oui.

—Je suis Nerin d'Urkis.

—Sarcan d'Immendia.

Les yeux de l'homme glissèrent sur moi, du même gris que les cendres de sa caravane. Il me salua, mais ses lèvres ne se desserrèrent pas un seul instant. Je ne dis pas un mot pendant que le père de Piri les saluait des habituelles formules de politesse qui semblaient, après ce drame, vides de sens.

Mon estomac se tordit d'angoisse lorsque nous nous dirigeâmes vers le groupe de survivants. À la cour, chaque jour apportait son lot de morts ; des soldats, des goûteurs, des assassins. Et une fois hors des murs, rien ne changeait. Le savoir ne rendrait pas les choses plus faciles.

—Ils n'étaient pas très bien organisés, expliquait Sarcan à Nerin. Ils n'ont fait que piller et brûler ce qui restait avant de s'enfuir. Nos richesses sont bel et bien perdues, mais la plupart de nos marchandises sont intactes.

—Malgré l'incendie? s'exclama le père de Piri.

Sarcan nous amena devant le premier chariot et tira sur un morceau de toile encore fumante. Je vis apparaître des couleurs éclatantes au travers de la suie. Sarcan souffla sur les cendres et des rangées de coupes vernissées firent leur apparition.

—Des poteries!

Sarcan grimaça un sourire et je regardai les silhouettes serrées les unes contre les autres.

—Et vos gens? Comment vont-ils?

Le sourire du caravanier disparut et son regard se fit gris comme l'acier.

—Nous nous sommes réfugiés au centre du cercle des chariots et nous avons mis le feu tout autour. Nous les repoussions au travers des flammes dès qu'ils approchaient.

—Une défense courageuse, nota Nerin, le regard posé sur le bandage de Sarcan.

—Heureusement pour nous, les écumeurs sont partis avant que le feu s'éteigne.

—Si vous me permettez, dis-je, je voudrais soigner les membres de votre caravane.

Sarcan se calma soudain. Il posa ses yeux sur moi, un regard de la couleur de l'argent terni.

—Si vous… je peux payer…

—Ce ne sera pas nécessaire, répondis-je en le saluant de la tête.

Je quittai les deux hommes, et la troupe de survivants me regarda approcher avec angoisse. Une femme entre deux âges enroulée dans une couverture brûlée fit un pas en avant.

—Vous avez des blessés, constatai-je. Vous reste-t-il de l'eau?

—Pas beaucoup, croassa-t-elle en frottant sa gorge douloureuse.

Je lançai un regard en direction de Nerin, toujours en pleine conversation, puis me tournai vers les membres de notre propre caravane. Piri me jeta un coup d'œil interrogatif, et je lui adressai un sourire sans joie. Il était encore plus attentif à mes besoins depuis la nuit de l'attaque. Je levai la main et le saluai.

—Je sais ce que vous avez fait l'autre nuit. Nerin me l'a raconté.

Je me tournai et me dis : c'est donc Sarcan qui peut approcher dans mon dos en faisant si peu de bruit.

—J'ai cru que l'histoire allait prendre toute l'ampleur d'une saga du temps passé, me dit l'Immendian en souriant.

Je ris franchement. Sarcan resta à côté de moi et plongea les yeux dans les ténèbres de la nuit.

—Que voyez-vous?

Je lui lançai un regard.

—De la vie.

—Dans cette désolation? me demanda-t-il.

—La vie est partout, lui dis-je. Dans la terre, l'eau, l'air, et même ici. Mais c'est vrai que certains endroits y sont plus propices. J'ai passé un mois dans les jungles de Kotor, et je ne savais plus où donner de la tête. Tant de vie dans une seule forêt. C'était… étouffant.

Il ne répondit pas tout de suite.

—Pouvez-vous les voir?

—Les écumeurs?

Il grogna en guise d'acquiescement.

— Ils doivent être loin, maintenant.

— Mais vous pouvez les voir ?

— Non, répondis-je. Pas sans les chercher.

— Alors cherchez pour moi, Sora.

Je le regardai, mais lui ne quitta pas les ténèbres des yeux. Une partie de moi aurait voulu lui faire remarquer que je n'étais certainement pas payée pour lui obéir, à lui, mais quel mal pourrais-je faire en lui rendant ce service ? Alors je regardai au loin et étendis mes sens sur le désert comme un pêcheur aurait jeté son filet sur des eaux noires. Une centaine de vies frôlèrent la trame, quelques-unes petites, d'autres plus impressionnantes. Une panthère des sables parcourait furtivement les dunes rocailleuses du nord, mais elle était à plusieurs jours de marche de nous et ne représentait aucun danger. Plus proche, je sentis un groupe d'humains.

— Si ce sont eux, ils se trouvent à un jour de monte au nord-est.

— Quel est votre nom, Sora ?

Je clignai des paupières, la trame se dénouant jusqu'à ce que je ne puisse plus voir que Sarcan. Il me défiait du regard.

— Vélarin Initha.

Ses yeux s'écarquillèrent.

— Eh bien. Une Sora de cour. Je suis honoré d'avoir reçu votre aide. Peut-être qu'après tout l'histoire de Nerin était vraie.

Je laissai échapper un soupir de soulagement. Il ne savait donc pas. Il avait reconnu le nom des Soras de cour, et ignorait le reste.

— Je ne peux pas vous dire si c'est vrai, à moins que vous ne me répétiez ce qu'il vous a raconté.

— Vous avez dressé un mur de flammes tout autour du camp.

— C'est vrai.

—Vous avez repoussé les écumeurs avec des fantômes de feu.

—C'est faux! ris-je.

—Vous leur avez fait perdre de leur superbe et les avez mis au défi d'attaquer.

—Je leur ai dit de dégager. Et ça ne leur a pas beaucoup plu.

Ce fut au tour de Sarcan de rire.

—Je suis certain que l'histoire va grossir chaque fois qu'elle sera contée.

—Oui, comme toujours. (Soudain, l'air glacé de la nuit sembla passer outre mes robes et me glacer la peau.) Comme la rumeur des enfants de la brume.

—Les enfants de la brume?

—C'est une expression, répondis-je. De petites créatures arboricoles vivent dans les jungles de Kotor. On les appelle les enfants de la brume. Ils ressemblent à de minuscules humains, avec des mains à la place des pieds, et de longues, très longues queues. On ne les voit que rarement, à cause du brouillard, mais on les entend. Ils commencent doucement, en chuchotant, puis plus fort, et continuent jusqu'à ce que leurs hurlements perçants vous fassent fuir.

—La rumeur des enfants de la brume, répéta Sarcan à voix basse. Je vois ce que vous voulez dire. Et les gens de Nerin n'ont pas encore commencé à chuchoter. (Il regarda en direction du camp.) Il ne sait même pas qui vous êtes, je me trompe?

—Il ne l'a jamais demandé. Il est très impoli de questionner une Sora à propos de son nom, puisqu'elle ne peut faire autrement que de le donner.

—Veuillez m'excuser, dit-il en baissant la tête pour fuir mon regard.

—C'est à moi de vous présenter mes excuses, dis-je. Je me montre désagréable.

—Pas du tout… Je pensais que vous étiez une Sora mineure, comme celles qui voyagent d'habitude avec les caravanes, et ça n'est pas une excuse pour mon indélicatesse.

Il leva les yeux, et j'y vis briller de la curiosité.

—Et vous vous demandez qui je peux bien être et pourquoi je suis ici, répondis-je en souriant.

—Non non, pas du tout, ajouta-t-il rapidement.

—Bien sûr que si, lançai-je sans méchanceté.

—Eh bien… peut-être que…

—Nerin se pose les mêmes questions. Et vous ne lui direz pas mon nom, n'est-ce pas?

—Je le promets.

Je regardai le camp. Les chariots brûlés penchaient autour du cercle, plus petit, de ceux de Nerin. Au centre, un groupe se serrait autour d'un feu.

—Il semble que vous soyez arrivé à un accord, dis-je.

—Nous voyagerons de conserve jusqu'à Queyin. Les poteries seront protégées par les tissus les moins chers avant d'être rangées dans les plus précieux.

Je hochai la tête en me dirigeant vers le camp, Sarcan sur les talons.

—Il ne peut pas payer ce que vous valez, me dit-il après un silence.

—Bien sûr que non.

—À propos des soins…, me dit-il vivement.

—Ne vous en souciez pas. Vous avez déjà assez perdu. En plus, je suis sûre que vous payez une fortune à Nerin pour suivre sa caravane.

—Je ne vous le fais pas dire, Sora.

La rivière Queyin était un bourbier répugnant à l'odeur immonde. J'avais quitté la caravane peu après qu'elle fut arrivée au grand marché, ce matin même, à la recherche d'un peu d'eau. Sa vision m'avait manqué durant la traversée de cet immense désert. Je restai un long moment à regarder les eaux noires et huileuses de la Queyin. J'étais consternée.

—Sora ?

Je me retournai et vis Sarcan à deux pas de moi.

—Je n'ai jamais été capable de vous surprendre, auparavant, Sora.

—C'est la cité. Il y a trop de gens qui cherchent à en surprendre d'autres, justement.

Il rit, et s'écarta un peu.

—Je suis venu avec quelqu'un qui voulait vous voir.

Je vis l'homme s'approcher, et mon cœur rata un battement.

—Vélarin, me dit Ellein, et ses yeux bleus se mirent à briller. Comme c'est bon de te revoir.

Je regardai mon ancien professeur. Ses robes luisaient doucement dans la lumière, brodées de symboles magiques. Il me semblait aussi irréel qu'une illusion. Ou qu'un souvenir.

—Ellein…, dis-je en un souffle.

Il posa sa main ridée sur mon épaule, et elle était solide et chaude. Je sentis son habituelle odeur de bois huilé et de parchemin, et mon cœur se serra.

—Comment se porte mon étudiante préférée ? demanda-t-il. J'ai entendu dire que tu voyageais aux côtés d'un marchand nommé Nerin, alors je suis venu ici et j'ai attendu ton arrivée. Mais dis-moi, Vélarin, pour quelle raison la meilleure de mes Soras travaille-t-elle avec un caravanier ?

Je le regardai sans comprendre. Ne savait-il pas ? Comment aurait-ce été possible ?

Puis il me sourit de nouveau, et je vis dans ses yeux soudain assombris qu'il n'ignorait rien.

—Serais-tu partie à cause des événements de la cour d'Embet? me demanda-t-il d'une voix douce.

Je hochai la tête, la gorge trop serrée pour pouvoir répondre.

—Vélarin, ajouta-t-il plus sévèrement. Regarde-moi.

J'obéis à contrecœur.

—Tu dois me dire ce qui est arrivé. Veux-tu que je renvoie le marchand? ajouta-t-il après un silence.

Je regardai Sarcan. Durant les semaines que nous avions passées ensemble nous avions eu de longues discussions, et il n'avait jamais soufflé mot de mon identité à qui que ce soit.

—Non, répondis-je. Il peut rester.

—Mais je ne voudrais pas…, ajouta Sarcan en faisant mine de s'en aller.

—Vous avez tenté de me tirer les vers du nez pendant ces trois dernières semaines, le coupai-je. Vous allez enfin avoir le fin mot de l'histoire, et autant que ce ne soit pas la version déformée.

—Les cris des enfants de la brume, c'est bien ça? dit-il timidement.

Ellein haussa un sourcil et m'interrogea du regard.

—Sarcan est un ami, lui dis-je.

Je pris une profonde inspiration, et me lançai.

—Vous savez que l'Ina a engagé une nouvelle Sora? lui demandai-je.

—Oui, et elle ne vient pas de notre école.

—Embet adorait les tours de magie. Je ne pouvais pas le divertir et le protéger en même temps. Lorsqu'il a décidé d'engager une nouvelle Sora, j'étais persuadée qu'il se tournerait vers vous. Mais une femme est arrivée à la cour et a brigué la position. Elle a réussi à impressionner l'Ina avec sa magie – à nous impressionner tous.

—Mirca, murmura Ellein.

—Mirca, chuchotai-je en retour. Elle était aussi charmante que talentueuse. J'étais heureuse de parler avec une consœur après toutes ces années, et je pensais que nous aurions chacune quelque chose à apprendre à l'autre. Mais elle se débrouillait toujours pour garder ses connaissances pour elle. Comme elle avait ébloui l'Ina avec ses tours de passe-passe, il l'a choisie pour être son amuseur personnel. Et cela m'allait très bien. J'en étais venue à haïr cette sorte de magie, et il me semblait juste d'être la protectrice d'Embet puisque c'était moi qui avais le plus d'expérience. Mais elle ne pensait pas de cette façon. Je ne me suis rendu compte de rien avant qu'il soit trop tard. Elle racontait aux autres que j'étais une ignorante et une incapable, que je prenais des risques inconsidérés. Elle disait… elle disait : à quoi peut bien servir une Sora qui refuse de tuer ?

Ellein ne fit pas un geste, mais son regard se durcit.

—Le temps que je me rende compte de ce qui se passait, repris-je, elle avait l'oreille de l'Ina et celle de la plupart des membres de la cour. Les gens commençaient à m'éviter. Embet ne semblait plus me faire confiance. Et pour finir, l'assassin est venu.

—Celui au poison ? demanda doucement Sarcan.

—Oui. (Je levai les yeux sur lui, surprise.) Alors vous connaissez mon secret ?

Il haussa les épaules, et je plongeai mon regard dans les eaux de la rivière.

—J'ai échoué, dis-je. J'ai hésité, et des gens sont morts. Après ceci, Mirca est devenue la protectrice de l'Ina. On m'appelait rarement pour faire usage de mes pouvoirs, à part pour les tâches qui rebutaient Mirca.

—Alors tu es partie, dit Ellein.

Je me forçai à le regarder en face.

—Oui.

—Mais… (Sarcan fronça les sourcils, ses yeux sautant d'Ellein à moi.) L'histoire que j'ai entendue parlait d'une Sora qui avait sauvé la cour d'Embet.

—Exact, ajouta mon professeur. Moi aussi.

—Pardon ? dis-je en secouant la tête.

Un sourire étira les lèvres d'Ellein.

—Vélarin qui a sauvé tout le monde, sauf cinq, expliqua Sarcan. Lorsque l'assassin a lâché son poison, Mirca n'a protégé qu'elle et l'Ina. Vélarin a repoussé la mort par les fenêtres et a sauvé la vie de bien des membres de la cour. Aucune Sora ordinaire n'aurait pu accomplir ceci.

—Il n'y avait rien d'extraordinaire, lançai-je en les regardant sans comprendre. N'importe qui avec un peu d'expérience…

—Tu n'as pas changé, Vélarin, me coupa Ellein. Tu minimises toujours tes capacités, et je pensais pourtant t'avoir fait perdre cette horrible habitude.

—Mais des gens sont morts !

—Des gens ont survécu, Vélarin. La raison pour laquelle des gens sont morts, c'est que Mirca a réussi à détruire toute la confiance que tu avais en toi. (Ellein posa ses deux mains sur mes épaules et sourit.) Dès que j'ai entendu les rumeurs de ta disparition je suis parti à ta recherche. Embet m'a tout dit de l'assassin. Je lui ai expliqué que ce que tu avais fait était hors du commun, et que sans toi, la cour aurait été décimée.

» Ensuite, une autre rumeur a pris forme. Celle d'une Sora qui avait sauvé la cour, et d'un Embet si stupide et entiché de sa Mirca qu'il t'avait laissé partir. La plupart des Inas donneraient n'importe quoi pour t'avoir à leur cour, Vélarin. Ton nom est sur toutes les lèvres.

—Alors… alors tout ce temps…

—Les gens pensaient que tu étais une héroïne, pas une incapable.

Je regardai Ellein, et je vis de la fierté dans ses yeux pâles. Puis je me rendis compte à quel point j'avais cru à ce que me disait Mirca.

—Merci, Ellein, dis-je dans un souffle.

—Tu peux retourner en Oridéra, Vélarin. L'Ina serait prêt à donner la moitié de sa fortune pour se faire pardonner son erreur et redorer son blason. Ou bien tu pourrais choisir n'importe quel autre Ina.

—Et cette femme, Mirca? demanda Sarcan.

—Elle est partie, lui répondit Ellein. Elle a disparu le jour de mon arrivée. C'est dommage, je brûlais d'échanger quelques mots avec elle. (Ses yeux se mirent à briller.) Que vas-tu faire, Vélarin?

Je fermai les paupières alors que les souvenirs revenaient les uns après les autres dans ma mémoire. Je me vis faire des tours pour Embet. Je vis les visages des assassins que j'avais empêché de nuire. Je vis les pièces somptueuses de mes appartements, et avec ce souvenir me revint le parfum des pétales de rebé.

J'ouvris les yeux, les baissai sur la flasque d'argent à ma ceinture et pensai aux lieux que nous avions traversés ensemble. Je pensai aux écumeurs et aux ruines fumantes de la caravane de Sarcan. Je regardai le marchand, devenu mon ami contre toute attente, et je sus que je ne voulais pas retourner vers Embet. Je ne voulais plus servir un despote avide et égoïste. Pas même pour la moitié du trésor d'Oridéra.

Sarcan me regardait, et un sourire commença à éclore sur son visage.

—Nerin reste ici un mois, dit-il.

—Pour le mariage de sa nièce, répondis-je. Et vous?

—Après avoir racheté des chariots, je pars pour le Saréboti.

—Une dangereuse contrée, à ce que j'ai entendu dire.

—Je sais. Ce serait d'ailleurs sage d'engager une Sora, dit-il en souriant franchement.

—Attendez! nous interrompit Ellein. Vélarin, tu ne peux pas faire ça! Comment saurais-je où te trouver?

—Vous m'avez trouvée une fois, vous me trouverez à nouveau. Je serais triste que vous ne puissiez pas, d'autant plus que nous resterons en contact, cette fois-ci.

Ellein me fixa un long moment avant de lentement hocher la tête.

—Cinq pièces d'or par mois, lançai-je à Sarcan. Et cinq pour cent des profits.

Sarcan renversa la tête en arrière et partit d'un grand rire.

—Nerin m'a menti! Vous me décevez, Vélarin. Il m'a juré que vous étiez dure en affaires.

—Oh, mais je le suis, Sarcan, dis-je en me frottant les mains. Ça, c'est la part de ma monture.

Trudi Canavan est australienne. Aussi loin qu'elle se souvienne, cette illustratrice et designer a toujours écrit, principalement à propos de choses qui n'existent pas. À défaut d'être magicienne, Trudi est certainement alchimiste, car elle transforme en or tout ce qu'elle touche : sa *Trilogie du magicien noir* est un best-seller phénoménal, avec plus d'un million d'exemplaires vendus dans le monde !

James Lovegrove

Continuum

Traduit de l'anglais (Grande-Bretagne) par Nenad Savic

Cet air sur son visage.
Compatissant et plein de bonté.
Du sang sur ses mains.
Une mort ?
Et la fille qui sourit.
« Viens avec moi. »

R obert Stoneham revint à lui dans un hôpital où les
   horloges comportaient dix-huit heures et où les noms des
infirmières étaient écrits dans un alphabet qu'il ne reconnaissait
pas. Au moment même où il émergea de son sommeil, il sut
qu'il avait Ralenti. Toutefois, l'ampleur de son Ralentissement
lui demeura inconnue jusqu'au moment où, une semaine plus
tard, il se sentit suffisamment bien pour sortir de l'hôpital et
débuter son exploration. Jusque-là, il vécut dans les limbes.
Dans un enfer aseptisé. La nourriture ressemblait à une bouillie
infecte. À sa gauche, un homme qui passait ses nuits à s'agiter et
à grogner ; à sa droite, un type hérissé de cathéters – les liquides
qui entraient étaient clairs et fluides, ceux qui sortaient opaques
et écœurants. Toute la journée, de l'aube au crépuscule, des
haut-parleurs diffusaient une musique martiale. Stoneham
supposa que cette contrée était en guerre. Voilà pourquoi les
infirmières n'avaient pas beaucoup de temps à lui consacrer.
Problèmes d'estomac ; il n'était pas vraiment prioritaire. Ni
mourant, ni blessé de guerre. Alors, il s'évertuait à dormir,

allait de sieste en sieste, faisait de son mieux pour guérir vite. Il avait dû attraper cette saleté lors de sa dernière halte. Un genre de virus de niveau supérieur, qui attaque sans prévenir. Un souvenir vague : il tombe malade à bord d'un liner, vomit dans un sac en papier. À ses côtés, un steward peiné, plein de sollicitude, un verre d'eau à la main. Et puis le verre se brouille, devient double et disparaît.

Un autre souvenir : une fille, du sang.

Un rêve ?

Ces images étaient si réelles, et son sentiment de culpabilité indéniable. Il ne pensait pourtant pas avoir fait quelque chose de mal. Mais ces visions et la conviction d'avoir commis un crime indicible le taraudaient.

Satanés rêves. Dans quel état il s'était mis à cause d'eux.

Des plaintes à sa gauche, des gouttes qui tombent et des récipients qui se remplissent à sa droite. La musique martiale, les conversations chuchotées dans une langue aussi gutturale que le russe, aussi frénétique que l'italien, et néanmoins totalement inconnue. Les infirmières : visages carrés, yeux sombres, corpulentes. Un patient qui défèque dans un bassin hygiénique, la diarrhée qui coule comme d'un robinet ouvert à fond. Une nuit, quelqu'un décéda en silence. Calmement. Ils poussèrent son lit à l'extérieur, installèrent un autre lit avec un autre patient. Calmement.

L'état de Stoneham s'améliora. Il fit un suprême effort pour reprendre des forces.

Le moment venu, personne n'était triste de le voir partir, et lui n'était pas mécontent de quitter cet endroit.

Un hôtel dans un vieux quartier de la ville. Un quartier similaire à d'autres quartiers.

Une chambre glauque et meublée sans aucun goût, comme toutes les chambres d'hôtel dans lesquelles il avait séjourné.

Il avait Ralenti. Oh, oui ! Il n'était pas du tout censé se trouver ici. Manifestement, il était quelque part dans les niveaux intermédiaires. Dans les niveaux intermédiaires inférieurs, même. Toute la Vitesse qu'il avait accumulée ? Perdue. Il était pourtant si proche. Cela ne faisait aucun doute. Si proche du Continuum.

Dehors : une rue pavée et des voitures affublées de caractéristiques animales – ailerons, crêtes, ailes, antennes. Des immeubles hauts et étroits, à la parisienne, des boutiques presque invisibles, dépourvues d'enseignes, de néons, de vitrines décorées. On entrait dans ces magasins-ci parce qu'on cherchait quelque chose de précis et non pas pour flâner.

Dieu merci, il avait toujours son Passepartout. On ne le lui avait pas volé. Son petit appareil l'avait attendu, ainsi que le reste de ses effets personnels, dans un coffre de l'hôpital. Sans son Passepartout, il serait perdu.

Il n'en avait pas eu besoin lorsqu'il s'était inscrit à l'hôtel. À l'hôpital, il avait appris à dire *bonjour* et *s'il vous plaît*. C'était largement suffisant pour louer une chambre. Le réceptionniste savait pourquoi vous veniez. Ensuite, il suffisait de mimer un peu.

Stoneham passa le senseur du Passepartout sur la notice placardée au dos de la porte de sa chambre – le traditionnel « que faire en cas d'incendie ». Le Passepartout, lut, assimila et formula. Grammaire et syntaxe de base. Irrégularités linguistiques. Il se fit une idée précise de la langue locale. Il en fit l'analyse, conjugua, déclina. Il développa, extrapola. Apprit à la parler couramment. Enfin, suffisamment bien pour se faire comprendre.

Stoneham le testa avec le room service. Il décrocha le téléphone, sélectionna la fonction TRADUCTION sur le clavier du petit appareil, puis dit :

— Je voudrais quelque chose à manger.

Le Passepartout baragouina. Le réceptionniste répondit. L'appareil afficha :

```
> Il est encore trop tôt pour commander de la
nourriture. |
```

Stoneham sourit. Tout fonctionnait correctement.

— Merci, répondit-il, et le Passepartout aboya une phrase pareille à une quinte de toux dans le téléphone.

Un paquet de brochures prises dans une agence de voyage et un genre de boisson chaude et amère – semblable à du café, sans en être – dans un bar situé en bordure d'une place carrée ornée d'une fontaine centrale. À l'opposé, une basilique au dôme doré. Des marchands installés derrière des étals encombrés de bibelots et de produits de consommation courante. Le ciel était froid et dégagé, la luminosité intense. Des pigeons noirs aux reflets bleutés becquetaient et se pavanaient autour des tables. Les gens regardaient Stoneham du coin de l'œil. Ses brochures, son Passepartout, ses vêtements à la fois élégants et élimés par des voyages nombreux – il ne pouvait être autre chose qu'un Fogg. C'était même un Fogg dans toute sa splendeur. Un pélerin perpétuel en quête d'éternité. Un voyageur constamment tourné vers l'ouest, vers l'horizon cuivré du couchant, allant de l'avant et prenant encore et toujours de la Vitesse. Il se délectait de ces regards. Ils lui rappelaient qui il était, l'empêchaient d'oublier sa raison d'être.

Tandis qu'il feuilletait ses brochures, quelques soldats grisés par leur nombre et leur uniforme s'approchèrent et commencèrent à le provoquer. Son Passepartout omit intentionnellement de traduire certaines de leurs paroles les plus brutales. Stoneham les laissa se moquer de lui. Ils finirent par se lasser et le laissèrent tranquille. Il avait l'habitude d'être traité en étranger. Il n'était chez lui nulle part, n'avait aucun port d'attache.

Plusieurs destinations possibles s'imposèrent d'elles-mêmes. Il réduisit la liste à cinq et nota les noms sur une serviette en papier. Il s'agissait de trouver un endroit éloigné, mais pas trop. Un endroit intéressant. Un endroit plus agréable que celui dans lequel il se trouvait présentement. Cela ne serait pas difficile. Dans cette brochure, toutes les destinations paraissaient fantastiques. De fait, comparées à cette ville, elles l'étaient réellement.

Il ferma les yeux et laissa retomber la plume de son stylo sur la serviette.

Il rata la liste de plusieurs centimètres.

Il recommença.

Karakuchon.

Au diable la prononciation exacte.

Il réserva donc une place sur le prochain vol en partance pour Karakuchon. Lequel n'aurait lieu que dans deux jours.

Deux jours à tuer.

Stoneham n'avait pas spécialement envie de visiter davantage la ville, mais c'était soit cela, soit rester à ne rien faire dans sa chambre d'hôtel. Par ailleurs, marcher un peu ne lui ferait pas de mal et lui permettrait de reprendre progressivement son rythme de voyageur. Histoire de regagner de la Vitesse.

Inutile de faire un effort d'imagination – Prihody Mishkarov ne serait jamais une jolie ville. Ni même une ville intéressante. On y trouvait deux musées poussiéreux et déshumanisants, quelques parcs presque agréables, une rivière large, triste et lente, ainsi qu'un quartier chaud fréquenté, comme il se devait, par des soldats en permission. Stoneham erra dans ce paysage en s'aidant d'un petit guide touristique dégotté dans

une librairie miteuse, digne d'un terrier. C'était soit le tout
début du printemps, soit la fin de l'automne – il n'arrivait pas
encore à se décider. Les arbres étaient nus, mais il ne faisait
pas très froid. Dans les journaux, les gros titres imprimés en
caractères de cinq centimètres parlaient de grandes victoires,
d'héroïsme, de « nos garçons » qui défendaient bravement
la liberté et la démocratie. Impossible de savoir où cette
guerre avait lieu. Loin, très loin d'ici en tout cas. La ville,
la mère patrie ne semblait aucunement menacée. Stoneham
imagina un bouge tourmenté par les mouches, de jeunes
hommes mourant à un demi-monde de chez eux, loin de leurs
familles, de tout ce qu'ils connaissaient. Et il eut mal pour
eux. Le voyagiste l'avait assuré que Karakuchon (accent sur
l'avant-dernière syllabe) se trouvait loin du front. Toutefois, le
contraire ne l'aurait pas spécialement dérangé. Il avait choisi
d'aller là-bas, et il ne serait jamais revenu sur sa décision.

Finalement, les deux jours passèrent et, la veille de son
départ, les pas de Stoneham le conduisirent vers le quartier
chaud. C'était inévitable. Il arrivait parfois que, dans
un endroit nouveau et inconnu de lui, il rencontre une
femme et que, de ce hasard, naisse une aventure brève mais
intense. Il arrivait que cette femme fût elle aussi une Fogg.
Le sentiment de connexion qu'ils partageaient alors n'avait
pas son pareil. Les vecteurs de deux voyageurs professionnels
se croisant, entrant en collision, fusionnant. Il en résultait un
sentiment d'urgence partagé, des expériences… adjacentes.
Et puis venait la séparation, attendue sans crainte. Il s'agissait
de repartir en quête de Vitesse. Toutefois, il lui arrivait aussi
souvent de ne rencontrer personne, aucune femme, et de très
bien le supporter. En de très rares occasions, néanmoins, un
désir sexuel irrépressible pouvait s'éveiller en lui. Son statut
de voyageur anonyme était alors un avantage indéniable, car

il pouvait coucher avec une prostituée et repartir comme si de rien n'était. Car ici, personne ne le connaissait.

Roucoulades, sifflets. Parfums et phéromones mêlées dans des ruelles sinueuses. Un choix quasi illimité. Il y avait de tout, comme dans un supermarché. Le Passepartout, un peu coincé, refusa de traduire certaines des offres faites à Stoneham. Il s'exécuta pour les autres, mais de façon détournée, alambiquée et obscure :

> Application d'un contrôle strict [poss. équestre].
> Porte de derrière et/ou appentis.
> Divertissements éliminatoires.
> Entraves éventuelles.
> Réprimandes sévères [comme pour enfants]. |

Il flâna, aiguisant son appétit, faisant monter la pression. Il fit enfin son choix. Elle n'était pas vilaine à regarder. Grande. Grande bouche, également. Mince, à la limite de la maigreur. Il trouva donc asile dans une chambre qui empestait l'encens et la sueur. Entre ses jambes, brièvement. Elle le gratifia de tous les bruits appropriés, cet espéranto de soupirs et de gémissements. Le lit se joignit à fête, heurtant le mur sur un rythme aléatoire, semblable à du morse. À la fin, tout ne fut plus que silence. Prihody Mishkarov avait disparu. Il n'y avait plus que cette chambre et les sons qu'elle contenait : froufrous de draps, battements de cœurs en train de se calmer. Stoneham pensait à Joanna. La femme couchée à ses côtés, celle qui faisait semblant d'avoir envie qu'il reste, ressemblait énormément à sa femme défunte. Il venait de s'en rendre compte. Joanna était certes moins usée, et sa peau plus douce. Du moins dans ses souvenirs.

Rassasié et mélancolique, Stoneham se leva, s'habilla et s'en fut.

Il arrivait aux limites du quartier chaud, là où le péché se dissipait, cédant la place à une respectabilité de façade. Subitement, un soldat ivre tituba en plein milieu de la ruelle. Stoneham essaya de l'éviter, mais l'homme lui barra une nouvelle fois la route – possiblement à dessein. Leurs épaules se heurtèrent, l'ivrogne fronça les sourcils. Un torrent de menaces et d'obscénités se déversa de sa bouche, sa posture et sa gestuelle rendant superflu l'usage du Passepartout. Stoneham leva les mains en l'air et fit un pas en arrière. *Je ne veux pas de problèmes*, s'efforçait-il de signifier en utilisant un langage corporel universel. Toutefois, le soldat n'était pas du même avis. Il vacilla en direction de Stoneham tout en continuant de l'insulter, son visage virant au rouge foncé. Manifestement, il considérait que son honneur ne serait pas lavé tant qu'il n'aurait pas corrigé cet étranger.

Et puis, la délivrance.

Une jeune et mince prostituée s'interposa entre l'homme et lui. Elle prit le soldat par la main. Il donna l'impression de vouloir la frapper, mais se ravisa. La fille lui caressa le menton, et un grand sourire graisseux illumina le visage du soldat. Il hocha la tête. Stoneham était déjà oublié. La prostituée désigna du doigt une porte, vers laquelle l'homme se dirigea docilement.

Avant de le suivre, la fille se retourna vers Stoneham.

Elle.

C'était elle.

La fille de son rêve.

(S'il s'agissait bien d'un rêve.)

Menue et brune. Presque un physique d'elfe. Dix-neuf ans ? Vingt ans ? Des jambes longues et fines, des bottes en daim qui lui arrivaient à mi-mollets. Une jupe trop juste. Un haut moulant mettant en valeur sa poitrine.

La tenue ne correspondait pas réellement. (Que portait-elle dans son rêve ? Pas ce déguisement en tout cas.) En revanche, le visage et le corps étaient parfaitement identiques.

Et cette expression désapprobatrice. Ou peut-être était-elle déçue. En tout cas, elle voulait le mettre en garde. *Soyez plus prudent à l'avenir.*

Alors, elle lui tourna le dos et emboîta le pas au soldat.

Stoneham la suivit, sans trop savoir pourquoi. Parce que, tout simplement.

— Eh !

Il fouilla dans sa poche et en sortit son Passepartout, qu'il alluma à la hâte.

— Eh, excusez-moi, eh !

La fille continua d'avancer.

Il appuya sur la touche TRADUCTION.

— Excusez-moi, s'il vous plaît, mais qui êtes-vous ?

Le Passepartout joua son rôle, et des syllabes incompréhensibles se déversèrent par ses petits haut-parleurs. Mais la fille disparut dans l'entrée, comme si elle n'avait pas compris qu'il s'adressait à elle. La porte se referma bruyamment derrière elle, laissant Stoneham seul dans la rue, son Passepartout à la main, l'air un peu bête.

C'était elle.

Non, ce n'était pas elle.

C'était juste son sosie.

Une erreur. Une coïncidence insignifiante, le fruit d'un hasard malheureux.

Perplexe, Stoneham hésita un instant, se balançant d'un pied sur l'autre, puis finit par ranger son Passepartout et par reprendre le chemin de son hôtel.

L'aéroplane décolla tant bien que mal et prit de l'altitude avec force bourdonnements d'hélices. Pendant un instant, sa queue plongea violemment, mettant l'estomac et les nerfs des passagers à rude épreuve. *Et s'ils n'y arrivaient pas ?* Le pilote réussit néanmoins à reprendre le contrôle de son appareil. On était loin du liner ultramoderne dans lequel Stoneham avait volé la dernière fois. Il se souvenait d'ailleurs d'un décollage en douceur, à peine perceptible – il n'aurait peut-être même rien remarqué s'il n'avait vu le contenu de son verre à cocktail pencher légèrement. Cet avion-ci faisait des bonds et le secouait sérieusement, comme si des mains titanesques pagayaient pour l'aider à grimper. Le cockpit empestait l'huile de moteur. Les sièges étaient virtuellement dépourvus de mousse. Tout autour de l'engin, boulons et écrous vibraient de façon inquiétante.

Voilà ce qui se passait lorsqu'on Ralentissait : le confort et la sécurité en prenaient un sacré coup. Stoneham se rappelait comme il avait été déçu la première fois. Une petite erreur, un défaut de planification, une correspondance manquée, et c'était la dégringolade. « *On n'oublie jamais sa première fois,* lui avait dit McWilliam, le conseiller de la Fogg Society. *Certains ne s'en remettent jamais. Ce qu'il faut faire, c'est enfourcher votre monture sans attendre, fût-elle une mule, et repartir à l'aventure en recommençant de zéro.* » McWilliam savait de quoi il parlait. Lui-même avait Ralenti un nombre de fois proprement décourageant. Il avait même abandonné, préférant devenir conseiller plutôt que de participer. Ceux qui le pouvaient, jouaient, les autres… conseillaient.

L'avion se stabilisa et fonça vers Karakuchon. Prihody Mishkarov était derrière Stoneham à présent. Il regarda par le hublot entièrement couvert de condensation. La ville – fouillis de ruelles dignes de capillaires – était loin en dessous. La banlieue était là, elle aussi – toitures rouges, carrés de jardins, zones industrielles.

Tu rêves d'une fille. Tu la rencontres. Ou tu croises un de ses sosies.

Hasard. Synchronisme. Ces choses-là arrivent.

Tu es un Fogg. Tu fais ce que les Fogg doivent faire. Tu t'en vas.

Karakuchon. Ville de sable, ville de verre. Une station balnéaire géante, étendue sur un kilomètre et demi de plages. Des immeubles de verre se dressant dans la matière même dont ils étaient faits. Une intimité toute relative, garantie par des volets et des écrans mobiles. À midi, une ville à donner la migraine. Lunettes de soleil obligatoires.

Les rues tapissées de sable descendaient doucement vers la plage qui, en conséquence, ressemblait elle aussi à une voie publique, à une avenue plus large que les autres et régulièrement inondée par la marée. Stoneham prit un buggy-taxi et se rendit sur la plage pour faire une promenade. C'était sa deuxième soirée dans cette ville. Selon la brochure qu'il avait prise dans l'agence de voyage, le coucher de soleil sur la plage de Karakuchon était un spectacle prisé. Tandis que les vagues se retiraient, les gens affluaient. Tout le monde était bien habillé. Jupons de coton blanc, tissus fins pareils à des nuages, lin. Les touristes avançaient à l'unisson en dessinant des sillons dans le sable tout juste séché. On se saluait, on riait, on s'examinait sous toutes les coutures. *Populaire chez les célibataires*, disait la brochure. Ce qui pouvait se traduire par : *étalage de chair fraîche*.

Stoneham se sentait bien ici. Il était certes difficile de faire pire que Prihody Mishkarov, mais Karakuchon était véritablement une cité agréable, à l'atmosphère détendue et élégante. Il avait bien choisi. Néanmoins, il pensait déjà à sa destination suivante. Il ne pouvait pas s'en empêcher. Sept années déjà, qu'il était en transit, qu'il était un Fogg. Sa bougeotte était devenue quasi pathologique : avancer, toujours avancer, ne jamais s'arrêter. *Et maintenant, je vais où ?* Question d'instinct.

Dans le soleil déclinant, les immeubles se couvrirent d'une lumière ambrée, puis rubis, et enfin améthyste. Stoneham se dirigea tranquillement vers l'un des restaurants installés sur le front de mer. Des tables en verre, des chaises en verre, des couverts en verre et des verres en verre. Le maître d'hôtel lui trouva une place, et une serveuse lui donna la carte de l'établissement, imprimée sur une feuille d'acétate transparente.

Il commanda un apéritif local puis entreprit d'examiner attentivement la carte avec l'aide du Passepartout :

```
> ??? [inconnu - genre de poisson ?]
> ??? [inconnu - genre de poisson ?]
> ??? [inconnu - genre de poisson ou fromage ?] |
```

Pas fameux, comme traduction. Il s'en remit donc à sa chance. On lui apporta effectivement un *genre de poisson*, poché, avec des légumes. Il ne fut pas déçu.

Le restaurant se remplit. Stoneham commença alors à examiner les autres clients, habitude partagée par nombre de voyageurs solitaires à l'heure des repas. Quelqu'un, à l'angle opposé de la terrasse, demanda l'addition, paya et s'en alla. Il regarda cette personne nonchalamment. Soudain, son intérêt se réveilla. Grand Dieu ! C'était impossible. La tenue était différente, moins provocante, plus karakuchonienne, mais…

La fille du quartier chaud de Prihody Mishkarov. La fille du rêve.

Ou alors était-ce sa jumelle ?

Il faillit éclater de rire tant cette situation était absurde. C'en était trop. Quelqu'un, quelque part, était en train de se moquer de lui. Était-ce vraiment… ?

Il se leva et ébranla la table avec ses cuisses. La fille quittait le restaurant, se dirigeait vers la plage. Son Passepartout à la main, Stoneham la suivit. Des voix dans son dos l'appelaient. Il les ignora. Il devait absolument la rattraper. Il devait lui demander qui elle était et si elle se souvenait de lui – après tout, c'était il y a deux nuits seulement. Il devait découvrir s'il s'agissait de la même fille. Il n'était pas uniquement question de satisfaire sa curiosité. Qui qu'elle fût, elle avait forcément un rôle à jouer dans sa vie. À cause de ce rêve – de ce souvenir ? Parce qu'ils s'étaient rencontrés à deux reprises. Oui, il avait besoin d'elle.

Il n'avait pas fait cinq pas en dehors du restaurant, qu'une main lui agrippa solidement l'avant-bras. Le maître d'hôtel. Poli mais ferme. Inutile de traduire ses paroles. Et l'addition ? Il ne pouvait tout de même pas partir sans payer.

— Il faut que je lui parle, insista Stoneham en agitant le bras vers la fille.

Le maître d'hôtel parut comprendre et ne pas vouloir comprendre à la fois. Oui, monsieur. Bien sûr. L'addition était toutefois une affaire plus urgente à régler.

Stoneham essaya de dégager son bras de l'étau formé par l'homme, mais il n'y avait rien à faire.

La fille, tout en continuant d'avancer, se retourna pour voir l'origine de cette agitation. Stoneham l'implora du regard de s'arrêter et de lui laisser le temps de régler ce léger problème. Mais… elle fit comme si de rien n'était et s'en alla.

Le temps de retourner dans le restaurant et de payer son repas, la fille avait disparu depuis longtemps. Stoneham passa les rues sablonneuses au peigne fin pendant plus d'une heure, en vain. Le lendemain, il fit la même chose, toute la journée. Après avoir perdu son temps précieux, il se calma et commença à se poser des questions. Qu'est-ce qui lui prenait ? Pourquoi cette fille l'obsédait-elle tant ?

Lorsqu'elle s'était tournée vers lui, la veille, il avait cru lire quelque chose dans ses yeux. Le même genre de message que ce fameux soir, dans les rues du quartier chaud de Prihody Mishkarov, avec le soldat saoul. Ou alors était-ce son imagination ? Une fois de plus. Peut-être n'était-ce pas la même fille. Peut-être ses traits étaient-ils typiques des filles de ce niveau. Peut-être y avait-il des dizaines, des centaines, des milliers de filles qui lui ressemblaient.

Était-il en train de devenir fou ?

Un avion à la silhouette de baleine décolla d'un aéroport situé à quelques kilomètres de Karakuchon, dans les terres. Plus confortable et mieux assemblé que le tacot à hélices dans lequel Stoneham était arrivé la semaine précédente, il quitta la piste de décollage aisément et sans à-coup, prenant rapidement de l'altitude. Bientôt, il n'y eut plus que la mer en dessous, une masse bleue infinie striée de vagues.

Au revoir, Karakuchon. Bonjour, Marn Werev.

Marn Werev : semblable à une ville belge. Plate, soigneusement découpée, propre, luisante et verte.

De là, décollage pour Hüra. Une oasis perdue dans le désert. De hautes murailles roses, des piscines ornées de mosaïques, des palmiers offrant une ombre bienvenue, la médina et sa vie nocturne frénétique.

Après cela, l'austère Obgrada. Tout autour, des plaines recouvertes de neige laiteuse. Des avenues majestueuses, des blocs d'immeubles huppés, des habitants immunisés contre le froid polaire et décidés à ne pas s'ennuyer.

Puis il y eut une croisière dans un paquebot de luxe, le *Princess Angel*, direction l'équateur. Bye-bye le nord et le froid, salut le sud et la chaleur. Stoneham pouvait la sentir à présent.

Comme une intrigue en train de s'installer. Comme une certitude balayant le doute.

La Vitesse.

Si on se débrouillait correctement, on pouvait s'élever, traverser les niveaux sans véritablement en être conscient. La technologie s'améliorait lentement, imperceptiblement. Une fois arrivé à destination, on réalisait que le monde dans lequel on se trouvait n'était pas exactement celui qu'on venait de quitter. Des choses fondamentalement indéfinissables et vaguement fondamentales avaient changé. On savait – sans être en mesure de donner d'exemple précis – que cet endroit-ci était *mieux* que l'autre. Sur une échelle de valeurs universelles.

Ce sentiment de mouvement, de progression était inextricablement lié à une sensation d'accélération. Les passerelles de débarquement, les terminaux d'aéroports, les postes de douanes se succédaient à un rythme toujours plus élevé. En fait, on passait moins de temps à voyager ; l'existence se résumait à une succession d'arrivées.

Et l'on continuait d'avancer, parce qu'il n'y avait pas d'autre solution. En se déplaçant perpétuellement, les Fogg se libéraient du passé.

Ainsi, Stoneham fut-il capable de laisser derrière lui l'histoire de cette fille. Cela ne lui demanda aucun effort particulier. Prihody Mishkarov et Karakuchon furent lentement oubliés, comme les autres visas qui figuraient dans son énième passeport. Il était heureux de ne pas s'être fait déstabiliser par cet épisode, et fier d'avoir repris de la Vitesse aussi rapidement.

Une fois de plus, le Continuum pointait à l'horizon. La destination finale. Le grand objectif. Personne ne pouvait dire de quoi il s'agissait. En revanche, on savait que plusieurs Fogg l'avaient atteint et n'en étaient jamais revenus. Ils avaient accumulé tant de Vitesse, s'étaient hissés jusqu'à des niveaux si élevés, qu'ils avaient disparu de notre existence. C'était un concept abstrait. Ou bien une illusion. Quoi qu'il en fût, cet état d'oubli théorique avait été baptisé « Continuum ».

Stoneham continua son voyage.

Il était à bord d'un train et fonçait vers un endroit appelé Capa Douf.

Il prenait le bus, traversait des vallées verdoyantes pour atteindre X'sarné.

Au volant d'une voiture de location, il roulait sur une vaste plaine volcanique, semblable à un morceau de Lune rapporté sur Terre. Encore mille cinq cents kilomètres, et ce serait Fathomopolis.

Puis le bateau, l'avion, le train et encore l'avion.

Les fuseaux horaires cessèrent de compter. Le décalage horaire ? Et alors ! Tout juste une vague et permanente sensation de fatigue. Familière et supportable. Cela faisait des années déjà que le rythme circadien de Stoneham était complètement chamboulé. Après quelques semaines épuisantes, tout rentrerait dans l'ordre. À présent, il ne se souciait plus de l'heure qu'il était là où il arrivait. Il s'adaptait, vivait le moment présent.

De l'avant.

Encore et encore.

Et puis la fille, de nouveau, et le voyage qui s'arrête violemment.

L'enquête révéla que l'incendie avait pris dans la buanderie. Le pourquoi et le comment demeurèrent un mystère, du moins jusqu'au départ de Stoneham. Un court-circuit dans un séchoir ? Un incendie criminel ? Lui avait sa propre théorie.

Heureusement, tout le monde était sauf. Les flammes s'étaient rapidement propagées dans l'hôtel *Grant Roial* de Verradon, mais les détecteurs de fumée avaient bien fonctionné et les alarmes s'étaient immédiatement mises en route. L'évacuation s'était faite sans problème en sept minutes, montre en main. Dans la rue, les visages des clients illuminés par les flammes orange, des hommes et des femmes en sous-vêtements, en pyjamas, emmitouflés dans des serviettes et des peignoirs ornés du monogramme de l'établissement. Un homme était même sorti en tenue d'Adam. Le réceptionniste de nuit lui avait prêté un blouson, qu'il avait noué, par les manches, autour de sa taille, à la façon d'un tablier.

Les flammes et la fumée jaillissaient par les fenêtres ouvertes des premiers étages lorsque les pompiers arrivèrent enfin. L'incendie fut rapidement maîtrisé. Une foule de badauds s'était rassemblée sur le trottoir pour regarder. L'eau bouillonnait en sifflant sur les murs noircis et les poutres carbonisées. Stoneham avait eu la présence d'esprit d'attraper son passeport et son Passepartout avant de sortir de sa chambre. À part cela, il ne lui restait rien. Sa chambre avait été complètement anéantie. L'hôtel était sauvé, les dégâts limités, mais Stoneham n'avait plus que son pyjama et sa robe de chambre à se mettre sur le dos. Plus d'argent. Envolé également le billet pour Rubàna Koss, sa prochaine destination. Tout cela pourrait bien sûr être remplacé – il avait son Passepartout. Il était toujours en vie. Pourtant…

La mauvaise pensée tournoyait au-dessus de lui comme un vautour.

Il avait Ralenti.

Une fois de plus.

Merde.

Les pompiers gardaient leurs lances à portée de main, juste au cas où. Les véhicules d'urgence éclairaient les façades d'une lumière bleue intense. Des ambulanciers désœuvrés faisaient les cent pas autour de leur camionnette. Les curieux étaient toujours là. Un feu éteint restait un feu. Et puis, l'incendie pouvait toujours repartir.

Dans la foule, quelqu'un regardait Stoneham. Il la remarqua subitement. Leurs regards se croisèrent et elle détourna la tête, essayant de se fondre dans la masse compacte de corps. Il se mit immédiatement à courir. Pieds nus sur le granit. Les gens le virent et le prirent pour un fou. Il jouait des coudes pour avancer.

— Eh, vous ! Où êtes-vous ? Je vous ai vue !

Mais la fille aux allures d'elfe avait de nouveau disparu. Il faisait noir. La foule était dense. Il n'avait aucune chance de la retrouver.

Le commissaire divisionnaire de la ville. Poli mais pompeux. Une moustache touffue et suffisante. Une calvitie pas réellement assumée et camouflée sans classe aucune. Conscient d'être chauve, mais pas trop certain de savoir quoi faire de son crâne dégarni et de sa mèche. Joufflu, aussi. Un uniforme vert foncé avec des épaulettes. C'était un des plus hauts fonctionnaires de Verradon, un bureaucrate né.

Au Furstlant, le pays dont Verradon était la capitale, on parlait un dialecte de l'anglais, une sorte de cousin éloigné de cette langue. Converser avec le commissaire était donc possible, quoique peu naturel. Celui-ci se déclarait « conzterné » par l'incendie du *Grant Roial*. Le fait qu'un distingué voyageur y ait perdu ses effets personnels et – sans sombrer dans le mélodrame – ait failli y laisser la vie le désolait au plus haut point. Il promit à M. Stoneham de faire tout son possible pour qu'une pareille catastrophe ne se reproduise jamais. Quant à la fille…

— Zette fille…, commença le commissaire en étudiant une nouvelle fois le portrait-robot dessiné avec l'aide de Stoneham. Fous êtes zertain que z'est elle la coupable ?

Le portrait était vraiment ressemblant. Du beau travail, véritablement.

— Non, pas exactement. En revanche, je sais qu'elle me suit. Je l'ai déjà vue avant. Deux fois. (*Ou peut-être trois ?*) Et je ne crois pas qu'elle soit une Fogg.

— Mais dans ze cas… ?

— Elle doit avoir ses raisons. Peu avouables, en toute probabilité.

— Z'est une Fix, alors ?

— Ce n'est pas impossible.

— Fous penzez qu'elle tente de vous Ralentir ? Délibérément ?

— Oui, et même de m'immobiliser, si possible.

Le commissaire divisionnaire s'assit, se mordit l'ongle du pouce et soupira.

— Zi z'est le cas, zi elle n'est pas d'izi, je ne peux pas grand-chose pour fous. Les Fix zortent de ma juridiction.

— Mais si elle est toujours à Verradon, vous pouvez la retrouver et l'arrêter.

— Il faudrait pour zela qu'elle fût coupable, ze dont nous ne zommes pas zertains. D'ailleurs, elle doit afoir quitté la ville.

Visiblement désolé, le commissaire écarta les bras, attrapa Stoneham par les épaules et les serra doucement. *Nous sommes tous les deux des hommes importants. Des hommes d'envergure. Mais dans ces circonstances précises, je ne peux rien faire pour vous.*

Il aurait dû s'en douter. Ce ne pouvait être qu'une perte de temps. Au moins avait-il essayé.

Dans un bar, à un pâté de maison du commissariat, Stoneham refit le point sur la situation.

Il portait des vêtements empruntés au gérant de l'hôtel *Charldon*, où il avait été transféré au petit matin.

Il avait un peu d'argent local, également emprunté au gérant de l'hôtel.

Il Ralentissait. Il le sentait, comme un drogué bientôt en manque.

Et il avait une Fix à ses basques.

Pour une raison qui lui échappait, il avait été pris pour cible par une de ces personnes en mal de reconnaissance, par une de ces ancres humaines. Probablement parce qu'il était tout près d'atteindre le Continuum. Ce qui faisait de lui un gros poisson, un scalp exceptionnel pour un tableau de chasse. S'il la laissait faire, cette fille serait bien capable de l'immobiliser complètement, de le faire retomber au plus bas, de le ramener au niveau où il était au tout début, sept années plus tôt. Après, elle appellerait toutes ses copines et, ensemble, elles lui suceraient jusqu'à sa dernière goutte de notoriété. « J'ai arrêté un Fogg. » C'était un challenge intéressant à relever. Un jeu où la jalousie était un moteur supplémentaire. Pour être un Fogg, il fallait avoir de l'argent. Stoneham avait amassé des millions, commençant d'abord par administrer les biens des autres, par les aider à devenir encore plus riches, avant de mettre à profit ses compétences et son expérience du marché pour s'enrichir lui-même. Sa réussite, il ne la devait à personne. Il avait débuté avec presque rien et était désormais à la tête d'une fortune substantielle. Toutefois, cela ne faisait aucune différence pour certaines personnes. Vous étiez riches, alors vous méritiez d'être descendu plus bas que terre.

La fille était en reconnaissance. Elle s'était fait passer pour une putain à Prihody Mishkarov – *le soldat était-il un de ses complices ?* –, pour une touriste à Karakuchon. Peut-être même le suivait-elle depuis plus longtemps que cela, mais il ne l'avait pas remarquée. La nuit dernière, au *Grant Roial*, elle était passée à l'action. Mais il oubliait ce fameux virus. Son œuvre à elle, lui aussi. Un verre, un couvert contaminé par un bacille. C'était loin d'être impossible.

Il retournait le problème dans tous les sens en sirotant une bière furstlandienne particulièrement mousseuse. Il ruminait. En fait, non. Il se mettait simplement en condition pour faire face à l'inévitable.

Ralentir volontairement demandait du sang-froid et du courage. De fait, c'était complètement contre-nature. C'était un peu comme désobéir à ses parents – *ne touche pas à cette casserole d'eau bouillante, ne fouille pas dans l'armoire à pharmacie.* Notre instinct nous hurlait de ne pas le faire. Notre physiologie nous hurlait de ne pas le faire. Alors, choisir une destination bas de gamme ne pouvait que vous donner la nausée.

Le voyage fut fort désagréable. Stoneham arriva à San Barcino le dos trempé de sueur froide et la gorge serrée. Manifestement, cette ville avait eu son quart d'heure de gloire. Dans un passé lointain, elle débordait probablement d'une saine activité. Vingt-quatre heures sur vingt-quatre. Aujourd'hui, elle était vieille, décrépite, colonisée par la vermine et les criminels de tous poils. Un nuage noir recouvrit instantanément l'âme de Stoneham. La situation ne pouvait que s'empirer.

Palgray. Pareille à la pire des stations balnéaires britanniques accrochée au bord d'un lac morne. Il y avait bien de la vie çà et là, mais les boutiques et les restaurants fermés étaient légion, et les locaux bien plus nombreux que les touristes.

Fantolo. Perdue au milieu d'une jungle, envahie par cette même jungle. Des lianes suspendues aux murs en stuc, des geckos écarlates perchés sur les façades, des milliards d'insectes voraces, agressifs et bruyants dans une atmosphère étouffante.

Tabur. Située dans une steppe grise balayée nuit et jour par des vents violents. Les rafales brutales et glaciales réussissaient à s'engouffrer partout, y compris dans les bâtiments fissurés. Les âtres et les rares coins épargnés par le vent étaient invariablement monopolisés par les gens du cru.

Staltenburg. Une révolution venait de s'y jouer, un coup d'État militaire favorablement accueilli par la population, mais dont on ignorait encore s'il augurait un changement positif pour la région. Personne ne pouvait affirmer que les généraux mèneraient leur barque d'une manière plus transparente et honnête que leurs prédécesseurs politiciens. D'où une atmosphère incertaine et un sentiment de doute diffus. *Avons-nous pris la bonne décision ?*

Prihody Mishkarov, à nouveau. Diantre, quelle plaie.

Tortorena. Un enfer illuminé par les néons, carburant aux substances illicites. Une ville fabuleuse pour les moins de dix-neuf ans, pour les gamins ne pensant qu'à boire pendant trois jours d'affilée – en vomissant de temps en temps –, à se droguer et à danser dans des boîtes de nuit dont on sortait avec les tympans percés et une nouvelle maladie vénérienne.

Gentuba. Sur cette île, on pouvait se faire poignarder pour avoir regardé quelqu'un de la mauvaise façon. Des panneaux affichés dans le lobby de l'hôtel conseillaient aux touristes de rester dans les limites de l'établissement, dont les restaurants étaient fameux. Il était tout de même possible de visiter un peu les alentours, mais uniquement sous la protection d'un garde armé employé par l'hôtel.

Stoneham rétrogradait, rétrogradait. Les moyens de transport se succédaient, de moins en moins sûrs. Les pneus des voitures étaient lisses et usés. Les trains tanguaient dangereusement, menaçant de dérailler à chaque instant. Les avions défiaient héroïquement la gravité. Les bateaux étaient tous des *Titanic* en puissance.

Mais finalement, quelque part dans les limites supérieures des niveaux les plus bas, des noms familiers commencèrent à apparaître dans les brochures touristiques. Parfois, ils étaient légèrement distordus : Moskvow, Las Vehas, Attens, Baiying, Conberra. Le plus souvent, toutefois, ils étaient parfaitement reconnaissables : Berlin, Oslo, Acapulco, Tokyo, Johannesburg, Christchurch.

Et enfin : Londres.

Un matin gris à Heathrow. Onze heures après son départ de cette ville qui aurait pu être Delhi. Il se sentait vulgaire, ébouriffé, de mauvaise humeur. Ses orbites lui faisaient l'effet d'être trop petites pour contenir ses yeux. Une douanière qui paraissait ne jamais avoir souri de toute sa vie inspecta son passeport, puis le fixa d'un air méprisant. Quel genre de Fogg était-il pour en être réduit à venir à Londres ? Un *loser* de première catégorie. Elle lui rendit son passeport avec l'air de vouloir le lui jeter au visage.

— C'est bon de vous revoir, Bob, dit McWilliam. En revanche, je ne vois pas très bien ce que vous attendez de moi.

Stoneham frotta sa barbe de plusieurs jours.

— J'aimerais tout simplement que vous l'arrêtiez, Chris. Je ne sais pas comment, mais il le faut... Je ne veux plus l'avoir sur le dos.

Les bureaux de la Fogg Society étaient situés près du Strand. L'immeuble comportait sept étages et était étroit comme une cigarette. À l'intérieur, l'éclairage était tamisé, les papiers peints en coton. Il y avait des panneaux de chêne partout et des bibliothèques entières de livres reliés de cuir, comme dans les clubs de gentlemen de l'époque victorienne. Le bureau de McWilliam donnait sur un théâtre et un restaurant italien. Au mur était suspendu un grand portrait de Julian Vernon. Disparu depuis bien longtemps. Il avait été le premier à gagner de la Vitesse. Le premier à atteindre le Continuum. Ce club était également son œuvre. C'était un point de ralliement pour les gens comme lui : les très riches en quête de nouveauté, de sublime.

McWilliam pianota sur son sous-main immaculé.

— C'est facile à dire et quasi impossible à réaliser. La police ne peut rien faire pour nous. Ce serait bien, évidemment, mais même en admettant que la loi soit de notre côté – ce qui n'est pas le cas –, il faudrait encore prouver sa culpabilité.

— En tout cas, elle vient sûrement de ce niveau-ci. Si nous pouvions au moins découvrir où elle habite…

— Vous voudriez qu'on s'occupe d'elle, que nos gars lui fassent faire une balade dans la forêt d'Epping[1] ?

Stoneham secoua la tête, conscient de ne pouvoir trop en demander.

— Je pourrais faire une chose, reprit McWilliam. Je pourrais appeler le QG des Fix et leur demander poliment de lui passer un coup de fil de notre part.

— Vous pensez que cela pourrait marcher ?

— Non, pas vraiment. Ils me répondraient certainement d'aller me faire… Enfin, vous voyez ce que je veux dire. Néanmoins, si vous le souhaitez, je puis quand même essayer.

— Ce que je souhaite, c'est…

Les yeux de Stoneham le brûlaient. Il ne s'était pas rendu compte à quel point il était proche des larmes. Quelle frustration !

— Ce n'est pas juste, Chris ! gronda-t-il. Merde, non, ce n'est pas juste. Il était à ma portée. J'étais à *ça* de l'atteindre.

— Le Continuum ?

— Oui, j'en suis persuadé. Je pouvais le sentir…, commença-t-il tant bien que mal, car il n'arrivait pas à mettre des mots sur ce qu'il avait vécu. J'avais l'impression de danser sur le bord du monde. Un petit pas de côté, et vous ne m'auriez plus jamais revu. Autour de moi, les gens semblaient bouger au ralenti, prisonniers d'un parcours prédestiné. Dénués de la possibilité de faire des choix. Contrairement à moi. Une infinité de possibilités s'offraient à moi. J'étais en train de me libérer pour de bon. Quelques jours de plus, peut-être même quelques heures, et j'aurais réussi. Je vous le jure.

— Je vous crois, dit McWilliam d'un air rêveur. Oui, je vous crois, Bob. Vous n'avez pas le choix, vous devez continuer d'essayer. Vous avez failli réussir une fois et il n'y a aucune raison pour que vous n'atteigniez pas de nouveau les niveaux les plus élevés. Vous n'avez pas le droit de laisser cette fille vous arrêter. Si vous lui permettez de gâcher votre rêve, d'autres Fix suivront son exemple et ce sera la fin. C'est le syndrome de la goutte de sang dans l'océan. Vous ne vous débarrasserez jamais d'eux. De plus en plus d'hôtels brûleront. De plus en plus d'alertes à la bombe empêcheront les avions de décoller. Vos billets disparaîtront. Votre nom sera systématiquement effacé des listes de passagers et votre place revendue à quelqu'un d'autre. Des faux taxis vous conduiront au mauvais aéroport. Des douaniers corrompus vous harcèleront sans aucune raison. Votre vie deviendra un cauchemar. Pour le moment, toutefois, vous n'avez qu'une seule personne sur le dos et vous pouvez vous en accommoder. J'en suis sûr. Distancez-la, ayez toujours une pensée d'avance sur elle. Achetez des billets pour deux destinations différentes – c'est un truc qui marche assez bien. Elle ne pourra pas vous suivre partout. Réservez une chambre dans deux hôtels, servez-vous d'une fausse identité. Cela ne lui facilitera pas la tâche. Jouez-vous d'elle tout comme elle s'est jouée de vous. J'ai confiance en vous, Bob. Si vous le voulez réellement, vous vous débarrasserez d'elle.

Cela lui fit du bien. Il n'en attendait pas moins de la part de McWilliam. Un bon coup de fouet – voilà ce dont il avait besoin. Cependant, il n'était pas venu à Londres juste pour cela.

Les cendres de Joanna avaient été éparpillées dans un coin du jardin du Souvenir du cimetière de Green Lawns, tout près de Guildford. Un arbre y avait même été planté en son hommage. Un bouleau argenté de près de douze mètres, aux branches longues et fortes. Au pied de l'arbre, sertie dans une dalle de béton, il y avait une plaque de cuivre sur laquelle était gravé son nom : JOANNA STONEHAM.

Le soleil brillait. Le feuillage du bouleau projetait des ombres mouvantes sur le gazon. Stoneham se tenait là, tête baissée. Pendant longtemps, après la mort de Joanna, il avait voulu croire qu'elle était là, quelque part, dans le sol, dans le bouleau argenté. Les atomes végétaux étaient faits de sa chair, qui insufflait une vie particulière à cet endroit. Mais aujourd'hui, il savait. Joanna n'était plus. Cet endroit était néanmoins le dernier point de cette planète qu'elle ait touché avant de disparaître, de se dissiper dans le néant. Ici était son esprit. Et c'était déjà pas mal.

La vitesse, voilà ce qui l'avait tuée. Pas la Vitesse. La vitesse normale. La vélocité. Une voiture roulant à quatre-vingts kilomètres-heure par temps de pluie. Un abruti qui avait perdu le contrôle de son véhicule à la sortie d'un virage et était venu percuter la Volkswagen de Joanna de plein fouet. La barre de direction de la petite voiture lui avait transpercé la cage thoracique. Six jours sous assistance respiratoire, baignée par la lumière verte des moniteurs, noyée, lentement. Le septième jour, les médecins lui avaient donné le choix. Il n'y avait plus aucun espoir. Ils avaient fait tout ce qui était en leur pouvoir.

Il suffisait d'appuyer sur un bouton. Ce qu'il n'avait même pas eu à faire lui-même. Tout juste avait-il hoché la tête.

— Je ne t'ai pas fuie délibérément, Jo, dit-il au bouleau, à l'herbe, à l'air doux. Je sais que les apparences sont contre moi, mais ce n'est pas vrai. Je ne pouvais pas rester, c'est tout. Le monde est devenu trop petit après ton départ. Trop étroit et en même temps débordant de souvenirs. J'ai fui, tu as raison, mais dans la direction opposée. Je voulais te rejoindre.

Il s'attendit à moitié à entendre quelqu'un dire *amen*.

McWilliam et lui se donnèrent une nouvelle fois rendez-vous. Au restaurant italien, cette fois. Tout en dégustant son assiette de spaghetti *vongole*, le vieil homme lui dit :

— J'espère que vous ne m'en voudrez pas, mais j'ai pris la liberté de contacter le QG des Fix.

— Et ?

— Eh bien, je suis remonté jusqu'à Weatherall – Jon Weatherall, le directeur général de leur fondation, un ancien leader étudiant devenu emmerdeur professionnel en complet-veston. Après plusieurs minutes d'un échange stérile et ridicule, je l'ai convaincu de ranger sa langue de bois et de me dire toute la vérité. Il jure qu'il ne la connaît pas.

— C'est ce qu'il dit.

— Certes. Mais j'aurais tendance à le croire. Je lui ai décrit la fille avec les mots que vous avez utilisés, et il m'a immédiatement affirmé qu'elle n'était pas des leurs.

— Vous ne lui avez pas parlé de… moi ?

— Bien sûr que non, s'indigna McWilliam.

Nous sommes de vieux amis, n'est-ce pas, Bob ? Vous me croyez capable de faire une chose pareille ?

— Non, reprit-il. Je lui ai juste parlé d'un « membre de notre société ». Je pense que Weatherall et moi nous sommes compris.

À la façon de deux diplomates du temps de la guerre froide, jouant parfaitement leurs rôles respectifs. Toutefois…

Stoneham leva les yeux de son plat. Entre les deux hommes, une bouteille de Rioja à moitié vide, une rose à la tige trop longue dans un vase et une bougie.

— Vous n'auriez probablement pas dû Ralentir jusqu'ici, Bob. Ils gardent toujours un œil sur nos locaux. Les Fix, je veux dire. Ils vous ont sûrement vu aller et venir.

— Et alors ?

— C'est ce que je disais hier : la goutte de sang. Ils doivent avoir senti que vous avez des soucis.

— Eh bien, je tâcherai d'être prudent.

— Oui, c'est une nécessité. Peut-être même devriez-vous considérer sérieusement la possibilité de…

— De laisser tomber ?

— Ou de retarder votre prochain départ, en tout cas.

— Pas question. Je peux les distancer, vous l'avez dit vous-même.

La conversation se poursuivit sur un autre terrain. Les deux hommes n'étaient plus que des voyageurs expérimentés qui s'échangeaient des anecdotes, se racontaient leurs escapades, décrivaient les endroits où ils étaient allés, les gens bizarres qu'ils avaient rencontrés. Alors, comme on leur servait leur dessert – un tiramisu – McWilliam dit :

— C'est vrai que vous étiez tout près de réussir ?

— Je ne sais pas. J'ai peut-être tout imaginé. Comment savoir ? Ceux qui ont atteint le Continuum ne sont jamais revenus pour nous en faire la description, et ceux qui affirment s'en être approchés ne semblent pas avoir vu la même chose. Tout ce que je puis dire, c'est que je n'avais jamais rien senti d'aussi fort en sept années de voyages ininterrompus.

— Avez-vous déjà fait une expérience religieuse ?

— Non.

— Je me suis toujours imaginé que ce devait être un peu la même chose.

Imaginé. Quelle tristesse, quelle amertume contenues dans cette utilisation du passé par McWilliam. Stoneham détailla le vieil homme. Ses tempes grises, les poches sous ses yeux, les veines gonflées de ses mains. McWilliam portait sa déception comme ses vêtements : mal, mais avec conviction. C'était difficile pour lui. On l'avait jugé indigne de la récompense ultime, du Continuum. Il était immensément riche – il avait revendu sa chaîne de boutiques de téléphonie au bon moment –, mais il était privé de ce qu'il désirait le plus. Peut-être le Continuum fuyait-il ceux qui le recherchaient avec trop d'enthousiasme.

— Vous avez de la chance, reprit-il.

— Possible.

Londres était complètement bloquée. Stoneham, le ventre plein, légèrement ivre, respirait ses vieux parfums, sa puanteur brune et industrielle accumulée pendant des siècles. Les klaxons hurlaient, les bus grondaient, les cyclistes vous dépassaient en roulant à toute allure. C'était le crépuscule. Demain : Gatwick. Tout recommencerait depuis le début. Il s'arrêta sur le pont de Southwark. S'appuya contre le parapet. La Tamise se déroulait en dessous, clapotait contre ses berges. Derrière lui, les piétons allaient et venaient. Il les surveillait du coin de l'œil. Celui-là était-il un Fix ? Et celle-là ? Étaient-ils tous contre lui ?

« *Une goutte de sang dans l'océan* », avait dit McWilliam.

Du sang sur mes mains, pensa-t-il en se rappelant son rêve. Son rêve, et cette impression d'avoir, à un moment donné de sa vie, commis un crime terrible. Ce qui n'était pas le cas. Il était et avait toujours été un homme irréprochable. De cela, il ne douterait jamais. Son sentiment de culpabilité fantôme – Joanna ? Dans un couple, le survivant ne pouvait faire autrement que de se sentir un peu responsable de la mort de son conjoint. Même lorsque celle-ci était accidentelle. Elle revenait d'une visite chez sa mère. Il ne l'avait pas accompagnée. C'était un samedi, mais il lui restait quelques dossiers à compulser. Et puis, il n'était pas en très bons termes avec sa belle-mère. Leurs relations étaient cordiales, sans plus. S'il y était allé, Joanna serait-elle encore en vie aujourd'hui ? Ou auraient-ils péri tous les deux ?

Il était certes blâmable *a posteriori*. Innocent, mais déclaré coupable par le destin.

Il avait pris une chambre au *Savoy*. Il s'y rendit d'un pas légèrement chancelant.

Le lendemain : Gatwick. Et tout recommença depuis le début. Il reprit lentement son ascension, sans toutefois parvenir à se défaire de la désagréable sensation d'être suivi. Tous les gens qui voyageaient en sa compagnie étaient potentiellement des Fix. Chaque retard, chaque contretemps, même sans conséquence, était perçu comme la manifestation d'une vaste conspiration. Et puis, les mêmes visages revenaient sans arrêt – enfin, il n'en était pas certain. En revanche, il était persuadé d'avoir vu au moins trois fois un homme portant un chapeau singulier. Ou alors n'avait-il reconnu que le chapeau et non pas celui qui le portait ? Il y avait également cette femme énorme croisée dans différents hôtels. Quoique les obèses avaient tous tendance à se ressembler. Et ce type osseux au teint jaunâtre qui le regardait avec insistance de l'autre côté du wagon. Il le fixait d'un air inquisiteur et accusateur. D'une manière si désagréable en vérité, qu'il l'avait forcé à changer de voiture. Mais l'homme l'avait retrouvé un peu plus tard, l'obligeant à reprendre la fuite. Après, il y avait eu ce couple marié accompagné d'un adolescent, un gosse odieux qui n'avait cessé de geindre pendant toute la durée d'un voyage en car. Le trio était réapparu quelques jours plus tard, lors d'une traversée en ferry. Un couple de Fix ? C'était très improbable. Ridicule, même.

Néanmoins…

Il s'était peut-être bien trompé sur ces individus particuliers, mais il n'en restait pas moins que des Fix étaient à ses trousses. Ils le suivaient. Il pouvait presque sentir leur souffle sur sa nuque. Alors, il utilisa tous les trucs suggérés par McWilliam. Cela lui compliqua grandement la tâche. Sans compter que ces contraintes le Ralentissaient et gâchaient son plaisir déjà sérieusement entamé par son inquiétude. Difficile de prévoir une progression, de se laisser porter par le courant quand il fallait constamment regarder par-dessus son épaule et guetter les saboteurs éventuels. Jamais il ne s'était senti aussi loin du Continuum. Et si, par hasard, il passait à sa portée, serait-il suffisamment réceptif et dispos pour s'en rendre compte ?

Après plusieurs semaines, Stoneham était de retour dans les niveaux supérieurs et commençait à se sentir plus détendu. Rien de fâcheux ne lui était arrivé. Aucun incident n'avait émaillé son parcours. L'impression d'être une proie s'était estompée. Peut-être était-il parvenu à semer les Fix – s'il avait jamais eu des Fix à ses trousses… En tout cas, il n'avait pas revu la fille. Il ne l'avait même pas aperçue de loin. En soi, cela ne prouvait rien, évidemment. Elle pouvait très bien avoir peaufiné ses techniques de traque. Pourtant, il était presque sûr de lui avoir définitivement échappé. McWilliam ne s'était pas trompé : il l'avait distancée.

Prendre de la Vitesse devint de plus en plus aisé. Son inquiétude excessive avait été un boulet trop lourd à traîner derrière lui. Maintenant qu'il était débarrassé de cette entrave, il fonçait, rattrapait son retard grâce à l'énergie qu'il avait accumulée. D'avion en bateau, de bateau en train, de train en automobile, d'hôtel en hôtel. Un autre terminal, une autre gare ferroviaire, une autre salle d'attente. Son Passepartout jouait deux rôles très importants : il était programmé pour surveiller l'heure des embarquements et lui servait de traducteur quand il voulait lire les journaux ou compulser un guide. Le confort et la propreté s'amélioraient à chaque nouvelle destination, la seconde classe d'une contrée correspondant à la première classe de la contrée précédente, les hôtels de luxe d'un pays devenant des établissements de milieu de gamme dans le pays suivant. Chaque nouvelle ville était plus nette, mieux aérée, mieux éclairée, plus accueillante pour l'étranger qu'il était. Stoneham se laissa aller. Il était de passage. Il était libre.

Et puis, un matin, il se réveilla et il sut. Un picotement à l'intérieur… Le grand moment était arrivé.

Autour de lui régnait une sorte de langueur généralisée. Les gens parlaient, bougeaient, se déplaçaient toujours plus lentement. Les paroles et les mouvements des lèvres étaient désynchronisés, comme si l'atmosphère dense empêchait les sons de se propager. À l'heure du petit-déjeuner, un garçon lui servit un jus d'orange aussi épais que du sirop. Plus tard, un taxi le conduisit à l'aéroport à une allure d'escargot, au risque d'arriver en retard. Tout semblait irréel. Les certitudes tangibles du monde s'étaient envolées. Stoneham se surprit à tâter des objets pour en vérifier la texture, pour s'assurer de leur solidité. Son avion flottait dans un ciel uniformément bleu et dénué de turbulences. Les hôtesses, aussi calmes et bienfaisantes que des ministres du culte célébrant une messe, souriaient en distribuant serviettes chaudes et boissons. Le monde se déployait à ses pieds et continuerait de se déployer à l'infini, avec douceur et mesure.

Stoneham arrivait, séjournait et s'en allait, arrivait, séjournait et s'en allait, et ses différentes haltes s'imposaient d'elles-mêmes, faisaient sens. Elles étaient les dernières pièces d'un puzzle gigantesque sur le point d'être terminé. Impossible de se tromper sur leur emplacement. Cette vie ordonnée était un enchantement pour lui. Oui, l'ordre présidait désormais à son existence. Tout lui paraissait évident. Tout était nécessaire. Même les mauvaises choses, comme la mort de Joanna. Sans cet événement, il ne serait jamais devenu un Fogg. S'il n'était pas devenu un Fogg, il n'aurait jamais atteint ce degré de conscience et de compréhension. Il était au-dessus de la tristesse et s'élevait progressivement au-delà de la douleur. Le trou béant laissé dans son cœur par la disparition de Joanna était toujours là, sauf qu'au lieu de le percevoir comme un manque, une absence, il le voyait désormais comme une porte de sortie. Grâce à lui, son existence avait pris une tournure nouvelle. C'était le cadeau d'adieu de son épouse.

Il était dans une ville couleur d'ivoire, à la ligne des toits transpercée par de nombreux pinacles, flèches et minarets.

Il était dans une ville qui flottait à trois cents mètres d'altitude, une cité constituée d'un conglomérat de dirigeables et de ballons reliés entre eux de façon symbiotique pour former une sorte de méduse géante et gracieuse.

Il était dans une ville dont les appartements et les tours de bureaux étaient sculptés dans les troncs cyclopéens d'arbres qui transperçaient les nuages. Une forêt urbaine, dont les branches faisaient office de rues.

Il était dans une ville dont les quartiers étaient de vastes salles souterraines, éclairées il ne savait trop comment, et aux plafonds couverts de fresques remarquablement détaillées.

Il était dans une ville pareille à une titanesque horloge, aux maisons construites sur des engrenages de cuivre, où les trajets des piétons étaient conditionnés par un cycle quotidien et mécanique, par la position relative des différentes pièces de métal.

De plus en plus proche – il le savait, il en avait la conviction.

Il était dans une ville taillée dans la montagne, à l'architecture arachnéenne vieille de plusieurs siècles. Une ville aux allures de termitière, dont les rues inférieures étaient éclairées et ventilées grâce à de gigantesques puits. Une ville où il faisait frais, mais jamais froid, où chaque mur révélait une multitude de strates géologiques – des veines de quartz, du minerai de fer couleur rouille, des filons de charbon noir et scintillant, et même des diamants. Il y avait un bar dans une de ses rues les plus profondes, un bar que Stoneham quittait après y avoir bu un ou deux verres d'un vin délicieux pour se diriger vers un restaurant conseillé par le réceptionniste de son hôtel. La rue était large et, autour de lui, les passants avaient l'air de somnambules. La lumière était cuivrée, et l'atmosphère embaumait les amandes grillées. Les visages des gens qu'il croisait semblaient illuminés de l'intérieur, emplis d'un ravissement absolu. À présent, il en était persuadé : ce n'était plus qu'une question de temps. Oui, une question de temps. Le Continuum, quelle que soit sa nature, lui tendrait bientôt les bras, l'engloberait. Stoneham était sur le point de s'élever, de disparaître. Il était en paix avec lui-même et avec le monde. Suivant les indications du réceptionniste, il s'engagea dans une allée où deux hommes adossés nonchalamment à un mur discutaient pour passer le temps. Il passa devant eux, hocha la tête pour les saluer, et ils le saluèrent à leur tour. Soudain, il se retrouva par terre, la joue plaquée contre la pierre rugueuse, l'arrière de la tête subitement devenu brûlant, et quelqu'un lui donnait des coups de pied, tandis que quelqu'un d'autre fouillait dans les poches de sa veste à la recherche de son portefeuille et de son Passepartout, les trouvait tous les deux, les lui arrachait, et celui qui lui donnait des coups de pieds continuait de le frapper encore et encore, essayait de lui briser quelque chose, et il avait mal, trop mal, il ne comprenait pas ce qui lui arrivait, ni pourquoi cela lui arrivait à lui, dans cette ville montagne, dans cette sculpture habitée aux dimensions exagérées, pourquoi on l'agressait, pourquoi on le volait, mais déjà, on ne le battait plus, et des bruits de lutte lui parvenaient difficilement, alors, il essaya de se relever, mais son corps était raide là où il avait reçu des coups, et la fille se penchait sur lui, oui, elle, la Fix, celle qui devait avoir organisé ce guet-apens et dont la main s'approchait dangereusement de lui. Et elle lui dit :

— Vous ne risquez plus rien, maintenant.

Stoneham coassa une réponse.

Puis il y eut une autre voix, une voix familière, qu'il mit quelques secondes à identifier.

— Nom de Dieu !

McWilliam ? Que faisait McWilliam ici ?

La fille l'aida à se relever. Il n'avait pas d'autre choix que de la laisser faire. Pour quelqu'un d'aussi frêle, elle était étonnamment forte. Il pesa de tout son poids sur son épaule – autrement, il se serait effondré – et elle le soutint sans aucune difficulté apparente.

À l'autre bout de l'allée : McWilliam. Il avait l'air irrité, affligé même. Entre lui et Stoneham, deux hommes : ceux-là mêmes qui, de passants sympathiques et transparents, s'étaient mués en agresseurs sauvages. Tous deux étaient étendus sur le sol, blessés, l'un inconscient, l'autre se tordant de douleur. McWilliam les toisait d'un œil torve, tel un maître agacé par ses serviteurs. Alors, son regard se porta sur Stoneham.

— Vous nous avez fait courir, Bob.

Ce n'était pas le McWilliam de la dernière fois, ce conseiller sympathique et compatissant. C'était un autre McWilliam, aux lèvres pincées et cruelles. Cet homme-là n'était pas soucieux de son bien-être, au contraire.

— J'ai bien cru que nous ne vous rattraperions jamais.

— Chris ?

Stoneham reconnut à peine sa propre voix, froissée, graillonneuse.

— Je ne suis pourtant pas un mauvais Fogg. La chance n'a jamais été de mon côté, c'est tout. Enfin, jusqu'à présent. Quant à ces deux idiots…, fit McWilliam en posant des yeux méprisants sur ses deux sbires. Incapables de faire ce qu'on leur demande. Et pourtant, ils étaient bien sûrs d'eux. Vous dévaliser, vous casser une côte ou deux – la routine, quoi. Apparemment, ils ont surestimé leurs capacités. Ou sous-estimé les vôtres.

— Je n'ai pas…

— J'ai tout vu, ne vous en faites pas. Vous vous en êtes superbement bien tiré. Où avez-vous appris à vous battre comme cela ?

— Mais je n'ai pas…

— Merde, Bob, l'interrompit McWilliam en contournant les deux agresseurs pour se rapprocher de lui. Ce n'était pourtant pas compliqué. Il vous suffisait de remettre votre départ à plus tard. Mais non, vous ne pouviez pas rester en place. Vous aviez trop hâte d'être à nouveau en transit.

Stoneham se tourna vers la fille, qui se tenait à côté de lui. Elle transperçait littéralement McWilliam du regard. Ce dernier, en revanche, l'ignorait ostensiblement. De quel côté était-elle ?

— C'est la vérité, n'est-ce pas ? continua l'homme. Vous ne pouviez tout simplement pas vous en empêcher. Vous êtes complètement obsédé. Vous seriez capable de courir après le Continuum jusqu'à votre dernier souffle. C'est d'ailleurs ce qui arrive la plupart du temps. Ces Fogg qui ne sont jamais revenus ? Ils sont morts, tout simplement. Ils sont enterrés quelque part dans les niveaux supérieurs, là où personne ne les connaît. Un jour, on trouvera peut-être une tombe. Peut-être même celle de Julian Vernon. Oui, cela ne manquera pas d'arriver. Alors, cette farce stupide sera terminée pour de bon.

— Cela vous plairait, pas vrai ? demanda Stoneham, qui commençait à se remettre de son agression. Ainsi, personne n'aura jamais ce que vous n'avez pas été capable d'obtenir, et vous serez enfin satisfait.

McWilliam n'était plus qu'à cinq mètres de lui.

— Ce après quoi vous courez, ce fantasme, ne m'intéresse pas.

— Vous dites cela pour vous rassurer, pour ne pas avoir à admettre que vous avez échoué.

— *Vous* avez échoué, Bob. Le Continuum est un mensonge.

— Le Continuum existe, je le sais. J'y suis presque.

— C'est ce que vous croyez, mais il n'en est rien. Sept années que vous êtes en transit… Le moment est venu de reconnaître votre défaite. C'est le grand jour, en quelque sorte.

— J'y suis presque, Chris. Cette fois-ci, je sais que je vais y arriver. Personne ne pourra m'arrêter. Pas même vous.

McWilliam soupira bruyamment.

— J'étais sûr que vous alliez dire cela. Pourtant, j'espérais vraiment ne pas avoir à en arriver là.

Il y eut un mouvement rapide, à peine perceptible. McWilliam avait un couteau dans la main. Une arme indigène. Le manche était fait de basalte finement sculpté. Il avait vu des motifs similaires dans les vitrines du musée de la ville. Ainsi que dans des boutiques d'artisanat local.

McWilliam s'avança lentement vers lui. Une lueur froide brillait dans ses yeux : la jalousie y avait cédé la place à quelque chose de bien pire, à un genre de ressentiment pathologique.

— Je suis vraiment désolé, dit-il.

La lame plongea vers la poitrine de Stoneham.

Celui-ci –

la fille va encore me sauver

– réagit une fraction de seconde trop tard. Il sentit le couteau pénétrer dans sa chair jusqu'à la garde. Profondément. Il était froid. Bizarrement, Stoneham n'eut même pas mal.

Alors, la fille intervint. Ou alors était-ce quelqu'un d'autre ? Comme McWilliam retirait son arme et s'apprêtait à lui asséner un autre coup, quelqu'un lui saisit la main. Il y eut une lutte brève. Le couteau, pointé vers le ciel, tremblait comme l'aiguille d'un compteur de vitesse. Brusque accélération – le couteau pencha vers McWilliam et se ficha dans sa poitrine.

Choqués, couverts de sang, les deux hommes s'éloignèrent l'un de l'autre en titubant. Agrippant leurs blessures respectives, ils se regardaient. Alors, comme dans un ballet parfaitement chorégraphié, ils s'effondrèrent vers l'avant, tombèrent contre le mur opposé.

McWilliam essaya de parler, mais de sa bouche ne sortit que du sang.

Stoneham, lui, ne pouvait même pas entrouvrir les lèvres.

Les jambes de McWilliam cédèrent. Il s'écroula, incrédule, incapable de comprendre le message que lui envoyait son corps.

Stoneham ressentait la même chose. Il était encore debout, mais les informations qui affluaient vers son cerveau ne laissaient la place à aucune équivoque : *C'est un échec. Tu es brisé. Tu perds ton fluide vital. Tu es un navire en train de couler, un ballon percé. Tu n'as plus de souffle. Ton cœur est sur le point de s'arrêter.* Il regarda ses mains, et le sang dont elles étaient couvertes résonna violemment dans sa mémoire.

Cet événement s'était déjà produit. Mais où ? Et quand ?

Une mort.

Il savait déjà. Il en avait rêvé.

Il s'était vu dans le quartier chaud de Prihody Mishkarov.

Dans ce restaurant de Karakuchon.

Devant l'hôtel en proie aux flammes, à Verradon.

Il s'était vu de l'extérieur, comme à travers les yeux de quelqu'un d'autre.

Il s'était vu ainsi, piteusement recouvert de son propre sang. Le visage gris, les lèvres pâles.

Alors, la fille…

Elle lui sourit.

— Viens avec moi.

Où donc ?

Cela n'avait aucune importance. On lui offrait de partir. Quel Fogg pouvait dire non à une telle proposition ?

Il marcha, il la suivit, et la cité qui était une montagne devint aussi évanescente qu'un nuage.

James Lovegrove est l'une des figures de proue de la littérature de l'imaginaire britannique. Il a imposé son regard inventif et critique sur le monde contemporain. Également passionné de l'œuvre d'Arthur Conan Doyle comme de celle de H.P. Lovecraft, il mêle les grands mythes littéraires de Sherlock Holmes et de Cthulhu en un savoureux hommage.

Du même auteur :

Days
Royaume-Désuni
L'Autre moitié de ma vie (in *Faux rêveur*)

Les Dossiers Cthulhu :
Sherlock Holmes et les ombres de Shadwell
Sherlock Holmes et les monstruosités du Miskatonic
Sherlock Holmes et les démons marins du Sussex

Achevé d'imprimer en mars 2020
Par CPI Brodard & Taupin à La Flèche
N° d'impression : 3038132
Dépôt légal : avril 2020
Imprimé en France
2810866-1